गजानन माधव

जन्म : 13 नवम्बर, 1917, श्योपुर, ग्वालियर (मध्यप्रदेश)।

शिक्षा : एम.ए. (हिन्दी), नागपुर विश्वविद्यालय।

विवाह : माता-पिता की असहमति से प्रेम-विवाह।

आजीविका : 20 वर्ष की उम्र से बड़नगर मिडिल स्कूल में मास्टरी आरम्भ करके दौलतगंज (उज्जैन), शुजालपुर, इन्दौर, कलकत्ता, बम्बई, बंगलौर, बनारस, जबलपुर, नागपुर में थोड़े-थोड़े अरसे रहे।

अन्ततः 1958 में दिग्विजय महाविद्यालय, राजनाँदगाँव में प्राध्यापक।

अभिरुचि : अध्ययन-अध्यापन, पत्रकारिता। साथ ही साहित्य, आकाशवाणी, राजनीति की नियमित-अनियमित व्यस्तता के बीच।

प्रकाशित साहित्य : *चाँद का मुँह टेढ़ा है, भूरी-भूरी खाक धूल* (कविता-संग्रह); *काठ का सपना, विपात्र, सतह से उठता आदमी* (कथा-साहित्य); *कामायनी : एक पुनर्विचार, नई कविता का आत्म-संघर्ष, नए साहित्य का सौन्दर्यशास्त्र* (जिसका नया संस्करण अब कुछ परिवर्तित रूप में 'आखिर रचना क्यों?' नाम से प्रकाशित) *समीक्षा की समस्याएँ, एक साहित्यिक की डायरी* (आलोचना); *भारत : इतिहास और संस्कृति* (विमर्श); *मेरे युवजन मेरे परिजन* (पत्र-साहित्य); *शेष-अशेष* (असंकलित रचनाएँ)।

समग्र : *मुक्तिबोध रचनावली* (आठ खंड)।

निधन : 11 सितम्बर, 1964, नई दिल्ली।

प्रतिनिधि कहानियाँ

गजानन माधव मुक्तिबोध

सम्पादन

रोहिणी अग्रवाल

राजकमल पेपरबैक्स

राजकमल पेपरबैक्स में
पहला संस्करण : 2013
छठा संस्करण : 2024

राजकमल पेपरबैक्स : उत्कृष्ट साहित्य के जनसुलभ संस्करण

राजकमल प्रकाशन प्रा.लि.
1-बी, नेताजी सुभाष मार्ग, दरियागंज
नई दिल्ली-110 002
द्वारा प्रकाशित

शाखाएँ : अशोक राजपथ, साइंस कॉलेज के सामने, पटना-800 006
पहली मंजिल, दरबारी बिल्डिंग, महात्मा गांधी मार्ग, प्रयागराज-211 001
1, अनमोल सोराबजी संतुक लेन, धोबी तलाव, मरीन लाइंस, मुम्बई-400 002
वेबसाइट : www.rajkamalprakashan.com
ई-मेल : info@rajkamalprakashan.com

विकास कंप्यूटर एंड प्रिंटर्स
ट्रॉनिका सिटी-201 102
द्वारा मुद्रित

मूल्य : ₹ 199

PRATINIDHI KAHANIYAN
Representative Stories of Gajanan Madhav Muktibodh
Edited by Rohini Agrawal

ISBN : 978-81-267-2414-7

भूमिका

मुक्तिबोध की कहानियाँ कोई क्यों पढ़े?

मुक्तिबोध यानी वैचारिकता, दार्शनिकता और रोमानी आदर्शवाद के साथ जीवन के जटिल, गूढ़, गहन, संश्लिष्ट रहस्यों की बेतरह उलझी महीन परतों की सतत जाँच करती हठपूर्ण, अपराजेय, संकल्प–दृढ़ता!

न, रसलोलुप पाठक उत्खनन और अनुसंधान की श्रमसाध्य प्रक्रिया से जुड़कर पसीने–पसीने नहीं होना चाहता। वह चाहता है सीधी–सादी कहानियाँ–पान की गिलौरी–सी मीठी और घुलनशील–रस, गंध, रंग और जायके से जुबान को सराबोर करतीं।

मुक्तिबोध को ऐसे रसलोलुप पाठकों से परहेज़ है। उनके लिए साहित्य एक दृष्टि और संस्कार है–जीवन की पड़ताल के बहाने अपनी भीतरी संरचना के कारकों और अन्तर्विरोधों को कई–कई कोणों से निरखने–गुनने का निर्भीक सामर्थ्य देता संस्कार! यानी आत्मसाक्षात्कार और आत्मपरिष्कार की अनिवार्य प्रक्रिया! अपनी मनुष्यता को चीन्हे बिना और 'मनुष्य' की गौरवमयी आभा से दीप्त हुए बिना क्या व्यक्ति दूसरे की मनुष्यता की रक्षा कर पाएगा? मुक्तिबोध बस इतना ही तो करते हैं कि व्यवस्था और जीवन के खटराग से बँधे बेतहाशा दौड़ते बदहवास व्यक्ति को बाँहें फैलाकर थाम लेते हैं और ले चलते हैं मन के उन बीहड़ निर्जन भुतहे अँधेरों की ओर जहाँ से पीठ मोड़कर उजालों की तलाश में अपने से दूर होता चलता है व्यक्ति। यह लौटना पलायन नहीं, जीवन और व्यक्तित्व के उद्दाम स्रोतों को खोजना है; व्यवस्था के बरक्स अपनी नियति और स्थिति को समझना है; भविष्य के नाम पर समूचे समाज और समय के निर्माण में अपनी सर्जनात्मक भूमिका का संधान करना है। नून–तेल–लकड़ी की दुश्चिन्ताओं में घिरकर अपनी उदात्त मनुष्यता से गिरते व्यक्ति की पीड़ा और बेबसी, सीमा और संकीर्णता को मुक्तिबोध ने पोर–पोर में महसूसा है। लेकिन अपराजेय जिजीविषा और जीवन का उच्छ्ल–उद्दाम प्रवाह क्या 'मनुष्य' को तिनके की तरह बहा ले जानेवाली हर ताकत का विरोध नहीं करता? जिजीविषा प्रतिरोध, संघर्ष, दृढ़ता, आस्था और सृजनशीलता बनकर क्या मनुष्य को अपने भीतर के

विराटत्व से परिचित नहीं कराती? मुक्तिबोध की कहानियाँ अखंड उदात्त आस्था के साथ आम आदमी को उसके भीतर छिपे इस स्रष्टा महामानव तक ले जाती हैं। यह जीवन का अभिषेक है—निस्सीम अनन्त जीवन का अभिषेक जिसे मूल्य और व्यवस्था प्रदूषित और प्रतिबंधित नहीं कर सकते। सृजनशीलता का अर्थ अपने से बाहर कुछ नया रचने की अभिमानपूर्ण उत्कंठा नहीं, 'प्रूफ कॉपी में टूटे हुए अक्षर' सरीखी अपने भीतर की गढ़त को बेहतर और मानवीय करते रहने की सतत व्याकुलता है।

अजीब अन्तर्विरोध है कि मुक्तिबोध की कहानियाँ एक साथ 'विचार कहानियाँ' हैं और आत्मकथात्मक भी। 'आत्म' की घनघोर संलग्नता और 'विचार' की नि:संग निर्लिप्तता! भोक्ता और द्रष्टा एक साथ! लेकिन टकराव का यह बिन्दु मुक्तिबोध की कहानियों का केन्द्रीय स्वर नहीं। ऐसा होता तो टकराव तोड़-फोड़ करते ठहराव का महिमामंडित स्थल बनकर कहानियों को जड़ीभूत कर देता। मुक्तिबोध एक गहन अन्तर्दृष्टि और गगनभेदी दूरदृष्टि के साथ टकराव की अनिवार्य स्थिति का अतिक्रमण करते हैं। सिर्फ़ विश्लेषण नहीं, संश्लेषण भी; निष्क्रिय दार्शनिकता नहीं, वैचारिक सक्रियता भी। इसलिए उनकी कहानियों में न घटनाओं का मकड़जाल है, न बेवजह पात्रों की भीड़; न बड़बोलापन है, न संकोच। है तो बीहड़ नीरवता और नीम अँधेरे से बुना रहस्यमय वातावरण जो तमाम चौंधियाते प्रलोभनों और भ्रमित करते आलोक-वृत्तों से दूर व्यक्ति और व्यवस्था, जीवन और जगत को कठघरे में खड़ा कर देता है। जाहिर है अगली स्वाभाविक परिणति के रूप में शेष रहता है आत्मविश्लेषण और आत्मस्वीकार। लेकिन यह अँधेरा अवसाद, हताशा और निरुपायता का चरम संकट नहीं, वरन् अँधेरे में छिपे जीवन, राग, गति, स्पन्दन और उल्लास को पकड़ने की कठिन साधना है जिसे 'ब्रह्मराक्षस का शिष्य' हुए बिना पाना सम्भव नहीं। लेकिन क्या 'ब्रह्मराक्षस' का शिष्य बन पाना सम्भव है आम आदमी के लिए?

मुक्तिबोध की कहानियाँ प्रश्न उठाती हैं—नुकीले और चुभते सवाल कि 'ठाठ से रहने के चक्कर से बँधे हुए बुराई के चक्कर' तोड़ने के लिए अपने-अपने स्तर पर कितना प्रयत्नशील है व्यक्ति? कि जब हम जानते हैं 'झूठ की सच्चाई और गहरी हो जाती है, अधिक महत्त्वपूर्ण और अधिक प्राणवान', तो क्यों जीवन रूपी सर्कस में अपनी मनुष्यता खोकर 'रीछ' और 'शेर' बनना स्वीकारते हैं? क्या इसलिए कि 'अच्छाई का पेड़ छाया प्रदान नहीं कर सकता, आश्रय प्रदान नहीं कर सकता' क्योंकि 'वह तो कटी शाखाओं की दूरियों और अन्तरालों में से केवल तीव्र और कष्टप्रद प्रकाश को ही मार्ग' दे सकता है? ये सवाल मुक्तिबोध की कहानियों के प्रस्थान बिन्दु हैं, उपलब्धि नहीं। प्रस्थान बिन्दु से लक्ष्य तक की अन्तर्यात्रा में निबद्ध है सारे मुखौटों को चीरकर अपने भीतर की नग्नता को आँख भरकर देखना-स्वीकारना और शर्मसार होकर एक नई दृष्टि, संवेदना और संकल्पदृढ़ता से परिपूर्ण होना। अपने से लगातार जिरह करती इस निर्मम नि:संग प्रक्रिया में मुक्तिबोध अपनी

ओर से महज दो चीज़ें जोड़ते हैं। एक, मुक्ति की वांछा में आत्महत्या के विकल्प पर विचार करते पात्रों को संघर्ष और जिजीविषा से ओतप्रोत कर यह चुनौतीपूर्ण टेर देना कि 'प्राणशक्ति शेष हैं, शेष है'। दूसरे, 'बुराई की दैत्याकार' मशीन से जूझने के लिए अपनी निष्क्रियता, समझौतावादी मानसिकता और आत्मसंतोषजन्य दैन्यपूर्ण कातरता को 'पाप' की संज्ञा देकर जीवन-समर में कूद पड़ने की विवेकशील आक्रामकता।

पूर्ववर्ती और समकालीन रचनाकारों की तरह मुक्तिबोध खरे-खरे न कवि हैं, न कहानीकार। उनकी रचनाशीलता शास्त्रीय व्यामोह और वर्जना से मुक्त हो अपने लिए 'टूल्स' स्वयं चुनती और गढ़ती है। कविता करते-करते यदि उनकी वैचारिकता दर्शन का संश्लिष्ट आवरण ओढ़ ले तो फैल-फूटकर तिलिस्म रचता कथात्मक विन्यास लेने लगती है। कहानी कहते-कहते प्रतीकों, बिम्बों और फैंटेसी के ज़रिए वे सहसा किसी रोमानी काव्यलोक में पहुँच जाते हैं जहाँ जीवन की 'रुंधी हवा' से बेदम काठ हो गए दम्पती स्वयं को हरियाया हुआ ही नहीं महसूसते, वरन् अपने ठोस-ठस्स वजूद को काठ की नौका बना जीवन-सागर से पार उतारने का जीवट भी बटोर लाते हैं। इस लोक में पहुँचकर उनके पात्र अपने भीतर हर 'क्लॉड ईथरली' को साफ़-स्पष्ट देखने का नैतिक साहस बटोर पाते हैं जो विवेक और संवेदना के सहारे आत्मा की सही-ग़लत पुकारों को सुन-समझ सके। तब अलग-अलग परिस्थितियों में भीतर जीते अलग-अलग 'विपात्रों' को देखना सरल हो जाता है। मुक्तिबोध के यहाँ मनुष्य का अन्तस एकरेखीय नहीं। अलग-अलग परतों, मुखौटों, मनोवृत्तियों और दृष्टियों से निर्मित यह 'मनुष्य' सतह पर भले ही अन्तर्विरोधों के साथ अपने को झुठलाता जान पड़े, किन्तु आम आदमी का यथार्थ यही है और यही उसके सतत द्वन्द्व और असमाप्त वेदना का मूल कारण भी। इसलिए उनकी कहानियों में दो विरोधी युग्म बराबर बने रहते हैं—बेबसी और जिजीविषा, पलायन और सृजन, अभाव और औदात्य, रहस्य और पारदर्शिता। पात्रों के मनोवैज्ञानिक विश्लेषण के लिए यह अनिवार्य भी है किन्तु मुक्तिबोध की कहानियाँ पूर्ववर्ती मनोवैज्ञानिक कहानियों से इस अर्थ में भिन्न हैं कि वे किसी मनोग्रन्थि या रुग्ण मानसिकता के उपचार का शास्त्रीय प्रयास नहीं करतीं, बल्कि मन की जटिल संरचना को सहज ज्ञान के साथ पढ़ लेती हैं। दरअसल संवेदनात्मक ज्ञान और ज्ञानात्मक संवेदन—यही मुक्तिबोध की अन्तर्दृष्टि को प्रखरता देता है और यही उनकी सृजनशीलता को अपांक्तेय बनाता है।

मुक्तिबोध की कहानियाँ संगीतात्मक प्रभाव में निबद्ध हैं। अलग-अलग होते हुए भी परस्पर गुम्फित होकर वे 'मनुष्य' के अन्तस का सघन विस्तार बन जाती हैं—सिम्फनी की तरह। तब 'जलना' और 'काठ का सपना' अभावग्रस्त दम्पती की बेबसी और व्यथा का जड़ चित्रण न रहकर सतह से उठते आदमी की सक्रियता और संघर्ष का पाठ बन जाती हैं। लेकिन 'अँधेरे में' भी स्वयं को निरन्तर 'देखे' जाने की प्रक्रिया इतनी कड़ी और साफ़ है कि अपनी अकर्मण्यता को 'नपुंसकता' और

'अवसरवादिता' के चाबुक से फटकारने में संकोच नहीं करती। बेशक बहेलिए का जाल फैलाकर व्यवस्था पक्षियों का आखेट करती है और व्यक्ति को पशु बनाने की निर्मम प्रक्रिया अविराम चलती रहती है, किन्तु विकल्प व्यक्ति के हाथ में ही है कि वह क्या बनना चाहता है—पक्षी या दीमक? मैत्री की स्वाभाविक माँग को ठुकराकर यदि उसने 'अजीब जल के निर्मलिन सहस्र स्रोतों-सी' भावना को अलविदा कह दिया तो क्या वक्त को रचने के लिए नवीन शक्तियों की ऊष्मा से सम्पन्न स्रष्टा बन पाएगा वह? मुक्तिबोध की आस्था यह मानने को तैयार नहीं कि व्यवस्था का अनुशासन और वर्जना का शास्त्र कहीं बाहर से थोपा जा सकता है। वह व्यक्ति के भीतर स्थित है—जड़ अहंकार के साथ फुँफकारता और हर अहम्मन्य जड़ता के खिलाफ मोर्चा लेता। मुक्तिबोध कड़े और दुर्बोध हैं क्योंकि पुचकार और मरहम-पट्टी की अपेक्षा में पास आई इंसानी कातरताओं को सहलाते नहीं, उन्हें प्रोमीथियस बनकर अपने अन्तर की लौ को आलोकित करते रहने की हिदायत देते हैं। अपने वक्त के सामाजिक-राजनीतिक-सांस्कृतिक इतिहास की नब्ज टटोलते हुए वे कहानियों में संवेदना की तरलता लाते हैं, भावुकता की लिजलिजी चिपचिपाहट नहीं। सही मायनों में वे कालजयी रचनाकार हैं। उनकी कहानियाँ आज की इक्कीसवीं सदी की युवा-कहानी का विलोम भी रचती हैं जो मूल्यहीनता और अपसंस्कृति का रोना रोकर अवसरवादिता और समझौतापरस्ती को बेहया ठाठ के साथ जीवन-शैली बनाने की पैरवी कर रही हैं। पैरों तले अपने वजूद को बनाती मिट्टी की सख्त पकड़ हो, हृदय में संवेदना और आस्था का समंदर और आँखों में 'मनुष्य' की गरिमा की रक्षा का स्वप्न तो कोई भी वक्त/व्यक्ति दुश्मन बनकर हमला नहीं बोल सकता। मुक्तिबोध की जिजीविषा-जड़ी कहानियाँ आत्माभिमान को बनाए रखनेवाले आत्मविश्वास और आत्मबल को जिलाए रखने का सन्देश देती है—भीतर के 'मनुष्य' से साक्षात्कार करने के अनिवर्चनीय सुख से सराबोर करने के उपरान्त।

फिर क्योंकर कोई न पढ़े मुक्तिबोध को?

—रोहिणी अग्रवाल

अनुक्रम

मैत्री की माँग

सुशीला ने मोरी पर पड़ा हुआ गीला नीला लुगड़ा* उठाया और कुएँ पर चल दी। ग्यारह बजे की गरम धूप फैली हुई थी। कोठे की छत बुरी तरह से तप रही थी। उसके अन्दर सास रोटियाँ सेंक रही थी, जिनकी गरम गन्ध इधर फैल रही थी।

बाहर, ज़रा दूर चलकर, कुआँ लगता है। झंखड़ बिरवे, कँटीली झाड़ियाँ, जो ज़मीन से एक फुट भी ऊपर उठ नहीं पाती हैं, तपती पीली ज़मीन के नंगे विस्तार को ढाँकने के बजाय उग्र रूप से उघाड़ रही हैं। यह कुआँ और यह ज़मीन एक अहाते के अन्दर घिरे हैं जिसके कँटीले तारों के उस पार, दूर सरकारी कचहरी की गेरुई इकमंज़िल इमारतें लम्बी कतार में खड़ी हुई हैं।

सुशीला कुएँ के ओटले पर चढ़ी तो मालूम हुआ कि चबूतरे के पत्थर बेहद गरम हो चुके हैं। उसने प्रतिदिन की भाँति रस्सी कुएँ में डाली, और दूसरे ही क्षण चौड़ी लकड़ी की गिर्री की कठिन आवाज़ कुएँ की ठंडी साँवली दीवार से बालटी की टकराहट की आवाज़ के साथ मिल गई। गहरे पानी में बालटी की ज़ोरदार 'धप्' और फिर छलकते-गिरते पानी की गूँज।

आज कई सालों से सुशीला यह आवाज़ सुनती आ रही है। कान के अन्तराल में वह ऐसी समा चुकी है कि छूटे नहीं छूटती। दुनिया में, जीवन में, इर्द-गिर्द, कई छोटे-बड़े परिवर्तन होते गए। उसके पुराने पड़ोसियों में बहुत-सों ने यह क़स्बानुमा शहर छोड़ दिया, रियासत छोड़ दी, प्रान्त छोड़ दिया; और न मालूम कहाँ, इधर-उधर बिखर गए। नए-नए चेहरे और नई-नई बातें लेकर कई परिवर्तन आए और चले गए। सुशीला का पहला बच्चा मरा, दूसरा अपने दो-साल के जीवन में अनेक कष्ट देकर स्वयं अनेक कष्टों के बीच से गुज़रता हुआ, स्वर्गधाम सिधार गया। परन्तु संक्रमणशील जीवन के नए और सुदूरगत पुराने दृश्यों में अटूट सम्बन्ध और एकता बनाए रखनेवाली इस कुएँ पर की चौड़ी लकड़ी की गिर्री, यह ऊँचा चबूतरा, और पानी निकालने, कपड़े धोने की आवाज़ सदा से ऐसी ही चली आ रही है।

---

* महाराष्ट्रीय साड़ी

सुशीला ने लुगड़ा वहीं पड़ा रहने दिया। भरी हुई बालटी लेकर वह घर की ओर चली। वह आम रास्ता नहीं था, परन्तु लोग वहीं से निकलते थे। कभी-कभी वहाँ से ऐसे लोग भी गुज़रते जो दिखने में गुंडे-से मालूम होते थे। सुशीला उनसे आतंकित थी। इसलिए वह, ऐसे लोगों को अबूझी दृष्टि से देख, अपने काम में लगे रहने का ढोंग भी कर लिया करती।

दुपहर के कारण घर का आँगन भयानक तप रहा था। बाहर से अन्दर घुसने पर उसे कुछ नहीं दिखाई दिया। डर लग रहा था कि कहीं ठोकर न लगे, हाथ से बालटी छूट जाएगी।

''सुशीला, देख, वह आ गया है क्या।''

यह सास की आवाज़ थी, जिसे सुनकर वह बिना रुके अन्दर के कमरे में गई। वहाँ कोई नहीं था। उसने वहीं से उत्तर दिया, ''यहाँ तो कोई नहीं है।''

कोठे से सास की आवाज़ आई, ''चप्पल तो बजी थी।''

बिना इसका उत्तर दिए ही सुशीला ने कमरे की खिड़की खोल दी, और रास्ते की ओर देखने लगी कि 'वे' कहीं आते हुए तो दिखाई नहीं दे रहे हैं।

रास्ता, भूरी तपी घनी धूल से भरा, सूना अवसन्न पड़ा हुआ था। यह शहर के बाहर का रास्ता था, इसलिए इस पर बहुत थोड़े लोग दिखाई देते। पास के गाँव की ओर जानेवाली किसानों की बैलगाड़ियाँ, अथवा दूर की यात्रा करनेवाली उजड़े रंग की नीली मोटर लारियाँ और बसें, अपने पीछे धूल का बादल उठाती हुई इधर से निकल जाया करतीं। परन्तु बारह बजे की इस बेसब्र धूप से आदमी का कहीं चिह्न भी दिखाई नहीं दे रहा था।

सुशीला ने आँखें फैलाकर कचहरी की गेरुई इमारतों की ओर देखा। एक नि:संग एकस्वरता दूर काँप रही थी। आजकल सुशीला को अपना जीवन अलोना-अलोना-सा लग रहा है।

उन्नीस साल की इकहरी साँवली सुशीला उड़े हुए, फीके पड़े रंग की साड़ी पहनती है। सूरज की बेमुरव्वत धूप से उसके चेहरे का गेहुआँ रंग सँवला गया है। सुबह उठते ही वह काम में जो लग जाती है तो रात के दस बजे तक इसी तरह। उसके उपरान्त वह चुपचाप, पति के कमरे में घुसती है। किन्तु, न जाने क्यों, तब उसका हृदय अज्ञात भार से भर उठता है।

सुशीला अपने जीवन से प्रसन्न है। परन्तु एक बात की ज़रूर कमी है। चाहती है उसका पति रामराव इंटर पास होता। उसकी अंग्रेज़ी की प्रैक्टिस अच्छी है। सुशीला के लिए यह गुप्त गर्व का विषय है।

फिर भी ज़िन्दगी के झगड़े-टंटे और घर के बखेड़े पति-पत्नी पर इतने छा गए हैं कि रामराव की अंग्रेज़ी का गर्व अब उतना आह्लादकारक नहीं रहा। वह पूर्ति नहीं

करता। सुशीला स्वयं कुछ पढ़-लिख लेती है। रामराव ने अपने वैवाहिक जीवन के प्रारम्भिक उल्लास में सुशीला के लिए कुछ पुस्तकें भी ख़रीदी थीं। आज भी छोटे-से स्थानीय पुस्तकालय से एकाध पुस्तक घर आ जाती है। किन्तु सुशीला उसको दूर से देख-भर लेती है। छू भी नहीं पाती। आले में वह किताब इस तरह धरी रहती है जैसे मन के कोने में एक मीठा अजाना स्वप्न छिपा रहता है। जिस प्रकार नया रास्ता सालों की आमद-रफ़्त के बाद घिसकर, उखड़कर, निर्जीव घनी धूल की एकरूपता में परिवर्तित हो जाता है, उसी तरह सुशीला का हृदय-पथ समय के नालदार जूतों और उसकी ठोकरों से घिसकर घनी निर्जीव धूल की एकरूपता में परिवर्तित हो गया है। अब उसके हृदय में कोई आनन्द, कोई मोह, कोई स्वप्न, ऐसा कि जिसको वह अपना कह सके, नहीं रहा। काल तथा परिस्थिति जिधर मोड़ दे, जैसी मोड़ दे, उधर ही वैसे ही मुड़ जाने के लिए सुशीला को अपना मन तैयार न करना पड़ता, वह आप ही आप, बिना कहे, किसी पुर्जे की भाँति, घूम जाता। फिर भी मन मन ही है। ननद का पोलका सीते हुए सुशीला के मन में साँवले सूनेपन में दिवास्वप्न तैर आते। सुई और धागे की गति से मानो उनकी गति बँधी होती। परन्तु खेत में घुस आनेवाली गाय अथवा बछड़े को जिस तरह मार भगाया जाता है, वैसे ही उसके साथ भी होता।

फिर भी सुशीला जीवन से प्रसन्न है। रामाराव बिलकुल बेदर्द नहीं हो गए हैं।

आसमान में पतले-साँवले मेघ घिर आए हैं। सरदी का मौसम। नदी की दिशा से हवा। रात। और खिड़की खुली हुई।

रामराव की छाती पर ठंडी वायु का फ़ौरन असर हो जाता है। इसका ख़याल आते ही रामराव के पास लेटी हुई सुशीला के सपने टूट गए। वह उठ बैठी और खिड़की के दरवाज़े बन्द कर लिए। फिर वहीं लेट गई और टूटे सपने जोड़ने लगी, अथवा आप ही आप वे जुड़ते चले। दिन-भर की अनुत्पादशील, बेकार मेहनत की थकान से रामराव बिस्तर पर लेटा कि आँख लग गई। घोर निद्रा। दिन-भर की थकान ने सुशीला की देह को शिथिल कर डाला था, फिर भी वह सो नहीं सकी। वह ख़ुद नहीं जानती थी कि क्यों।

लेकिन फिर भी मन में कुछ था, जो सोने नहीं देता था। वह ऐसे ही आधी जागती, आधी सोचती, आधी सोती रही। नींद के पाताली अँधियाले में वह डूबने ही वाली थी कि रामराव ने करवट बदली। उसकी आँखें खुलते ही सुशीला उठ पड़ी। आदत के अनुसार अपने खुले बाल हाथ से सँवारते हुए उसने कहा, "आज बड़ी जल्दी सो गए? अभी नौ ही तो बजे हैं।"

रामराव ने अपने दोनों हाथ सिर के ऊपर एक दूसरे में गूँथते हुए आलस छोड़ा और चुपचाप पड़ा रहा। और फिर कहने लगा, "सपना देख रहा था।"

सुशीला को सपनों पर बड़ा विश्वास है। उसने रामराव के होंठों पर मुसकान की रेखा देख, पूछा, "क्या बात है? मुझे सुनाओ।"

रामराव ने कुछ सोचा, फिर कहना शुरू किया। विचित्र, पाताली विकृतियों भरा, अद्भुत जगत सुशीला की आँखों में खिंचने लगा। मन की निबिड़ शक्तियाँ उसमें अजीब समाधान पाने लगीं। स्वप्न का अन्तिम चित्र मनोरंजक था। रामराव किसी अपरिचित नगर की अपरिचित, सूनी और अभी-अभी हुई थोड़ी, बूँदाबाँदी के कारण दबी हुई धूल से पीली-साँवली दिखनेवाली सड़क पर चल रहा है। आसमान में मेघों के कटे-छँटे धुन्ध के गीले, नील-श्यामल वातावरण के धुँधियाले में, सड़क ठंडी सूनी किन्तु प्रिय मालूम हो रही है। और घोर विस्मय की बात यह है कि...

...सड़क के तले नोट बिखरे हुए हैं, दस के, पाँच के। कुछ सौ के भी हैं। एक क्षण में सब ओर नज़र दौड़ाकर वह आनन्द के विक्षोभ में नीचे झुकता है और उन्हें असावधानी से जेब में भरता चलता है। उसे अपनी सारी फ़िक्रें याद आती हैं, और उनकी शान्ति का अवसर हाथ से नहीं जाने देना चाहता कि...

उसकी आँख खुल जाती है। जागते में अपने हाथ में नोटों का अनुभव करना चाहता है। उसके स्थान पर सुशीला की उँगलियाँ मिलती हैं।

स्वप्न सुनकर सुशीला खुश हो गई। लक्ष्मी आने की सम्भावना अत्यन्त मनोहर सिद्ध होते देख रामराव के मन की स्वाभाविक दार्शनिकता ने विद्रोह करना शुरू किया। परन्तु घर की स्थिति अत्यन्त दयनीय होने के कारण उस विद्रोह में कोई डंक न रहा। रामराव को सुशीला के सामने कबूल करना पड़ा कि वह भी नित्य आर्थिक चिन्ताओं में ही रहा करता है, इसीलिए उसे सुशीला से मन की दो बातें करने की सुविधा नहीं मिल पाती। वह क्षण ऐसा था कि जिसमें दोनों एक-दूसरे से कुछ भी छिपा न सकते थे। उस वक्त कोई दुराव या छिपाव का मौक़ा न था। रामराव अपने बचपन की बातें कहता रहा। उसमें लड़कियों की भी बातें आईं। रामराव के जीवन में कोई प्रेम-प्रसंग न थे। पर आकर्षण थे। रामराव और सुशीला ग़रीब, अर्द्ध-शिक्षित तथा अपूर्ण होते हुए भी आधुनिक वातावरण के सम्पर्क में आ चुके थे। उनके प्रलोभन से दब चुके थे। पर उनके प्रति वर्जना की भावना न थी। महीनों बाद पति-पत्नी में यह मैत्री का क्षण आया था, जिन क्षणों में मनुष्य हृदय को नग्न कर देना चाहता है। बातों में अनायास प्रवाहिता ऐसी थी कि सुशीला एकदम कह बैठी, ''एक बात पूछूँ?''

अपनी बात को इस प्रकार कटते हुए देख रामराव विस्मित हुआ। सिवा साश्चर्य 'हूँ' के वह कुछ भी न कह सका।

''नाराज़ तो नहीं होंगे?'' कहते हुए सुशीला उसके पास सरक आई। रामराव समझा कि यह प्रस्तावना है उस अध्याय की जिसे 'नारी-हठ' कहकार पुकारा जाता है। सुशीला के पास लुगड़े नहीं थे। इसीलिए अकसर वह बाहर निकलने से इनकार कर देती। यही नहीं, बल्कि परसाल ख़रीदी गई लुगड़े की जोड़ी भी बुरी तरह से फट गई थी। फिर भी उसे वह इस सिफ़त से पहनती थी कि उसमें की लम्बी-लम्बी दरारें गायब हो जातीं। पर लुगड़े का उड़ा हुआ रंग बहुत भद्दा हो गया था। वह कहाँ छिपता। बाहर

की गरम धूल, घर के अन्दर की प्राण–भक्षी धनहीनता तथा वहाँ के समस्त वातावरण की भूरी अवसन्नता के साथ उसके कटे–फटे लुगड़े के उड़े हुए रंग का भद्‌दापन ठीक-ठीक जा बैठता। दोनों में एक मलिन सुसंगति की असली छाप थी। सुशीला के गुप्त-प्रार्थना–भरे स्वर से रामराव का शंकित होना स्वाभाविक था। फिर भी अपनी शंकाओं को ढाँककर रामराव ने कहा, ''नाराज़ होने की क्या बात है? मैंने अपनी गहरी बातें तुमसे नहीं कहीं?''

सुशीला का साहस बँधा, परन्तु रामराव की विस्मयातुर दृष्टि से सकुचाकर उसने फिर कहा, ''तो पूछूँ?''

रामराव को बात गड़बड़ मालूम हुई। पर उसके धीरज पर अभी तक चोट नहीं थी।

''सामने देशपांडे के यहाँ कौन रहने आए हैं? ये ही तो अपने यहाँ कल थे!''

रामराव को आश्‍चर्य हुआ। इतनी ज़रा–सी बात मालूम नहीं।

''बहुत भला आदमी है।'' मुक्त कंठ से प्रशंसा करते हुए उन्होंने कहा।

सुशीला को यह वाक्य अच्छा लगा। वे जो सामने के देशपांडे के घर आए हुए हैं, अच्छे आदमी ही मालूम होते हैं। निस्सन्देह! सुशीला के कल्पना–प्रिय मन ने उस व्यक्ति के आस–पास चक्कर काटा था। कारण?

कारण, कारण—सुशीला से यह न पूछो। वह स्वयं नहीं जानती। पर क्या वह रामराव के मूर्त सजीव आधार और आध्यात्मिक आश्रय को मात्र फूहड़पन में त्यागने का संकल्प कर सकती है? संकल्प क्या, कल्पना भी कर सकती है? अगर लेखक स्वयं सुशीला को यह जाकर पूछे तो एक जोरदार चाँटे के अलावा और कुछ न मिलेगा।

सुशीला को जीवन भर आत्मविश्लेषण का मौक़ा न आया था। वह न जान सकी थी कि उस व्यक्ति के प्रति उसका जो आकर्षण है वह रामराव के पतित्व और अपने पत्नीत्व के आधार को कहीं भी धक्का नहीं पहुँचाता। वह आकर्षण तो मात्र उस व्यक्ति की सज्जनता के चारों ओर, विद्या, सम्पन्नता और शिष्टता के तेजोवलय के प्रति था, उस स्वप्न के समान सुन्दर दीखनेवाले देश और नगर के प्रति था। (जहाँ से वह व्यक्ति आया है), जिसके बारे में सुशीला अनुभवशून्य थी। वह स्वर्ग है या नरक, यह भी न जानती थी।

''तुमसे बातचीत की थी?''

''हाँ, वह बहुत अच्छा आदमी है।'' मुक्त कंठ से रामराव बोला।

सुशीला उसकी लेटी देह पर एकदम लोट गई और उसके मुख पर अपना मुख रखते हुए भावुकता से बोली, ''न, न, पर वह तुमसे अच्छा कैसे हो सकता है!''

''अरे, मैं तो मूर्ख हूँ!'' (यह उनकी शालीनता थी; मूर्ख वे हरगिज न थे) ''दुनिया में बड़े–बड़े बुद्धिमान भरे हैं। सुशीला, सिर्फ़ इंटर पास करने और अंग्रेज़ी अच्छी लिख–बोल लेने से होता क्या है? यदि मैं सचमुच बुद्धिमान होता तो पिताजी की बात भी रख लेता और पढ़ भी लेता।''

"अब भी पढ़ सकते हो।"

"अब?"

"क्यों नहीं, ये सोने की चूड़ियाँ तुम्हारी ही तो हैं!" सुशीला ने हाथों को ऊँचा कर चूड़ियाँ बतलाते हुए कहा।

"न, भाई, वे मेरी माँ की तुम्हें दी हुई हैं, मुझसे यह नहीं हो सकता।"

सुशीला को लगा वह जैसे जीत गई। यह क्षण अब उसी का है। उसने कृत्रिम निरपेक्ष भाव से पूछा, "कहाँ तक पढ़े हैं?"

"एम.ए., एल-एल.बी.–बड़े आदमी के लड़के हैं।"

उसका कुतूहल बढ़ता ही गया, "कहाँ से आए हैं?"

"इलाहाबाद से।"

और सुशीला सोचने लगी कि इलाहाबाद कितना बड़ा शहर होगा। इसलिए वह चुप बैठी रही।

"वहाँ क्या करते हैं?"

"सम्पादक हैं।"

"ये जो मासिक-पत्र निकालते हैं, न?"

सुशीला को विद्या पर और विद्वानों पर अत्यन्त श्रद्धा थी। मानो सुशीला को अब समझ में आया हो कि सम्पादक कैसा जानवर होता है, ऐसे स्वर में उसने उत्तर दिया, "अच्छा!"

सुशीला इलाहाबाद के और उस व्यक्ति के बारे में सोचती ही रही। नींद में डूबने से पहले वह एक रंगीन विस्मय में थी कि रामराव भावुकतावश नहीं, सिर्फ़ सज्जनता के कारण ही यह कह रहे थे। यद्यपि यह सच है कि रामराव मात्र अल्पसन्तोषी, दार्शनिक, उपदेशवादी, धैयवान प्राणी थे। परन्तु सुशीला के हृदय में सारी मायूसी, अवसन्नता तथा म्लानता के बावजूद, बहुत गहरे-गहरे, कहीं तो भी कुछ तो भी फड़फड़ाता रहता था, जो सारी दीवारें, सारी भीतें, सारे व्यवधान फोड़-तोड़कर मेहनत से, अथक उत्साह से, और निःशेष आशा से, इस धनहीनता के निर्जीव, निःस्पंद पीले-भूरे-मटियाले अभिशाप को किसी सागर में फेंक-फाँक दे!

वे दोनों बिना बोले वैसे ही पड़े रहे कुछ समय तक। फिर सुशीला बोली, "तुम भी कर लो बी. ए. जल्दी और कपड़े ठीक-ठाक बना लो, क्या बात है!"

रामराव ने बुजुर्गों की गम्भीरता से उसके चेहरे पर हाथ फेरा।

नींद ने दोनों को फ़ौरन ही सम्हाल लिया।

सुबह दस बजे कुएँ पर चम्पा और सुशीला हँस रही थीं, क्योंकि उनके सामने माधवराव बड़ी ही अनगढ़ रीति से धोती धो रहा था।

इतने में सुशीला ने ज़्यादा जानकारी के अभिमान से कहा, "एम.ए., एल-एल.बी. हैं।"

"एम.ए., एल-एल.बी.? और एम.ए., एल-एल.बी. हुआ तो क्या? धोती धोना तो आता ही नहीं।"

सुशीला ने गम्भीरता से कहा, "ऐसा नहीं, चम्पा, बड़े आदमी के लड़के हैं, कहाँ काम पड़ा? ये देशपांडे उनके मामा होते हैं। यहीं उन्हें काम पड़ा।"

माधवराव उधर धोती धो रहा था। गम्भीर नौजवान, बाल उसके पीछे निकले हुए थे। निक्कर पहिने हुए था। और उसकी दीर्घ सकेश जाँघें धोंस मारती थीं। उसे कैसे मालूम होता कि बातें यों की जा रही हैं।

चम्पा चुप हो रही और अपनी साड़ी सड़ाड़-साड़ पत्थर पर पटककर धोने लगी। वह एक ग़रीब, मेहनती, तीक्ष्ण-जिह्व, दयालु महिला थी। सुशीला के दिल में क्या चल रहा है, इसका अनुमान होना उसे बड़ा ही कठिन था।

माधवराव ने साबुन लगाए कपड़ों पर और अधिक पानी बापरने के लिए गिर्री पर रस्सी को रक्खा और बालटी कुएँ में छोड़ दी। और वह क्या देखता है, दूसरी ओर सामने भी उसी तरह बालटी लटकती हुई नीचे शीघ्र उतर रही है। और गिर्री के दो खम्भों के बीचोबीच एक नारीमुख उसे देख रहा है। उसे एकाएक लगा जैसे यह परिचय की माँग करनेवाली सहज, सरल अनायास दृष्टि है। एक पूर्ण मुख जिसके स्तब्ध चेहरे पर आँखें एक विचित्र गम्भीर आलोक डाल रही हैं।

वह हतबुद्धि-सा खड़ा हो गया और फिर जल्दी में बालटी गर-गर-गर नीचे डाल दी। बालटी को ऊपर खींचते समय भी वह मुख दो खम्भों के बीच बार-बार दीख जाता था। परन्तु माधवराव को फिर अन्तिम बार उसे स्तब्ध पूर्ण मुख (पर) दो नारी-आँखें अपनी सहज मैत्री का भाव कह गईं।

माधवराव ने धोती धोना शुरू किया, परन्तु उसकी आँखें जानबूझकर इधर-उधर उसे देखना चाहती थीं। उसने पाया कि वह एक अत्यन्त फीके रंग की साड़ी पहने हुए है, जिससे मालूम होता है कि उसके पति को पन्द्रह रुपए से अधिक नहीं पड़ता होगा। उसके आस-पास एक मेहनती निर्धन स्थिति का वातावरण उग्र होकर रहता है, परन्तु उसके मुख से पता चलता है कि वह किसी उच्चवंशीय की कन्या है जो समय-परिवर्तन के कारण दैन्य-दशा को प्राप्त हुई है।

नहाकर जब माधवराव कन्धे पर सफ़ेद टॉवेल डाले चला आ रहा था, तब उसके हृदय में एक अनुपम निराकर दया हलके कुहरे की भाँति छा रही थी। उसकी आँखों के सामने यह विराट ग़रीबी और उसकी गर्मी से बफ़ी हुई हृदय की स्थितियाँ पूर्ण होकर आ रही थीं। कमर पर पानी का घड़ा सम्हाले और गर्दन में धुली हुई धोती और साड़ियों की माला डाले वे दोनों स्त्रियाँ अपने घर की ओर जा रही थीं। सुबह के ग्यारह बजे आसमान का सूरज अपनी पूरी तेज़ी के साथ रास्ते के पत्थरों को तपा रहा था, और इस सड़क के पार कँटीले तार के हिस्से में खड़ी कचेरी की लाल पुती हुई दीवारें निर्जन दुपहर की भीषणता को और भी बढ़ा रही थीं।

सुशीला जब घर पहुँची तो चौके से भोजन की बिखरी बास आ रही थी। वह समझ गई कि रामराव खा चुके हैं, और उसकी सास उसी की राह देख रही है।

उसने कमर से घड़ा उतारा और चुपचाप वस्त्रों को बाँस पर सुखाने के लिए डालने लगी। उसका चेहरा देखकर सास समझी कि रामराव ने आज ज़रूर कुछ कहा-सुना होना चाहिए, नहीं तो इतना मौन गम्भीर तो, भाई, किसी आदमी से नहीं [रहा] जाता।

उसी शाम कुछ ऐसी बात रही कि रामराव को अचानक हेडमास्टर ने अपने यहाँ रोटी खाने बुला लिया। सास शाम को कुछ न खाती थी। एक ही बार भोजन करती थी। और सुशीला के लिए सुबह का रक्खा हुआ काफ़ी था।

यह देख कि रसोई के काम की छुट्टी है, सास सन्तुष्ट होकर राम मन्दिर के पंडित की स्त्री के पास चली गई, कहती हुई, "मैं ज़रा देर से आऊँगी, सम्हालना।"

तब सुशीला घर को अबेर रही थी, और अबेरते ही अबेरते खुले आसमान में साँझ घिर आई थी। एक अजीब व्यथा से सुशीला का जी कुम्हला रहा था और उसका शरीर शिथिल हुआ जा रहा था।

तभी खिड़की में से दीख रहे खुले रंगीन आसमान से कुएँ के आस-पास के सघन वृक्ष रंगीन और अधिक श्याम-से दीख रहे थे। उधर ही से माधवराव केवल सफ़ेद शर्ट-पैंट में आता दिखलाई दिया। सुशीला ने गर्दन फेर ली और झटपट अपने काम में लग गई।

परन्तु पाँच मिनट बाद जब उसे फिर देखा तो पाया कि वह खिड़की की ओर ही आ रहा है। वह उस कमरे से चल दी और दूसरे कमरे के दरवाज़े के छेद से झाँकने लगी। उसने देखा कि वह खिड़की तक चला आया है। परन्तु उसके अन्दर न झाँकते हुए, दूर ही खड़ा रह वह चिल्ला रहा है, "देशपांडे साहब, देशपांडे साहब!"

दरवाज़े के पीछे वह मानो 'खील से गड़ी' हो गई थी, परन्तु फिर वह धैर्य करके खिड़की तक गई और कहा, "हेडमास्टर साहब के यहाँ गए हैं।"

"कब?" आश्चर्य से उस नवयुवक ने कहा।

"चार बजे ही।"

माधवराव को उसके लाल चेहरे की तरफ़ देखकर लगा कि उसकी शंका ठीक है। उसे मालूम हुआ कि जैसे अनजाने ही वह काफ़ी दूर तक चल आई है। वह स्तब्ध वहीं खड़ा रहा, जैसे वहाँ से हटना न चाहता हो।

पूछा, "कब तक आएँगे?"

तब तक सुशीला स्थिर हो गई थी। अपने को समेट लिया था। "मुझे मालूम नहीं" कहकर चुप हो गई।

माधवराव भी कीलित था। सोच रहा था कि ऐसी रंगीन शाम घूमने किधर चला जाए।

सुशीला ने निरपेक्ष भाव से पूछा, "उनसे क्या कहूँ, आपका नाम?"

माधवराव चुप हो रहा, सोचा कि बतला दूँ कि नहीं। फिर बोला, "माधवराव।"

सुशीला के मन की रोक जैसे ढह गई थी।

"आप इलाहाबाद रहते हैं?"

माधवराव कुतूहलयुक्त आनन्द से बोला, "हाँ-हाँ।"

"बहुत बड़ा शहर होगा।"

"बहुत बड़ा, जी।" कहकर माधवराव हँस पड़ा।

सुशीला जैसे नदी के समान बेरोक होकर पूछने लगी, "तो आप वहीं रहते हैं?"

"जी।"

तब तक सुशीला घर के अन्दर खिड़की में और माधवराव घर के बाहर खिड़की में खड़े हो गए। साँझ आकाश में खिल रही थी।

"वहाँ कब जाएँगे आप?"

"पाँच दिन बाद।"

यह सुनकर सुशीला स्तब्ध हो गई। माधवराव ने पूछा,"क्यों?"

"कुछ नहीं, मुझे एक फ्लॉवर पॉट चाहिए। बहुत दिनों से इसकी ख़ास ज़रूरत आ पड़ी है। इस समय घर में अड़चन है, नहीं तो मैं ख़ुद इन्दौर जाकर ले आती। वहाँ मेरे मामा रहते हैं। मुझे बहुत प्यार करते हैं, बी.ए. पास हैं, और बहुत ही अच्छे आदमी हैं। वहाँ लता, रश्मि बड़े घर दी हुई हैं, और मेरे मामा का बड़ा घर है..."

माधवराव ज़ोर से हँसना चाहता था। पर शायद उसे बुरा लगे, इसलिए मुसकरा दिया। सोचने लगा, कितना बचपन से भरा इसका मन है।

वह कहती चली, "वैसे मैं इन्दौर हो आती, मुझे किसी प्रकार की कमी नहीं है, लेकिन बड़े-बड़े शहर देखने की इच्छा है। इलाहाबाद [का] क्या लगता है?"

"बहुत थोड़ा।"

"तो तो ठीक है। अच्छा तो मैं उनसे क्या कह दूँ?"

"पास के माधवराव आए थे, बस।" माधवराव ने मज़ाक़ करते हुए पूछा, "मैंने सुना है कि स्त्रियाँ बहुत बातूनी होती हैं।"

सुशीला तड़ाक से बोली, "और मैंने एक कादम्बरी में पढ़ा है कि पुरुष बेरहम होते हैं।"

माधवराव झेंपते हुए बोला, "मैं तो नहीं हूँ।"

सुशीला क्षण-भर के लिए चुप रह गई, और उसकी तरफ़ देखा कि माधवराव की आँखें कुछ कह रही हैं। उसने गर्दन नीचे डाल दी और हृदय में अनुभव किया कि मीठे आँसू के सौ-सौ फव्वारे फूटना ही चाह रहे हैं।

माधवराव ने अपना हाथ खिड़की में डाल दिया। परन्तु सुशीला ने पीठ कर ली और अन्दर चली गई। तब साँझ बिलकुल झुकी थी।

खिड़की के बाहर खड़े हुए माधवराव ने देखा कि घर के सूने अँधेरे में सुशीला की आकृति खो गई है।

माधवराव को यह आशा कदापि न थी। कई सुन्दर, सुकुमार और शिक्षित नवयुवतियों को उसने देखा है। परन्तु सुशीला तो गज़ब कर गई। यह भी कोई बात है कि पहले ही मौक़े पर इतना कह दिया जाए! पहले झेंप, फिर लज्जा, फिर संकोच और फिर बातचीत—रोमांस का विकास कुछ इसी तरह होता है।

फिर भी माधवराव आश्चर्य न कर सका। सुशीला की आँखों में ऐसा कुछ न था जिसका लज्जा-लावण्य से कोई सम्बन्ध हो। फिर भी उसमें स्तब्ध माँग थी, एक बूझ थी कि तुम कौन हो जो यहाँ तक चले आए हो इलाहाबाद से। माधवराव एक ऐसे दूर—स्थित प्रान्त से आया था कि सुशीला की आँखों में कल्पनाएँ ही कल्पनाएँ छा जाती थीं।

रात को सुशीला रामराव के पास जब माधवराव के बारे में अधिक बात करना चाहने लगी, तो उसके पति को ताव आ गया। इसलिए नहीं कि माधवराव के बारे में वह संशयालु है, परन्तु स्त्री के मुँह से किसी की इतनी अधिक तारीफ़ अपनी शान के खिलाफ़ जाती है। सुशीला समझी कि रामराव उसे माधवराव से बात करने से मना कर रहे हैं, जो कि समाज-मर्यादानुकूल पति का कर्तव्य है। इसलिए बिना विरोध किए वह आँखें खोले लेटी ही रही, उसे बहुत देर तक नींद नहीं आई। रामराव सोने को होता तो खेल करके उसे जगा देती। फिर डाँट खाती और चुपचाप पड़ी रहती। आधे घंटे बाद जब बारह का गजर हुआ तो उसने ज़बरदस्ती मीठी नींद में सोए रामराव को सारी ताक़त लगा उठाकर बैठा दिया। मुँह फुलाकर कहा, "उठ जाओ, हमें नींद नहीं आती।"

रामराव ने झल्लाते हुए कहा, "मुझे गहरी आ रही है।"

सुशीला ने अड़कर कहा, "हमें माँ के पास पहुँचा दो।"

"पागल हो गई हो?" पर रामराव ने देखा कि वह रो रही है। वह और भी चिढ़ गया, "अरे यार, बड़ी आफ़त है!" कहकर रामराव धड़ाम से बिस्तर पर गिर गया और सो गया। सुशीला के सामने केवल निरपेक्ष निर्वैयक्तिक अन्धकार छा रहा था।

सुबह उठकर ही सुशीला ने रामराव से कहा, "दो साल हो गए, माँ को नहीं देखा। वह अब बूढ़ी हो गई है, मर-बिर जाएगी। फिर बाद कौन जाता है! मुझे वहाँ पहुँचा दो। मैं कितनी जाना चाहती हूँ।" और वह ज़िद पकड़ गई। दिन-भर खाना नहीं खाया और उदास बैठी रही।

तब रामराव समझा, बात ज़रा गम्भीर है। इसलिए सांसारिक ज्ञान की ज़िम्मेदार भव्यता, अपने गाल की हड्डी निकले हुए खड्डेदार मुँह पर लाकर बोला, "इसी साल गेहूँ चार महीने के ख़रीद लिए हैं, और घासलेट पीपे के रुपए अभी तक बाक़ी धरे हैं।

दूसरे, वहाँ तक के लिए भी तो सिर्फ़ जाने के चार लगेंगे, और चार लौटना और एक हाथ ख़र्च, इस तरह दस। इससे तो तुम्हें एक साड़ी आ सकती है जो दो साल तक आराम से चलेगी और कुछ ठीक दिखोगी। अच्छा, कहती हो तो दिवाली पर चलेंगे। तब तक कुछ ट्यूशन भी जमा हो जाएगी। दिवाली के सिर्फ़ चार महीने हैं।''

सुशीला का हृदय सुनते-सुनते फटा जा रहा था। उसने उँगलियों पर गिनकर देखा तो दिवाली के साढ़े पाँच महीने निकले।

चार दिन हो गए। सुशीला दिखी ही नहीं। माधवराव रामराव के भी घर गया था। परन्तु बैठक तक उसकी छाया भी नहीं आई। वह आश्चर्य करता हुआ सोच रहा था कि ऐसी क्या बात हो गई होगी। रामराव? संशय? रोक? डाँट? या वह मुझे भटकाना चाहती है।

परन्तु एक दिन सुबह ही वह कुएँ पर जाती दिखलाई दी, यह मौक़ा माधवराव कैसे चूक सकता था। पैर बढ़ाता हुआ वहाँ जा पहुँचा।

उसने देखा कि वह म्लान गम्भीर हैं। सिर के काले केश ढीले होने से हवा के कारण गालों पर मँडरा रहे हैं। उसके प्रथम दर्शन का वह स्तब्ध पूर्ण मुख किसी अभिव्यक्ति से आप्लावित होकर रक्तिम हो गया है। उसे बात समझ में नहीं आई। इसलिए वह और भी सुन्दर मालूम हुई।

उसने दूर से ही हल्की मीठी आवाज़ से कहा, ''सुशीला।''

सुशीला चौंकी नहीं। उसने माधवराव को दूर से ही आते देख लिया था। केवल एक बार उसकी ओर देखा, और फिर कुएँ से पानी निकालने लगी। प्रातर्वायु की पुलक माधवराव के सर्वांग में छा रही थी। आसमान ताज़े प्रकाश से विहसित था।

सुशीला ने पानी की बालटी निकाली, और उसकी ओर देखती हुई खड़ी हो गई। फिर बोली, मुसकराने की कोशिश करते हुए जिससे कि उसके होंठ आकुंचित हो गए, ''इलाहाबाद कब जानेवाले हैं?''

''परसों।''

''मैं भी माँ के पास जानेवाली थी, लेकिन अब नहीं जाती, फिर कभी सही।''

''और क्या आज्ञा है?'' कहकर माधवराव ने अकस्मात् सुशीला का ठंडा गीला हाथ अपने हाथ में ले लिया। उस निर्जन में सूर्य की लाल किरणें उन दोनों के बीच में से कुएँ पर छा रही थीं।

सुशीला ने हाथ को तुरन्त खींच लिया। कहा, ''दी हुई कादम्बरी पढ़ ली।''

''अच्छी लगी?'' माधवराव ने पूछा।

''अच्छी है, पर उस स्त्री के 'इतने' थे, पर मित्र तो एक भी नहीं था!''

सुशीला ने 'मित्र' शब्द इतने ज़ोर से कहा कि माधवराव समझते हुए भी कुछ नहीं समझा। सुशीला के चेहरे से उसे ऐसा लगा मानो वह पूछ रही हो, ''तुम मेरे मित्र हो सकते हो?''

इतने में चम्पा सिर पर एक के ऊपर एक मटका लिये आ गई। वे दोनों चुपचाप अलग हट गए। सुशीला के हृदय में वही बात गूँज रही थी, 'माधवराव, तुम मेरे मित्र हो सकते हो?' परन्तु तीक्ष्ण-जिह्व चम्पा की ओर सबसे अधिक माधवराव का ध्यान था। वह स्थिति को बचा लेना चाहता था। उसका पिघला हुआ हृदय सहसा बर्फ़ हो गया। नीची गर्दन किए हुए सोचता हुआ आगे चलने लगा।

चम्पा का चेहरा उग्र हो गया था। परन्तु सुशीला ने परवाह नहीं की। उससे भी अधिक अपना चेहरा कठोर बनाकर वह चली गई।

रामराव ने सिर्फ़ इतना ही कहा कि माधवराव से इतना अधिक बोलना जन-लज्जा के कुछ प्रतिकूल है, कि सुशीला का मुँह एकदम फूल गया। तीन दिन तक वह पति से बोली नहीं। बिचारा रामराव आख़िर क्या करता? अब वह रोज़ से अधिक काम करती और अपने को बिलकुल फ़ुर्सत या आराम न देती। उधर रामराव का जीवन ख़राब होने लगा। वह सुबह-शाम स्कूल के पहले और बाद सुशीला को अपने संस्पर्श में रखने का आदी हो गया था। परन्तु उसने इसलिए धैर्य रखा कि परसों तो माधवराव जानेवाला है। फिर भी उसके दिमाग़ पर अस्थिर बेचैनी बनी रहती। उसने भी, प्रतिक्रियास्वरूप, सुशीला से बोलना छोड़ दिया।

इस प्रकार ये दो ग्रह अपने अलग-अलग वृत्त-पथों पर घूमते, सिवा कुछ क्षणों के जबकि दोनों के पथ, कुछ दूर तक पास आ जाते। सुदूरतम श्याम में ये दोनों ग्रह अपनी-अपनी ज्योति में ढँके निकल जाते। सुशीला ने सुबह से शाम तक का कार्यक्रम निश्चित कर लिया, और एकाग्र होकर इसी तरह दिन और सुबह तै करती। सुबह सबसे जल्दी उठती, शाम को सबसे बाद थकी-माँदी बिस्तर पर पीठ टेकती।

कुएँ पर उषा का लाल विभास उसी तरह फैल जाता। स्त्रियों पर स्त्रियाँ आतीं। प्रतिदिन के अनुसार बालटियों और घड़ों की खड़खड़ाहट वातावरण में गूँजती रहती। नीम के पेड़ की निरपेक्ष हिलडोलमई सरसर उसी तरह, झूमती रहती। दुपहर ग्यारह बजे से शुरू होती। क्लर्कों और मास्टरों का नहाना, सुबह के पाँच घंटे काम की क्षुधापूर्ण थकावट के उपरान्त, प्रतिदिन के अनुसार उनकी मुख-रेखाओं पर कुछ उत्साह का प्रवाह दौड़ा देता। और फिर टीन से उठता हुआ तपते आसमान में क्षुद्र लगनेवाला धुआँ, और उन्हीं छतों के नीचे दो क़ौर खाते ही गात-गात में थकावट का अनुभव प्राप्त करनेवाले तरुण क्लर्क और मास्टर, उनके बच्चों के दारिद्र्य की आभा से दमक उठनेवाले जिद्दी चेहरे। फिर शाम आती, रोज़ की भाँति चिन्ता-ज्वाला के समान श्यामारूण, नीम और कुएँ पर कुछ समय के लिए बुझती दृष्टि डाल, और फिर अपने विराट अँधेरे से सर्वत्र को मिलाकर लुप्त हो जाती। प्रत्येक क्षण अपने अन्तस्तल में अपना नक्शा लिये खिसकता चलता। दिवसानुदिवस सुशीला को मालूम हुआ कि माधवराव का विचार बदल गया है। वह कल न जाकर पँधरा दिन बाद जाएगा। उसने

खेदमय आश्चर्य से गर्दन हिला दी कि पुरुष कैसे होते हैं जो अपना वचन नहीं रख सकते!

सुशीला ने उस समय पर कुएँ पर जाना छोड़ दिया जबकि माधवराव आता था। जो-जो माधवराव के फ़ुरसत के समय थे तब तक सुशीला जानबूझकर काम में अधिक व्यस्त हो जाती। घर के बाहर तपती सुनहली ज़मीन पर माधवराम की छाया घूमती हुई सुशीला को दिखलाई देती। उसके मन की गम्भीरता के सघन वातावरण को छेदता हुआ विह्वलता का एक किरण—सा जलता तीर उचककर ऊपर जा जाता, परन्तु फ़ौरन वातावरण के श्याम गाम्भीर्य में खो जाता। और फिर सुशीला का निर्विकार पूर्ण चेहरा नीचे झुककर अपने काम में डूब जाता।

माधवराव बिस्तर बाँधने लगा। सूटकेस तैयार हो गया था। और देशपांडे महोदय ताँगा लेने गौतमपुरे चले दिए। माधवराव का हृदय एक आशा में लीन था कि शायद सुशीला का पूर्णेन्दु मुख उसे जाते समय तो दिख ही जाएगा। इसलिए रामराव के यहाँ वह जाकर बैठ गया। इतनी दुपहर को उसने वहाँ चाय पी। परन्तु अन्दर से सुशीला की परिचित सरसराहट तक न आई। उसने आज सुबह कुएँ पर जाते समय सुशीला को देखा था, जब वह रोज़ के अनुसार कुएँ पर जा रही थी। उसका मुँह देखते ही माधवराव के हृदय में आशा का दीपक जग गया था।

ताँगा आते ही देशपांडे ने बैठने की जल्दी की, और ज्योंही माधवराव को लादे ताँगा पत्थरों पर खड़ाखड़ाता हुआ आगे चलने लगा कि यकायक रामराव के रसोईघर की काली खिड़की खुली, और वही स्तब्धपूर्ण मुख, आँखों में न्याय्य मैत्री की माँग करनेवाला करुण दुर्दम चेहरा, वहीं स्तब्ध मूर्त्त भाव।

माधवराव के हृदय की मानो खड़ाखड़-खड़ाखड़ (खिड़कियाँ) खुल गईं और एक बेरोक प्रकाश का तूफ़ान अन्दर घुस गया और छाने लगा।

ताँगा लुप्त हो गया एक मिनिट बाद ही, परन्तु तपते सूर्य के नीचे अवसन्न व्याकुल सड़क पर जी.एन.आइ.टी. की लाल बस धूल उड़ाती हुई चल दी। परन्तु सड़क के किनारे का पीपल वृक्ष सूने में ही उन यात्रियों को अपनी मूर्ख वृहद् शाखाएँ डुलाकर विदा का नमस्कार कर रहा था।

(रचनाकाल मूल सम्पूर्ण 3.9.1942, आंशिक संशोधन सम्भवतः 1947)

अँधेरे में

एक रात को बारह बजे, ट्रेन से एक युवक उतरा। स्टेशन पर लोग एक कतार में खड़े थे और ज़्यादा नहीं थे। इसलिए ट्रेन से नीचे आने में उसको ज़्यादा कठिनाई नहीं हुई। स्टेशन पर बिजली की रोशनी थी, परन्तु वह रात के अँधियाले को चीर न सकती थी, और इसलिए मानो रात अपने सघन रेशमी अँधियाले से तम्बूनुमा घर हो गई थी जिसमें बिजली के दीए जलते हों। उतरते ही प्लेटफ़ार्म की परिचित गन्ध, जिसमें गरम धुआँ और ठंडी हवा के झोंके, गरम चाय की बास और पोर्टरों के काले लोहे में बन्द मोटे काँचों से सुरक्षित पीली ज्वालाओं के कंदील पर से आती हुई अजीब उग्र बास, इत्यादि—सारी परिचित ध्वनियों और गन्धों ने उनकी संज्ञा से भेंट की। युवक के हृदय में जैसे एक दरवाज़ा खुल गया था, एक ध्वनि के साथ, और मानो वह ध्वनि कह रही थी—आ गया, अपना आ गया...।

युवक झटपट उतरा। उसके पास कुछ भी सामान नहीं था, कोयले के कणों से भरे हुए लम्बे बालों में हाथों से कंघी करता हुआ वह चला। पाँच साल पहले वह यहीं रहता था। इन पाँच सालों की अवधि में दुनिया में काफ़ी परिवर्तन हो गया, परन्तु उस स्टेशन पर परिवर्तन आना पसन्द नहीं करता था, युवक ने अपने पूर्वप्रिय नगर की खुशी में एक कप चाय पीना स्वीकार किया और वहीं स्टॉल पर खड़ा होकर कपबशी की आवाज़ करता हुआ इधर-उधर देखने लगा। सब पुराना वातावरण था। परन्तु इस नगर के मुहल्ले में बीस साल बिता चुकनेवाला यह पचीस साल का युवक पुराना नहीं रह गया था। उसकी आत्मा एक नए महीन चश्मे से स्टेशन को देख रही थी।

टिकट देकर स्टेशन पर आगे बढ़ा तो देखता है कि ताँगे निर्जल अलसाए बादलों की भाँति निष्प्रभ और स्फूर्तिहीन ऊँघते हुए चले जा रहे हैं। युवक ने इसी से पहचान लिया कि यह विशेषता इस नगर की अपनी चीज़ है।

दुकानें सब बन्द हो चुकी थीं, जिनके पास नीचे सड़क पर आदमी सिलसिलेवार सो रहे थे। उनके साथी और उन्हीं के समान सभ्य पशुओं में से निर्वासित श्वान-जाति दुबकी इधर-उधर पड़ी हुई थी। युवक ने पैर बढ़ाने शुरू कर दिए। उखड़ी हुई डामर की काली सड़क पर बिजली की धुँधली रोशनी बिखर रही थी। एक ओर दुकानें, फिर

सराय, फिर अफ़ीम-गोदाम, फिर एक टुटपुंजिया म्यूनिसिपल पार्क, फिर एक छोटा चौराहा जहाँ डनलप टायर के विज्ञापनवाली दुकान और उसके सामने लाल पम्प, फिर उसके बाद कॉलेज। और इस तरह इस छोटे शहर की बौनी इमारतें और नक़ली आधुनिकता इसी सड़क के किनारे-किनारे एक ओर चली गई थीं। दूसरी ओर रेल का हिस्सा था जहाँ शंटिंग का सिलसिला इस समय कुछेक घंटों के लिए चुप था।

युवक को रात का यह वातावरण अत्यन्त प्रिय मालूम हुआ। गरमी के दिन थे। फिर भी हवा बहुत ठंडी चल रही थी। सड़क के खुले हिस्से में जहाँ रेल के तार जा रहे थे, नीम और पीपल के वृक्ष के पत्ते झिरमिर-झिरमिर कर रहे थे। रेल की पटरियों के उधर मालवे का पठार शुरू हो जाता था, जहाँ के सघन आम के बड़े-बड़े दरख़्त दूर से ही दीख रहे थे। उसी मैदान पर, एक ओर, एक नवीन मुहल्ला, शहर के अमीरों, व्यापारियों, अफ़सरों का उपनिवेश, सिकुड़ा हुआ था।

सब दूर शान्ति थी। रात का गाढ़ा मौन था। युवक के रोज़मर्रा के कर्मप्रधान जीवन में रोज़ रात का एक, सोने का समय था, और सुबह के साढ़े आठ के अनन्तर जागने का समय था। वैदिक ऋषि-मनीषियों के उषःसूक्त से लगाकर तो अत्याधुनिक छायावादियों के 'बीती विभावरी जाग री, अम्बर पनघट में डुबो रही ताराघट ऊषा नागरी' का दर्शन इस युवक ने इन गए पाँच सालों में बहुत कम किया है।

अपने उस कर्म-जटिल क्षेत्र को पीछे छोड़कर जैसे मनुष्य अपनी अरुचिकर यादों से बचना चाहता हो—यह युवक इस रात में पा रहा था कि वातावरण में पठार-मैदान से उठकर आनेवाली हवा की उत्फुल्ल और मीठी ताज़गी के साथ-ही-साथ मानो मनुष्यों की सोई हुई चुपचाप आत्माएँ अपनी गाढ़ी नीरवता में अधिक मधुर होकर वन की सुगन्ध और वृक्ष के मर्मर में मिल गई है।

रेल की पटरियों के पार—रेलवे यार्ड में ही—वहाँ के मध्यवर्गीय नौकरों के क्वार्टर्स बने हुए थे। बाहर ही, जो उसका आँगन कहा जा सकता है, दो खाटें समानान्तर बिछी हुई थीं जिनके बीच में एक छोटा-सा टेबल रखा हुआ था। उस पर एक आधुनिक लैम्प अपनी अध्ययन—समर्पित रोशनी डाल रहा था। एक खाट पर एक पुरुष कोई पुस्तक पढ़ रहा था और दूसरी पर घोर निद्रा थी। लैम्प की धुँधली रोशनी में घर के सामनेवाले बाजू पर एक काला-सा अधखुला दरवाज़ा और बाँस की चिमटियों से बनाए गए बन्द बरांडे के लेटे-से चतुष्कोण साफ़ दीख रहे थे। उस घर की पंक्ति में ही कई क्वार्टर्स और दीख रहे थे, उसी तरह पंक्तिबद्ध खाटें बराबर यथास्थान लगी हुई चली गई थीं।

युवक के मन में एक प्यार उमड़ आया। ये घर उसे अत्यन्त आत्मीय-जैसे लगे, मानो वे उसके अभिन्न अंग हों।

यही बात उसकी समझ में नहीं आई। इस अजीब आनन्दमय भावना ने उसके मन के सन्तुलित तराजू को झटके देने शुरू किए। वह भावनाओं से अब इतना अभ्यस्त नहीं

रह गया था कि उनका आदर्शीकरण कर सके। रोज़ का कठिन, शुष्क, दृढ़ जीवन उसे एक विशेष तरह का आत्मविश्वास-सा देता था। परन्तु...आज...।

वह बैठनेवाला जीव न था। रास्ते पर पैर चल रहे थे। मन कहीं घूम रहा था। दूसरे उसे अत्यन्त एकान्त—जहाँ उसकी सहज प्रवृत्तियों का खुला बालिश खिलवाड़ हो—बहुत दिनों से नहीं मिला था।

उसने सोचना शुरू किया कि आख़िर क्यों यह अजीब जल के निर्मलिन सहस्र स्रोतों-सी भावना उसके मन में आ गई।

उसको जहाँ जाना था, वहाँ का रास्ता उसे मिल नहीं सकता था। एक तो यह कि पाँच साल के बाद शहर की गलियों को वह भूल चुका था। दूसरे, जिस स्थान पर उसे जाना था वह किसी ख़ास ढंग से उसे अरुचिकर मालूम हो रहा था। इसलिए लक्ष्यस्थान की बात ही उसके दिमाग़ से ग़ायब हो गई थी।

पैर चल रहे थे या उसके पैर के नीचे से रास्ता खिसक रहा था, यह कहना असम्भव है, परन्तु यह ज़रूर है कि कुछ कुत्ते—चिर-जाग्रत् रक्षक की भाँति खड़े हुए—भूँक रहे थे।

उसके मन में किसी अजान स्रोत से एक घर का नक्शा आया। उसका भी बरांडा इसी तरह की चिमटियों से बना हुआ था। वहाँ भी वासन्ती रातों में नीम के झिरिर-मिरिर के नीचे खाटें पड़ी रहती थीं। युवक को एक धुँधली सूरत याद आती है, उसकी बहन की, और आते ही फ़ौरन चली जाती है। बस चित्र इतना ही। यह मत समझिए कि उसके माता-पिता मर गए। उसके भाई हैं, माता-पिता हैं। वे सब वहीं रहते हैं जिस शहर में यह रहता है।

युवक हँस पड़ा। उसे समझ में आ गया कि क्यों उन क्वार्टरों को देखकर आत्मीयता उमड़ आई। मज़दूर चालों में, जहाँ वह नित्य जाता है, या उसके अमीर दोस्तों के स्वच्छ सुन्दर मकानों में, जहाँ से वह चन्दा इकट्ठा करता, चाय पीता, वाद-विवाद करता और मन-ही-मन अपने महत्त्व को अनुभव करता है—वहाँ से तो कोई आत्मीयता की फुसफुसाहट नहीं हुई। हमारा युवक अपने पर ही हँसने लगा। एक सूक्ष्म, मीठा और कटु हास्य।

दूर एक दुकान पर साठ नम्बर का ख़ास बेलजियम का बिजली का लट्टू जल रहा था। सड़क पर ही कुरसियाँ पड़ी थीं, बीच में टेबल था। एक आरामकुर्सी पर लाल भैरोगढ़ी तहमद बाँधे हुए ताँगेवाले साहब बैठे हुए बिस्कुट खा रहे थे। दूसरी कुरसी पर एक निहायत गन्दा, पीछे से फटी हुई चड्डी पहने, उघाड़े बदन, लड़का कभी बिस्कुटों के चूरे खाने की तरफ़ या भाफ उठाते हुए टेबल पर रखे चाय के कप की तरफ़ देखता हुआ बैठा था। दूसरी कुरसी पर दूसरे मुसलमान सज्जन रोटी और मांस की कोई पतली वस्तु खा रहे थे और बहुत प्रसन्न मालूम हो रहे थे। जो होटल का मालिक था वह एक पैर पर अधिक दबाब डाले—उसको खूँटा किए खड़ा था, सिगरेट पी रहा था और कुछ

ख़ास बुद्धिमानी की बातें करता था जिसको सुनकर रोटी और मांस की पतली वस्तु को दोनों हाथों का उपयोग कर खानेवाले मुसलमान सज्जन 'अल्लाहो अकबर', 'अल्ला रहम करे' इत्यादि भावनाप्लुत उद्‌गारों से उसका समर्थन करते जाते थे। सिगरेट का कश वह इतनी ज़ोर से खींचता था कि उसका ज्वलन्त भाग बिजली की भयानक रोशनी में भी चमक रहा था। उसका हाथ आराम से जंघा-क्षेत्र में भ्रमण कर रहा था।

दुकान के अन्दर से पानी को झाड़ू से फेंकने की क्रिया में झाड़ू की कर्कश दाँत पीसती-सी आवाज़ और पानी के ढकेले जाने की बालिश रोतली ध्वनि आ रही थी, साथ ही उसके छींटे छोटे-छोटे कंकड़ों की भाँति लगातार बाहर उन्नतवक्र रेखामार्ग से चले आ रहे थे। बिजली का लट्टू दरवाज़े के ऊपर लगे हुए कवर के बहुत नीचे लटक रहा था, जिस पर लगातार गिरनेवाले छींटे सूखकर धब्बे बन रहे थे।

इतने में पुलिस के एक गश्तवान सिपाही लाल पगड़ी पहने और ख़ाकी पोशाक में आकर बैठ गए। वे भी मुसलमान ही थे। उनकी दाढ़ी पर छह बाल थे, और ओठों पर तो थे ही नहीं। चालीस साल की उम्र हो चुकी थी पर बालों ने उन पर कृपा नहीं की थी। नाक उनकी बुद्धि से व्यापक थी, काले डोरे की घुंडी की भाँति चमक रही थी। आँख में एक चुपचाप दयनीयता झाँक उठती। वह कोई मुसीबतजदा प्राणी था—शायद उसे सूज़ाक था—या उसकी घरवाली दूसरे के साथ फ़रार हो गई थी। या वह किसी अभागी बदसूरत वेश्या का शरीरजात था। उसे न जाने कौन-सी पीड़ा थी जो चार आदमियों में प्रकट नहीं की जा सकती थी। वह पीड़ा तो दूसरों के आनन्द और निर्बाध हास्य को देखकर चुपचाप निबिड़ आँखों में चमक उठती थी। वह इस समय भी चमक रही थी, किसी ने उसकी तरफ़ ध्यान नहीं दिया। उसके सामने क्रमानुसार चाय आ गई और फुर-फुर करते हुए पीने लगा।

ताँगेवाले महाशय का ताँगा वहीं दुकान के सामने सड़क के दूसरे किनारे खड़ा था। घोड़ा अपने मालिक की भाँति बड़ा चढ़ैल और ग़ुस्सैल था। एक ओर तो वह बिजली की रोशनी में चमकनेवाली हरी घास को बादशाह की भाँति खा रहा था, तो दूसरी ओर आध घंटे में एक बार अपनी टाँग ताँगे में मार देता था। उसके घास खाने की आवाज़ लगातार आ रही थी और उसका भव्य सफ़ेद गम्भीर चेहरा होटल को उपेक्षा की दृष्टि से देख रहा था।

ताँगेवाले महाशय ने चाय पीनी शुरू की। तगड़ा मुँह था। बेलौस सीधी नाक थी और उजला रंग था। ठाठदार मोतिया साफ़ा अब भी बँधा हुआ था। बोल-चाल निहायत शुस्ता और सलीक़े से भरी थी। चेहरे पर मार्दव था जो कि किसी अक्खड़ बहादुर सिपाही में हो सकता है। आज दिन में उन्होंने काफ़ी कमाई की थी, इसीलिए रात में जगने का उत्साह बहुत अधिक मालूम हो रहा था।

दुकान के अन्दर झाड़ू की कर्कश आवाज़ और पानी की खल-खल ध्वनि बन्द हो गई। छोटी-छोटी बूँदें टपकानेवाली मैली झाड़ू लिये एक पन्द्रह का लड़का, एक

आँख से काना, दरवाज़े में खड़ा हो गया। वह एक गन्दी बनियान पहने हुए और घुटने पर से फटे पाजामे को कमर पर इकट्ठा किए खड़ा था कि मालिक का अब आगे क्या हुक्म होता है। परन्तु बाहर मजलिस जमी थी। लाल साफ़ेवाला सिपाही बड़ी रुचि के साथ उसे सुन रहा था। चाहता था कि वह भी कुछ कहे...।

इतने में इन लोगों को दूर से एक छाया आती हुई दिखाई दी। सब लोगों ने सोचा कि इस बात पर ध्यान देने की ज़रूरत नहीं! पर धीरे-धीरे आनेवाली उस छाया का सिर्फ़ पैंट ही दिखाई दिया और कुछ थकी-सी चाल! युवक चुपचाप उन्हीं की ओर आया और हलकी-सी आवाज़ में बोला, "चाय है?" उत्तर में 'हाँ' पाकर और बैठने के लिए एक अच्छी आरामदेह कुरसी पाकर वह खुश मालूम हुआ। लोगों ने जब देखा कि चेहरे से कोई ख़ास आकर्षक या असाधारण आदमी मालूम नहीं होता, तब आश्वास की साँस लेकर बातें करने लगे!

लाल पगड़ीवाला दयनीय प्राणी कुछ बोलना चाहता था। इतने में उसके दो साथी दूर से दिखाई दिए। उन्हें देखकर वह अत्यन्त अनिच्छा से वहाँ से उठने लगा। उसने सोचा था कि शायद, कोई बैठने को कहे। परन्तु लोगों को मालूम भी नहीं हुआ कि कोई आया था और जा रहा है।

"माधव महाराज के ज़माने में ताँगवालों को ये आफ़त नहीं थी, मौलवी सा'ब! मैंने बहुत ज़माना देखा है। कई सुपुरडंट आए, चले गए, कोतवाल आए, निकल गए। पर अब पुलिसवाला ताँगे में मुफ़्त बैठेगा भी, और नम्बर भी नोट करेगा..." ताँगेवाले ने कहा।

होटलवाला जो अब तक मौलवी साहब से कुछ ख़ास बुद्धिमानी की बात कर रहा था, उसने अब ज़ोर से बोलना शुरू किया। धोती की तहमद बाँधे, बहुत दुबला, नाटे क़द का एक अधेड़ हँसमुख आदमी था। वह बहुत बातूनी, और बहुत खुशमिज़ाज आदमी और अश्लील बातों से घृणा करनेवाला, एक ख़ास ढंग से संस्कारशील और मेहनती मालूम होता था। उसने कहा, "मौलवी सा'ब, दुनिया यों ही चलती रहेगी। मैंने कई कारोबार किए। देखा, सबमें मक्कारी है। और कारोबारी की निगाह में मक्कारी का नाम दुनियादारी है। पुलिसवाले भी मक्कार हैं–ताँगवाले कम मक्कार नहीं हैं। वह जैनुल आबेदीन–मिर्जावाड़ी में रहनेवाला...सुना है आपने क़िस्सा।"

मौलवी साहब ठहाका मारकर हँस पड़े। 'या अल्लाह' कहते हुए दाढ़ी पर दो बार हाथ फेरा और अपनी उकताहट को छिपाते हुए–मौलवी साहब को एक कप चाय और बिस्कुट मुफ़्त या उधार लेना था–आँखों में मनोरंजक विस्मय कूड़कर होटलवाले की बात सुनने लगे।

होटलवाले ने अपने जीवन का रहस्योद्‌घाटन करने से डरकर बात को बदलते हुए कहा, "मैं आपको क़िस्सा सुनाता हूँ। दुनिया में बदमाशी है, बदतमीज़ी है। है, पर करना क्या? गालियों से तो काम नहीं चलता, क्यों रहीमबख़्श (ताँगेवाले की ओर

संकेत कर), ताँगेवाले बहुत गालियाँ देते हैं! दूसरे, सड़क पर से गुज़रती हुई औरतों को देख—चाहे वे मारवाड़िनियाँ ही हों, ढिल्लमढाल पेटवाली—बस इन्हें फ़ौरन लैला याद आ जाती है। यह देखकर मेरी तो रूह काँपती है। मौलवी सा'ब, मेरा दिल एक सच्चे सैयद का दिल है। एक दफ़ा क्या हुआ कि हज़रत अली अपने महल में बैठे हुए थे। और राज-काज देख रहे थे कि इतने में दरबान ने कहा कि कुछ मिस्री सौदागर आए हैं, आपसे मिलना चाहते हैं। अब उनमें का एक सौदागर आलिम था।''

मौलवी सिर्फ़ उसके चेहरे को देख रहे थे जिस पर अनेक भावनाएँ उभड़ रही थीं जिससे उसका चिपका-काला चेहरा और भी विकृत मालूम होता था। दूसरे, वह यह अनुभव कर रहे थे कि यह अपना ज्ञान बघार रहा है और ज्ञान का अधिकार तो उन्हें है। तीसरे, उन्होंने यह योग्य समय जानकर कहा, ''भाई, एक कप चाय और बुलवा दो।''

चाय का नाम सुनकर कुरसी पर बैठे हुए युवक ने कहा, ''एक कप यहाँ भी।''

पीछे से फटी चड्डी पहने हुए गन्दा लड़का ऊँघ रहा था। वह ऊँघता हुआ ही चाय लाने गया। ताँगेवाला रहीमबख़्श बातों को ग़ौर से सुन रहा था। वह जानना चाहता था कि इस कहानी का ताँगवालों से क्या सम्बन्ध है।

होटलवाले ने कहना शुरू किया, ''उनमें का एक सौदागर आलिम था। उसने हज़रत अली का नाम सुन रखा था कि ग़रीबों के ये सबसे बड़े हिमायती हैं। शानोशौक़त बिलकुल पसन्द नहीं करते। और अब देखता क्या है कि महल की दीवारें संगमरमर से बनी हुई हैं, जिसमें ख़्वाबकोह के हीरे दरवाज़ों के मेहराबों पर जड़े हुए हैं और चबूतरा काले चिकने संगमूसे का बना हुआ है। हरे-हरे बाग़ हैं और फ़व्वारे छूट रहे हैं। वह मन-ही-मन मुसकराया। गरमी पड़ रही थी, और रूमाल से बँधे हुए सिर से पसीना छूट रहा था।

''हज़रत अली के सामने जब माल की क़ीमत नक्की हो चुकी, तो सौदागर उनकी मेहरबानी सूरत से खिंचकर बोला कि 'बादशाह सलामत! सुना था कि हज़रत अली ग़रीबों के ग़ुलाम हैं। पर मैंने कुछ और ही देखा है। हो सकता है, ग़लत देखा हो।'

''सौदागर अपना गट्ठा बाँधते-बाँधते कह रहे थे। हज़रत अली की आँख से एक बिजली-सी निकली। सौदागर ने देखा नहीं, उसकी पीठ उधर थी, वह अपने माल का गट्ठा बाँध रहा था।

''हज़रत अली ने कहा, 'ज़्यादा बातें मैं आपसे नहीं कहना चाहता। आप मुझे इस वक़्त महल में देखते हैं, पर मैं हमेशा यहाँ नहीं रहता। बाज़ार में अनाज के बोरे उठाते हुए मुझे किसी ने नहीं देखा है।' हज़रत अली की आँखें किसी ख़ास बेचैनी से चमक रही थीं।

''वे रेशम का लम्बा शाही लबादा पहने हुए थे। उन्होंने उसके बन्द खोले।

''सौदागर ने आश्चर्य से देखा कि हज़रत अली मोटे बोरे के कपड़े अन्दर से पहने हुए हैं।

''सौदागर ने सिर नीचा कर लिया।''

सैयद होटलवाले की आँखों में आँसू आ गए। मौलवी साहब ने सिर नीचा कर लिया, मानो उन्हें सौ जूते पड़ गए हों। चाय की गरमी सब ख़तम हो गई। ताँगवाले को इसमें ख़ास मज़ा नहीं आया। युवक अपनी कुरसी पर बैठा हुआ ध्यान से सुन रहा था।

होटलवाले ने कहा, ''असली मज़हब इसे कहते हैं। मेरे पास मुस्लिम लीगी आते हैं। चन्दा माँगते हैं। मुस्लिम क़ौम निहायत ग़रीब है! मुझसे पाकिस्तान नहीं माँगते। मुझसे पाकिस्तान की बातें भी नहीं करते। हिन्दू-मुस्लिम इत्तेहाद पर मेरा विश्वास है। लेकिन मैं ज़रूर दे देता हूँ। 'कौमी जंग' अख़बार देखा है आपने? उसकी पॉलसी मुझे पसन्द है। लाल बावटेवालों का है। मैं उन्हें भी चन्दा देता हूँ। मेरा ममेरा भाई बिरला मिल में है। खाता कमेटी का सेक्रेटरी है। वह मुझसे चन्दा ले जाता है।''

युवक अब वहाँ बैठना नहीं चाहता था। फिर भी, सैयद साहब की बातों को पूरा सुन लेने की इच्छा थी। मालूम होता था, आज वे मज़े में आ रहे हैं।

रात काफ़ी आगे बढ़ चुकी थी। होटल के सामने म्युनिसिपल बग़ीचे के बड़े-बड़े दरख़्त रात की गहराई में ऊँघ-से रहे थे जिनके पीछे आधा चाँद मुस्लिम नववधू के भाल पर लटकते हुए अलंकार के समान लग रहा था।

नवयुवक जब उठा और चलने लगा तो मालूम हुआ कि उसके पीछे भी कोई चल रहा है। उन दोनों के पैरों की आवाज़ गूँज रही थी। परन्तु चाँद की तरफ़ (जिसकी काली पृष्ठभूमि भी कुछ आरुण्य लिए थी, मानो किसी मुग्ध रुचिर चेहरे पर खिली हुई लाल मिठास हो) जो घने दरख़्तों के पीछे से उठ रहा था, वह युवक मुँह उठाए देखता जा रहा था। विशाल, गहरा काला, शुक्रतारकालोकित आकाश और नीचे निस्तब्ध शान्ति, जो दरख़्तों की पत्तियों में भटकनेवाले पवन की क्रीड़ा में गा उठती थी।

युवक ऐसी लम्बी एकान्त रात में अर्ध-अपरिचित नगर की राह में अनुभव कर रहा था कि मानो नग्न आसमान, मुक्त दिशा और (एकाकी स्वपथचारी सौन्दर्य के उत्साह-सा, व्यक्ति-निरपेक्ष मस्त आत्माधारा के खुमार-सा) नित्य नवीन चाँद से लाखों शक्ति-धाराएँ फूटकर नवयुवक के हृदय से मिल रही हों। नग्न, ठंडे-पाषाण, आसमान और चाँद की भाँति ही—उसी प्रकार, उसका हृदय नग्न और शुभ्र शीतल हो गया है। द्रव्य की गतिमयी धारा ही उसके हृदय में बह रही है। पाषाण जिस प्रकार प्रकृति का अविभाज्य अंग है, मनुष्य प्रकृति पर अधिकार करके भी अपने रूप से उसका अविभाज्य अंग है।

चाँद धीरे-धीरे आसमान में ऊपर सरक रहा था। वृक्षों का मर्मर रात के सुनसान अँधेरे में स्वप्न की भाँति चल रहा था, परस्पर-विरोधी विचित्र गतिताल के संयोग-सा।

जो छाया दो क़दम पीछे चल रही थी, वह नवयुवक के साथ हो गई। नवयुवक ने देखा कि सफ़ेद, नाज़ुक, लाठी के हिलते त्रिकोण पर चाँद की चाँदनी खेल रही है;

लम्बी और सुरेख नाक की नाजुक कगार पर चाँद का टुकड़ा चमक रहा है, जिससे मुँह का क़रीब-क़रीब आधा भाग छायाच्छन्न है। और दो गहरी छोटी आँखें चाँदनी और हर्ष से प्रतिबिम्बित हैं। उस वृद्ध मौलवी के चेहरे को देखकर नवयुवक को डी.एच. लॉरेंस का चित्र याद आ गया!

उस अर्द्ध-वृद्ध ने आते ही अपनी ठेठ प्रकृति से उत्सुक होकर पूछा, "आप कहाँ रहते हैं?"

वृद्ध के चेहरे पर स्वाभाविक अच्छाई हँस रही थी। इस नए शहर के (यद्यपि नवयुवक पाँच साल पहले यहीं रहता था) अजनबीपन में उसे इस मौलवी का स्वाभाविक अच्छाई से हँसता चेहरा प्रिय मालूम हुआ। उसने कहा, "मैं इस शहर से भली-भाँति वाक़िफ़ नहीं हूँ। सराय में उतरा हूँ। नींद नहीं आ रही थी, इसलिए बाहर निकल पड़ा हूँ।"

होटल में बैठा हुआ यह वृद्ध मौलवी सैयद से हार गया था, मानो उसकी विद्वत्ता भी हार गई थी। इस हार से मन में उत्पन्न हुए अभाव और आत्मलीन जलन को वह शान्त करना चाहता था। "सैयद साहब बहुत अच्छे आदमी हैं। हम लोगों पर उनकी बड़ी मिहरबानी है।"

नवयुवक ने बात काटकर पूछा, "आप कहाँ काम करते हैं?"

"मैं मस्जिद के मदरसे में पढ़ाता हूँ। जी हाँ, गुज़र करने के लिए काफ़ी हो जाता है।" उसकी आँखें सहसा म्लान हो गईं और वह चुप होकर, गरदन झुकाकर नीचे देखने लगा। फिर कहा, "जी हाँ, दस साल पहले शादी हो चुकी थी। मालूम नहीं था कि वह गहने समेट करके चंपत हो जाएगी।...तब से इस मस्जिद में हूँ।"

युवक ने देखा कि आधा-बूढ़ा एक ऐसी बात कह गया है जो एक अपरिचित से कहना नहीं चाहिए। बूढ़े ने कुछ ज़्यादा नहीं कहा। परन्तु इतने नैकट्य की बात सुनकर युवक की सहानुभूति के द्वार खुल गए। उसने बढ़े की सूरत से ही कई बातें जान लीं—वही दुःख जो किसी-न-किसी रूप में प्रत्येक कुचले मध्यवर्गीय के जीवन में मुँह फाड़े खड़ा हुआ है।

"जी हाँ, मस्जिद में पाँच साल हो गए, पंधरा रुपया मिलते हैं, गुज़र कर लेता हूँ। लेकिन अब मन नहीं लगता। दुनिया सूनी-सूनी-सी लगती है। पर इस लड़ाई ने एक बात और पैदा कर दी है—दिलचस्पी! रेडियो सुनने में कभी नागा नहीं करता। रोज़ कई अख़बार टटोल लेता हूँ। जी हाँ, एक नई दिलचस्पी। किताब पढ़ने का शौक़ ज़रूर है। पर मैं तालीमयाफ़्ता हूँ नहीं। तो, गर्जे—कि समझ में नहीं आती।"

बूढ़ा अपनी नर्म, रेशमी, सितार के हलके तारों की गूँज-सी आवाज़ में कहता जा रहा था। बातें मामूली तथ्यात्मक थीं, परन्तु उनके आसपास भावना का आलोकवलय था। उसकी ज़िन्दगी में आहत भावनाओं की जो तर्कहीन शक्ति थी, वह उसकी बातों की साधारणता में अपूर्व वैयक्तिक रंग भर देती थी।

युवक को यह अच्छा लगा। प्रिय मालूम हुआ। एक क्षण में उसने अपनी सहानुभूति की जादुई आँख से जान लिया कि कोई असंगत (अजीब) मस्जिद होगी, जहाँ रोज़ चुपचाप लोग यंत्रचालित-सी एक क़तार में प्रार्थना पढ़ते होंगे। और उसकी सूनी, खाली, दूसरी मंज़िल पर यह असन्तुष्ट और जीवनपूर्ण अर्द्ध-वृद्ध छोटे-छोटे मैले-कुचैले लड़के-लड़कियों को दुपहर में पढ़ाता होगा। अपने लड़कों के ऊधम से परेशान माँ-बाप उन्हें काम में जुटाए रखने के लिए मदरसे में भेज देते होंगे, और यह अनमने भाव से पढ़ाता होगा, और अपनी ज़िन्दगी, दुनिया और दुपहर का सारा क्रुद्ध सूनापन इसके दिल में बेचैनी से तड़पता होगा...।

उसने मौलवी से पूछा, "आपकी उम्र क्या होगी?"

युवक ने देखा कि मौलवी को यह सवाल अच्छा लगा। उसका चेहरा और भी कोमल होता-सा दिखाई दिया। उसने कहा, "सिर्फ़ चालीस। यद्यपि मैं पचास साल के ऊपर मालूम होता हूँ। अजी, इन पाँच सालों ने मुझको खा डाला। फिर भी मैं कमज़ोर नहीं हूँ। काफ़ी हट्टा-कट्टा हूँ।"

मौलवी यह सिद्ध करना चाहता था कि वह अभी युवक है। जीवन की स्वाभाविक, स्वातंत्र्यपूर्ण, उच्छृंखल आकांक्षा-शक्तियाँ उसके सारे शरीर में तारल्य भर देती थीं। उसके चलने में, बातचीत में, वह अन्तिमता नहीं थी जो शैथिल्य और उदासी में पक्वता का आभास पैदा कर देती है। उसने चालीस ठीक कहा था और नवयुवक को भी उसकी बात पर अविश्वास करने की इच्छा न हुई।

"ओफ़्फो:, तो आप जवान हैं!" युवक ने थमकर आगे कहा, "तो आपका दिमाग़ लड़ाई पर ज़रूर चलता होगा..."

"अरे साहब, कुछ न पूछिए, सैयद साहब मुझसे परेशान हैं।"

"आप 'कौमी जंग' पढ़ते हैं? आपके होटल में तो मैंने अभी ही देखा है।"

"'कौमी जंग' तो हमारी मस्जिद में भी आता है! हमारे सबसे बड़े मौलवी परजामंडल के कार्यकर्ता हैं। जमीयत-उल-उलेमा हिन्द के मुअज्ज़िज हैं। वहीं के उलेमा हैं। सब तरह के अख़बार ख़रीदते हैं। यहाँ उन्होंने मुस्लिम फ़ारवर्ड ब्लाक खोल रखा है।"

युवक को यहाँ की राजनीति में उलझने की कोई ज़रूरत नहीं थी। फिर भी उससे अलग रहने की भी कोई इच्छा नहीं थी। इतने में एक गली आ गई जिसमें मुड़ने के लिए मौलवी तैयार दिखाई दिया। युवक ने सिर्फ़ इतना ही कहा, "किताबों के लिए हम आपकी मदद करेंगे। अब तो मैं यहाँ हूँ कुछ दिनों के लिए। कहाँ मुलाक़ात होगी आपसे?"

"सैयद साहब के होटल में। जी हाँ, सुबह और शाम।"

मौलवी साहब के साथ युवक का कुछ समय अच्छा कटा। वह कृतज्ञ था। उसने धन्यवाद दिया नहीं। उसकी ज़िन्दगी में न मालूम कितने ही ऐसे आदमी आए हैं जिन्होंने उस पर सहज विश्वास कर लिया, उसकी ज़िन्दगी में एक निर्वैयक्तिक

गीलापन प्रदान किया। जब कभी युवक उन पर सोचता है तो अपने लिए, अपने विकास के लिए उनका ऋणी अनुभव करता है। उनके झरनों ने उसकी ज़िन्दगी को एक नदी बना दिया। उनमें से सब एक सरीखे नहीं थे। और न उन सबको उसने अपना व्यक्तित्व दे दिया था। परन्तु उनके व्यक्तित्व की काली छायाओं, कंटकों और जलते हुए फ़ास्फ़ोरिक द्रव्यों, उनके दोषों से उसने नाक-भौंह नहीं सिकोड़ी थी। अगर वह स्वयं कभी आहत हो जाता, तो एक बार अपना धुआँ उगल चुकने के बाद उनके व्रणों को चूमने और उनका विष निकाल फेंकने के लिए तैयार होता। उनके व्यक्तित्व की बारीक से बारीक बातों को सहानुभूति के मायक्रोस्कोप (वृहद् दर्शक ताल) से बड़ा करके देखने में उसे वही आनन्द मिलता था जो कि एक डॉक्टर को। और उसका उद्देश्य भी एक डॉक्टर का ही था। उसमें का चिकित्सक एक ऐसा सीधा-साधा हकीम था, जो दुनिया की पेटेंट दवाइयों के चक्कर में न पड़कर अपने मरीज़ों से रोज़ सुबह उठने, व्यायाम करने, दिमाग़ को ठंडा रखने और उसकी दो पैसे की दो पुड़िया शहद के साथ चाट लेने की सलाह देता था। सहानुभूति की एक किरण, एक सहज स्वास्थ्यपूर्ण निर्विकार मुसकान का चिकित्सा-सम्बन्धी महत्त्व, सहानुभूति के लिए प्यासी, लँगड़ी दुनिया के लिए कितना हो सकता है—यह वह जानता था! इसलिए वह मतभेद और परस्पर पैदा होनेवाली विशिष्ट विसंवादी कटुताओं को बचाकर निकल जाता था। वह उन्हें जानता था और उसकी उसे ज़रूरत नहीं थी। दुनिया की कोई ऐसी कलुषता नहीं थी जिस पर उलटी हो जाए—सिवाय विस्तृत सामाजिक शोषणों और उनसे उत्पन्न दम्भों और आदर्शवाद के नाम पर किए गए अन्ध अत्याचारों, यांत्रिक नैतिकताओं और आध्यात्मिक अहंताओं की तानाशाहियों को छोड़कर। दुनिया के मध्यवर्गीय जनों के अनेक विषों को चुपचाप वह पी गया था, और राह देख रहा था सिर्फ़ क्रान्ति-शक्ति की। परन्तु इससे उसको एक नुक़सान भी हुआ था। व्यक्ति उसके लिए महत्त्वपूर्ण नहीं था; व्यक्तित्व अधिक,चाहे वह व्यक्तित्व मामूली ही हो और वह भी तभी तक जब तक उसकी जिज्ञासा और उष्णता का तालाब सूख न जाए। उसकी उष्णता का दृष्टिकोण भी काफ़ी अमूर्त था, क्योंकि उसके व्यक्तित्व का उद्देश्य अमूर्त था। इसलिए अपने आपमें व्यक्ति उससे यदाकदा छूट जाता था, सिवाय उनके जो उसकी धड़कनों और रक्त के साथ मिल गए हैं। हकीम मरीज़ों को फ़ौरन भूल जाते हैं; और मर्ज़ के लिए और मर्ज़ के साथ-साथ वे याद आते हैं। परिणामत: उसकी सहज उष्णता पाकर व्यक्ति उसके साथ एक हो जाते, अपने को नग्न कर देते; और फिर उससे नाना प्रकार की अपेक्षाएँ करने लगते जो सम्भव होना असम्भव था।

मौलवी जब गली में मुड़कर गया तो युवक की आँखें उस पर थीं। मौलवी का लम्बा, दुबला और श्वेतवस्त्रावृत सारा शरीर उसे एक चलता फिरता इतिहास मालूम हुआ। उसकी दाढ़ी का त्रिकोण, आँखों की चपल चमक और भावना शक्तियों से हिलते कपोलों का इतिहास जान लेने की इच्छा उसमें दुगुनी हो गई।

तब सड़क के आधे भाग पर चाँदनी बिछी थी और आधा भाग चन्द्र के तिरछे होने के कारण छायाच्छन्न होकर काला हो गया था। उसका कालापन चाँदनी से अधिक उठा हुआ मालूम हो रहा था।

युवक के सामने समस्याएँ दो थीं। एक आराम की, दूसरी आराम के स्थान की। और दो रास्ते थे। एक तो, कि रात-भर घूमा जाए—रात के समाप्त होने में सिर्फ़ साढ़े-तीन घंटे थे। और दूसरे, स्टेशन पर कहीं भी सो लिया जाए।

कुछ सोच-विचारकर उसने स्टेशन का रास्ता लिया।

उसके शरीर में तीन दिन के लगातार श्रम की थकान थी। और उसके पैर शरीर का बोझ ढोने से इनकार कर रहे थे। परन्तु जिस प्रकार ज़िन्दगी में अकेले आदमी को अपनी थकान के बावजूद भी, भोजन ख़ुद ही तैयार करना पड़ता है—तभी तो पेट भर सकता है—उसी प्रकार उसके पैर चुपचाप, अपने दु:ख की कथा अपने से ही कहते हुए अपने कार्य में संलग्न थे।

उसको एक बार मुड़ना पड़ा। वह एक कम चौड़ा रास्ता था जिसके दोनों ओर बड़ी-बड़ी अट्टालिकाओं के ऊपरी भाग पर चाँदनी बिछी हुई थी।

थकान से शून्य मन में नींद के झोंके आ रहे थे, परन्तु एक डर था पुलिसवाले का, अगर रास्ते में मिल जाए तो उसके सन्देहों को शान्त करना मुश्किल है। डर इसलिए भी अधिक है कि रास्ता अँधेरे से ढँका हुआ, सिर्फ़ अट्टालिकाओं पर गिरी हुई चाँदनी से कुछ-कुछ प्रत्यावर्तित प्रकाश से रास्ते का आकार सूझ रहा है।

मन में शून्यता की एक और बाढ़! नींद का एक और झोंका!! रास्ता दोनों ओर से बन्द होने के कारण शीत से बचा हुआ है—उसमें अधिक गरमी है।

युवक कैसे तो भी चल रहा है। नींद के गरम लिहाफ़ में सोना चाहता है। नींद का एक और झोंका! मन में शून्यता की एक और बाढ़!

युवक के पैरों में कुछ तो भी नरम-नरम लगा—अजीब, सामान्यत: अप्राप्य, मनुष्य के उष्ण शरीर-सा कोमल। उसने दो-तीन क़दम और आगे रखे। और उसका सन्देह निश्चय में परिवर्तित हो गया। उसका सारा शरीर काँप गया। उसकी बुद्धि, उसका विवेक काँप गया। वह यदि क़दम नहीं रखता है तो एक ही शरीर पर—न जाने वह बच्चे का है या स्त्री का, बूढ़े का या जवान का—उसका सारा वज़न, एक ही पर जा गिरे। वह क्या करे? वह भागने लगा एक किनारे की ओर। परन्तु कहाँ—वहाँ तक आदमी सोए हुए थे। उनके शरीर की गरम कोमलता उसके पैरों से चिपक गई थी। वहीं एक पत्थर मिला, वह उस पर खड़ा हो गया, हाँफता हुआ। उसके पैर काँप रहे थे। वह आँखें फाड़-फाड़कर देख रहा था। परन्तु अँधेरे के उस समुद्र में उसे कुछ नहीं दीखा। यह उसके लिए और भी बुरा हुआ। उसका पाप यों ही अँधेरे में छिपा रह जाएगा। उसकी विवेक-भावना सिटपिटाकर रह गई; उसको ऐसा धक्का लग गया कि वह सँभलने भी नहीं पाई। वह पुण्यात्मा विवेक-शक्ति केवल काँप रही थी!

युवक के मन में एक प्रश्न, बिजली के नृत्य की भाँति मुड़-मुड़कर, मटक-मटक कर घूमने लगा—क्यों नहीं इतने सब भूखे भिखारी जगकर, जाग्रत होकर, उसको डंडे मारकर चूर कर देते हैं—क्यों उसे अब तक ज़िन्दा रहने दिया गया?

परन्तु इसका जवाब क्या हो सकता है?

वह हारा-सा, सड़क के किनारे-किनारे चलने लगा। मानो उस गहरे अँधेरे में भी भूखी आत्माओं की हज़ार-हज़ार आँखें उसकी बुज़दिली, पाप और कलंक को देख रही हों। स्टेशन की ओर जानेवाली सीधी सड़क मिलते ही युवक ने पटरी बदल दी।

लम्बी सीधी सड़क पर चाँदनी आधी नहीं थी क्योंकि दोनों ओर अट्टालिकाएँ नहीं थीं; केवल किनारे पर कुछ-कुछ दूरियों से छोटे-छोटे पेड़ लगे हुए थे। मौन, शीतल चाँदनी सफ़ेद कफ़न की भाँति रास्ते पर बिछती हुई दो क्षितिजों को छू रही थी। एक विस्तृत, शान्त खुलापन युवक को ढँक रहा था और उसे सिर्फ़ अपनी आवाज़ सुनाई दे रही थी—पाप! बंगाल की भूख हमारे चरित्र-विनाश का सबसे बड़ा सबूत। उसकी याद आते ही, जिसको भुलाने की तीव्र चेष्टा कर रहा था, उसका हृदय काँप जाता था, और विवेक-भावना हाँफने लगती थी।

उस लम्बी सुदीर्घ श्वेत सड़क पर वह युवक एक छोटी-सी नगण्य छाया होकर चला जा रहा था।

(हंस में प्रकाशित; सम्भावित रचनाकाल 1948-58)

ब्रह्मराक्षस का शिष्य

उस महाभव्य भवन की आठवीं मंज़िल के जीने से सातवीं मंज़िल के जीने की सूनी-सूनी सीढ़ियों पर नीचे उतरते हुए, उस विद्यार्थी का चेहरा भीतर के किसी प्रकाश से लाल हो रहा था।

वह चमत्कार उसे प्रभावित नहीं कर रहा था, जो उसने हाल-हाल में देखा। तीन कमरे पार करता हुआ वह एक विशाल वज्रबाहु हाथ उसकी आँखों के सामने फिर से खिंच जाता। उस हाथ की पवित्रता ही उसके ख़याल में आती, किन्तु वह चमत्कार, चमत्कार के रूप में उसे प्रभावित नहीं करता था। उस चमत्कार के पीछे ऐसा कुछ है, जिसमें वह घुल रहा है, लगातार घुलता जा रहा है। वह 'कुछ' क्या एक महापंडित की ज़िन्दगी का सत्य नहीं है? नहीं, वही है! वही है!!

पाँचवीं मंज़िल से चौथी मंज़िल पर उतरते हुए, ब्रह्मचारी विद्यार्थी, उस प्राचीन भव्य भवन की सूनी-सूनी सीढ़ियों पर यह श्लोक गाने लगता है :

मेघैर्मेदुरमम्बरं वनभुवः श्यामास्तमालद्रुमैः
नक्तं भीरुरयं त्वमेव तदिमं राधे गृहं प्रापय।
इत्थं नन्दनिदेशतश्चलितयोः प्रत्यध्वकुंजद्रुमं,
राधामाधवयोर्जयन्ति यमुनाकूले रहःकेलयः।

इस भवन से ठीक बारह वर्ष के बाद वह विद्यार्थी बाहर निकला है। उसके गुरु ने जाते समय, राधामाधव की यमुना-कूल-क्रीड़ा में घर भूली हुई राधा को बुला रहे नन्द के भाव प्रकट किए हैं। गुरु ने एक साथ श्रृंगार और वात्सल्य का बोध विद्यार्थी को करवाया। विद्याध्ययन के बाद, अब उसे पिता के चरण छूना है। पिताजी! पिताजी!! माँ! माँ!! यह ध्वनि उसके हृदय से फूट निकली।

किन्तु ज्यों-ज्यों वह छन्द सूने भवन में गूँजता, घूमता गया त्यों-त्यों विद्यार्थी के हृदय में अपने गुरु की तसवीर और भी तीव्रता से चमकने लगी।

भाग्यवान् है वह जिसे ऐसा गुरु मिले।

जब वह चिड़ियों के घोंसलों और बरों के छत्तों-भरे सूने ऊँचे सिंह द्वार के बाहर निकला तो यकायक राह से गुज़रते हुए लोग 'भूत'-'भूत' कहकर भाग खड़े हुए।

आज तक उस भवन में कोई नहीं गया था। लोगों की धारणा थी कि वहाँ एक ब्रह्मराक्षस रहता है।

बारह साल और कुछ दिन पहले–

सड़क पर दोपहर के दो बजे, एक देहाती लड़का, भूखा-प्यासा अपने सूखे होंठों पर जीभ फेरता हुआ, उसी बग़लवाले ऊँचे सेमल के वृक्ष के नीचे बैठा हुआ था। हवा के झोंकों से, फूलों का रेशमी कपास हवा में तैरता हुआ, दूर-दूर तक और इधर-उधर बिखर रहा था। उसके माथे पर फ़िक्रें गुँथ-बिंध रही थीं। उसने पास में पड़ी हुई एक मोटी ईंट सिरहाने रखी और पेड़-तले लेट गया।

धीरे-धीरे, उसकी विचार-मग्नता को तोड़ते हुए कान के पास उसे कुछ फुसफुसाहट सुनाई दी। उसने ध्यान से सुनने की कोशिश की। वे कौन थे?

उनमें से एक कह रहा था, "अरे, वह भट्ट! नितान्त मूर्ख है और दम्भी भी। मैंने जब उससे ईशावास्योपनिषद की कुछ पंक्तियों का अर्थ पूछा, तो वह बौखला उठा। इस काशी में कैस-कैसे दम्भी इकट्ठे हुए हैं!"

वार्तालाप सुनकर वह लेटा हुआ लड़का खट से उठ बैठा। उसका चेहरा धूल और पसीने से ग्लान और मलिन हो गया था, भूख और प्यास से निर्जीव।

वह एकदम बात करनेवालों के पास खड़ा हुआ। हाथ जोड़े, माथा ज़मीन पर टेका। चेहरे पर आश्चर्य और प्रार्थना के दयनीय भाव! कहने लगा, "हे विद्वानो! मैं मूर्ख हूँ। अपढ़ देहाती हूँ। किन्तु ज्ञान-प्राप्ति की महत्त्वाकांक्षा रखता हूँ। हे महाभागो! आप विद्यार्थी प्रतीत होते हैं। मुझे विद्वान् गुरु के घर की राह तो बताओ!"

पेड़-तले बैठे हुए दो बटुक विद्यार्थी उस देहाती को देखकर हँसने लगे। पूछा, "कहाँ से आया है?"

"दक्षिण के एक देहात से।...पढ़ने-लिखने से मैंने वैर किया तो विद्वान् पिताजी ने घर से निकाल दिया। तब मैंने पक्का निश्चय कर लिया कि काशी जाकर विद्याध्ययन करूँगा। जंगल-जंगल घूमता, राह पूछता, मैं आज ही काशी पहुँचा। कृपा करके गुरु का दर्शन करवाइए।"

अब दोनों विद्यार्थी ज़ोर-ज़ोर से हँसने लगे। उनमें से एक, जो विदूषक था, कहने लगा, "देख बे, वो सामने सिंह-द्वार है। उसमें घुस जा, तुझे गुरु मिल जाएगा।" कहकर वह ठठाकर हँस पड़ा।

आशा न थी कि गुरु बिलकुल सामने ही हैं। देहाती लड़के ने अपना डेरा-डंडा सँभाला और बिना प्रणाम किए तेज़ी से क़दम बढ़ाता हुआ भवन में दाख़िल हो गया।

दूसरे बटुक ने पहले से पूछा, "तुमने अच्छा किया उसे वहाँ भेजकर?" उसके हृदय में खेद था और पाप की भावना।

पहला बटुक चुप था। उसने अपने किए पर खिन्न होकर सिर्फ़ इतना ही कहा, "आख़िर ब्रह्मराक्षस का रहस्य भी तो मालूम हो।"

सिंह–द्वार की लाल–लाल बर्रें गूँ-गूँ करती उसे चारों ओर से काटने के लिए दौड़ीं; लेकिन ज्यों ही उसने उसे पार कर लिया तो सूरज की धूप में चमकनेवाली भूरी घास से भरे, विशाल, सूने आँगन के आस–पास चारों ओर, उसे बरामदे दिखाई दिए–विशाल, भव्य और सूने बरामदे, जिनकी छतों में फ़ानूस लटक रहे थे। लगता था कि जैसे अभी–अभी उन्हें कोई साफ़ करके गया हो। लेकिन वहाँ कोई नहीं था। आँगन से दीखनेवाली तीसरी मंज़िल की छज्जेवाली मुँडेर पर एक बिल्ली सावधानी से चलती हुई दिखाई दे रही थी। उसे एक ज़ीना भी दिखाई दिया, लम्बा–चौड़ा, साफ़–सुथरा। उसकी सीढ़ियाँ ताज़े गोबर से पुती हुई थीं। उसकी महक नाक में घुस रही थी। सीढ़ियों पर उसके चलने की आवाज़ गूँजती, पर कहीं कुछ नहीं! वह आगे-आगे चढ़ता–बढ़ता गया। दूसरी मंज़िल के छज्जे मिले जो बीच के आँगन के चारों ओर फैले हुए थे। उनमें सफ़ेद चादर लगी गद्दियाँ दूर–दूर तक बिछी हुई थीं। एक ओर मृदंग, तबला, सितार आदि अनेक वाद्य यंत्र क़रीने से रखे हुए थे। रंग–बिरंगे फ़ानूस लटक रहे थे और कहीं अगरबत्तियाँ जल रही थीं।

इतनी प्रबन्ध–व्यवस्था के बाद भी उसे कहीं मनुष्य के दर्शन नहीं हुए। और न कोई पैरों की आवाज़ें सुनाई दीं, सिवाय अपनी पग–ध्वनि के। उसने सोचा शायद ऊपर कोई होगा।

उसने तीसरी मंज़िल पर जाकर देखा। फिर वही सफ़ेद–सफ़ेद गद्दियाँ, फिर वही फानूस, फिर वही अगरबत्तियाँ। वही ख़ाली–खालीपन, वही सूनापन, वही विशालता, वही भव्यता और वही मनुष्य–हीनता।

अब उस देहाती के दिल में से आह निकली। यह क्या? वह कहाँ फँस गया? लेकिन इतनी व्यवस्था है तो कहीं कोई और ज़रूर होगा। इस ख़याल से उसका डर कम हुआ और वह बरामदे में से गुज़रता हुआ अगले ज़ीने पर चढ़ने लगा।

इन बरामदों में कोई सजावट नहीं थी। सिर्फ़ दरियाँ बिछी थीं। कुछ तैलचित्र टँगे थे। खिड़कियाँ खुली थीं, जिनमें से सूरज की पीली किरणें आ रही थीं। दूर ही से खिड़की के बाहर जो नज़र जाती तो बाहर का हरा–भरा ऊँचा–नीचा, ताल–तलैयों, पेड़ों–पहाड़ोंवाला नज़ारा देखकर पता चलता कि यह मंज़िल कितनी ऊँची है और कितनी निर्जन!

अब वह देहाती लड़का भयभीत हो गया। यह विशालता और निर्जनता उसे आतंकित करने लगी। वह डरने लगा। लेकिन वह इतना ऊपर आ गया था कि नीचे

देखने ही से आँखों में चक्कर आ जाते। उसने ऊपर देखा तो सिर्फ़ एक ही मंज़िल शेष थी। उसने अगले जीने से ऊपर की मंज़िल चढ़ना तय किया।

डंडा कन्धे पर रखे और गठरी खोंसे वह लड़का धीरे-धीरे अपनी मंज़िल का ज़ीना चढ़ने लगा। उसके पैरों की आवाज़ उसे जाने क्या फुसलाती और उसकी रीढ़ की हड्डी में से सर्द संवेदनाएँ गुज़रने लगतीं।

ज़ीना ख़त्म हुआ तो फिर एक भव्य बरामदा मिला, लिपा-पुता और अगरुगन्ध से महकता हुआ। सभी ओर मृगासन, व्याघ्रासन बिछे हुए। एक ओर योजनों विस्तार-दृश्य देखते, खिड़की के पास देव-पूजा में संलग्न-मन, मुँदी आँखोंवाले ऋषि-मनीषी कश्मीर की क़ीमती शाल ओढ़े ध्यानस्थ बैठे।

लड़के को हर्ष हुआ। उसने दरवाज़े पर मत्था टेका। आनन्द के आसूँ आँखों में खिल उठे। उसे स्वर्ग मिल गया।

'ध्यान-मुद्रा' भंग नहीं हुई तो मन-ही-मन माने हुए गुरु को प्रणाम कर लड़का ज़ीने की सर्वोच्च सीढ़ी पर लेट गया। तुरन्त ही उसे नींद आ गई। वह गहरे सपनों में खो गया। थकित शरीर और सन्तुष्ट मन ने उसकी इच्छाओं को मूर्त-रूप दिया।...वह विद्वान बनकर देहात में अपने पिता के पास वापस पहुँच गया है। उनके चरणों को पकड़े, उन्हें अपने आँसुओं से तर कर रहा है और आर्द्र-हृदय होकर कह रहा है, ''पिताजी! मैं विद्वान् बनकर आ गया, मुझे और सिखाइए। मुझे राह बताइए। पिताजी! पिताजी!!'' और माँ आँचल से अपनी आँखें पोंछती हुई, पुत्र के ज्ञान—गौरव से भरकर, उसे अपने हाथ से खींचती हुई गोद में भर रही है। साश्रुमुख पिता का वात्सल्य-भरा हाथ उसके शीश पर आशीर्वाद का छत्र बनकर फैला हुआ है।...

वह देहाती लड़का चल पड़ा और देखा कि उस तेजस्वी ब्राह्मण का देदीप्यमान चेहरा, जो अभी-अभी मृदु और कोमल होकर उस पर किरणें बिखेर रहा था, कठोर और अजनबी होता जा रहा है।

ब्राह्मण ने कठोर होकर कहा, ''तुमने यहाँ आने का कैसे साहस किया? यहाँ कैसे आए?''

लड़का आतंकित हो गया। मुँह से कोई बात नहीं निकली।

ब्राह्मण गरजा, ''कैसे आए? क्यों आए?''

लड़के ने माथा टेका, ''भगवन! मैं मूढ़ हूँ, निरक्षर हूँ, ज्ञानार्जन करने के लिए आया हूँ।''

ब्राह्मण कुछ हँसा। उसकी आवाज़ धीमी हो गई किन्तु दृढ़ता वही रही। सूखापन और कठोरता वही।

''तूने निश्चय कर लिया है?''

''जी!''

"नहीं, तुझे निश्चय की आदत नहीं है। एक बार और सोच ले!...जा फ़िलहाल नहा-धो उस कमरे में, वहाँ जा और भोजन कर लेट, सोच-विचार! कल मुझे मिलना।"

दूसरे दिन प्रत्यूष काल में लड़का गुरु से पूर्व जाग्रत हुआ। नहाया-धोया। गुरु की पूजा की थाली सजाई और आज्ञाकारी शिष्य की भाँति आदेश की प्रतीक्षा करने लगा। उसके शरीर में अब एक नई चेतना आ गई थी। नेत्र प्रकाशमान थे।

विशालबाहु पृथु-वक्ष तेजस्वी ललाटवाले अपने गुरु की चर्या देखकर लड़का भावुक रूप से मुग्ध हो गया था। वह छोटे-से-छोटा होना चाहता था कि जिससे लालची चींटी की भाँति ज़मीन पर पड़ा, मिट्टी में मिला, ज्ञान की शक्कर का एक-एक कण साफ़ देख सके और तुरन्त पकड़ सके!

गुरु ने संशयपूर्ण दृष्टि से देख, उसे डपटकर पूछा, "सोच-विचार लिया?"

"जी!" उसकी डरी हुई आवाज़।

कुछ सोचकर गुरु ने कहा, "नहीं, तुझे निश्चय करने की आदत नहीं है। एक बार पढ़ाई शुरू करने पर तुम बारह वर्ष तक फिर यहाँ से निकल नहीं सकते। सोच-विचार लो। अच्छा, मेरे साथ एक बजे भोजन करना, अलग नहीं।"

और गुरु व्याघ्रासन पर बैठकर पूजा-अर्चा में लीन हो गए। इस प्रकार दो दिन और बीत गए। लड़के ने अपना एक कार्यक्रम बना लिया था, जिसके अनुसार वह काम करता रहा। उसे प्रतीत हुआ कि गुरु उससे सन्तुष्ट हैं।

एक दिन गुरु ने पूछा, "तुमने तय कर लिया है कि बारह वर्ष तक तुम इस भवन के बाहर पग नहीं रखोगे?"

नतमस्तक होकर लड़के ने कहा, "जी!"

गुरु को थोड़ी हँसी आई, शायद उसकी मूर्खता पर या अपनी मूर्खता पर, कहा नहीं जा सकता। उन्हें लगा कि क्या इस निरे निरक्षर के आँखें नहीं हैं? क्या यहाँ का वातावरण सचमुच अच्छा मालूम होता है? उन्होंने अपने शिष्य के मुख पर ध्यान से अवलोकन किया। एक सीधा, भोला-भाला निरक्षर बालमुख! चेहरे पर निष्कपट निश्छल ज्योति!

अपने चेहरे पर गुरु की गड़ी हुई दृष्टि से किंचित् विचलित होकर शिष्य ने अपनी निरक्षर बुद्धिवाला मस्तक और नीचा कर लिया।

गुरु का हृदय पिघला। उन्होंने दिल दहलानेवाली आवाज़ से, जो काफ़ी धीमी थी, कहा, "देख! बारह वर्ष के भीतर तू वेद, शास्त्र, पुराण, गणित, आयुर्वेद, साहित्य, संगीत आदि-आदि समस्त शास्त्र और कलाओं में पारंगत हो जाएगा। केवल भवन त्यागकर तुझे बाहर जाने की अनुज्ञा नहीं मिलेगी। ला, वह आसन। वहाँ बैठ।"

और इस प्रकार गुरु ने पूजा-पाठ के स्थान के समीप एक कुशासन पर अपने शिष्य को बैठा, परम्परा के अनुसार पहले शब्द रूपावली से उसका विद्याध्ययन प्रारम्भ कराया।

गुरु ने मृदुता से कहा, "बोलो बेटे–

रामः, रामौ, रामाः–प्रथमा

रामम्, रामौ, रामान्–द्वितीया।"

और इस बाल-विद्यार्थी की अस्फुट हृदय की वाणी उस भयानक निःसंग, शून्य, निर्जन, वीरान भवन में गूँज-गूँज उठती। सारा भवन गाने लगा–

"रामः, रामौ, रामाः –प्रथमा!"

धीरे-धीरे उसका अध्ययन 'सिद्धान्तकौमुदी' तक आया और फिर अनेक विद्याओं को आत्मसात् कर, वर्ष एक के बाद एक बीतने लगे। नियमित आहार-विहार और संयम के फलस्वरूप विद्यार्थी की देह पुष्ट हो गई और आँखों में नवीन तारुण्य की चमक प्रस्फुटित हो उठी। लड़का, जो देहाती था, अब गुरु से संस्कृत में वार्तालाप भी करने लगा।

केवल एक ही बात वह आज तक नहीं जान सका। उसने कभी जानने का प्रयत्न नहीं किया। वह यह कि इस भव्य-भवन में गुरु के समीप इस छोटी-सी दुनिया में यदि और कोई व्यक्ति नहीं है तो सारा मामला चलता कैसे है? निश्चित समय पर दोनों गुरु-शिष्य भोजन करते। सुव्यवस्थित रूप से उन्हें सादा किन्तु सुचारु भोजन मिलता। इस आठवीं मंज़िल से उतर सातवीं मंज़िल तक उनमें से कोई कभी नहीं गया। दोनों भोजन के समय अनेक विवादग्रस्त प्रश्नों पर चर्चा करते। यहाँ इस आठवीं मंज़िल पर एक नई दुनिया बस गई।

जब गुरु उसे कोई छन्द सिखलाते और जब विद्यार्थी मंदाक्रांता या शार्दूलविक्रीड़ित गाने लगता तो एकाएक उस भवन में हलके-हलके मृदंग और वीणा बज उठती और वह वीरान, निर्जन शून्य भवन वह छन्द गा उठता।

एक दिन गुरु ने शिष्य से कहा, "बेटा! आज से तेरा अध्ययन समाप्त हो गया है। आज ही तुझे घर जाना है। आज बारहवें वर्ष की अन्तिम तिथि है। स्नान-सन्ध्यादि से निवृत्त होकर आओ और अपना अन्तिम पाठ लो!"

पाठ के समय गुरु और शिष्य दोनों उदास थे। दोनों गम्भीर। उनका हृदय भर रहा था। पाठ के अनन्तर यथाविधि भोजन के लिए बैठे।

दूसरे कक्ष में वे भोजन के लिए बैठे थे। गुरु और शिष्य दोनों अपनी अन्तिम बातचीत के लिए स्वयं को तैयार करते हुए कौर मुँह में डालने ही वाले थे कि गुरु ने कहा, "बेटे, खिचड़ी में घी नहीं डाला है?"

शिष्य उठने ही वाला था कि गुरु ने कहा, "नहीं, नहीं, उठो मत!" और उन्होंने अपना हाथ इतना बढ़ा दिया कि वह कक्ष पार जाता हुआ, अन्य कक्ष में प्रवेश कर एक क्षण के भीतर, घी की चमचमाती लुटिया लेकर शिष्य की खिचड़ी में घी उड़ेलने लगा। शिष्य काँपकर स्तम्भित रह गया। वह गुरु के कोमल वृद्ध मुख को कठोरता से देखने लगा कि यह कौन है? मानव है या दानव? उसने आज तक गुरु के व्यवहार में कोई

अप्राकृतिक चमत्कार नहीं देखा था। वह भयभीत, स्तम्भित रह गया। गुरु ने दुःखपूर्ण कोमलता से कहा, ''शिष्य! स्पष्ट कह दूँ कि मैं ब्रह्मराक्षस हूँ किन्तु फिर भी तुम्हारा गुरु हूँ। मुझे तुम्हारा स्नेह चाहिए। अपने मानव-जीवन में मैंने विश्व की समस्त विद्या को मथ डाला। इसीलिए मेरी आत्मा इस संसार में अटकी रह गई और मैं ब्रह्मराक्षस के रूप में यहाँ विराजमान रहा।

''तुम आए, मैंने तुम्हें बार-बार कहा लौट जाओ! कदाचित् तुममें ज्ञान के लिए आवश्यक श्रम और संयम न हो। किन्तु मैंने तुम्हारी जीवनगाथा सुनी। विद्या से बैर रखने के कारण, पिता द्वारा अनेक ताड़नाओं के बावजूद, तुम गँवार रहे और बाद में माता-पिता द्वारा निकाल दिए जाने पर तुम्हारे व्यथित अहंकार ने तुम्हें ज्ञान-लोक का पथ खोज निकालने की ओर प्रवृत्त किया। मैं प्रवृत्तिवादी हूँ, साधु नहीं। सैकड़ों मील जंगल की बाधाएँ पार कर तुम काशी आए। तुम्हारे चेहरे पर जिज्ञासा का आलोक था। मैंने अज्ञान से तुम्हारी मुक्ति की। तुमने मेरा ज्ञान प्राप्त कर मेरी आत्मा को मुक्ति दिला दी। ज्ञान का लाया हुआ उत्तरदायित्व मैंने पूरा किया। अब मेरा यह उत्तरदायित्व तुम पर आ गया। जब तक मेरा दिया तुम किसी और को न दोगे तब तक तुम्हारी मुक्ति नहीं।

''शिष्य, आओ, मुझे विदा दो।''

''अपने पिताजी और माँजी को प्रणाम कहना।''

शिष्य ने साश्रुमुख ज्यों ही चरणों पर मस्तक रखा, आशीर्वाद का अन्तिम कर-स्पर्श पाया और ज्यों ही सिर ऊपर उठाया तो वहाँ से वह ब्रह्मराक्षस तिरोधान हो गया।

वह भयानक वीरान, निर्जन बरामदा सूना था। शिष्य ने ब्रह्मराक्षस गुरु का व्याघ्रासन लिया और उनका सिखाया पाठ मन ही मन गुनगुनाते हुए आगे बढ़ गया।

(नया खून, जनवरी 1957 में प्रकाशित)

समझौता

अँधेरे से भरा, धुँधला, सँकरा प्रदीर्घ कॉरिडोर और पत्थर की दीवारें। ऊँची छत की गहरी कॉर्निस पर एक जगह कबूतरों का घोंसला, और कभी-कभी गूँज उठनेवाली गुटरगूँ, जो शाम के छह बजे के सूने को और भी गहरा कर देती है। सूना कॉरिडोर घूमकर एक ज़ीने तक पहुँचता है। ज़ीना ऊपर चढ़ता है, बीच में रुकता है और फिर मुड़कर एक दूसरे प्रदीर्घ कॉरिडोर में समाप्त होता है।

सभी कमरे बन्द हैं। दरवाज़ों पर ताले लगे हैं। एक अजीब निर्जन, उदास सूनापन इस दूसरी मंज़िल के कॉरिडोर में फैला हुआ है। मैं तेज़ी से बढ़ रहा हूँ। मेरी चप्पलों की आवाज़ नहीं होती। नीचे मार्ग पर टाट का मैटिंग किया गया है।

दूर, सिर्फ़ एक कमरा खुला है। भीतर से कॉरिडोर में रोशनी का एक ख़याल फैला हुआ है। रोशनी नहीं, क्योंकि कमरे पर एक हरा परदा है। पहुँचने पर बाहर, धुँधले अँधेरे में एक आदमी बैठा हुआ दिखाई देता है। मैं उसकी परवाह नहीं करता। आगे बढ़ता हूँ और भीतर घुस पड़ता हूँ।

कमरा जगमगा रहा है। मेरी आँखों में रोशनी भर जाती है। एक व्यक्ति काला ऊनी कोट पहने, जिसके सामने टेबिल पर काग़ज़ बिखरे पड़े हैं, अलसाई-थकी आँखें पोंछता हुआ मुसकराकर मुझसे कहता है, "आइए, हुजूर, आइए!"

मेरा जी धड़ककर रह जाता है। 'हुजूर' शब्द पर मुझे आपत्ति है। उसमें गहरा व्यंग्य है। उसमें एक भीतरी मार है। मैं कन्धों पर फटी अपनी शर्ट के बारे में सचेत हो उठता हूँ। कमर की जगह पैंट तानने के लिए बेल्टनुमा पट्टी के लिए जो बटन लगाया गया था, उसकी ग़ैरहाज़िरी से मेरी आत्मा भड़क उठती है।

और मैं ईर्ष्या से उस व्यक्ति के नए फ़ैशनेबल कोट की ओर देखने लगता हूँ और जवान चेहरे की ओर सूखी मुसकान भरकर कहता हूँ, "आपका काम ख़त्म हुआ!"

मेरी बात में बनावटी मैत्री का रंग है। उसका काम ख़त्म हुआ या नहीं, इससे मुझे मतलब?

उसकी अलसाई थकान के दौर में वहाँ मेरा पहुँचना शायद उसे अच्छा लगा। शायद अपने काम से उसकी जो उकताहट थी, वह मेरे आने से भंग हुई। अकेलेपन से अपनी मुक्ति से प्रसन्न होकर उसने फैलते हुए कहा, ''बैठो, कुरसी लो।''

उसका वचन सुनकर मैं धीरे-धीरे कुरसी पर बैठा। यदि कोई बड़ा अधिकारी छोटे को—बहुत छोटे को—कुरसी पर बैठने को कहे तो अनुशासन कैसे रहेगा। अनुशासन हमारे लिए, जो छोटे हैं और निर्बल हैं, जिन्हें दम घोंटकर मारा जाता है और जिनसे काम करवाया जाता है। मुझे एक लोहे का शिकंजा जकड़े हुए है, कब छूटूँगा मैं इस शिकंजे से! ख़ैर, शिकंजे को ढीला कर, ज़रा आराम ही कर लूँ।

मैं धीरे-धीरे कुरसी पर बैठता हूँ। वह अफ़सर फिर फ़ाइलों में डूब जाता है। दो पलों का वह विश्राम मुझे अच्छा लगता है। मैं कमरे का अध्ययन करने लगता हूँ। वही कमरा, मेरा जाना-पहचाना, जिसकी हर चीज़ मेरी जमाई है। मेरी देख-रेख में उनका पूरा इन्तज़ाम हुआ है। ख़ूबसूरत आरामकुरसियाँ, सुन्दर टेबिल परदे, आलमारियाँ, फ़ाइलें रखने के रैक आदि-आदि। इस समय वह कमरा अस्त-व्यस्त लगता है, और बेहद पराया। बिजली की रोशनी में, उसकी अस्त-व्यस्तता चमक रही है, उसका परायापन जगमगा रहा है।

मैं एक गहरी साँस भरता हूँ और उसे धीरे-धीरे छोड़ता हूँ। मुझे हृदय-रोग हो गया है—गुस्से का, क्षोभ का, खीझ का और अविवेकपूर्ण कुछ भी कर डालने की राक्षसी क्षमता का।

मेरे पास पिस्तौल है। और, मान लीजिए, मैं उस व्यक्ति का—जो मेरा अफ़सर है, मित्र है, बन्धु है—अब खून कर डालता हूँ। लेकिन पिस्तौल अच्छी है, गोली भी अच्छी है; पर काम बुरा है। उस बेचारे का क्या गुनाह? वह, मशीन का सिर्फ़ एक पुर्जा है। इस मशीन में ग़लत जगह हाथ आते ही वह कट जाएगा, आदमी उसमें फँसकर कुचल जाएगा, जैसे बैंगन! सबसे अच्छा है कि एकाएक आसमान में हवाई जहाज मँडराए, बमबारी हो और यह कमरा ढह पड़े, जिसमें मैं और वह दोनों ख़त्म हो जाएँ। अलबत्ता, भूकम्प भी यह काम कर सकता है!

फ़ाइल से सिर ऊँचा करके उसने कहा, ''भाई, बड़ा मुश्किल है'' और उसने घंटी बजाई।

एक ढीला-ढीला, बेवकूफ़-सा प्रतीत होनेवाला स्थूलकाय व्यक्ति सामने आ खड़ा हुआ।

अफ़सर ने, जिसका नाम मेहरबान सिंह था, भौंहें ऊँची करके सप्रश्न भाव से कहा, ''कैंटीन से दो कप गरम चाय ले आओ।'' मेरी तरफ़ ध्यान से देखकर फिर उससे कहा, ''कुछ खाने को भी लेते आना।''

चपरासी की आवाज़ ऊँची थी। उसने गरजकर कहा, ''कैंटीन बन्द हो गई।''

''देखो, खुली होगी, अभी छह नहीं बजे होंगे।''

चाय और अल्पाहार के प्रस्ताव से मेरा दिमाग़ कुछ ठंडा हुआ। ज़रा दिल में रोशनी फैली। आदमीयत सब जगह है। इनसानियत का ठेका मैंने ही नहीं लिया। मेरा मस्तिष्क का चक्र घूमा। पावलोव ने ठीक कहा था, 'कंडिशंड रिफ़्लैक्स!' ख़याल भी रिफ़्लैक्स एक्शन है, लेकिन मुझे पावलोव की दाढ़ी अच्छी लगती है। उससे भी ज़्यादा प्रिय उसकी दयालु, ध्यान-भरी आँखें। उसका चित्र मेरे सामने तैर आता है।

मैं कुरसी पर बैठे-बैठे उकता जाता हूँ। कोई घटना होनेवाली है, कोई बहुत बुरी घटना। लेकिन मुझे उसका इन्तज़ार नहीं है। मैं उसके परे चला गया। कुछ भी कर लूँगा। मेहनत, मज़दूरी। फाँसी पर तो चढ़ा ही नहीं देंगे। लेकिन, एक दॉस्तॉएवस्की था, जो फाँसी पर चढ़ा और ज़िन्दा उतर आया। जी हाँ, ऐन मौक़े पर जार ने हुक्म दे दिया! देखिए, भाग्य ऐसा होता है।

मैं कॉरिडोर में जाता हूँ। वहाँ अब घुप अँधेरा हो गया है। मैं एक जगह ठिठक जाता हूँ, जहाँ से ज़ीना घूमकर नीचे उतरता है। यह एक सँकरी आँगननुमा जगह है। मैं रेलिंग के पास खड़ा हो जाता हूँ, नीचे कूद पड़ूँ तो! बस काम तमाम हो जाएगा! जान चली जाएगी, फिर सब ख़त्म, अपमान ख़त्म, भूख ख़त्म, लेकिन प्यार भी तो ख़त्म हो जाएगा, उसको सुरक्षित रखना चाहिए। और फिर चाय आ रही है! चाय पीकर ही न जान दी जाए, तृप्त होकर, सबसे पूछकर!

बिल्ली जैसे दूध की आलमारी की तरफ़ नज़र दौड़ाती है, उसी तरह मैंने बिजली के बटन के लिए अँधेरे-भरी पत्थर की दीवार पर नज़र दौड़ाई। हाँ, वो वहीं है। बटन दबाया। रोशनी ने आँख खोली। लेकिन प्रकाश नाराज़-नाराज़-सा, उकताया-उकताया-सा फैला।

चऽलो, मैंने सोचा, चापरासी को रास्ता साफ़ दीखेगा।

मैंने एक ओर के दरवाज़े से प्रवेश किया। दूसरी ओर के दरवाज़े से चपरासी ने। मेरा चेहरा खुला। मेहरबानसिंह, नाटे-से काले-से, कभी फ़ीस की माफ़ी के लिए हरिजन, कभी गोंड-ठाकुर, अलमस्त और बेफ़िक्रे, जबान के तेज़, दिल से साफ़, अफ़सरी बू, और आदमीयत की गन्ध! और एक छोटा-सा चौकोर चेहरा!

उन्होंने हाथ ऊँचे कर, देह मोड़कर बदन से आलस मुक्त किया और एक लम्बी जमुहाई ली।

मेरा ध्यान चाय की ट्रे पर था। आँखें काग़ज़ पर गड़ाईं। भँवें सिकुड़ीं, और मैं पूरा का पूरा, काग़ज़ में समा गया।

मैंन चिढ़कर अँगरेज़ी में कहा, "यह क्या है?"

उन्होंने दृढ़ स्वर में जवाब दिया, "इससे ज़्यादा कुछ नहीं हो सकता।"

विरोध प्रदर्शित करने के लिए मैं बेचैनी से कुरसी से उठने लगा तो उन्होंने आवाज़ में नरमी लाकर कहा, "भाई मेरे, तुम्हीं बताओ, इससे ज़्यादा क्या हो सकता है! दिमाग़ हाजिर करो, रास्ता सुझाओ!"

"लेकिन, मुझे 'स्केपगोट' बनाया जा रहा है, मैंने किया क्या!"

चाय के कप में शक्कर डालते हुए उन्होंने एक और काग़ज़ मेरे सामने सरका दिया और कहा, "पढ़ लीजिए!"

मुझे उस काग़ज़ को पढ़ने की कोई इच्छा नहीं थी। चाहे जो अफ़सर मुझे चाहे जो काम नहीं कह सकता। मेरा काम बँधा हुआ है।

नियम के विरुद्ध मैं नहीं था, वह था। लेकिन, उसने मुझे जब डाँटकर कहा तो मैंने पहले अदब से, फिर ठंडक से, फिर खीझकर, एक ज़ोरदार जवाब दिया। उस जवाब में 'नासमझ' और 'नाख्वाँद' जैसे शब्द ज़रूर थे। लेकिन, साइंटिफ़िकली स्पीकिंग, ग़लती उसकी थी, मेरी नहीं! फिर गुस्से में मैं नहीं, वह था। एक जूनियर आदमी मेरे सिर पर बैठा दिया गया, ज़रा देखो तो! इसीलिए कि वह फ़लाँ-फ़लाँ का ख़ास आदमी, वह 'ख़ास-ख़ास' काम करता था। उस शख़्स के साथ मेरी 'ह्यूमन डिफ़िकल्टी' थी!

मेहरबानसिंह ने कहा, "भाई, ग़लती मेरी थी, जो मैंने यह काम तुम्हारे सिपुर्द करने के बजाय, उसको सौंप दिया। लेकिन, चूँकि फ़ाइलें दौड़ गई हैं, इसलिए ऐक्शन तो लेना ही पड़ेगा। और उसमें है क्या! वार्निंग है, सिर्फ़ हिदायत!"

हम दोनों चाय पीने लगे, और बीच-बीच में खाते जाते।

एकाएक उन्हें ज़ोर की गगन-भेदी हँसी आई। मैं विस्मित होकर देखने लगा। वे ठठाकर हँस रहे थे, हँसी की लहरें फैल रही थीं। मानो पूरा कमरा ठठाकर हँस रहा हो। जब उनकी हँसी का आलोड़न ख़त्म होने को था कि उन्होंने कहा, "लो, मैं तुम्हें एक कहानी सुनाता हूँ। तुम अच्छे, प्रसिद्ध लेखक हो। सुनो और गुनो!"

और, मेहरबानसिंह का छोटा-सा चेहरा गम्भीर होकर कहानी सुनाने लगा।

"मुसीबत आती है तो चारों ओर से। ज़िन्दगी में अकेला, निस्संग और बी.ए. पास एक व्यक्ति। नाम नहीं बताऊँगा।

"कई दिनों से आधा पेट। शरीर से कमज़ोर। ज़िन्दगी से निराश। काम नहीं मिलता। शनि का चक्कर। हर भले आदमी से काम माँगता है। लोग सहायता भी करते हैं। लेकिन उससे दो जून खाना भी नहीं मिलता, काम नहीं मिलता, नौकरी नहीं मिलती। चपरासीगीरी की तलाश है, लेकिन वह भी लापता। कपबशी धोने और चाय बनाने के काम से लगता है कि दो दिनों बाद अलग कर दिया जाता है। जेब में बी.ए. का सर्टिफ़िकेट है। लेकिन, किस काम का!"

मैंने सोचा, मेहरबानसिंह अपनी ज़िन्दगी की कथा कह रहे हैं। मुझे मालूम तो था कि मेरे मित्र के बचपन और नौजवानी के दिन अच्छे नहीं गए हैं। मैं और ध्यान से सुनने लगता हूँ।

मेहरबानसिंह का छोटा-सा काला चौकोर चेहरा भावना से विद्रूप हो जाता है। वह मुझसे देखा नहीं जाता। मेहरबानसिंह कहता है, "नौकरी भी कौन दे? नीचे की श्रेणी में बड़ी स्पर्धा है। चेहरे से वह व्यक्ति एकदम कुलीन, सुन्दर और रौबदार, किन्तु घिघियाया हुआ। नीचे की श्रेणी में जो अलफतियापन है, गाली-गलौज की जो प्रेम-पदावली है, फटेहाल ज़िन्दगी की जो कठोर, विद्रूप, भूखी, भयंकर सभ्यता है, वहाँ वह कैसे टिके! कमज़ोर आदमी, रिक्शा कैसे चलाए!

"नीचे की श्रेणी उस पर विश्वास नहीं कर पाती। उसे मारने दौड़ती है। उसका वहाँ टिकना मुश्किल है। दरमियानी वर्ग में वह जा नहीं सकता। कैसे जाए, किसके पास जाए! जब तक उसकी जेब में एक रुपया न हो।"

मेहरबानसिंह के गले में आँसू का काँटा अटक गया। मैं सब समझता हूँ, मुझे खूब तजुरबा है, इस आशय से मैंने उनकी तरफ़ देखा और सिर हिला दिया।

उन्होंने सूने में, अजीब-से सूने में, निगाह गड़ाते हुए कहा (शायद उनका लक्ष्य आँखों ही आँखों में आँसू सोख लेने का था, जिन्हें वे बताना नहीं चाहते थे), "आत्महत्या करना आसान नहीं है। यह ठीक है कि नईशुक्रवारी तालाब में महीने में दो बार आत्महत्याएँ हो जाती हैं। लेकिन छह लाख की जनसंख्या में सिर्फ़ दो माहवार, यानी साल में चौबीस! दूसरी ज़दों से की गई आत्महत्याएँ मिलाई जाएँ तो सालाना पचास से ज़्यादा न होंगी। यह भी बहुत बड़ी संख्या है। आत्महत्या आसान नहीं है।"

उनके चेहरे पर काला बादल छा गया। अब वे पहचान में नहीं आते थे। अब वे मेरे अफ़सर भी न रहे, मेरे परिचित भी नहीं। सिर्फ़ एक अजनबी—एक भयानक अजनबी। मेरा भी दम घुटने लगा। मैंने सोचा, कहाँ का क़िस्सा उन्होंने छेड़ दिया! मेहरबानसिंह ने मेरी ओर कहानीकार की निगाह से देखा और कहा कि, "उन दिनों शहर में एक सर्कस आया हुआ था। बड़ी धूम-धाम थी। बड़ी चहल-पहल।

"रोज़ सुबह-शाम सर्कस का प्रोसेशन निकलता, बाजे-गाजे के साथ, बैंड-बाजे के साथ। जुलूस में एक मोटर का ठेला भी चलता, खुला ठेला, प्लेटफ़ार्मनुमा! उस पर रंग-बिरंगे, अजीबोग़रीब जोकर विचित्र हाव-भाव करते हुए नाचते रहते। लोगों का ध्यान आकर्षित करते।

"जो एक लम्बे अरसे से बेघरबार और बेकार रहा है, उसकी इंस्टिक्ट (प्रवृत्ति) शायद आपको मालूम नहीं। वह व्यक्ति क्रान्तिकारी नहीं होता, वह ख़ासतौर से...घुमन्तु 'जिप्सी' होता है। उसे चाहे जो वस्तु, दृश्य, घटना, दुर्घटना, यात्रा, बारिश, दूसरों की बातचीत, कष्ट, दुख, सुन्दर चेहरा, बेवक़ूफ़ चेहरा, मलिनता, कोढ़। सब तमाशे-नुमा मालूम होता है। चाहे जो...खींचता है...आकर्षित करता है, और कभी-कभी पैर उधर चल पड़ते हैं।

"एक आइडिया, एक ख़याल आँखों के सामने आया। जोकर होना क्या बुरा है! ज़िन्दगी—एक बड़ा भारी मज़ाक़ है; और तो और, जोकर अपनी भावनाएँ व्यक्त

कर सकता है। चपत जड़ सकता है। एक दूसरे को लात मार सकता है, और, फिर भी, कोई दुर्भावना नहीं। वह हँस सकता है, हँसा सकता है। उसके हृदय में इतनी सामर्थ्य है।''

मेहरबानसिंह ने मेरी ओर अर्थ-भरी दृष्टि से देखकर कहा कि ''इसमें कोई शक नहीं कि जोकर का काम करना एक परवर्शन (अस्वाभाविक प्रवृत्ति) है! मनुष्य की सारी सभ्यता के पूरे ढाँचे चरमराकर नीचे गिर पड़ते हैं, चूर-चूर हो जाते हैं। लेकिन असभ्यता इतनी बुरी चीज़ नहीं, जितना आप समझते हैं। उसमें इंस्टिक्ट का, प्रवृत्ति का खुला खेल है, आँख मिचौनी नहीं। लेकिन अलबत्ता, वह परवर्शन ज़रूर है। परवर्शन इसलिए नहीं कि मनुष्य परवर्ट है, वरन् इसलिए कि परवर्शन के प्रति उसका विशेष आकर्षण है, या कभी-कभी हो जाता है। अपने इंस्टिक्ट के खुले खेल के लिए असभ्य और बर्बर वृत्ति के सामर्थ्य और शक्ति के प्रति खिंचाव रहना, मैं तो एक ढंग का परवर्शन ही मानता हूँ।''

मेहरबानसिंह के इस वक्तव्य से मुझे लगा कि वह उनका एक आत्म-निवेदन मात्र है। मैं यह पहचान गया—इसे वे भाँप गए। उनकी आँखों में एकाएक प्रकट हुई और फिर वैसे ही तुरन्त लुप्त हुई रोशनी से मैं यह जान गया। लेकिन मेरे ख़याल की उन्होंने परवाह नहीं की। और उनकी कहानी आगे बढ़ी।

''आख़िरकार, उसने जोकर बनने का बीड़ा उठाया। भूख ने उसे काफ़ी निर्लज्ज भी बना दिया था।

''शाम को, जब खेल शुरू होने के लिए क़रीब दो घंटे बाकी थे, उसने सर्कस के द्वार से घुसना चाहा कि वह रोक दिया गया। वह अन्दर जाने के लिए गिड़गिड़ाया। दो मजबूत आदमियों ने उसकी दो बाँहें पकड़ लीं। वे गोआनीज़ मालूम होते थे।

''कहाँ जा रहे हो?''

''रौब ज़माने के लिए उसने अंग्रेज़ी में कहा, 'मैनेजर साहब से मिलना है।'

''अंग्रेज़ी में जवाब मिला, 'वहाँ नहीं जा सकते! क्या काम है?'

''हिन्दी में, 'नौकरी चाहिए!'

''अंग्रेज़ी में, 'नौकरी नहीं है, गेट-आउट।' और वह बाहर फेंक दिया गया।

''दिल को धक्का लगा। बाहर, एक पत्थर पर बैठे-बैठे वह सोचने लगा कहीं भी जनतंत्र नहीं है। यहाँ भी नहीं। भीख नहीं माँग सकता, यह असम्भव है, इसलिए नौकरी की तलाश है। और वह मन ही मन न मालूम क्या-क्या बड़बड़ाने लगा।''

मेहरबानसिंह ने कहा कि, ''यहाँ से कहानी एक नए और भयंकर तरीक़े से मुड़ जाती है। वह मैनेजर को देखने का प्रयत्न करे, या वापस हो! बताइए, आप बताइए!'' और, उन्होंने मेरी आँखों में आँखें डालीं।

उनके प्रश्न का मैं क्या जवाब देता! फिर भी, मैंने अपने तर्क से कहा कि, "स्वाभाविक यही है कि वह मैनेजर से मिलने की एक बार और कोशिश करे। जोकर की कमाई भी मेहनत की कमाई होती है! कोई धर्मादाय पर जीने की बात तो है नहीं।"

"एक्जैक्टली!" (ठीक बात है) उन्होंने कहा! "उसने भी यही निर्णय किया, लेकिन यह निर्णय उसके आगे आनेवाले भीषण दुर्भाग्य का एकमात्र कारण था। वह निर्णयात्मक क्षण था, जब उसने यह तय किया कि मैनेजर से मिलने के लिए सर्कस के सामने वह भूख-हड़ताल करेगा। उसने यह तय किया, संकल्प किया, प्रण किया। और, यह प्रण आगे चलकर उनके नाश का कारण बना! दिल की सच्चाई, और सही-सही निर्णय से दुर्भाग्य का कोई सम्बन्ध नहीं है। उसका चक्र स्वतंत्र है, उसके अपने नियम हैं।"

मेहरबानसिंह अपनी कुरसी से उठ पड़े। कोट की जेबों में माचिस की तलाश करने लगे। मैंने अपनी जेब से उन्हें दियासलाई दी, जिसमें कुछ ही कड़ियाँ शेष थीं। उन्होंने मुझे सिगरेट ऑफ़र की। मैंने 'नहीं-नहीं' कहा, "मेरे पास बीड़ी है।"

"अरे लो! कामरेड! लाओ, मुझे बीड़ी दो! मैं बीड़ी पीऊँगा!"

कामरेड शब्द के प्रयोग पर मुझे ताज्जुब है। ऐसा उन्होंने क्यों कहा? मेरे लिए इस शब्द का आज तक किसी ने प्रयोग नहीं किया। मैं मेहरबानसिंह के अतीत के विषय में कुछ जिज्ञासु और सशंक हो उठा। मेरी कल्पना ने कहा—इनके भूतकाल में कोई भूत ज़रूर बैठा है! एक सेकंड क्लास गज़ेटेड अफ़सर की रैंक का आदमी इस शब्द का प्रयोग करता है, ज़रूर वह पुराने ज़माने में उचक्का रहा होगा!

मेहरबानसिंह ने भौंहों के परे देखते हुए, मानो आसमान की तरफ़ देख रहे हों, बीड़ी का एक कश खींचा, और कहा, "इसके आगे मैं ज़्यादा नहीं कह सकूँगा, कुछ इम्प्रेशंस ही कहूँगा।

"भूख हड़ताल के आसपास लोगों के जमाव से घबराकर नौकरों ने शायद मैनेजर के सामने जाकर यह बात कही। थोड़े ही समय बाद, शामियाने के अन्दर ही बनाए गए एक कमरे में वह ले जाया गया। भीड़ बाहर रोक दी गई। थोड़ी देर बाद सर्कस शुरू हुआ।

"एक काले पैंट पर सफ़ेद झक कोट पहने वह साढ़े छह फ़ुट का मोटा-ताजा आदमी था, जो बिलकुल गोरा, यहाँ तक कि लाल मालूम होता था। वह या तो ऐंग्लो-इंडियन होगा या गोआनीज़! आँखें कंजी, जिसमें हरी झाँक थी। वह एकदम चीता मालूम होता था। उतना ही ख़ूबसूरत, वैसा ही भयंकर!

"उसने साफ़ हिन्दी में कहा, 'क्या चाहते हो?'

"उसे काटो तो खून नहीं। उसके राक्षसी भव्य सफ़ेद सौन्दर्य को देखकर वह इतना हत्प्रभ हो गया था।

''मैनेजर ने फिर पूछा, 'क्या चाहते हो?'

''दिमाग़ सुन्न हो गया था। मैनेजर के आसपास ख़ूबसूरत औरतें आ-जा रही थीं। गुलाब-सी खिली हुईं, या ज़िन्दा लाल मांस-सी चमकती हुईं। लेकिन भयंकर आकर्षक।

''उसने सोचा, यह एक नया तजुरबा है।

''उसने शब्दों में दयनीयता लाते हुए कहा, 'मुझे नौकरी चाहिए, कोई भी। चाहो तो झाड़ू दे सकता हूँ, कपड़े साफ़ कर सकता हूँ। मुझे नौकर रख लो। चाहो तो मुझे जोकर बना दो। कई दिन से, पेट में कुछ नहीं, कुछ नहीं! मैं आपके पाँव पड़ता हूँ।'

''तो, साहब, वह गिड़गिड़ाहट जारी रही। शब्द, वाक्य बग़ैर कॉमा-फुलस्टाप के बहते गए, बहते गए। वहाँ के वातावरण के चमत्कारपूर्ण भयंकर आकर्षण ने उसे जकड़ लिया। उसने निश्चय कर लिया कि मैं जान दूँगा, लेकिन यहाँ से टलूँगा नहीं।

''मैंनेजर ने ऐसा आदमी नहीं देखा था। पता नहीं, उसने क्या सोचा। लेकिन उसके चेहरे पर आश्चर्य और घृणा के भाव रहे होंगे।

''उसने कठोर स्वर में कहा, 'मेरे पास कोई नौकरी नहीं है। लेकिन तुम्हें रख सकता हूँ, सिर्फ़ एक शर्त पर।'

''वह उसका चेहरा देखता खड़ा रह गया। इस आचानक दया से, उसके मुँह से एक शब्द भी न निकला। उसने केवल इतना सुना, 'सिर्फ़ एक शर्त पर।'

''उसने मौखिक व्यायाम-सा करते हुए कहा, 'मैं हर शर्त मानने के लिए तैयार हूँ। मैं झाड़ू दूँगा। पानी भरूँगा। जो कहेंगे सो करूँगा'। (ज़िन्दगी का एक ढर्रा तो शुरू हो जाएगा)

''मैनेजर ने घृणा, तिरस्कार और रौब से उसके सामने एक रुपया फेंकते हुए कहा, 'जाओ, खा आओ, कल सुबह आना!' और मुँह फिराकर वह दूसरी ओर चलता बना। एक सीन ख़त्म हुआ।

''दुर्भाग्य के मारे इस व्यक्ति ने फिर उस मैनेजर का चेहरा कभी नहीं देखा।''

मेहरबांनसिंह क़िस्सा कहते-कहते थक गए-से मालूम हुए। उन्होंने एक सिगरेट मेरे पास फेंकी, एक ख़ुद सुलगाई और कहने लगे, ''किस्सा मुख़्तसर में यों है कि दूसरे दिन तड़के जब वह व्यक्ति सर्कस में दाख़िल हुआ तो दो अजनबी आदमियों ने उसकी बाँहें पकड़ लीं और उसे एक बन्द कोठे में ले गए। उसे कहा गया कि उसकी ड्यूटी सिर्फ़ कमरे में बैठे रहना है। उस दिन उसे खाना-पीना नहीं मिला। कोठे में किसी जंगली दरिन्दे की बास आ रही थी। उसके शरीर की उग्र दुर्गन्ध वहाँ वातावरण में फैली हुई थी। कमरा छोटा था। और बहुत ऊँचाई पर एक छोटा-सा सूराख था, जहाँ से हवा और प्रकाश आता था। लेकिन वह अँधेरे के सूनेपन को चीरने में असमर्थ था। वह व्यक्ति एक दिन और एक रात वहाँ पड़ा रहा। उसे सिर्फ़

दरिन्दों का ख़याल आता। उनके भयानक चेहरे उसे दिखाई देते, मानो वे उसे खा जाएँगे।

''एक बड़े ही लम्बे और कष्टदायक अरसे बाद, जब एक चमकदार यहूदी औरत ने कोठे का दरवाज़ा खोला और उसे कहा, 'गुड मार्निंग', तब उसे समझ में आया कि वह स्वयं ज़िन्दगी का एक हिस्सा है, मौत का हिस्सा नहीं। औरत बेतकल्लुफ़ी से उसके पास बैठ गई और उसे नाश्ता कराया, जिसमें कम-से-कम तीन कप गरम-गरम चाय, ताजा भुना गोश्त, अंडा, सेंडविचेज और कुछ भारतीय मिठाई भी थी।

''लेकिन इतना सब कुछ उससे खाया नहीं गया। मरे हुए की भाँति उसने पूछा, 'मुझे कब तक कोठे में रखा जाएगा, मेरी ड्यूटी क्या है?'

''यहूदी औरत सिर्फ़ मुसकराई। उसने कहा, 'ईश्वर को धन्यवाद दो कि तुम्हारी तरक्क़ी का रास्ता खुल रहा है। ये तो बीच के इम्तिहानात हैं, जिन्हें पास करना निहायत ज़रूरी है।'

''किन्तु, उस व्यक्ति का मन नहीं भरा। उसने फिर पूछा, 'क्या मैं मैनेजर से मिल सकता हूँ?'

''यहूदी औरत जब वापस जाने लगी तब उसने कहा, 'कल फिर आओगी क्या?'

''उसने पीछे की ओर देखा, मुसकराई और बग़ैर जवाब दिए वापस चली गई। कोठे का दरवाज़ा चरमराया और काली बॉस्कट पहने हुए दो काले व्यक्ति हंटर लिये हुए वहाँ पहुँचे।

''वे न मालूम कैसी-कैसी भयंकर कसरतें करवाने लगे, जिनका वर्णन नहीं किया जा सकता। वे कसरतें नहीं थीं, शारीरिक अत्याचार था। ज़रा ग़लती होने पर वे हंटर मारते। इस दौरान में उस व्यक्ति की काफ़ी पिटाई हुई। उसके हाथ, पैर, ठोड़ी में घाव लग गए। वह कराहने लगा। कराह सुनते ही चाबुक का गुस्सा तेज़ होता। मतलब यह कि यह अधमरा हो गया। उसको ऐसी हालत में छोड़कर हंटर-धारी राक्षस चले गए।

''क़रीब तीन घंटे बाद चाय आई, डॉक्टर आए, इंजेक्शन लगे, किन्तु किसी ने दरिन्दों की दुर्गन्ध से भरे हुए उस कोठे में से उसे नहीं निकाला।

''समय ने हिलना-डुलना छोड़ दिया था। वह जड़ीभूत सूने में परिवर्तित हो गया था।

''बाद में, दो-एक दिन तक, किसी ने उसकी ख़बर नहीं ली। उसे प्रतीत होने लगा कि वह किसी क़ब्र के भीतर के अन्तिम पत्थर के नीचे गड़ा हुआ सिर्फ़ एक अधमरा प्राण है।

''एकाएक तीन-चार आदमियों ने प्रवेश किया और उसे उठाकर, मानो वह प्रेत हो, एक साफ़-सुथरे कमरे में ले गए। वहीं उसे दो-चार दिन रखा गया, अच्छा भोजन दिया गया।

''कुछ दिनों बादर, ज्योंही उसके स्वास्थ्य में सुधार हुआ, उसे वहाँ से हटाकर रीछों के एक पिंजरे में दाख़िल कर दिया गया।

''अब उसके दोस्त रीछ बनने लगे। वही उसका घर था, कम-से-कम वहाँ हवा और रोशनी तो थी।

''लेकिन उसकी यह प्रसन्नता अत्यन्त क्षणिक थी। उसके शरीर पर अत्याचारों का नया दौर शुरू हुआ। उससे अजीबोग़रीब ढंग की क़वायदें कराई जातीं। रीछों के मुँह में हाथ डलवाए जाते, रीछ छाती पर चढ़वाया जाता और ज़रा ग़लती की कि हंटर। कुछ रीछ बड़े शैतान थे। उसके मुँह चाटते, कान काट लेते। उनके बालों में कीड़े रहा करते और हमेशा यह डर बना रहता कि कहीं रीछ उसे मार न डालें। शुरू-शुरू में व्यक्ति को भुना हुआ मांस मिलता। अब उसके सामने कच्चे मांस की थाली जाने लगी। अगर न खाए तो मौत, खाए तो मौत।

''और हंटरों का तो हिसाब न पूछो। शायद ही कोई ऐसा दिन गया होगा, जब उस पर हंटर न पड़े हों, बाद में भले ही टिंक्चर आयोडिन और मरहम लगाया गया हो।

''वह यह पहचान गया कि उसे जान-बूझकर पशु बनाया जा रहा है। पशु बन जाने की उसे ट्रेनिंग दी जा रही है। उसके शरीर के अन्दर नई सहन-शक्ति पैदा की जा रही है।

''अब उसे कोठे से निकाल बाहर किया गया और एक दूसरे छोटे पिंजरे में बन्द कर दिया गया। वहाँ कोई नहीं था, और वह एक निर्द्वन्द्व अकेला जानवर था। अकेलेपन में वह पिछली ज़िन्दगी से नई ज़िन्दगी की तुलना करने लगता और उसें आत्महत्या करने की इच्छा हो जाती। इस नए क्षेत्र में, जीवन-यापन का एकमात्र स्टैंडर्ड यह था कि वह पशु-रूप बन जाए। उसने इसकी कोशिश भी की।

''एक अति-भीषण क्षण में चार-पाँच आदमी पिंजरे में घुसे और उसे घेर लिया। उसकी भयभीत पुतलियाँ आँखों में मछली-सी तैर रही थीं। वह डर के मारे बर्फ़ हो रहा था। शायद, अब उसे बिजली के हंटर पड़ेंगे! पाँचों आदमियों ने उसे पकड़ लिया और उसके शरीर पर ज़बरदस्ती रीछ का चमड़ा मढ़ दिया गया और उससे कह दिया गया कि साले, अगर रीछ बनकर तुम नहीं रहोगे तो गोली से फ़ौरन से पेशतर उड़ा दिए जाओगे।

''यहाँ से उस व्यक्ति का मानव-अवतार समाप्त होकर ऋक्षावतार शुरू होता है। उससे वे सभी क़वायदें करवाई जाती हैं जो एक रीछ करता है। उस सबकी प्रैक्टिस दी जाती है। और प्रैक्टिस भी कैसी? महाभीषण! और अगर नहीं की तो सभी आदमी एकदम उस पर हमला करते हैं। बिजली के हंटरों की फटकार, गाली-गलौज और मारपीट तो मानो रूटीन हो गई है। जलते हुए लोहे के पहिए के बीच से उसे निकल जाने को कहा जाता है। उसे खौफ़नाक ऊँचाई से कुदवाया जाता है, आदि-आदि।

पक्षी और दीमक

ुई दोपहर है; लेकिन इस कमरे में ठंडा मद्धिम उजाला है। यह ड़की की दरारों से आता है। यह एक चौड़ी मुँडेरवाली बड़ी बाहर की तरफ़, दीवार से लगकर, काँटेदार बेंत की हरी घनी र एक जंगली बेल चढ़कर फैल गई है; और उसने आसमानी रंग े फूल प्रदर्शित कर रखे हैं। दूर से देखनेवालों को लगेगा कि उस रन् बेंत की झाड़ियों के अपने फूल हैं।

आश्चर्यजनक बात यह है कि लता ने अपनी घुमावदार चाल से लों को, उनके काँटों से बचते हुए, जकड़ रखा है, वरन् उनके ं के एक-एक हरे फ़ीते को समेटकर, कसकर उनकी एक रस्सी- ौर उस पूरी झाड़ी पर अपने फूल बिखराते-छिटकाते हुए, उन ूरज और चाँद के सामने कर दिया है।

ड़की को मुझे अकसर बन्द रखना पड़ता है। छत्तीसगढ़ के इस ौसम आँधीनुमा हवाएँ चलती हैं। उन्होंने मेरी खिड़की के बन्द डाला है। खिड़की बन्द रखने का एक कारण यह भी है कि बाहर ी हुई हरी-घनी झाड़ियों के भीतर जो छिपे हुए, गहरे, हरे-साँवले ी रहते हैं और अंडे देते हैं। वहाँ से कभी-कभी उनकी आवाज़ें, सुनाई देती हैं। वे तीव्र भय की रोमांचक चीत्कारें हैं, क्योंकि वहाँ ज में एक भुजंग आता रहता है। वह, शायद, उस तरफ़ की तमाम ता फिरता है।

खिड़की में से एक भुजंग मेरे कमरे में भी आया। वह लगभग तीन ा। खूब खा-पी करके, सुस्त होकर, वह खिड़की के पास, मेरी ा था। उसका मुँह 'कैरियर' पर, जिस्म की लपेट में, छिपा हुआ र 'हैंडिल' से लिपटी हुई थी। 'कैरियर' से लेकर 'हैंडिल' तक उसने अपने देह-वलयों से कस लिया था। उसकी वह काली- ातंक उत्पन्न करती थी।

''फिर उसे कच्चा मांस, भुना मांस और शराब पिलाई जाती है और यह घोषित किया जाता है कि कल उसकी प्रैक्टिस अकेले-अकेले सिर्फ़ शेरों के साथ होगी।

''शीघ्र ही इम्तिहान का चरम क्षण उपस्थित होता है।

''वह रात-भर भयंकर दु:स्वप्न देखता रहा है। वैसे तो सर्कस की उसकी पूरी ज़िन्दगी एक भीषण दु:स्वप्न है, किन्तु कल रात का उसका सपना, दु:स्वप्न के भीतर का एक भीषण दु:स्वप्न है, जिसे वह कभी नहीं भूल सकता। वह सुबह उठता है तो विश्वास नहीं कर पाता है कि वह इनसान है। चले गए वे दिन जब वह किसी का मित्र तो किसी का पुत्र था। पेट भूखा ही क्यों न सही, आँखें तो सुन्दर दृश्य देख सकती थीं। और वह सुनहली धूप! आहा! कैसी ख़ूबसूरत! उतनी ही मनोहर जितनी सुशीला की त्वचा!!

''लेकिन वह अपने पर ही विस्मित हो उठा। यह सब वह सह सका, ज़िन्दा रह सका, कच्चा मांस खा सका! मार खा सका और जीवित रह सका! क्या वह आदमी है? शायद, पशु बनने की प्रक्रिया पहले से ही शुरू हो गई थी।

''नाश्ते का समय आया। किन्तु, नाश्ता गोल! राम-राम कहते-कहते भोजन का समय आया तो वह भी ग़ैर-हाजिर! पेट का भूखा! क्या करे! शायद, भोजन आता ही होगा!

''लेकिन, उसे बिलकुल भूख नहीं है, जबान सूखी हुई है। अगर वह चिल्लाया तो, पहले की भाँति, मुँह में कपड़ा ठूँस दिया जाएगा और उससे और तकलीफ़ होगी। खैरियत इसी में है कि वह चुप रहे, और आराम से साँस ले।

''एकाएक सामने का एक बड़ा भारी पिंजरा खुला। अब तक उसमें कुछ नहीं था, लेकिन अब उसमें एक बड़ा-डरावना शेर हलचल करता हुआ दिखाई दे रहा था। एकाएक उसका भी पिंज़रा खुला और दोनों पिंजरों के दरवाज़े एक-दूसरे के सामने हो लिए। और, आदमियों की जो छायाएँ इधर-उधर दिखाई दे रही थीं, वे ग़ायब हो गईं।

''एकाएक शेर चिंघाड़ा! ऋक्षावतार का रोम-रोम काँप उठा, कण-कण में भय की मर्मान्तक बिजली समा गई। रीछ को मालूम हुआ कि शेर ने ऐसी ज़ोरदार छलाँग मारी कि एकदम उसकी गरदन उस दुष्ट पशु के जबड़े में जकड़ी गई। हृदय से अनायास उठनेवाली 'मरा-मरा' की ध्वनि के बाद अँधेरा-सा फैलने लगा। शेर की साँस उसके आसपास फैल गई, शेर के चमड़े की दुर्गन्ध उसकी नाक में घुसी कि इतने में उसके कान में कुछ कम्पन हुआ, कुछ लहरें घुसीं जो कहने लगीं :

'अबे डरता क्या है, मैं भी तेरे ही सरीखा हूँ, मुझे भी पशु बनाया गया है, सिर्फ़ मैं शेर की खाल पहने हूँ, तू रीछ की!'

''इस बात पर रीछ को विश्वास करने या न करने की फ़ुरसत ही न देते हुए शेर ने कहा, 'तुम पर चढ़ बैठने की सिर्फ़ मुझे कवायद करनी है, मैं तुझे खा डालने की कोशिश करूँगा, खाऊँगा नहीं। क़वायद नहीं की तो हंटर पड़ेंगे तुमको और मुझको

भी! मैं तुझे खा नहीं सकता। आओ, हम दोस्त बन जाएँ। अगर पशु की ज़िन्दगी ही बितानी है तो ठाठ से बिताएँ, आपस में समझौता करके।''

मैं ठहाका मारकर हँस पड़ा। बात मुझ पर चस्पा हो गई। बड़ी देर तक बात का मज़ा लेता रहा। फिर मेरे मुँह से निकल पड़ा, ''तो गोया आप शेर हैं और मैं रीछ।''

मुझ पर कहानी का जो असर हुआ उसकी ओर तनिक भी ध्यान न देते हुए, अत्यन्त दार्शनिक भाव से मेरे अफ़सर ने कहा, ''भाई, समझौता करके चलना पड़ता है ज़िन्दगी में, कभी-कभी जान-बूझकर अपने सिर बुराई भी मोल लेनी पड़ती है। लेकिन उससे फ़ायदा भी होता है। सिर सलामत तो टोपी हज़ार।''

अफ़सर के चेहरे पर गहरा कड़वा काला ख़याल जम गया था। लगता था मानो वह स्वयं कोई रटी-रटाई बात बोल रहा हो। मुझे लगा कि ज़िन्दगी से समझौता करने में उसे अपने लम्बे-लम्बे पैर और हाथ काटने-छाँटने पड़े हैं। शायद मुझे देखकर उसे उस बैल की याद आई थी, जिसके सिर पर जुआ रखा तो गया है, लेकिन जो उससे भाग-भाग उठा है। शायद, उसे इस बात की खुशी भी हुई थी कि मुझमें वह जवान नासमझी है, जो ग़लत और फ़ालतू बातें एक मिनट गवारा नहीं कर सकती।

मैं उसकी साँवली हड्डीदार सूरत को देखता रहा। हाँ, उस पर ज़िन्दगी से समझौते के विरुद्ध एक क्षोभ की काली भावना छाई हुई थी।

मैंने पूछा, ''तो मैं इस काग़ज़ पर दस्तख़त कर दूँ?'

उसने दबाब के साथ कहा, ''बिला शक, वार्निंग देनेवाला मैं, लेनेवाले तुम, मैं शेर तुम रीछ।''

यह कहकर वह हँस पड़ा, मानो उसने अनोखी बात कही हो। मैंने मज़ाकिया ढंग से पूछा, ''मैं देखना चाहता हूँ कि शेर के कहीं दाँत तो नहीं हैं।''

''तुम भी अजीब आदमी हो, यह तो सर्विस है, सर्कस नहीं।''

मैंने गम्भीरतापूर्वक कहा, ''देखो, आज पाँच साल की नौकरी हो गई। एक बार भी न ऐक्सप्लेनेशन दिया, न मुझे वार्निंग आई। मज़ा यह है कि मुझे वार्निंग उस बात के ख़िलाफ़ जो मैंने कभी की ही नहीं। यह कलंक है उस अपराध का जो मैंने कभी किया ही नहीं!''

उसने कहा, ''तब तुमने भाड़ झोंका। अगर ऐक्सप्लेनेशन देने की कला तुमको नहीं आई तो फिर सर्विस क्या की! मैंने तीन सौ आठ ऐक्सप्लेनेशन दिए हैं। वार्निंग अलबत्ता मुझे नहीं मिली, इसलिए कि मुझे ऐक्सप्लेनेशन लिखना आता है, और इसलिए कि मैं शेर हूँ, रीछ नहीं। तुमसे पहले पशु बना हूँ। सीनियॉरिटी का मुझे फ़ायदा भी तो है। कभी आगे तुम भी शेर बन जाओगे।''

बात में गम्भीरता थी, मज़ाक़ भी। मज़ाक़ का मज़ा लिया, गम्भीरता दिल में छिपा ली।

इतने में मैंने उससे पूछा, ''यह कहानी आपने कहाँ सुनी?''

हमने बड़ी मुश्किल से उसके मुँह को शनाख्त किया। और फिर एकाएक 'फ़िनाइल' से उस पर हमला करके उसे बेहोश कर डाला। रोमांचपूर्ण थे हमारे वे व्याकुल आक्रमण! गहरे भय की सनसनी में अपनी कायरता का बोध करते हुए, हम लोग, निर्दयतापूर्वक, उसकी छटपटाती देह को लाठियों से मारे जा रहे थे।

उसे मरा हुआ जान, हम उसका अग्नि-संस्कार करने गए। मिट्टी के तेल की पीली-गेरुई ऊँची लपक उठाते हुए कंडों की आग में पड़ा हुआ वह ढीला नाग-शरीर, अपनी बची-खुची चेतना समेटकर, इतनी ज़ोर से ऊपर उछला कि घेरा डालकर खड़े हुए हम लोग, हैरत में आकर, एक क़दम पीछे हट गए। उसके बाद, रात-भर साँप की ही चर्चा होती रही।

इसी खिड़की से लगभग छह गज दूर, बेंत की झाड़ियों के उस पार, एक तालाब है...बड़ा भारी तालाब, आसमान का लम्बा-चौड़ा आईना, जो थरथराते हुए मुसकराता है। और उसकी थरथराहट पर किरने नाचती रहती हैं।

मेरे कमरे में जो प्रकाश आता है, वह इन लहरों पर नाचती हुई किरनों का उछलकर आया हुआ प्रकाश है। खिड़की की लम्बी दरारों में से गुज़रकर, वह प्रकाश, सामने की दीवार पर चौड़ी मुँडेर के नीचे सुन्दर झलमलाती हुई आकृतियाँ बनाता है।

मेरी दृष्टि उस प्रकाश-कम्प की ओर लगी हुई है। एक क्षण में उसकी अनगिनत लहरें नाचे जा रहीं हैं, नाचे जा रही हैं। कितना उद्दाम, कितना तीव्र वेग है उन झिलमिलाती लहरों में। मैं मुग्ध हूँ कि बाहर के लहराते तालाब ने किरनों की सहायता से अपने कम्पों की प्रतिच्छवि मेरी दीवाल पर आँक दी है।

काश, ऐसी भी कोई मशीन होती जो दूसरों के हृदय-कम्पनों को, उनकी मानसिक हलचलों को, मेरे मन के परदे पर, चित्र रूप में, उपस्थित कर सकती।

उदाहरणतः, मेरे सामने इसी पलंग पर, वह जो नारी-मूर्ति बैठी है। उसके व्यक्तित्व के रहस्य को मैं जानना चाहता हूँ, वैसे, उसके बारे में जितनी गहरी जानकारी मुझे है, शायद और किसी को नहीं।

इस धुँधले और अँधेरे कमरे में वह मुझे सुन्दर दिखाई दे रही है। दीवार पर गिरे हुए प्रत्यावर्तित प्रकाश का पुनः प्रत्यावर्तित प्रकाश, नीली चूडियोंवाले हाथों में थमे हुए उपन्यास के पन्नों पर, ध्यानमग्न कपोलों पर, और आसमानी आँचल पर फैला हुआ है। यद्यपि इस समय, हम दोनों अलग-अलग दुनिया में (वह उपन्यास के जगत में और मैं अपने ख़यालों के रास्ते पर) घूम रहे हैं, फिर भी इस अकेले धुँधले कमरे में गहन साहचर्य के सम्बन्ध-सूत्र तड़प रहे हैं और महसूस किए जा रहे हैं।

बावजूद इसके, यह कहना ही होगा कि मुझे इसमें 'रोमांस' नहीं दीखता। मेरे सिर का दाहिना हिस्सा सफ़ेद हो चुका है। अब तो मैं केवल आश्रय का अभिलाषी हूँ, ऊष्मापूर्ण आश्रय का...

फिर भी, मुझे शंका है। यौवन के मोह-स्वप्न का गहरा उद्दाम आत्मविश्वास अब मुझमें नहीं हो सकता। एक वयस्क पुरुष का अविवाहिता वयस्का स्त्री से प्रेम भी अजीब होता है। उसमें उद्बुद्ध इच्छा से आग्रह के साथ-साथ जो अनुभवपूर्ण ज्ञान का प्रकाश होता है, वह पल-पल पर शंका और सन्देह को उत्पन्न करता है।

श्यामला के बारे में शंका रहती है। वह ठोस बातों की बारीकियों का बड़ा आदर करती है। वह व्यवहार की कसौटी पर मनुष्य को परखती है। यह मुझे अखरता है। उसमें मुझे एक ठंडा पथरीलापन मालूम होता है। गीले-सपनीले रंगों का श्यामला में सचमुच अभाव है।

ठंडा पथरीलापन उचित है, या अनुचित, यह मैं नहीं जानता। किन्तु, जब औचित्य के सारे प्रमाण, उनका सारा वस्तु-सत्य, पॉलिशदार टीन-सा चमचमा उठता है तो, मुझे लगता है—बुरे फँसे, इन फालतू की अच्छाइयों में, तो दूसरी तरफ़ मुझे अपने भीतर ही कोई गहरी कमी महसूस होती है, और खटकने लगती है।

ऐसी स्थिति में, मैं 'हाँ' और 'ना' के बीच में रहकर, खामोश, 'जी हाँ' की सूरत पैदा कर देता हूँ। डरता सिर्फ़ इस बात से हूँ कि कहीं यह 'जी हाँ', 'जी हुजूर' न बन जाए। मैं अतिशय शान्ति-प्रिय व्यक्ति हूँ। अपनी शान्ति भंग न हो, इसका बहुत ख़याल रखता हूँ। न झगड़ा करना चाहता हूँ, न मैं किसी झगड़े में फँसना चाहता...।

उपन्यास फेंककर श्यामला ने दोनों हाथ ऊँचे करके ज़रा-सी अँगड़ाई ली। मैं उसकी रूप-मुद्रा पर फिर से मुग्ध होना ही चाहता था कि उसने एक बेतुका प्रस्ताव सामने रख दिया। कहने लगी, "चलो, बाहर घूमने चलें।"

मेरी आँखों के सामने बाहर की चिलचिलाती सफ़ेदी और भयानक गरमी चमक उठी। ख़स के परदों के पीछे, छत के पंखों के नीचे, अलसाते लोग याद आए। भद्रता की कल्पना और सुविधा के भाव मुझे मना करने लगे। श्यामला के झक्कीपन का एक प्रमाण और मिला।

उसने मुझे एक क्षण आँखों से तौला और फ़ैसले के ढंग से कहा, "खैर, मैं तो जाती हूँ। देखकर चली आऊँगी...बता दूँगी।"

लेकिन चन्द मिनटों बाद, मैंने अपने को, चुपचाप, उसके पीछे चलते हुए पाया। तब दिल में एक अजीब झोल महसूस हो रहा था। दिमाग़ के भीतर सिकुड़न-सी पड़ गई थी। बाल अनसँवरे थे ही। पैरों को किसी-न-किसी तरह आगे ढकेले जा रहा था।

लेकिन, यह सिर्फ़ दुपहर के गरम तीरों के कारण था, या श्यामला के कारण, यह कहना मुश्किल है।

उसने पीछे मुड़कर मेरी तरफ़ देखा और दिलासा देती हुई आवाज़ में कहा, "स्कूल का मैदान ज़्यादा दूर नहीं है।"

वह मेरे आगे-आगे चल रही थी, लेकिन मेरा ध्यान उसके पैरों और तलुओं के पिछले हिस्से की तरफ़ ही था। उसकी टाँग, जो बिवाइयों-भरी और धूल-भरी थी, आगे बढ़ने में, उचकती हुई चप्पल पर चटचटाती थी। ज़ाहिर था कि ये पैर धूल-भरी सड़कों पर घूमने के आदी हैं।

यह ख़याल आते ही, उसी ख़याल से लगे हुए न मालूम किन धागों से होकर, मैं श्यामला से ख़ुद को कुछ कम, कुछ हीन पाने लगा; और इसकी ग्लानि से उबरने के लिए, मैं उस चलती हुई आकृति के साथ, उसके बराबर हो लिया। वह कहने लगी, ''याद है शाम को बैठक है। अभी चलकर न देखते तो कब देखते! और सबके सामने साबित हो जाता है कि तुम ख़ुद कुछ करते नहीं। सिर्फ़ जबान की कैंची चलती है।''

अब श्यामला को कौन बताए कि न मैं इस भरी दोपहर में स्कूल का मैदान देखने जाता और न शाम को बैठक में ही। सम्भव था कि 'कोरम' पूरा न होने के कारण बैठक ही स्थगित हो जाती। लेकिन श्यामला को यह कौन बताए कि हमारे आलस्य में भी एक छिपी हुई, जानी-अनजानी योजना रहती है। वर्तमान संचालन का दायित्व जिन पर है, वे ख़ुद संचालक-मंडल की बैठक नहीं होने देना चाहते। अगर श्यामला से कहूँ तो वह पूछेगी, 'क्यों!'

फिर मैं क्या जवाब दूँगा? मैं उसकी आँखों से गिरना नहीं चाहता, उसकी नज़र में और-और चढ़ना चाहता हूँ। उसका प्रेमी जो हूँ; अपने व्यक्तित्व का सुन्दरतम चित्र उपस्थित करने की लालसा भी तो रहती है।

वैसे भी, धूप इतनी तेज़ थी कि बात करने या बात बढ़ाने की तबीयत नहीं हो रही थी।

मेरी आँखें सामने के पीपल के पेड़ की तरफ़ गईं, जिसकी एक डाल, तालाब के ऊपर, बहुत ऊँचाई पर, दूर तक चली गई थी। उसके सिरे पर एक बड़ा-सा भूरा पक्षी बैठा हुआ था। उसे मैंने चील समझा। लगता था कि वह मछलियों के शिकार की ताक लगाए बैठा है।

लेकिन उसी शाखा की बिलकुल विरुद्ध दिशा में, जो दूसरी डालें ऊँची होकर तिरछी और बाँकी-टेढ़ी हो गई हैं, उन पर झुंड के झुंड कौवे काँव-काँव कर रहे हैं मानो वे चील की शिकायत कर रहे हों और उचक-उचककर, फुदक-फुदककर, मछली की ताक में बैठे उस पक्षी के विरुद्ध प्रचार किए जा रहे हों।

कि इतने में मुझे उस मैदानी-आसमानी चमकीले खुले-खुलेपन में एकाएक, सामने दिखाई देता है—साँवले नाटे कद पर भगवे रंग की खद्दर का बंडीनुमा कुरता, लगभग चौरस मोटा चेहरा, जिसके दाहिने गाल पर एक बड़ा-सा मस्सा है, और उस मस्से में से बारीक बाल निकले हुए।

जी धँस जाता है उस सूरत को देखकर। वह मेरा नेता है, संस्था का सर्वेसर्वा है। उसकी ख़याली तसवीर देखते ही मुझे अचानक दूसरे नेताओं की और सचिवालय के उस अँधेरे गलियारे की याद आती है, जहाँ मैंने इस नाटे-मोटे भगवे खद्दर कुरतेवाले को पहले-पहल देखा था।

उन अँधेरे गलियारों में से कई–कई बार गुज़रा हूँ और वहाँ किसी मोड़ पर, किसी कोने में इकट्ठा हुए, ऐसी ही संस्थाओं के संचालकों के उतरे हुए चेहरों को देखा है। बावजूद श्रेष्ठ पोशाक और 'अपटूडेट' भेस के, सँवलाया हुआ गर्व, बेबस गम्भीरता, अधीर उदासी और थकान उनके व्यक्तित्व पर राख–सी मलती है। क्यों?

इसलिए कि माली साल की आख़िरी तारीख़ को अब सिर्फ़ दो या तीन दिन बचे हैं। सरकारी 'ग्रांट' अभी मंजूर नहीं हो पा रही है, काग़ज़ात अभी वित्त विभाग में ही अटके पड़े हैं। ऑफ़िसों के बाहर, गलियारे के दूर किसी कोने में, पेशाबघर के पास, या होटलों के कोनों में क्लर्कों की मुट्ठियाँ गरम की जा रही हैं, ताकि 'ग्रांट' मंजूर हो और जल्दी मिल जाए।

ऐसी ही किसी जगह पर मैंने इस भगवे खद्दर–कुरतेवाले को ज़ोर–ज़ोर से अँगरेज़ी बोलते हुए देखा था। और, तभी मैंने उसके तेज़ मिजाज़ और फ़ितरती दिमाग़ का अन्दाज़ा लगाया था।

इधर, भरी दोपहर में, श्यामला का पार्श्व–संगीत चल ही रहा है, मैं उसका कोई मतलब नहीं निकाल पाता। लेकिन, न मालूम कैसे, मेरा मन उसकी बातों से कुछ संकेत ग्रहण कर, अपने ही रास्ते पर चलता रहता है। इसी बीच उसके एक वाक्य से मैं चौंक पड़ा, "इससे अच्छा है कि तुम इस्तीफा दे दो। अगर काम नहीं कर सकते तो गद्दी क्यों अड़ा रखी है।"

इसी बात को, कई बार, मैंने अपने से भी पूछा था। लेकिन आज उसके मुँह से ठीक उसी बात को सुनकर मुझे धक्का–सा लगा। और, मेरा मन कहाँ–का–कहाँ चला गया।

एक दिन की बात। मेरा सजा हुआ कमरा। चाय की चुस्कियाँ। क़हक़हे।

एक पीले रंग के तिकोने चेहरेवाला मसख़रा, ऊल–जलूल शख़्स। बग़ैर यह सोचे कि जिसकी वह निन्दा कर रहा है, वह मेरा कृपालु मित्र और सहायक है, वह शख़्स बात बढ़ाता जा रहा है।

मैं स्तब्ध। किन्तु, कान सुन रहे हैं। हारे हुए आदमी जैसी मेरी सूरत, और मैं!

वह कहता जा रहा है, "सूक्ष्मदर्शी यंत्र? सूक्ष्मदर्शी यंत्र कहाँ हैं?"

"हैं तो। ये हैं। देखिए।" क्लर्क कहता है। रजिस्टर बताता है। सब कहते हैं—हैं, हैं। ये हैं। लेकिन, कहाँ हैं? यह तो सब लिखित रूप में हैं, वस्तु–रूप में कहाँ हैं!

"वे ख़रीदे ही नहीं गए हैं! झूठी रसीद लिखने का कमीशन विक्रेता को, शेष रक़म जेब में। सरकार से पूरी रक़म वसूल!

"किसी ख़ास जाँच के ऐन मौक़े पर किसी दूसरे शहर की...संस्था से उधार लेकर, सूक्ष्मदर्शी यंत्र हाज़िर! सब चीज़ें, मौजूद हैं। आइए, देख जाइए। जी हाँ, ये तो हैं सामने। लेकिन, जाँच ख़त्म होने पर सब गायब, अन्तर्धान। कैसा जादू है। ख़र्चे का आँकड़ा खूब फुलाकर रखिए। सरकार के पास काग़ज़ात भेज दीजिए। ख़ास मौक़ों पर ऑफ़िसों के धुँधले गलियारों और होटलों के कोनों में मुट्ठियाँ गरम कीजिए। सरकारी

'ग्रांट' मंजूर! और, उसका न जाने कितना हिस्सा, बड़े ही तरीक़े से संचालकों की जेब में! जी!"

भरी दोपहर में मैं आगे बढ़ा जा रहा हूँ। कानों में ये आवाज़ें गूँजती जा रही हैं। मैं व्याकुल हो उठता हूँ। श्यामला का पार्श्वसंगीत चल रहा है। मुझे ज़बरदस्त प्यास लगती है! पानी, पानी!

कि इतने में एकाएक विश्वविद्यालय के पुस्तकालय की ऊँचे रोमन स्तम्भोंवाली इमारत सामने आ जाती है। तीसरा पहर। हलकी धूप। इमारत की पत्थर-सीढ़ियाँ, लम्बी, मोतिया।

सीढ़ियों से लगकर, अभ्रक-मिली लाल मिट्टी के चमचमाते रास्ते पर सुन्दर काली 'शेवरलेट'।

भगवे खद्दर-कुरतेवाले की 'शेवरलेट', जिसके ज़रा पीछे मैं खड़ा हूँ, और देख रहा हूँ—यों ही—कार का नम्बर—कि इतने में उसके चिकने काले हिस्से में, जो आईने-सा चमकदार है, मेरी सूरत दिखाई देती है।

भयानक है वह सूरत। सारे अनुपात बिगड़ गए हैं। नाक डेढ़ गज लम्बी और कितनी मोटी हो गई है। चेहरा बेहद लम्बा और सिकुड़ गया है। आँखें खड्डेदार। कान नदारद। भूत-जैसा अप्राकृतिक रूप। मैं अपने चेहरे की उस विद्रूपता को, मुग्ध भाव से, कुतूहल से और आश्चर्य से देख रहा हूँ, एकटक!

कि इतने में मैं दो क़दम एक ओर हट जाता हूँ; और पाता हूँ कि मोटर के उस काले चमकदार आईने में, मेरे गाल; ठुड्डी, नाक, कान सब चौड़े हो गए हैं, एकदम चौड़े। लम्बाई लगभग नदारद। मैं देखता ही रहता हूँ, देखता ही रहता हूँ कि इतने में दिल के किसी कोने में कोई अँधियारा गटर एकदम फूट निकलता है। वह गटर है आत्मालोचन, दुःख और ग्लानि का।

और, सहसा, मुँह से हाय निकल पड़ती है। उस भगवे खद्दर-कुरतेवाले से मेरा छुटकारा कब होगा, कब होगा!

और, तब लगता है कि इस सारे जाल में, बुराई की इस अनेक चक्रोंवाली दैत्याकार मशीन में न जाने कब से मैं फँसा पड़ा हूँ। पैर भिंच गए हैं, पसलियाँ चूर हो गई हैं, चीख़ निकल नहीं पाती, आवाज़ हलक़ में फँसकर रह गई है।

कि इसी बीच अचानक एक नज़ारा दिखाई देता है रोमन स्तम्भोंवाली विश्वविद्यालय के पुस्तकालय की ऊँची, लम्बी मोतिया सीढ़ियों पर से उतर रही है एक आत्म-विश्वासपूर्ण गौरवमय नारीमूर्ति।

वह किरणीली मुसकान मेरी ओर फेंकती-सी दिखाई देती है। मैं इस स्थिति में नहीं हूँ कि उसका स्वागत कर सकूँ। मैं बदहवास हो उठता हूँ।

वह धीमे-धीमे मेरे पास आती है, अभ्यर्थनापूर्ण मुसकराहट के साथ कहती है, "पढ़ी है आपने यह पुस्तक?"

काली ज़िल्द पर सुनहले रोमन अक्षरों में लिखा है, 'आई विल नॉट रेस्ट।'

मैं साफ़ झूठ बोल जाता हूँ, "हाँ पढ़ी है, बहुत पहले।"

लेकिन, मुझे महसूस होता है कि मेरे चेहरे से तेलिया पसीना निकल रहा है। मैं बार-बार अपना मुँह पोंछता हूँ रूमाल से। बालों के नीचे ललाट—हाँ ललाट (यह शब्द मुझे अच्छा लगता है) को रगड़कर साफ़ करता हूँ।

और, फिर दूर एक पेड़ के नीचे, इधर आते हुए, भगवे खद्दर-कुरतेवाले की आकृति को देखकर श्यामला से कहता हूँ, "अच्छा, मैं ज़रा उधर जा रहा हूँ। फिर भेंट होगी।" और, सभ्यता के तकाज़े से मैं उसके लिए नमस्कार के रूप में मुसकराने की चेष्टा करता हूँ।

पेड़!

अजीब पेड़ है, (यहाँ रुका जा सकता है), बहुत पुराना पेड़ है, जिसकी जड़ें उखड़कर बीच में से टूट गई हैं, और जो साबुत हैं, उनके आस-पास की मिट्टी खिसक गई है। इसलिए वे उभरकर ऐंठी हुई-सी लगती है। पेड़ क्या है, लगभग ठूँठ है। उसकी शाखाएँ काट डाली गई हैं।

लेकिन, कटी हुई बाँहोंवाले उस पेड़ में से नई डालें निकलकर, हवा में खेल रही हैं। उन डालों में कोमल-कोमल हरी-हरी पत्तियाँ झालर-सी दिखाई देती हैं। पेड़ के मोटे तने में से जगह-जगह ताजा गोंद निकल रहा है। गोंद की साँवली कत्थई गठानें मज़े में देखी जा सकती हैं।

अजीब पेड़ है, अजीब! (शायद, यह अच्छाई का पेड़ है) इसलिए कि एक दिन शाम की मोतिया-गुलाबी आभा में मैंने एक युवक-युवती को इस पेड़ के तले ऊँची उठी हुई जड़ पर आराम से बैठे हुए पाया था। सम्भवत:, वे अपने अत्यन्त आत्मीय क्षणों में डूबे हुए थे।

मुझे देखकर युवक ने आदरपूर्वक नमस्कार किया। लड़की ने भी मुझे देखा और झेंप गई। हलके झटके से उसने अपना मुँह दूसरी ओर कर लिया। लेकिन उसकी झेंपती हुई ललाई मेरी नज़रों से न बच सकी।

इस प्रेम-मुग्ध युग्म को देखकर मैं भी एक विचित्र आनन्द में डूब गया। उन्हें निरापद करने के लिए, जल्दी-जल्दी पैर बढ़ाता हुआ मैं वहाँ से नौ-दो ग्यारह हो गया।

यह पिछली गरमियों की एक मनोहर साँझ की बात है। लेकिन आज इस भरी दोपहरी में श्यामला के साथ पल-भर उस पेड़ के तले बैठने को मेरी भी तबीयत हुई। बहुत ही छोटी और भोली इच्छा है यह!

लेकिन, मुझे लगा कि शायद श्यामला मेरे सुझाव को नहीं मानेगी। स्कूल मैदान पहुँचने की उसे जल्दी जो है। कहने की मेरी हिम्मत ही नहीं हुई।

लेकिन, दूसरे क्षण, आप-ही-आप, मेरे पैर उस ओर बढ़ने लगे। और, ठीक उसी जगह मैं भी जाकर बैठ गया, जहाँ एक साल पहले वह युग्म बैठा था। देखता क्या हूँ कि श्यामला भी आकर बैठ गई है।

तब वह कह रही थी, ''सचमुच बड़ी गरम दोपहर है।''

सामने, मैदान-ही-मैदान हैं, भूरे मटमैले! उन पर सिरस और सीसम के छायादार विराम-चिह्न खड़े हुए हैं। मैं लुब्ध और मुग्ध होकर उनकी घनी-गहरी छायाएँ देखता रहता हूँ...।

...क्योंकि...क्योंकि मेरा यह पेड़, यह अच्छाई का पेड़, छाया प्रदान नहीं कर सकता, आश्रय प्रदान नहीं कर सकता, (क्योंकि वह जगह-जगह काटा गया है) वह तो कटी शाखाओं की दूरियों और अन्तरालों में से केवल तीव्र और कष्टप्रद प्रकाश को ही मार्ग दे सकता है।

लेकिन, मैदानों के इस चिलचिलाते अपार विस्तार में, एक पेड़ के नीचे, अकेलेपन में, श्यामला के साथ रहने की यह जो मेरी स्थिति है उसका अचानक मुझे गहरा बोध हुआ। लगा कि श्यामला मेरी है, और वह भी इसी भाँति चिलचिलाते गरम तत्त्वों से बनी हुई नारी-मूर्ति है। गरम बफती हुई मिट्टी-सा चिलचिलाता हुआ, उसमें अपनापन है।

तो क्या, आज ही, अगली अनगिनत गरम दोपहरियों के पहले, आज ही, अगले क़दम उठाए जाने के पहले, इसी समय, हाँ इसी समय, उसके सामने, अपने दिल की गहरी छिपी हुई तहें और सतहें खोलकर रख दूँ...कि जिससे आगे चलकर, उसे ग़लतफ़हमी में रखने, उसे धोखे में रखने का अपराधी न बनूँ!

कि इतने में, मेरी आँखों के सामने, फिर उसी भगवे खद्दर-कुरतेवाले की तसवीर चमक उठी। मैं व्याकुल हो गया, और उससे छुटकारा चाहने लगा।

तो फिर आत्म-स्वीकार कैसे करूँ, कहाँ से शुरू करूँ!

लेकिन, क्या वह मेरी बातें समझ सकेगी? किसी तनी हुई रस्सी पर वजन साधते हुए चलने का, 'हाँ' और 'ना' के बीच में रहकर ज़िन्दगी की उलझनों में फँसने का, तजुर्बा उसे कहाँ है!

हटाओ, कौन कहे!

लेकिन, यह स्त्री शिक्षिता तो है! बहस भी तो करती है! बहस की बातों का सम्बन्ध न उसके स्वार्थ से होता है, न मेरे। उस समय हम लड़ भी तो सकते हैं। और ऐसी लड़ाइयों में कोई स्वार्थ भी तो नहीं होता। उसके सामने अपने दिल की सतहें खोल देने में न मुझे शर्म रही, न मेरे सामने उसे। लेकिन, वैसा करने में तकलीफ़ तो होती है, अजीब और पेचीदा, घूमती-घुमाती तकलीफ़!

और उस तकलीफ़ को टालने के लिए हम झूठ भी तो बोल देते हैं, सरासर झूठ, सफ़ेद झूठ! लेकिन झूठ से सच्चाई और गहरी हो जाती है, अधिक महत्त्वपूर्ण और

अधिक प्राणवान, मानो वह हमारे लिए और सारी मनुष्यता के लिए विशेष सार रखती हो। ऐसी सतह पर हम भावुक हो जाते हैं। और, यह सतह अपने सारे निजीपन में बिलकुल बेनिजी है। साथ ही, मीठी भी! हाँ, उस स्तर की अपनी विचित्र पीड़ाएँ हैं, भयानक सन्ताप हैं, और इस अत्यन्त आत्मीय किन्तु निर्वैयक्तिक स्तर पर, हम एक हो जाते हैं, और कभी-कभी ठीक उसी स्तर पर बुरी तरह लड़ भी पड़ते हैं।

श्यामला ने कहा, ''उस मैदान को समतल करने में कितना खर्च आएगा?''

''बारह हज़ार।''

''उनका अन्दाज़ क्या है?''

''बीस हज़ार।''

''तो बैठक में जाकर समझा दोगे और यह बता दोगे कि कुल मिलाकर बारह हज़ार से ज़्यादा नामुमकिन है?''

''हाँ, उतना मैं कर दूँगा।''

''उतना का क्या मतलब?''

अब मैं उसे 'उतना' का क्या मतलब बताऊँ! साफ़ है कि उस भगवे खद्दर कुरतेवाले से मैं दुश्मनी मोल नहीं लेना चाहता। मैं उसके प्रति वफ़ादार रहूँगा क्योंकि मैं उसका आदमी हूँ। भले ही वह बुरा हो, भ्रष्टाचारी हो, किन्तु उसी के कारण मेरी आमदनी के ज़रिए बने हुए हैं! व्यक्ति-निष्ठा भी कोई चीज़ है, उसके कारण ही मैं विश्वास-योग्य माना गया हूँ। इसलिए, मैं कई महत्त्वपूर्ण कमेटियों का सदस्य हूँ।

मैंने विरोध-भाव से श्यामला की तरफ़ देखा। वह मेरा रुख देखकर समझ गई। वह कुछ नहीं बोली। लेकिन, मानो मैंने उसकी आवाज़ सुन ली हो।

श्यामला का चेहरा 'चार जनियों-जैसा' है। उस पर साँवली मोहक दीप्ति का आकर्षण है। किन्तु, उसकी आवाज़...हाँ आवाज़...वह इतनी सुरीली और मीठी है कि उसे अनसुना करना निहायत मुश्किल है। उस स्वर को सुनकर, दुनिया की अच्छी बातें ही याद आ सकती हैं।

पता नहीं किस तरह की परेशान पेचीदगी मेरे चेहरे पर झलक उठी कि जिसे देखकर उसने कहा, ''कहो, कहो, क्या कहना चाहते हो।''

यह वाक्य मेरे लिए निर्णायक बन गया। फिर भी, अवरोध शेष था। अपने जीवन का सार-सत्य अपना गुप्त-धन है। उसके अपने गुप्त संघर्ष हैं, उसका अपना एक गुप्त नाटक है। वह प्रकट करते नहीं बनता। फिर भी, शायद है कि उसे प्रकट कर देने से उसका मूल्य बढ़ जाए, उसका कोई विशेष उपयोग हो सके।

एक था पक्षी। वह नीले आसमान में खूब ऊँचाई पर उड़ता जा रहा था। उसके साथ उसके पिता और मित्र भी थे।

(श्यामला मेरे चेहरे की तरफ़ आश्चर्य से देखने लगी।)

सब, बहुत ऊँचाई पर उड़नेवाले पक्षी थे। उनकी निगाहें भी बड़ी तेज़ थीं। उन्हें दूर–दूर की भनक और दूर–दूर की महक भी मिल जाती।

एक दिन वह नौजवान पक्षी ज़मीन पर चलती हुई एक बैलगाड़ी को देख लेता है। उसमें बड़े–बड़े बोरे भरे हुए हैं। गाड़ीवाला चिल्ला–चिल्लाकर कहता है, "दो दीमकें लो, एक पंख दो।"

उस नौजवान पक्षी को दीमकों का शौक़ था। वैसे तो ऊँचे उड़नेवाले पंछियों को, हवा में ही बहुत–से कीड़े तैरते हुए मिल जाते, जिन्हें खाकर वे अपनी भूख थोड़ी–बहुत शान्त कर लेते।

लेकिन दीमकें सिर्फ़ ज़मीन पर मिलती थीं। कभी–कभी पेड़ों पर—ज़मीन से तने पर चढ़कर, ऊँची डाल तक, वे मटियाला लम्बा घर बना लेतीं। लेकिन, ऐसे कुछ ही पेड़ होते, और वे सब एक जगह न मिलते।

नौजवान पक्षी को लगा—यह बहुत बड़ी सुविधा है कि आदमी दीमकों को बोरों में भरकर बेच रहा है।

वह अपनी ऊँचाइयाँ छोड़कर मँडराता हुआ नीचे उतरता है, और पेड़ की एक डाल पर बैठ जाता है।

दोनों का सौदा तय हो जाता है। अपनी चोंच से एक पर को खींचकर तोड़ने में उसे तकलीफ़ भी होती है; लेकिन उसे वह बरदाश्त कर लेता है। मुँह में बड़े स्वाद के साथ दो दीमकें दबाकर वह पक्षी फुर्र से उड़ जाता है।

(कहते–कहते मैं थक गया शायद साँस लेने के लिए। श्यामला ने पलकें झपकाईं और कहा, 'हूँ'।)

अब उस पक्षी को गाड़ीवाले से दो दीमकें ख़रीदने और एक पर देने की बड़ी आसानी मालूम हुई। वह रोज़ तीसरे पहर नीचे उतरता और गाड़ीवाले को एक पंख देकर, दो दीमकें ख़रीद लेता।

कुछ दिनों तक ऐसा ही चलता रहा। एक दिन उसके पिता ने देख लिया। उसने समझाने की कोशिश की कि बेटे, दीमकें हमारा स्वाभाविक आहार नहीं हैं, और उनके लिए अपने पंख तो हरगिज़ नहीं दिए जा सकते।

लेकिन, उस नौजवान पक्षी ने बड़े ही गर्व से अपना मुँह दूसरी ओर कर लिया। उसे ज़मीन पर उतरकर दीमकें खाने की चट लग गई थी। अब उसे न तो दूसरे कीड़े अच्छे लगते, न फल, न अनाज के दाने। दीमकों का शौक़ अब उस पर हावी हो गया था।

(श्यामला अपनी फैली हुई आँखों से मुझे देख रही थी, उसकी ऊपर उठी हुई पलकें और भँवें बड़ी ही सुन्दर दिखाई दे रही थीं।)

लेकिन, ऐसा कितने दिनों तक चलता। उसके पंखों की संख्या लगातार घटती चली गई। अब वह, ऊँचाइयों पर, अपना सन्तुलन साध नहीं सकता था, न बहुत समय

तक पंख उसे सहारा दे सकते थे। आकाश-यात्रा के दौरान उसे, जल्दी-जल्दी पहाड़ी चट्टानों, पेड़ों की चोटियों, गुम्बदों और बुर्जों पर हाँफते हुए बैठ जाना पड़ता। उसके परिवारवाले तथा मित्र ऊँचाइयों पर तैरते हुए आगे बढ़ जाते। वह बहुत पिछड़ जाता। फिर भी दीमक खाने का उसका शौक़ कम नहीं हुआ। दीमकों के लिए गाड़ीवाले को वह अपने पंख तोड़-तोड़कर देता रहा।

(श्यामला गम्भीर होकर सुन रही थी। अब की बार उसने 'हूँ' भी नहीं कहा।)

फिर, उसने सोचा कि आसमान में उड़ना ही फ़िजूल है। वह मूर्खों का काम है। उसकी हालत यह थी कि अब वह आसमान में उड़ ही नहीं सकता था, वह सिर्फ़ एक पेड़ से उड़कर दूसरे पेड़ तक पहुँच पाता। धीरे-धीरे उसकी यह शक्ति भी कम होती गई। और एक समय वह आया जब वह बड़ी मुश्किल से, पेड़ की एक डाल से लगी हुई दूसरी डाल पर, चलकर, फुदककर पहुँचता। लेकिन दीमक खाने का शौक़ नहीं छूटा।

बीच-बीच में गाड़ीवाला बुत्ता दे जाता। वह कहीं नज़र में न आता। पक्षी उसके इन्तज़ार में घुलता रहता।

लेकिन, दीमकों का शौक़ जो उसे था। उसने सोचा, 'मैं ख़ुद दीमकें ढूँढूँगा।' इसलिए वह पेड़ पर से उतरकर ज़मीन पर आ गया; और घास के एक लहराते गुच्छे में सिमटकर बैठ गया।

(श्यामला मेरी ओर देखे जा रही थी। उसने अपेक्षापूर्वक कहा, 'हूँ।')

फिर, एक दिन उस पक्षी के जी में न मालूम क्या आया। वह खूब मेहनत से ज़मीन में से दीमकें चुन-चुनकर, खाने के बजाय, उन्हें इकट्ठा करने लगा। अब उसके पास दीमकों के ढेर के ढेर हो गए।

फिर, एक दिन एकाएक, वह गाड़ीवाला दिखाई दिया। पक्षी को बड़ी खुशी हुई। उसने पुकारकर कहा, "गाड़ीवाले, ओ गाड़ीवाले! मैं कब से तुम्हारा इन्तज़ार कर रहा था।"

पहचानी आवाज़ सुनकर गाड़ीवाला रुक गया। तब पक्षी ने कहा, "देखो, मैंने कितनी सारी दीमकें जमा कर ली हैं।'

गाड़ीवाले को पक्षी की बात समझ में नहीं आई। उसने सिर्फ़ इतना कहा, "तो मैं क्या करूँ।"

"ये मेरी दीमकें ले लो, और मेरे पंख मुझे वापस कर दो।" पक्षी ने जवाब दिया।

गाड़ीवाला ठठाकर हँस पड़ा। उसने कहा, "बेवक़ूफ़, मैं दीमक के बदले पंख लेता हूँ, पंख के बदले दीमक नहीं!"

गाड़ीवाले ने 'पंख' शब्द पर बहुत ज़ोर दिया था।

(श्यामला ध्यान से सुन रही थी। उसने कहा, 'फिर?')

गाड़ीवाला चला गया। पक्षी छटपटाकर रह गया। एक दिन एक काली बिल्ली आई और अपने मुँह में उसे दबाकर चली गई। तब उस पक्षी का खून टपक-टपककर ज़मीन पर बूँदों की लकीर बना रहा था।

(श्यामला ध्यान से मुझे देखे जा रही थी; और उसकी एकटक निगाहों से बचने के लिए मेरी आँखें तालाब की सिहरती-काँपती, चिलकती-चमकती लहरों पर टिकी हुई थीं।)

कहानी कह चुकने के बाद, मुझे एक ज़बरदस्त झटका लगा। एक भयानक प्रतिक्रिया—कोलतार-जैसी काली, गन्धक-जैसी पीली-नारंगी।

''नहीं, मुझमें अभी बहुत कुछ शेष है, बहुत कुछ। मैं उस पक्षी-जैसा नहीं मरूँगा। मैं अभी भी उबर सकता हूँ। रोग अभी असाध्य नहीं हुआ है। ठाठ से रहने के चक्कर से बँधे हुए बुराई के चक्कर तोड़े जा सकते हैं। प्राणशक्ति शेष है, शेष!''

तुरन्त ही लगा कि श्यामला के सामने फ़िज़ूल अपना रहस्य खोल दिया, व्यर्थ ही आत्म-स्वीकार कर डाला। कोई भी व्यक्ति इतना परम प्रिय नहीं हो सकता कि भीतर का नंगा, बालदार रीछ उसे बताया जाए! मैं असीम दुख के खारे मृतक सागर में डूब गया।

श्यामला अपनी जगह से धीरे से उठी, साड़ी का पल्ला ठीक किया, उसकी सलवटें बराबर जमाईं, बालों पर से हाथ फेरा। और फिर (अँगरेज़ी में) कहा, ''सुन्दर कथा है, बहुत सुन्दर!''

फिर, वह क्षण-भर खोई-सी खड़ी रही, और फिर बोली,''तुमने कहाँ पढ़ी?''

मैं अपने ही शून्य में खोया हुआ था। उसी शून्य के बीच में से मैंने कहा, ''पता नहीं...किसी ने सुनाई या मैंने कहीं पढ़ी।''

और, वह श्यामला अचानक मेरे सामने आ गई, कुछ कहना चाहने लगी, मानो उस कहानी में उसकी किसी बात की ताईद होती हो।

उसके चेहरे पर धूप पड़ी हुई थी। मुखमंडल सुन्दर और प्रदीप्त दिखाई दे रहा था।

कि इसी बीच हमारी आँखें सामने के रास्ते पर जम गईं।

घुटनों तक मैली धोती और काली, नीली, सफ़ेद या लाल बंडी पहने कुछ देहाती भाई, समूह में, चले जा रहे थे। एक के हाथ में एक बड़ा-सा डंडा था, जिसे वह अपने आगे, सामने, किए हुए था। उस डंडे पर एक लम्बा मरा हुआ साँप झूल रहा था। काला भुजंग, जिसके पेट की हलकी सफ़ेदी भी झलक रही थी।

श्यामला ने देखते ही पूछा, ''कौन-सा साँप है यह?''

वह ग्रामीण मुख, छत्तीसगढ़ी लहजे में चिल्लाया, ''करेट है बाई, करेट!''

श्यामला के मुँह से निकल पड़ा, ''ओफ़्फो! करेट तो बड़ा जहरीला साँप होता है।''

फिर, मेरी ओर देखकर, कहा, "नाग की तो दवा भी निकली है, करेट की तो कोई दवा नहीं है। अच्छा किया, मार डाला। जहाँ स.ाप देखो, मार डालो; फिर वह पनियल साँप ही क्यों न हो।"

और फिर, न जाने क्यों, मेरे मन में उसका यह वाक्य गूँज उठा, "जहाँ साँप देखो, मार डालो।"

और ये शब्द मेरे मन में गूँजते ही चले गए।

कि इसी बीच...रजिस्टर में चढ़े हुए आँकड़ों की एक लम्बी मीज़ान मेरे सामने झूल उठी, और गलियारे के अँधेरे कोनों में गरम होनेवाली मुट्ठियों का चोर-हाथ।

श्यामला ने पलटकर कहा, "तुम्हारे कमरे में भी तो साँप घुस आया था। कहाँ से आया था वह?"

फिर उसने ख़ुद ही जवाब दे लिया, "हाँ, वह पास की खिड़की में से आया होगा।"

खिड़की की बात सुनते ही मेरे सामने, बाहर की काँटेदार बेंत की झाड़ी आ गई, जिसे जंगली बेल ने लपेटकर रखा था। मेरे ख़ुद के तीखे काँटों के बावजूद, क्या श्यामला मुझे इसी तरह लपेट सकेगी! बड़ा ही 'रोमैंटिक' ख़याल है, लेकिन कितना भयानक!

...क्योंकि श्यामला के साथ अगर मुझे ज़िन्दगी बसर करनी है तो न मालूम कितने ही भगवे खद्दर-कुरतेवालों से मुझे लड़ना पड़ेगा, जी कड़ा करके लड़ाइयाँ मोल लेनी पड़ेंगी और अपनी आमदनी के ज़रिए ख़त्म कर देने होंगे। श्यामला का क्या है! वह तो एक गाँधीवादी कार्यकर्ता की लड़की है, आदिवासियों की एक संस्था में कार्य करती है। उसका आदर्शवाद भी भोले-भाले आदिवा़सियों की उस कुल्हाड़ी-जैसा है जो जंगल में अपने बेईमान और बेवफ़ा साथी का सिर धड़ से अलग कर देती है। बारीक बेईमानियों का सूफ़ियाना अन्दाज़ उसमें कहाँ!

किन्तु, फिर भी आदिवासियों—जैसे उस अमिश्रित आदर्शवाद में मुझे आत्मा का गौरव दिखाई देता है, मनुष्य की महिमा दिखाई देती है, पैने तर्क की अपनी अन्तिम प्रभावोत्पादक परिणति का उल्लास दिखाई देता है—और ये सब बातें मेरे हृदय को स्पर्श कर जाती हैं। तो अब मैं इसके लिए क्या करूँ, क्या करूँ!

और अब मुझे सज्जायुक्त भद्रता के मनोहर वातावरण वाला अपना कमरा याद आता है...अपना अकेला धुँधला-धुँधला कमरा। उसके एकान्त में प्रत्यावर्तित और पुनः प्रत्यावर्तित प्रकाश के कोमल वातावरण में मूल-रश्मियों और उनके उद्गम-स्रोतों पर सोचते रहना, ख़यालों की लहरों में बहते रहना कितना सरल, सुन्दर और भद्रता-पूर्ण है। उससे न कभी गरमी लगती है, न पसीना आता है, न कभी कपड़े मैले होते हैं। किन्तु प्रकाश के उद्गम के सामने रहना, उसका सामना करना, उसकी चिलचिलाती दोपहर में रास्ता नापते रहना और धूल फाँकते रहना कितना त्रासदायक

है! पसीने से तरबतर कपड़े इस तरह चिपचिपाते हैं और इस क़दर गन्दे मालूम होते हैं कि लगता है...कि अगर कोई इस हालत में हमें देख ले तो वह बेशक हमें निचले दर्जे का आदमी समझेगा। सजे हुए टेबल पर रखे कीमती फाउंटेन पेन-जैसे नीरव-शब्दांकनवादी हमारे व्यक्तित्व, जो बहुत बड़े ही खुशनुमा मालूम होते हैं—किन्हीं महत्त्वपूर्ण परिवर्तनों के कारण—जब वे आँगन में और घर-बाहर चलती हुई झाड़ू—जैसे काम करनेवाले दिखाई दें, तो इस हालत में वे यदि सड़क-छाप समझे जाएँ तो इसमें आश्चर्य ही क्या है!

लेकिन, मैं अब ऐसे कामों की शर्म नहीं करूँगा, क्योंकि जहाँ मेरा हृदय है, वहीं मेरा भाग्य है!

(सम्भावित रचनाकाल 1959 के बाद। कल्पना, दिसम्बर 1963 में प्रकाशित)

क्लॉड ईथरली

पीली धूप से चमकती हुई ऊँची भीत जिसके नीले फ्रेम में काँचवाले रोशनदान दूर सड़क से दीखते हैं।

मैं सड़क पार कर लेता हूँ। जंगली, बेमहक लेकिन ख़ूबसूरत विदेशी फूलों के नीचे ठहर-सा जाता हूँ कि जो फूल, भीत के पासवाले अहाते की आदमक़द दीवार के ऊपर फैल, सड़क के बाजू पर बाँहें बिछाकर झुक गए हैं। पता नहीं कैसे, किस साहस से व क्यों, उसी अहाते के पास बिजली का ऊँचा खम्भा—जो पाँच-छह दिशाओं में जानेवाली सूनी सड़कों पर तारों की सीधी लकीरें भेज रहा है—मुझे दीखता है और एकाएक ख़याल आता है कि दुमंज़िला मकानों पर चढ़ने की एक ऊँची निसैनी उसी से टिकी हुई है। शायद, ऐसे मकानों की लम्ब-तड़ंग भीतों की रचना अभी भी पुराने ढंग से होती है।

सहज जिज्ञासावश, देखें, कहाँ क्या होता है, दृश्य कौन-से कोण से दिखाई देता है, मैं उस निसैनी पर चढ़ जाता हूँ और सामनेवाली पीली ऊँची भीत के नीली फ़्रेमवाले रोशनदान में से मेरी निगाहें पार निकल जाती हैं।

और, मैं स्तब्ध हो उठता हूँ।

छत से टँगे ढिलाई से गोल-गोल घूमते पंखे के नीचे, दो पीली स्फटिक-सी तेज़ आँखें और लम्बी सलवटों-भरा तंग मोतिया चेहरा है जो ठीक उन्हीं ऊँचे रोशनदानों में से, भीतर से बाहर, पार जाने के लिए ही मानो अपनी दृष्टि केन्द्रित कर रहा है। आँखों से आँखें लड़ पड़ती हैं। ध्यान से एक दूसरे की ओर देखती हैं। स्तब्ध, एकाग्र!

आश्चर्य!

साँस के साथ शब्द निकले। ऐसी ही कोई आवाज़ उसने भी की होगी।

चेहरा बुरा नहीं है, अच्छा है, भला आदमी मालूम होता है। पैंट पर शर्ट ढीली पड़ गई है। लेकिन यह क्या!

मैं नीचे उतर पड़ता हूँ। चुपचाप रास्ता चलने लगता हूँ। कम-से-कम दो फ़र्लांग दूरी पर एक आदमी मिलता है। सिर्फ़ एक आदमी! इतनी बड़ी सड़क होने पर भी लोग नहीं! क्यों नहीं?

पूछने पर वह शख़्स कहता है, ''शहर तो इस पार है, उस ओर है; वहीं कहीं इस सड़क पर बिल्डिंग का पिछवाड़ा पड़ता है। देखते नहीं हो!''

मैंने उसका चेहरा देखा ध्यान से। बाईं और दाहिनी भौंहें नाक के शुरू पर मिल गई थीं। खुरदुरा चेहरा, पंजाबी कहला सकता था। पूरा जिस्म लचकदार था। वह निःसन्देह जनाना आदमी होने की सम्भावना रखता है! नारीतुल्य पुरुष, जिनका विकास किशोर काल में ही रुक जाता है। यह विशेषज्ञों का विषय है।

इतने में, मैंने उससे स्वाभाविक रूप से, अति सहज बनकर पूछा, ''यह पीली बिल्डिंग कौन-सी है।''

उसने मुझ पर अविश्वास करते हुए कहा, ''जानते नहीं हो? यह पागलख़ाना है—प्रसिद्ध पागलख़ाना!''

''अच्छा—!'' का एक लहरदार डैश लगाकर मैं चुप हो गया और नीची निगाह किए आगे चलने लगा।

और फिर हम दोनों के बीच दूरियाँ चौड़ी होकर गोल होने लगीं। हमारे साथ हमारे सिफ़र भी चलने लगे।

अपने-अपने शून्यों की खिड़कियाँ खोलकर मैंने—हम दोनों ने—एक दूसरे की तरफ़ देखा कि आपस में बात कर सकते हैं या नहीं। कि इतने में उसने मुझसे पूछा, ''आप क्या काम करते हैं?''

मैंने झेंपकर कहा, ''मैं? उठाईगीरा समझिए।''

''समझें क्यों? जो हैं सो बताइए!''

''पता नहीं क्यों, मैं बहुत ईमानदारी की ज़िन्दगी जीता हूँ; झूठ नहीं बोला करता, परस्त्री को नहीं देखता; रिश्वत नहीं लेता; भ्रष्टाचारी नहीं हूँ; दया या फ़रेब नहीं करता; अलबत्ता क़र्ज़ मुझ पर ज़रूर है जो मैं चुका नहीं पाता। फिर भी कमाई की एक रक़म क़र्ज़ में ही जाती है। इस पर भी मैं यह सोचता हूँ कि बुनियादी तौर से बेईमान हूँ। इसीलिए, मैंने अपने को पुलिस की ज़बान में उठाईगीरा कहा। मैं लेखक हूँ, अब बताइए आप क्या हैं?''

वह सिर्फ़ हँस दिया। कहा कुछ नहीं। ज़रा देर से उसका मुँह खुला। उसने कहा, ''मैं सी. आई. डी. हूँ।''

एकदम दबकर मैंने उससे शेकहैंड किया। (दिल में भीतर से किसी ने कचोट लिया। हाल ही में निसैनी पर चढ़कर मैंने उस रोशनदान में से एक आदमी की सूरत देखी थी; वह चोरी नहीं तो क्या थी। सन्दिग्धावस्था में उस साले ने मुझे देख लिया!)

''बड़ी अच्छी बात है। मुझे भी इस धन्धे में दिलचस्पी है, हम लेखकों का पेशा इससे कुछ मिलता-जुलता है।''

इतने में भीमाकार पत्थरों की विक्टोरियन बिल्डिंगों के दृश्य दूर से झलकने लगे थे। हम खड़े हो गए। एक बड़े से पेड़ के नीचे पान की दुकान थी, वहाँ एक सिलेटी रंग की औरत मिस्सी और काज़ल लगाए बैठी हुई थी।

मेरे मुँह से अचानक निकल पड़ा, "तो यहाँ भी पान की दुकान है!"

उसने सिर्फ़ इतना ही कहा, "हाँ, यहाँ भी।"

और मैं उन अध-नंगी विलायती औरतों की तसवीरें देखने लगा जो उस दुकान की शौकत को बढ़ा रही थीं।

दुकान में आईना लगा था। लहरें थीं धुँधली, पीछे के मसाले के दोष से। ज्यों ही उसमें मैं अपना मुँह देखता, बिगड़ा नज़र आता। कभी लम्बा, तो कभी चौड़ा। कभी नाक एकदम छोटी, तो कभी एकदम लम्बी और मोटी! मन में बड़ी वितृष्णा भर उठी। रास्ता लम्बा था, सूनी दुपहर। कपड़े पसीने से भीतर चिपचिपा रहे थे। ऐसे मौक़े पर दो बातें करनेवाला आदमी मिल जाना समय और रास्ता कटने का साधन होता है।

हम दोनों ने अपने-अपने और एक-दूसरे के चेहरे देखे। दोनों ख़राब नज़र आए। दोनों रूप बदलने लगे! दोनों हँस पड़े और यही मज़ाक़ चलता रहा।

उससे वह औरत भी छेड़छाड़ करती रही। इतने में चार-पाँच आदमी और आ गए—उसी तरह बेमानी, गरम और उकतानेवाले, जैसे टीन की तपती हुई चद्दर या लोहे के डंडे। वे सब घेरे खड़े रहे। चुपचाप उन सबमें कुछ बातें होती रहीं। मुझे बिलकुल मज़ा नहीं आया। उनकी आवाज़ें सिर पर से निकल जाती थीं।

मैंने ग़ौर नहीं किया। मैं इन सब बातों से दूर रहता हूँ। जो सुनाई दिया उससे यह ज़ाहिर हुआ कि वे या तो निचले तबके में पुलिस के इनफ़ॉर्मर्स हैं या ऐसे ही कुछ!

पान खाकर हम लोग आगे बढ़े। पता नहीं क्यों मुझे अपने अजनबी साथी के ज़नानेपन में कोई ईश्वरीय अर्थ दिखाई दिया। जो आदमी आत्मा की आवाज़ दाब देता है, विवेक-चेतना को अटाले में डाल देता है, उसे क्या कहा जाए! वैसे, वह शख़्स भला मालूम होता था। फिर, क्या कारण है कि उसने यह पेशा इख़्तियार किया! साहस? हाँ, कुछ साहसिक लोग पत्रकार या गुप्तचर या ऐसे ही कुछ हो जाते हैं, अपनी आँखों में महत्त्वपूर्ण बनने के लिए, अस्तित्व की तीखी संवेदनाएँ अनुभव करने और करते रहने के लिए।

लेकिन, प्रश्न यह है कि वे वैसा क्यों करते हैं! किसी भीतरी न्यूनता के भाव पर विजय प्राप्त करने का यह एक तरीक़ा भी हो सकता है। फिर भी, उसके दूसरे रास्ते भी हो सकते हैं! यही पेशा क्यों? इसलिए, उसमें पेट और प्रवृत्ति का समन्वय है! जो हो, इस शख़्स का ज़नानापन ख़ास मानी रखता है!

हमने वह रास्ता पार कर लिया और अब हम फिर से फ़ैशनेबल रास्ते पर आ गए, जिसके दोनों ओर युकलिप्टस के पेड़ क़तार बाँधे खड़े थे। मैंने पूछा, "यह रास्ता कहाँ जाता है?" उसने कहा, "पागलख़ाने की ओर।" मैं जाने क्यों सन्नाटे में आ गया।

विषय बदलने के लिए मैंने कहा, "तुम यह धन्धा कब से कर रहे हो?"

उसने मेरी तरफ़ इस तरह देखा मानो यह सवाल उसे नागवार गुज़रा हो। मैं कुछ नहीं बोला। चुपचाप चला, चलता रहा। लगभग पाँच मिनट बाद जब हम उस भैरों के गेरुए, सुनहली पन्नी-जड़े पत्थर तक पहुँच गए, जो इस अत्याधुनिक मुहल्ले में एक तार के खम्भे के पास श्रद्धापूर्वक स्थापित किया गया था, उसने कहा, "मेरा क़िस्सा मुख्तसर यों है। लाज-शरम दिखावे की चीज़ें हैं। तुम मेरे दोस्त हो, इसलिए कह रहा हूँ, मैं एक बहुत बड़े करोड़पति सेठ का लड़का हूँ। उनके घर में जो काम करनेवालियाँ हुआ करती थीं, उनमें से एक मेरी माँ है, जो अभी भी वहीं है। मैं घर से दूर पाला-पोसा गया, मेरे पिता के ख़र्चे से। माँ मिलने आती। उसी के कहने से मैंने बमुश्किल तमाम मैट्रिक किया। फिर, किसी सिफारिश से सी.आई.डी. की ट्रेनिंग में चला गया। तब से यही काम कर रहा हूँ। बाद में पता चला कि वहाँ का ख़र्च भी वही सेठ देता रहा। उसका हाथ मुझ पर अभी तक है। तुम उठाईगीरे हो, इसलिए कहा! अरे! वैसे तो तुम लेखक-वेखक भी हो। बहुत-से लेखक और पत्रकार इनफ़ॉर्मर हैं! तो, इसलिए, मैंने सोचा, चलो अच्छा हुआ। एक साथी मिल गया।"

उस आदमी में मेरी दिलचस्पी बहुत बढ़ गई। डर भी लगा। घृणा भी हुई। किस आदमी से पाला पड़ा। फिर भी, उस अहाते पर चढ़कर मैं झाँक चुका था। इसलिए, एक अनदिखती जंजीर से बँध तो गया ही था।

उस जनाने ने कहना जारी रखा, "उस पागलख़ाने में कई ऐसे लोग डाल दिए गए हैं जो सचमुच आज की निगाह से बड़े पागल हैं। लेकिन उन्हें पागल कहने की इच्छा रखने के लिए आज की निगाह होना ज़रूरी है।"

मैंने उकताते हुए कहा, "आज की निगाह से क्या मतलब?"

उसने भौंहें समेट लीं। मेरी आँखों में आँखें डालकर उसने कहना शुरू किया, "जो आदमी आत्मा की आवाज़ कभी-कभी सुन लिया करता है और उसे बयान करके उससे छुट्टी पा लेता है, वह लेखक हो जाता है। आत्मा की आवाज़ जो लगातार सुनता है, और कहता कुछ नहीं है, वह भोला-भाला सीधा-सादा बेवक़ूफ है। जो उसकी आवाज़ बहुत ज़्यादा सुना करता है और वैसा करने लगता है, वह समाज-विरोधी तत्त्वों में यों ही शामिल हो जाया करता है। लेकिन जो आदमी आत्मा की आवाज़ ज़रूरत से ज़्यादा सुन करके हमेशा बेचैन रहा करता है और उस बेचैनी में भीतर के हुक्म का पालन करता है, वह निहायत पागल है। पुराने ज़माने में सन्त हो सकता था। आजकल उसे पागलख़ाने में डाल दिया जाता है।"

मुझे शक हुआ कि मैं किसी फ़ैंटेसी में रह रहा हूँ। यह कोई ऐसा-वैसा गुप्तचर नहीं है। या तो यह ख़ुद पागल है या कोई पहुँचा हुआ आदमी! लेकिन, वह पागल भी नहीं है, न वह पहुँचा हुआ है। वह तो सिर्फ़ जनाना आदमी है या, वैज्ञानिक शब्दावली

प्रयोग करूँ तो, यह कहना होगा कि वह है तो जवान-पट्ठा, लेकिन उसमें जो लचक है वह औरत के चलने की याद दिलाती है।

मैंने उससे पूछा, "तुमने कहीं ट्रेनिंग पाई है?"

"सिर्फ़ तजुर्बे से सीखा है। मुझे इनाम भी मिला है।"

मैंने कहा, "अच्छा!"

और मैं जिज्ञासा और कुतूहल से प्रेरित होकर उसकी अन्धकारपूर्ण थाहों में डूबने का प्रयत्न करने लगा।

किन्तु उसने सिर्फ़ मुसकरा दिया! तब मुझे वह ऐसा लगा मानो वह अज्ञात साइंस के गणितिक सूत्र की अंक-राशि हो जिसका मतलब तो कुछ ज़रूर होता है लेकिन समझ में नहीं आता।

मन में विचारों की पंक्तियाँ-पंक्तियाँ बनती गईं। पंक्तियों पर पंक्तियाँ! शायद उसे भी महसूस हुआ होगा! और जब दोनों के मन में चार-चार पंक्तियाँ बन गईं कि इस बीच उसने कहा, "तुम क्यों नहीं यह धन्धा करते?"

मैं हतप्रभ हो गया। यह एक विलक्षण विचार था! मुझे मालूम था कि धन्धा पैसों के लिए किया जाता है। आजकल बड़े-बड़े शहरों के मामूली होटलों में जहाँ दस-पाँच आदमी तरह-तरह की गप लड़ाते हुए बैठते हैं, उनकी बातें सुनकर, अपना अन्दाज़ ज़माने के लिए, कई भीतरी सूची-भेद्य-तम-प्रवेशक आँखें भी सुनती बैठी रहती हैं। यह मैं सब जानता हूँ। ख़ुद के तजुर्बे से बता सकता हूँ। लेकिन, फिर भी, उस आदमी की हिम्मत तो देखिए कि उसने कैसा पेचीदा सवाल किया!

आज तक किसी आदमी ने मुझसे इस तरह का सवाल न किया था। ज़रूर मुझमें ऐसा कुछ है कि जिसे मैं विशेष योग्यता कह सकता हूँ। मैंने अपने जीवन में जो शिक्षा और अशिक्षा प्राप्त की, स्कूलों-कॉलेजों में जो विद्या और अविद्या उपलब्ध की, जो कौशल और अकौशल प्राप्त किया, उसने मुझे—मैं मानूँ या न मानूँ—भद्र वर्ग का ही अंग बना दिया है। हाँ, मैं उस भद्र वर्ग का अंग हूँ कि जिसे अपनी भद्रता के निर्वाह के लिए अब आर्थिक कष्ट का सामना करना पड़ता है, और यह भाव मन में जमा रहता है कि नाश सन्निकट है। संक्षेप में, मैं सचेत व्यक्ति हूँ, अतिशिक्षित हूँ, अतिसंस्कृत हूँ। लेकिन चूँकि अपनी इस अतिशिक्षा और अतिसंस्कृति के सौष्ठव को उद्घाटित करते रहने के लिए, जो स्निग्ध-प्रसन्न मुख चाहिए, वह न होने से मैं उठाईगिरा भी लगता हूँ—अपने-आपको!

तो मेरी इस महक को पहचान उस अद्भुत व्यक्ति ने मेरे सामने जो प्रस्ताव रखा उससे मैं अपने-आपसे एकदम सचेत हो उठा! क्या हर्ज़ है? इनकम का एक ख़ासा ज़रिया यह भी तो हो सकता है।

मैंने बात पलटकर उससे पूछा, "तो हाँ, तुम उस पागलख़ाने की बात कह रहे थे। उसका क्या?"

मैंने गदरन नीचे डाल ली। कानों में अविराम शब्द-प्रवाह गतिमान हुआ है। मैं सुनता गया। शायद; वह उसके वक्तव्य की भूमिका रही होगी। इस बीच मैंने उससे टोककर पूछा, "तो उसका नाम क्या है?"

"क्लॉड ईथरली!"

"क्या वह रोमन कैथलिक है—आदिवासी ईसाई है?"

उसने नाराज़ होकर कहा, "तो अब तक तुम मेरी बात ही नहीं सुन रहे थे?"

मैंने उसे विश्वास दिलाया कि उसकी एक-एक बात दिल में उतर रही थी। फिर भी उसके चेहरे के भाव से पता चला कि उसे मेरी बात पर यकीन नहीं हुआ। उसने कहा, "क्लॉड ईथरली वह अमरीकी विमान चालक है, जिसने हिरोशिमा पर बम गिराया था।"

मुझे आश्चर्य का एक धक्का लगा। या तो वह पागल है, या मैं! मैंने उससे पूछा "तो इससे क्या होता है?"

अब उसने बहुत ही नाराज़ होकर कहा, "अबे बेवकूफ़! नेस्तानाबूद हुए हिरोशिमा की बदरंग और बदसूरत, उदास और ग़मगीन ज़िन्दगी की सदारत करनेवाले मेयर को वह हर माह चैक भेजता रहा जिससे कि उन पैसों से दीनहीनों को सहायता तो पहुँचे ही, उसने जो भयानक पाप किया है वह भी कुछ कम हो!"

मैंने उसके चेहरे का अध्ययन करना शुरू किया। उसकी वे खुरदुरी घनी मोटी भौंहें नाक के पास आ मिलती थीं। कड़े बालों की तेज़ रेजर से हजामत किया हुआ उसका वह हरा-गोरा चेहरा, सीधी-मोटी नाक और मज़ाक़िया होंठ और ग़मगीन आँखें, जिस्म की ज़नाना लचक, डबल ठुड्डी, जिसके बीच में हल्का-सा गड्ढा।

यह कौन शख़्स है, जो मुझसे इस तरह बात कर रहा है? लगा कि मैं सचमुच इस दुनिया में नहीं रह रहा हूँ, उससे कोई दो सौ मील ऊपर आ गया हूँ जहाँ आकाश, चाँद-तारे, सूरज सभी दिखाई देते हैं। रॉकेट उड़ रहे हैं। आते हैं, जाते हैं, और पृथ्वी एक चौड़े नीले गोल जगत-सी दिखाई दे रही है, जहाँ हम किसी एक देश के नहीं हैं, सभी देशों के हैं। मन में एक भयानक उद्वेगपूर्ण भारहीन चंचलता है। कुल मिलाकर, पल-भर यही हालत रही। लेकिन वह पल बहुत ही घनघोर था। भयावह और सन्दिग्ध! और उसी पल से अभिभूत होकर मैंने उससे पूछा, "तो क्या हिरोशिमा वाला क्लॉड ईथरली इस पागलख़ाने में है?"

मेरा हाथ फैलकर उँगलियों से उस पीली बिल्डिंग की ओर इशारा कर रहा था जिसके अहाते की दीवार पर चढ़कर मेरी आँखों ने रोशनदान पार करके उन तेज़ आँखों को देखा था जो उसी रोशनदान में से गुज़रकर बाहर जाना चाहती हैं। तो, अगर मैं इस ज़नाने लचकदार शख़्स पर यक़ीन करूँ तो इसका मतलब यह हुआ कि मेरी देखी वे आँखें और किसी की नहीं, ख़ास क्लॉड ईथरली की ही थीं। लेकिन यह कैसे हो सकता है?

उसने मेरी बात ताड़कर कहा, "हाँ, वह क्लॉड ईथरली ही था।"

मैंने चिढ़कर कहा, "तो क्या यह हिन्दुस्तान नहीं है? हम अमरीका में ही रह रहे हैं?"

उसने मानो मेरी बेवकूफ़ी पर हँसी का ठहाका मारा, कहा, "भारत के हर बड़े नगर में एक-एक अमरीका है। तुमने लाल ओंठवाली चमकदार, गोरी-सुनहली औरतें नहीं देखीं, उनके कीमती कपड़े नहीं देखे? शानदार मोटरों में घूमनेवाले अतिशिक्षित लोग नहीं देखे? नफ़ीस किस्म की वेश्यावृत्ति नहीं देखी? सेमिनार नहीं देखे? एक ज़माने में हम लन्दन जाते थे और इंग्लैंड-रिटर्ड कहलाते थे। और आज वाशिंगटन जाते हैं। अगर हमारा बस चले और आज हम सचमुच उतने ही धनी हों और हमारे पास उतने ही एटम बम और हाइड्रोजन बम हों और रॉकेट हों तो फिर क्या पूछना! अख़बार पढ़ते हो कि नहीं?"

मैंने कहा, "हाँ।"

"तो तुमने मैकमिलन की वह तक़रीर भी पढ़ी होगी जो उसने...को दी थी। उसने क्या कहा था? यह देश, हमारे सैनिक गुट में तो नहीं है, किन्तु संस्कृति और आत्मा से हमारे साथ है। क्या मैकमिलन सफ़ेद झूठ कह रहा था? कतई नहीं। वह एक महत्त्वपूर्ण तथ्य पर प्रकाश डाल रहा था।

"और अगर यह सच है तो यह भी सही है कि उनकी संस्कृति और आत्मा का संकट हमारी संस्कृति और आत्मा का संकट है। यही कारण है कि आजकल के लेखक और कवि अमरीकी, ब्रिटिश तथा पश्चिम यूरोपीय साहित्य तथा विचारधाराओं में गोते लगाते हैं और वहाँ से अपनी आत्मा को शिक्षा और संस्कृति प्रदान करते हैं! क्या यह झूठ है? बोलो कि झूठ है? और हमारे तथाकथित राष्ट्रीय अख़बार और प्रकाशन-केन्द्र! वे अपनी विचारधारा और दृष्टिकोण कहाँ से लेते हैं?"

यह कहकर वह ज़ोर से हँस पड़ा और हँसी की लहरों में उसका जिस्म लचकने लगा।

उसने कहना ज़ारी रखा, "क्या हमने इंडोनेशियाई या चीनी या अफ्रीकी साहित्य से प्रेरणा ली है या लुमुम्बा के काव्य से? छिः छिः! वह जानवरों का, चौपायों का, साहित्य है! और रूस का! अरे यह तो स्वार्थ की बात है! इसका राज और ही है। रूस से हम मदद चाहते हैं, लेकिन डरते भी हैं।

"छोड़ो! तो मतलब यह है कि अगर उनकी संस्कृति हमारी संस्कृति है, उनकी आत्मा हमारी आत्मा और उनका संकट हमारा संकट है—जैसा कि सिद्ध है कि है—ज़रा पढ़ो अख़बार, करो बातचीत अँगरेज़ीदाँ फ़र्राटेबाज लोगों से—तो हमारे यहाँ भी हिरोशिमा पर बम गिरानेवाला विमानचालक क्यों नहीं हो सकता और हमारे यहाँ भी साम्राज्यवादी, युद्धवादी लोग क्यों नहीं हो सकते! मुख़्तसर क़िस्सा यह है कि हिन्दुस्तान भी अमरीका ही है।"

मुझे पसीना छूटने लगा। फिर भी, मन यह स्वीकार करने के लिए तैयार नहीं था कि भारत अमरीका ही है, और यह कि क्लॉड ईथरली उसी पागलख़ाने में रहते हैं—मेरी आँखों में सन्देह, अविश्वास, भय और आशंका की मिली-जुली चमक ज़रूर रही होगी, जिसको देखकर वह बुरी तरह हँस पड़ा। और उसने मुझे एक सिगरेट दी।

एक पेड़ के नीचे खड़े होकर हम दोनों बात करते हुए नीचे एक पत्थर पर बैठ गए। उसने कहा, ''देखा नहीं! ब्रिटिश-अमरीकी या फ्रांसीसी कविता में जो मूड्स, जो मनःस्थितियाँ रहती हैं—बस वे ही हमारे यहाँ भी हैं, लाई जाती हैं। सुरुचि और आधुनिक भावबोध का तक़ाजा है कि उन्हें लाया जाए। क्यों? इसलिए कि वहाँ औद्योगिक सभ्यता है, हमारे यहाँ भी। मानो कि कल-कारख़ाने खोले जाने से आदर्श और कर्तव्य बदल जाते हों।''

मैंने नाराज़ होकर सिगरेट फेंक दी। उसके सामने हो लिया। शायद, उस समय मैं उसे मारना चाहता था। हाथापाई करना चाहता था। लेकिन, वह व्यंग्यभरे चेहरे से हँस पड़ा और उसकी आँखें ज़्यादा ग़मगीन हो गईं।

उसने कहा, ''क्लॉड ईथरली एक विमान-चालक था! उसके एटम बम से हिरोशिमा नष्ट हुआ। वह अपनी कारगुज़ारी देखने उस शहर गया। उस भयानक बदरंग, बदसूरत कटी लोथों के शहर को देखकर उसका दिल टुकड़े-टुकड़े हो गया। उसको पता नहीं था कि उसके पास ऐसा हथियार है और उस हथियार का यह अंजाम होगा। उसके दिल में निरपराध जनों के प्रेतों, शवों, लोथों, लाशों के कटे-पिटे चेहरे तैरने लगे। उसके हृदय में करुणा उमड़ आई। उधर, अमरीकी सरकार ने उसे इनाम दिया। वह 'वार हीरो' हो गया। लेकिन उसकी आत्मा कहती थी कि उसने पाप किया, जघन्य पाप किया है। उसे दंड मिलना ही चाहिए। नहीं! लेकिन, उसका देश तो उसे हीरो मानता था। अब क्या किया जाए! उसने सरकारी नौकरी छोड़ दी। मामूली काम किया। लेकिन, फिर भी वह 'वार हीरो' था, महान था, क्लॉड ईथरली महानता नहीं, दंड चाहता था, दंड!

''उसने वारदातें शुरू कीं जिससे कि वह गिरफ़्तार हो सके और जेल में डाला जा सके। किन्तु प्रमाण के अभाव में वह हर बार छोड़ दिया गया। उसने घोषित किया कि वह पापी है, पापी है, उस दंड मिलना चाहिए, उसने निरपराध जनों की हत्या की है, उसे दंड दो। हे ईश्वर! लेकिन, अमरीकी व्यवस्था उसे पाप नहीं, महान कार्य मानती थी। देश-भक्ति मानती थी। जब उसने ईथरली की ये हरकतें देखीं तो उसे पागलख़ाने में डाल दिया। टेक्सॉस प्रान्त में वाको नाम की एक जगह है—वहाँ उसका दिमाग़ दुरुस्त नहीं हो सका।

''चार साल बाद वह वहाँ से छूटा तो उसे रॉय एल, मैनटूथ नाम का एक गुंडा मिला। उसकी मदद से उसने डाकघरों पर धावा मारा। आख़िर मय-साथी के वह पकड़

लिया गया। मुक़दमा चला। कोई फ़ायदा नहीं। जब यह मालूम हुआ कि वह कौन है और क्या चाहता है तो उसे तुरन्त छोड़ दिया गया। उसके बाद, उसने डैल्लास नाम की एक जगह के कैशियर पर सशस्त्र आक्रमण किया। परिणाम कुछ नहीं निकला, क्योंकि बड़े सैनिक अधिकारियों को यह महसूस हुआ कि ऐसे 'प्रख्यात युद्ध वीर' को मामूली उचक्का और चोर कहकर उसकी बदनामी न हो। इसलिए, उसके उस प्राप्त पद की रक्षा करने के लिए, उसे फिर से पागलख़ाने में डाल दिया गया।

''यह है क्लॉड ईथरली! ईथरली की ईमानदारी पर अविश्वास करने की किसी को शंका ही नहीं रही! उसकी जीवन-कथा की फ़िल्म बनाने का अधिकार ख़रीदने के लिए एक कम्पनी ने उसे एक लाख रुपए देने का प्रस्ताव रखा। उसने क़तई इनकार कर दिया। उसके इस अस्वीकार से सबके सामने यह ज़ाहिर हो गया कि वह झूठा और फ़रेबी नहीं है। वह बन नहीं रहा है।

''कौन नहीं जानता कि क्लॉड ईथरली अणुयुद्ध का विरोध करनेवाली आत्मा की आवाज़ का दूसरा नाम है। हाँ! ईथरली मानसिक रोगी नहीं है। आध्यात्मिक अशान्ति का, आध्यात्मिक उद्विग्नता का ज्वलन्त प्रतीक है। क्या इससे तुम इनकार करते हो?''

उसके हाथ की सिगरेट कभी की नीचे गिर चुकी थी। वह ज़नाना आदमी तमतमा उठा था। चेहरे पर बेचैनी की मलिनता छाई थी।

वह कहता गया, ''इस आध्यात्मिक अशान्ति, इस आध्यात्मिक उद्विग्नता को समझनेवाले लोग कितने हैं? उन्हें विचित्र, विलक्षण; विक्षिप्त कहकर पागलख़ाने में डालने की इच्छा रखनेवाले लोग न जाने कितने हैं! इसीलिए पुराने ज़माने में हमारे बहुतेरे विद्रोही सन्तों को भी पागल कहा गया। आज भी बहुतों को पागल कहा जाता है। अगर वह बहुत तुच्छ हुए तो सिर्फ़ उनकी उपेक्षा की जाती है, जिससे कि उनकी बात प्रकट न हो और फैल न जाए।

''हमारे अपने-अपने मन-हृदय-मस्तिष्क में ऐसा ही एक पागलख़ाना है, जहाँ हम उन उच्च, पवित्र और विद्रोही विचारों और भावों को फेंक देते हैं जिससे कि धीरे-धीरे या तो वे ख़ुद बदलकर समझौतावादी पोशाक पहन सभ्य, भद्र हो जाएँ, यानी दुरुस्त हो जाएँ या उसी पागलख़ाने में पड़े रहें!''

मैं हतप्रभ हो ही गया! साथ ही साथ, उसकी इस कहानी पर मुग्ध भी। उस जीवन-कथा से अत्यधिक प्रभावित होकर मैंने पूछा, ''तो क्या यह कहानी सच्ची है?''

उसने जवाब दिया, ''भई वाह! अमरीकी साहित्य पढ़ते हो कि नहीं? अमरीकी अख़बार भी नहीं? ब्रिटिश भी नहीं? तो क्या पढ़ते हो ख़ाक!...अरे भाई, उस पर तो अनेक भाषाओं में कई पुस्तकें निकल गई हैं। तो क्या पत्थर जानकारी रखते हो! विश्वास न हो, तो खंडन करो, जाओ टटोलो। और, इस बीच मैं इसी पागलख़ाने की सैर करवा लाता हूँ।''

शकायत रहती थी। लेकिन बिना ख़ुद की या बच्चों की परवाह किए, उसने रसोईघर ी मजबूती से बन्द की गई खिड़की को खोल दिया।

दूर दिखती हुई नीली पहाड़ी और सलेटी रंग के फैले हुए तालाब के कई फ़र्लांग ले हुए तेज़ लहरदार पानी को पार कर, पेड़ों को अपने सामने झुकाती हुई तूफ़ानी हवा सोईघर में घुस पड़ी। और उसके साथ आए हुए छींटें कमरे को गीला करने लगे।

उबलती चाय को देखती हुई पति की आँखों ने अस्त-व्यस्त बालोंवाली अपनी ी को देखा। और सन्न रह गया। उसने जान लिया कि आज उसे किन्हीं पेचीदा लतों से मुक़ाबला करना है। और उसका मन अपनी ज़िन्दगी के पिछले वरक़ उलटने गा। वैसे वह चुपचाप कप-बशियों में चाय उड़ेलता जा रहा था, बच्चों को हुक्म देता रहा था कि यह कप नाना को दे आओ, वह कप नानी को दे आओ।

की नंगी पीठ पर पानी के बारीक छींटे पड़ रहे थे, धोती का एक पल्ला भी धगीला महसूस हो रहा था। उसने बाहर से आते हुए छींटे बन्द करने के लिए खिड़की द करनी चाही।

ज्यों ही वह पुरानी चौखट पर नए ठुँके पल्लों को बन्द करने के लिए मुड़ा, उसकी खें दूर के बादलों में उस पार क्षितिज पर टिक गईं, जिसमें पूर्व दिशा की किरणें कर धुँधले-भस्मीले बादलों पर आक्रमण कर रही थीं। तालाब का कुहरे में खोया किनारा नीले-सलेटी रंग में डूबा दिखाई देता था, लेकिन पानी में चमकते हुए हरे वृक्षों के शिखर पर ललाई की सम्भावना प्रकट हो रही थी।

उस आरपार फैले हुए विस्तृत दृश्य को देख वह एकबारगी स्तब्ध हो गया। उस में इतनी ठंडक और ताज़गी थी कि दिल की मनहूसियत हवा हो गई और एक ीब-सी थिरकन नाचने के अन्दाज़ में उभर उठी।

और फिर भी वह गम्भीर ही रहा। उसने खिड़की के पल्ले ज़बरदस्ती बन्द कर । बच्चों को रसोईघर से भगा दिया। और ख़ुद चाय का कप हाथ में ले टेबिल के टीन की कुरसी पर जा बैठा। एक-एक घूँट चाय पीते हुए वह मन ही मन उस दृश्य अवलोकन और पुनरवलोकन करने लगा।

और अकस्मात् उसे भान हुआ कि मनुष्य अपने इतिहास से जुदा नहीं है, वह कभी अपने इतिहास से जुदा नहीं हो सकता। न अपने बाह्य जीवन के इतिहास से, न अन्तर्जीवन के इतिहास से। उसका अन्तर्जीवन अपने स्वप्नों में, अपने तर्कों और षणों में, डूबता आ रहा है। उसे अधिकार है कि वह उसमें डूबता रहे, अपने से निकलने की उसे ज़रूरत नहीं है। अपने से बाहर वे निकलें जिनका बाह्य से कोई हो।

क्या यह सच नहीं है कि गणितशास्त्र में, जिसका उसने एम.एस-सी. तक मन किया था, एक काल्पनिक संख्या भी होती है? क्या यह काल्पनिक संख्या

मैंने हाथ हिलाकर इनकार करते हुए कहा, ''नहीं, मुझे नहीं जाना।''

''क्यों नहीं?'' उसने झिड़ककर कहा, ''आजकल हमारे अवचेतन में हमारी आत्मा आ गई है, चेतन में स्व-हित और अधिचेतन में समाज से सामंजस्य का आदर्श—भले ही वह बुरा समाज क्यों न हो! यही आज के जीवन-विवेक का रहस्य है।...

''तुमको वहाँ की सैर करनी होगी। मैं तुम्हें पागलख़ाने ले चल रहा हूँ, लेकिन पिछले दरवाज़े से नहीं, खुले अगले से।''

रास्ते में मैंने उससे कहा, ''मैं यह मानने के लिए तैयार नहीं हूँ कि भारत अमरीका है! तुम कुछ भी कहो! न वह कभी हो ही सकता है, न वह कभी होगा ही।''

इस बात को उसने उड़ा दिया। उसे चाहिए था कि वह इस बात का जवाब देता। उसने सिर्फ़ इतना कहा, ''मुश्किल यह है कि तुम मेरी बात नहीं समझते।''

मैंने कहा, ''कैसे?''

''क्लॉड ईथरली हमारे यहाँ भले ही देह-रूप में न रहे, लेकिन आत्मा की वैसी बेचैनी रखनेवाले लोग तो यहाँ रह ही सकते हैं।''

मैंने अविश्वास प्रकट करके उसके प्रति घृणाभाव व्यक्त करते हुए कहा, ''यह भी ठीक नहीं मालूम होता।''

उसने कहा, ''क्यों नहीं! देश के प्रति ईमानदारी रखनेवाले लोगों के मन में, व्यापक पापाचारों के प्रति कोई व्यक्तिगत भावना नहीं रहती क्या?''

''समझा नहीं।''

''मतलब यह कि ऐसे बहुतेरे लोग हैं जो पापाचाररूपी, शोषणरूपी डाकुओं को अपनी छाती पर बैठा समझते हैं। वह डाकू न केवल बाहर का व्यक्ति है, वह उनके घर का आदमी भी है। समझने की कोशिश करो!''

मैंने भौंहें उलझाकर कहा, ''तो क्या हुआ?''

''यह कि उस व्यापक अन्याय का अनुभव करनेवाले किन्तु उसका विरोध न करनेवाले लोगों के अन्तःकरण में व्यक्तिगत पाप-भावना रहती ही है, रहनी चाहिए। ईथरली में और उनमें यह बुनियादी एकता और अभेद है।''

''इससे यह सिद्ध हुआ कि तुम-सरीखे सचेत जागरूक संवेदनशील जन क्लॉड ईथरली हैं।''

उसने मेरे दिल में ख़ंजर मार दिया। हाँ, यह सच था! बिलकुल सच! अवचेतन के अँधेरे तहखाने में पड़ी हुई आत्मा विद्रोह करती है। समस्त आत्मा पापाचारों के लिए, अपने-आपको ज़िम्मेदार समझती है। हाय रे! यह मेरा भी तो रोग रहा है।

मैंने अपने चेहरे को सख़्त बना लिया। गम्भीर होकर कहा, ''लेकिन, ये सब बातें तुम मुझसे क्यों कह रहे हो?''

''इसलिए कि मैं सी. आई. डी. हूँ और मैं तुम्हारी स्क्रीनिंग कर रहा हूँ। मैं चाहता हूँ कि तुम मेरे विभाग से सम्बद्ध रहो। तुम इनकार क्यों करते हो! कहो कि यह तुम्हारी अन्तरात्मा के अनुकूल नहीं है।''

''तो क्या मुझे टटोलने के लिए तुम ये बातें कर रहे थे? और, तुम्हारी ये सब बातें बनावटी थीं? मेरे दिल का भेद लेने के लिए थीं? बदमाश!''

''मैं तो सिर्फ़ तुम्हारे अनुकूल प्रसंगों की, जो हो सकती थीं वही (बातें) तो कर रहा था।''

(सम्भावित रचनाकाल 1959 के बाद)

जलना

ज्यों ही उसकी आँख खुली, उसने पाया कि छाती पर का उसका दवा
नहीं हुआ है। सपने में न मालूम वह किस-किस पर चिड़चिड़ा रह
कौन-कौन सामने-सामने या छिपे तौर पर मुँह चिढ़ा रहा था। सारी
वज़न का टीला बनकर उसकी छाती पर बैठी हुई थी, वह अभी भी

उसने आँखें खोलकर सामने के दरवाज़े की तरफ़ देखा। व
हुआ था। उस दरवाज़े के भीतर से खाँसने-खँखारने की आवाज़
उसके बूढ़े सास-ससुर की थीं। दूसरे कमरे में शान्ति थी। इसका म
कोई चाय बनाने नहीं उठा है। धीरे-धीरे उस दूसरे कमरे में से
आवाज़ टिनटिनाने लगी। उसे अच्छा लगा। बेहतर मालूम हुआ। त
ख़याल आया कि उसका पति चाय बना रहा है, उसके मन में त
बहने लगा।

काले सल्फ़्यूरिक एसिड की भयानक बू-बासवाला वह गटर
बहता ही गया, और वह वहाँ जा मिला जहाँ एक घटना का चित्र,
खड़ी हुई थी।

यह वह आदमी था, जिस पर वह एक ज़माने में जान देती
बदल गया है। वह उसका पति है।

वह तड़ से एकदम उठी। दिल में ज़हर भरकर उसने अपन
बच्चे को इस तरह झकझोरकर जगा दिया जिससे वह खूब रो उ
तीखा शोर करे कि जिससे सब लोग, सास-ससुर, पति, बड़ा ल
सी, में पढ़ता है, और उसका कहना नहीं मानता), छोटे चिल्ल
कर्कश क्रन्दन को सुनकर अशान्त और बेचैन हो उठें, हाय-हाय क
यह उसका प्रतिशोध था। वह सबसे बदला लेना चाहती थी, उ
जो उसका ख़ुद का नहीं था।

पानी बरस रहा था, आड़ा-तिरछा। दो बच्चे, जिनमें से ए
बग़ैर छाता लिये, बिना स्वेटर पहने, स्कूल चले गए थे। ख़ुद उस

फ़िजूल है? क्या प्रकृति की सूक्ष्म क्रियाएँ इसी संख्या का अनुसरण नहीं करतीं। क्या ऋण–एक राशि का वर्गमूल एक भ्रामक वस्तु है? क्या सीधी रेखा वक्र रेखा ही एक विशिष्ट रूप नहीं है? क्या यह झूठ है कि एक समय वह भी आएगा, जब वैज्ञानिक विधि–शिल्प इतना बढ़ जाएगा कि मानव–जीवन प्रकृति की शक्तियों का आज से अधिक दोहन करके, अधिक विकसित होते हुए, अपने आपको बदल डालेगा! कि आज के प्रश्न और समस्याएँ इतिहास की वस्तु होकर बहुत बार हास्यास्पद भी प्रतीत होती होंगी, उसी प्रकार हास्यास्पद जिस प्रकार बुंदेला नरेश राणा धंग के युद्ध! क्या यह सच नहीं है कि आज से सौ साल बाद सामान्य मनुष्य इतना सुविज्ञ हो जाएगा कि विज्ञान–प्राप्त नई सुविधाओं के कारण, वह फ़िलॉसफ़ी और पोयट्री के प्रश्नों पर बहस करने लगेगा? अजी, दुनिया और समाज की ज़िन्दगी में सौ साल बहुत थोड़े होते हैं। इतिहास की एक पलक उठती है और गिरती है कि एक सौ साल हो जाते हैं। उसमें धरा क्या है! मेरे बच्चे के बच्चे उस नई आभा को अवश्य देखेंगे। अजी, उसके पहले भी यह सम्भव है। आई डोंट केयर। आई विल लिव इन माई ड्रीम्स, दिस इज माई प्रायवेट वर्ल्ड, एंड आई एम एंटाइटिल्ड टु लिव इन इट, आई एम नॉट प्रिपेयर्ड टु लेट अदर्स डिस्ट्रॉय इट!

उसको पता ही नहीं चला कि कब उसने चाय पी डाली और कब उसने कुरता पहना। उसे एक कप गरम–गरम चाय की और प्यास लगी कि इतने में सफ़ेद बालों का उलझा हुआ जंगल लिए हुए माँ का खाँसता–हाँफता बदन, जो रक्तहीनता के कारण कोयले से काला और विद्रूप हो रहा था, उसके पास झुककर खड़ा हो गया। उसने दयनीय भाव से गिड़गिड़ाकर कहा—मुझे एक गरम चाय और दे, चुन्नू!

चुन्नू का हृदय उस आर्द्र वाणी को सुनकर दुखी हो गया। कहाँ गई माँ की वह पुरानी शान, जब वह घर–भर पर शासन करती थी! किन्तु आज वह निश्चित संख्या से अधिक एक कप चाय के लिए गिड़गिड़ा रही है। नहीं, उसका यह कर्तव्य है कि दमे से जर्जर इस देह के लिए व्यवस्था की जाए। अवश्य अवश्य!

पर कैसे? उसने स्वयं ही देखा था कि चाय के पहले दौर में दूध ख़त्म हो गया है, सिर्फ़ दो चम्मच दूध गिना–गिनाया उसकी स्त्री के लिए रखा है। अब क्या किया जाए!

उसने माँ की तरफ़ देखा, और एकाएक ज़ोर से हँस पड़ा। माँ को अपनी बाँहों में भर लिया। उसके ज़ोर से माँ की देह को तकलीफ़ होने लगी। उसे जगह–जगह दर्द होने लगा। वह चीख़ उठी—अरे छोड़, अरे छोड़! चुन्नू, छोड़!

उसने माँ को ज़बरदस्ती हाथों में उठा लिया और उसको लेकर लगा नाचने गोल–गोल! पास खड़े हुए आठ साल के बबुआ को मज़ा आ गया। वह ताली पीटने लगा। तीन साल का बुन्दू यह दृश्य देखता हुआ खड़ा हो गया और आठ साल का एक 'उल्लू'

अपनी माँ को (उसकी चिड़चिड़ी स्त्री को) इस नाटक का समाचार देने के लिए पहुँच गया। रसोईघर के पासवाली छत से चिड़चिड़ाते गुस्से के धमाके फूटने लगे।

और, अकस्मात, यह नज़ारा सामने दिखाई दिया कि चुन्नू कमरे में काग़ज़ पर काग़ज़ निकालकर फेंकता जा रहा है। वे काग़ज़, जो उसने अबेर के रखे थे, सँभाल के रखे थे। कमरा बिखरे हुए काग़ज़ों से अजीब हो उठा है। उस बच्चे को, जिसे वह 'उल्लू' कहता है, बिखरे हुए काग़ज़ों को फिर से ज़माने के लिए कहा गया है। वह बड़ी मुस्तैदी से और फ़िक्र के साथ उन्हें छाँट-छाँटकर जमा करता जा रहा है। और एक समय वह आया, जब वे काग़ज़ छोटे-छोटे गट्ठों में बँध गए और एक बड़ी थैली में समा गए। वे काग़ज़ क्या थे? अख़बारों के टुकड़े, बच्चों की पुरानी बेकाम कापियाँ, अमरीकन और रूसी एजेंसियों के सरकारी समाचारों के वरक़, पुराने न्यू टाइम्स, पुराने न्यूज़वीक (जिनको अब तक उसने बहुत सँभालकर रखा था, लेकिन जो अब एकाएक निरुपयोगी प्रतीत हुए)।

कन्धे पर थैली लटकाए ज्यों ही चुन्नू या चुन्नीलाल शर्मा, एम.एस-सी., असिस्टैंट टीचर, ज़ीने से उतरकर नीचे के कमरे में आया, उसे लगा कि कहीं उसे इस सुबह-सुबह भयानक दुर्घटना का सामना न करना पड़े, यानी कि कहीं अपनी औरत से मुठभेड़ न हो जाए!

लेकिन नहीं, उसका यह भय निराधार था। रास्ता साफ़ था। उसके अपने स्वभाव के अनुसार, सुबह की रोशनी की ताज़गी में उसकी आँखों के सामने स्वप्न तैरने लगे। उसके बच्चे बड़े हो गए हैं। वे खूब मेहतनी निकले हैं। वे बहुत होशियार हैं। हाँ, सही है कि उनके कपड़े फटे हुए हैं, लेकिन वे कांट और मार्क्स, सार्त्र और नेहरू के वचन अपने भाषणों में सहज रूप से गूँथ जाते हैं। वे किसी सुनहले लक्ष्य के लिए लड़ रहे हैं। उनके हृदय में उत्साह है। ज़माना बदल गया है, अब बड़ा परिवर्तन होने को है। मौजूदा पीढ़ी, अपनी बुढ़भस में, हास्यास्पद प्रतीत हो रही है, इत्यादि-इत्यादि।

उधर बच्चों की माँ ने चाय बना ली थी। वह काली थी, दो चम्मच दूध ने चाय के रंग में विशेष परिवर्तन नहीं किया था। लेकिन उसका गरम-गरम घूँट हलक़ के नीचे उतरते ही उसे अच्छा लगा। जान में जान आई। तब उसने देखा कि रसोई-घर की जो खिड़की उसने खोल दी थी, वह फिर बन्द कर दी गई है। वह एकदम उठी और उसके पल्लों को ज़ोर से खोल डाला।

बादल हट चुके थे और उसकी विपरीत दिशा में—पश्चिम में—दौड़ते जा रहे थे। नवोदित सूर्य की गुलाबी, सुनहली, नांरगी किरणें एक केन्द्र से चारों ओर दौड़ रही थीं। तालाब के पानी में उनके प्रतिबिम्ब डूब गए थे। हरियाला मैदान लाल-सुनहला हो गया था। और दूर तिकोनी पहाड़ी एकदम नीली दिखाई दे रही थी।

वह उस दृश्य को देखती खड़ी रही। उस सौन्दर्याभ का जल उसके चेहरे पर छा गया। उसे अच्छा लगा। पास ही कमरे में, नल से उसने बालटियाँ लगा दीं।

फिर वह चूल्हे के पास आ बैठी। जिसके लाल अंगारों पर उसकी दृष्टि स्थिर हो गई। उसमें लाल चट्टानें दिखाई दीं, उनके भीतर से सुनहली ज्योति निकल रही थी। चट्टानों के पास महीन–गरम सफ़ेद राख की गलियाँ बन रही थीं। कहीं ज्वाला की हलकी लता हिलती हुई अपने किसी को बुला रही थी।

उसने दो छोटी–छोटी लकड़ियाँ और लगा दीं। चूल्हें में प्रकाश नाच उठा। एक गति, एक आवेग, सूर्य का वंशधर बनने लगा। अब उसे और अच्छा लगा। उसने रसोईघर के चारों ओर नज़र दौड़ाई। भीत पर लगी हुई लकड़ी की पट्टियों पर पीतल के बरतन चमचम चमक रहे थे। उनके पीले रंग में खिड़की में से आई हुई सूर्य की कान्ति ललाई घोल रही थी।

एकाएक उसकी नज़र अपनी चूड़ियों पर गई। वे नीली थीं। उनकी नीलिमा की गोल प्रकाश–रेखा उसकी कलाई को घेरे हुई थी। अकस्मात् किसी अवचेतन प्रेरणा से उसने हाथों की चूड़ियों से माथे को छू लिया, मानो कि वह किसी अदृश्य शक्ति के सामने नतमस्तक हो गई हों। और, तब न मालूम कौन–सा स्वप्न उसकी पलकों में उभर आया। उसके होंठों पर एक हलकी–सी मुसकान तैर गई।

चूल्हें में आग तेज़ हो गई। लाल और गेरुई, सिन्दूरी ओर सुनहली ज्वालाएँ ऊँची उठीं, नाचने और लहराने लगीं।

चूल्हा ख़ाली था। उसने उस पर कुछ भी नहीं रखा था।

वह लकड़ियों को आगे सरकाती जा रही थी। उनका प्रकाश बढ़ता जा रहा था। उनकी गरमी बढ़ती जा रही थी। उसका मन पीछे की ओर दौड़ता जा रहा था। कल क्या हुआ था? हाँ, कल क्या हुआ था! वह घटना, जिसने उसके दिमाग़ को धो दिया था; जिसने उसको पागल बना दिया था।

और लाख कोशिश करने पर भी उसे उस घटना की याद नहीं आई। सम्भवत: ऐसी कोई घटना हुई ही नहीं थी। शरीर के अस्वास्थ्यजनित विषों ने उसकी नस–नस में घुसकर उसे कमज़ोर और विक्षुब्ध कर दिया था। और उस विक्षोभ ने उसके मन में आत्मनाशक सपने और भाव तैरा दिए थे। यही वे घटनाएँ थीं, जो पकड़ में आती नहीं थीं, जो सिर्फ़ एक मानसिक वातावरण बनकर उसे खाए जा रही थीं।

किन्तु उस समय जब चूल्हे की अंगारी लाल घाटियों में सुनहली लताएँ और फूल खिल रहे थे, उसे अपने बचपन और जवानी के दृश्य दिखाई देने लगे, और उसे अफ़सोस होने लगा कि अगर वह पढ़–लिख जाती और नौकरी करने लगती तो उसकी इतनी दुर्दशा न होती, तो उसके घर में पिछवाड़े से चुपचाप वह औरत न आती जो पठान से भी अधिक सूद लेती है, तो उसको इतना अपमानित न होना पड़ता।

उसके सामने क्रमशः वे दृश्य तैरने लगे जब उसकी साथिनें पढ़-लिख गईं, जिनमें से एक प्राइमरी स्कूल की टीचर है, दूसरी किसी दफ़्तर में क्लर्क है, तीसरी नर्स हो गई है। यकायक उसके हृदय में अभाव का, हानि का, दुख भरता गया। हर तीसरे साल बच्चे, जन्म और मृत्यु, क़र्ज़ और अपमान, बढ़ती हुई ज़िम्मेदारियाँ और पेट में अन्न डालने की मुश्किलें, और काम, काम, काम!

आश्चर्य की बात है कि इन सारे ख़यालों में पति का ख़याल उसे नहीं आया। पति के विरुद्ध विक्षोभ उसके मन में नहीं था, सो भी बात नहीं। परन्तु यह सच है कि वह उससे बहुत ही अधिक प्रेम करती थी। वह यह क्षण मात्र भी नहीं सोच सकती थी कि उसके दुख उसके पति के कारण हैं, यद्यपि वह अपने दुखों का ठीकरा पति के सिर पर ही फोड़ती है। मनुष्य का मन विचित्र है। और आज जब कि वह पति पर ही अत्यन्त क्रुद्ध है, पति के विरुद्ध विचार उसके मन में आने चाहिए थे। सम्भवतः इसका एक कारण यह भी था कि वह पढ़ने-लिखने के प्रति अपनी उदासीनता को ही सर्वाधिक दोष देती थी।

यदि वह शिक्षित होती, तो शायद अधिक सुखी होती। वह यह समझती थी कि वह स्वयं कार्यकुशल है, न कि उसका पति। वह अपने भोले हृदय को भी भोला आनन्द प्रदान कर सकता था। लेकिन ज़िन्दगी की छोटी-छोटी बातों के लिए वह जद्दो-जहद करने की ताक़त और ताव नहीं रखता था। उसके अनुसार उसका पति सन्त था, सन्त। मूर्ख उसे न कह सकती थी, न सोच सकती थी।

और इसी तरह के ख़यालों में गिरफ़्तार वह स्त्री जब अपने बाल फैलाए हुए चुपचाप सोचती जा रही थी, कि उसके अनजाने में चूल्हे में की एक तड़ाक् से उठी हुई चिनगारी उसकी साड़ी के एक कोण में दुबककर बैठ गई।

ठीक उसी वक़्त उसका पति चुन्नीलाल एक मैले-कुचैले पंसारी की आलमारी में रखे हुए किसी कम्पनी की चाय के पीले पूड़े में बनी हुई औरत की तसवीर को देख रहा था। उस औरत का चेहरा नीला-साँवला था और हाथ में उसके एक फूलों-भरी डाली थी। लेकिन आँखें फटी-फटी-सी और काली थीं। उसे समझ में नहीं आया कि आख़िर औरत की तसवीर क्यों बना दी गई।

वह एक चिपचिपे स्टूल पर नीचे पड़ा हुआ पुराना अख़बारी काग़ज़ रखकर बैठ गया। चुपचाप अपनी झोली में से रद्दी काग़ज़ निकालने लगा।

उन काग़ज़ों में उसके बच्चों की लिखावट थी। टूटे-फूटे बाँके-तिरछे अक्षरों में गणित के आँकड़े, देश के विभिन्न राज्यों की राजधानियों के नाम, और संस्कृत की क्रियाओं के रूप लिखे हुए थे।

वह फिर भविष्य की तरफ़ देखने लगा। उसके बच्चे बड़े होंगे। कॉलेज एजुकेशन तो क्या ले सकेंगे। इतना पैसा ही नहीं कि उनके लिए किताबें ख़रीदे! लेकिन हाँ, मैं अपने सारे विचार, मेरी अपनी सारी कल्पनाएँ और धारणाएँ उन्हें बता दूँगा। उनका

बिलकुल सिस्टमैटिकली अध्ययन करा दूँगा। मैं उन्हें बड़े आदमियों की बैठकों से दूर रखूँगा और इस तरह घुट्टी दूँगा कि वे उनके तौर-तरीक़ों से घृणा करें, कि अपने-जैसे ग़रीबों में ही रहें, उनकी जगत-चेतना को विस्तृत और यथार्थवादी बना दें, और उनमें मरे और जिएँ। मैं उन्हें क्रान्तिकारी बनाऊँगा। मैं उन्हें समाज की तलछट बनने के लिए प्रेरित करूँगा, वे वहाँ बैठे-बैठे किताबें लिखेंगे, पैम्फ़लेट छापेंगे, और जो मिलेगा उसे सबके साथ खाकर उन सब भड़कीले दम्भों से घृणा करेंगे कि जो शिक्षा और संस्कृति के नाम पर चलते हैं...।

पंसारी को यह मालूम नहीं था। वह तो सिर्फ़ इतना जानता था कि इस तरह की रद्दी छह आने सेर से ज़्यादा नहीं बिकती। चुन्नीलाल ने जब अपने हाथ में पन्द्रह आने देखे तो वह बहुत खुश हो गया और पास ही के चायघर में दूध लेने के लिए पहुँच गया।

जब वह घर पहुँचा, तो पाया कि वहाँ कुहराम मचा हुआ है। बच्चे रो रहे हैं। बूढ़ी माँ रोती हुई काँप रही है, उसकी साँवली झुर्रियाँ गीली हैं। और बूढ़े बाप के चेहरे पर श्मशान की छाया है। वह बालटी-पर-बालटी डाल रहा है। नीचे चुन्नू की स्त्री औंधी पड़ी हुई है, पानी में तर है। सारा फ़र्श गीला है। उस पर मिट्टी के फफोले उभर आए हैं। बच्चों के रोने की आवाज़ें छत को फाड़कर खिड़की के बाहर निकल रही हैं। और इस सारे शोर में एक गहरा शून्य है, और उस शून्य में उसकी स्त्री है।

वह स्त्री चुप है। उसकी खीझ गायब है, उसकी चिढ़ गोल हो गई है। वह स्तब्ध है। उस घटना से उसके दिमाग़ को धक्का लगा था। आग ने उस पर चढ़ाई की, क्यों की, क्यों की?

और फिर आग बुझाई गई, बालटियाँ डालकर। पीठ पर का आँचल, और आँचल के नीचे का जम्पर जल गया था। इस वक़्त जले हुए हिस्से पर नीली सियाही लगाई जा रही है। बहुत-सी जगहों पर फफोले उठ गए हैं, कहीं चमड़ी खिंच आई है।

ख़ैरियत हुई, आग ज़्यादा फैल नहीं पाई। बाल-बच्चों के भाग्य अच्छे थे। स्त्री अब भी चुप थी, वह निश्चेष्ट थी। वह अभी भी फटी-फटी आँखों से न जाने क्या सोच रही थी। बूढ़े पिता और माता अपने-आपको दोषी अनुभव कर रहे थे। वे चुन्नू के दारिद्र को और भी भयावह कर देते थे। उनकी स्थिति दयनीय रहती थी। अब उनका मन भी दयनीय हो गया था।

लेकिन चुन्नू अपने-आपको दोषी समझते हुए आगे बढ़ा। उसने लज्जा छोड़ दी। निश्चेष्ट पड़ी हुई औरत का सिर हिलाया। उसे बिठा देने की कोशिश की।

वह उठ बैठी। अधिक सचेत हुई और पति को सामने पाकर आँखें कुछ संकोच से दूसरी ओर कर लीं, वहाँ सभी लोग खड़े थे, इसलिए। और अकस्मात, चुन्नीलाल को लगा कि अब वह अपने एकान्त की रक्षा नहीं कर सकेगा। उसे लड़ाई में कूद पड़ना

होगा, उसे मुठभेड़ करनी ही होगी। उसे अपने सपने भूल जाने होंगे, परिस्थितियों को वश में करने के कार्य में उसे दक्ष और समर्थ होना पड़ेगा।

बर्नोल...वैद्य...डॉक्टर ये शब्द उसके मन में गूँज गए। पैसा—यह शब्द उसकी अन्तर्गुहा में चीख़ उठा। यह स्त्री-लिंगी ध्वनि उसके हृदय में दुन्दुभि बजाने लगी।

उसने अपनी स्त्री की पीठ पर के घाव देखे—वे छह थे। उनमें तीन कुछ बड़े थे, बाकी छोटे—पैसे के आकार के। और तब उसके मस्तिष्क ने तुरन्त सोच डाला कि उसके लिए बर्नोल काफ़ी है। वैद्य और डॉक्टर बुलाने की ज़रूरत नहीं है।

उसने बीवी को छोड़ दिया। पड़ोसी की साइकिल उठाई और तुरन्त ही बर्नोल के लिए निकल पड़ा।

तब तक वातावरण बदल गया था। स्त्री वैसी ही शान्त और चुप पड़ी थी। पर अब उसके फैले हुए पैरों पर नन्हा खेल रहा था, बड़ा बच्चा उसकी पीठ के दाग़ों पर नीली सियाही लगा रहा था। बूढ़ी माँ रसोईघर में घुस गई थी।

जब वह बर्नोल लेकर लौटा तो वह बीवी के पास जा बैठा, उसकी अपलक, न देखती हुई आँखों में उसने आँखें डाल दीं। उसके गाल छुए। और तब उसने पाया कि उसकी आँखों में चेतना मुसकरा उठी। उसके होंठ भी किसी नम्र, दीन दयनीय स्मित में तिरछे हो रहे हैं। चुन्नू के हृदय में एकाएक अपने स्वयं के ही भाग्य पर बड़ी ही दया उत्पन्न हुई। दया इसलिए कि उसके भाग्य में यह बदा था कि उसके आसपास के लोग किसी उपन्यास के केवल पात्र हों, जो लेखक के अत्यन्त निकट होते हैं, और फिर भी दूर, वे उसके अपने होते हुए भी केवल छायात्मक होते हैं।

किन्तु इस विचार के उत्पन्न होते ही, उस विचार के लगभग विपरीत, चुन्नी लाल ने अपनी स्त्री को बग़ल में खींच लिया।

और तब एक क्षण के बाद, उसकी स्त्री के गले से आवाज़ निकली। क्षीण, दुर्बल और प्रार्थना करती हुई आवाज़ थी वह। स्त्री ने कहा, "तुम मुझे छोड़कर मत जाया करो।" वह आवाज़ बहुत ही क्षीण और करुणापूर्ण थी। किन्तु चुन्नीलाल को लगा कि वह आवाज़ किसी पार के परली तरफ़ के परे से आ रही है, इतनी दूर से कि वह उसी कारण तीखी़ हो उठी है और हृदय-विदारक भी।

चुन्नीलाल ने अपनी पत्नी को वहीं ज़मीन पर लिटा दिया। सिरहाने लकड़ी का पटा रख दिया और किसी उत्तेजित अवस्था में रसोईघर की खिड़की खोलकर वह बाहर देखने लगा।

वहाँ उसे शहर ही शहर और गाँव ही गाँव, सड़कें ही सड़कें, गलियाँ ही गलियाँ दिखाई दीं, जिनके भीतर से उठती हुई गूँज उसके पास आकर कहने लगी, "तुम मुझे छोड़कर मत जाया करो।"

माता रसोईघर में एक ओर दुबकी बैठी थी। वह स्तब्ध और निश्चेष्ट थी। चुन्नीलाल ने चूल्हे पर चाय का पानी चढ़ा दिया। चूल्हे में आग अभी भी दहक रही

थी। चाय भरे प्याले जब वह एक-एक को देने लगा तो बच्चों के पीले उतरे चेहरों में से, बाप की बूढ़ी शिकनों में से, माँ की आँखों के सफ़ेद पड़ रहे कोयों में से, उसे साफ़ झलक उठा कि मानो वे भी कह रहे हों—तुम मुझे छोड़कर मत जाया करो।

और जब वह एक कप चाय लेकर बीवी को देने गया, तब पाया कि उसकी आँख लग गई है। चुन्नीलाल ने जगाने की कोशिश करनी चाही, पर वह एक दृश्य देखता ही रहा। नन्हा बालक अभी भी उसके फैले हुए पैरों के बीच में खेल रहा था। तीन साल का बच्चा अपनी जेब में से चाक के टुकड़े गिन रहा था। आठ साल का बड़ा लड़का घर की हालत और स्कूल—दफ़्तर का समय सोचकर थाली में अरहर की दाल बीन रहा था। उसके हाथ में अभी भी नीली सियाही लगी थी, मानो दावात से खिलवाड़ किया हो।

चुन्नी का दिल इस दृश्य को देख पिघल गया। वह उसे अत्यन्त सुन्दर प्रतीत हुआ। उसका मन बेहद के मैदान में चला गया। इन सब लोगों का प्यार वह अपने में नहीं सँभाल सकता। उसका दिल मिट्टी का घड़ा है, उसमें ज़्यादा भरोगे तो वह टूट जाएगा।

एकबारगी उसने अपने सारे घर पर दृष्टि डाली। यह उसका जगत् है, उसे सबकी सेवा करनी है। वह ज़रूर-ज़रूर करेगा। नहीं तो ज़िन्दगी का कोई मतलब नहीं।

उसने अपनी बीवी को जगाया नहीं। पिताजी को चाय का कप दे दिया। और फिर रसोईघर में आ गया। और ख़ुद गरम-गरम चाय पीने लगा।

ज्यों ही उसने एक घूँट अपने होंठों से लगाया कि एकाएक उसे ख़याल आया कि उसने बर्नोल का प्रयोग अभी तक नहीं किया, उसके घावों पर बर्नोल लगाना भूल गया।

उसने चाय-भरी बशी नीचे धर दी, और आसमान फाड़कर एक तसवीर उसके सामने आ गई। वह उसकी अपनी समस्या थी।

वह बर्नोल लगाना क्यों भूल गया?

वह अपने कामों से, दुनिया से रिश्ते जोड़े, न कि सिर्फ़ दिल के उड़ते हुए टुकड़ों से। कि इतने में बड़े बच्चे ने आकर सूचना दी, "माँ चाय माँगती हैं।"

चुन्नू को खुशी हुई। वह तुरन्त गरम चाय लेकर स्त्री के पास जा बैठा। बच्चों ने देखा कि उनके बूढ़े, झुकी-झुकी कमरवाले नाना के हाथ में बर्नोल है, और वे चुन्नीलाल के हाथ में उसे दे रहे हैं।

(सम्भावित रचनाकाल 1960 के आसपास। धर्मयुग, अप्रैल 1968 में प्रकाशित)

काठ का सपना

थके हुए कन्धे आगे बढ़ रहे हैं, जिन पर पीली मिट्टी का-सा चौड़ा चेहरा। उस पर काले कोयले के-से दाग़। कोई घूरा जलाती हुई, बू-भरी, धुँआती मैली आग जो मन में है और कभी-कभी सुनहली आँच भी देती है, पूरा शनिश्चरी रूप।

वे एक बालिका के पिता हैं, और वह बालिका एक घर के बरामदे की गली में निकली मुँडेर पर बैठी है, अपने को देखती हुई। उन्हें देख उसके दुबले पीले चेहरे पर मुसकराहट खिलती है। और वह अपने दोनों हाथ आगे कर देती है जिससे कि उसके काका उसे अपने कन्धों पर ले लें।

उसके पिता अपनी बालिका को देख प्रसन्न नहीं होते हैं। विक्षुब्ध हो जाता है उनका मन। नन्ही बालिका सरोज का पीला चेहरा, तन में फटा हुआ सिर्फ़ एक 'फ्रॉक' और उसके दुबले हाथ उन्हें बालिका के प्रति अपने कर्तव्य की याद दिलाते हैं; ऐसे कर्तव्य की जिसे वे पूरा नहीं कर सके, कर भी नहीं सकेंगे, नहीं कर सकते थे। अपनी अक्षमता के बोध से वे चिढ़ जाते हैं। और वे उस नन्ही बालिका को डाँटकर पूछते हैं, "यहाँ क्यों बैठी है? अन्दर क्यों नहीं जाती?"

बालिका सरोज, गम्भीर, वृद्ध दार्शनिक-सी बैठी रहती है। अपने क्रोध पर पिता को लज्जा आती है। उनका मन गलने लगता है। उनके हृदय में बच्ची के प्रति प्यार उमड़ता है। वे उसे अपने कन्धे पर ले लेते हैं। ऊँचे उठने का सुख अनुभव कर बच्ची मुसकरा उठती है।

पिता बच्ची को लिये घर में प्रवेश करते हैं, तो एक ठंडा, सूना, मटियाली बास-भरा अँधेरा प्रस्तुत होता है, जिसके पिछवाड़े के अन्तिम छोर में आसमान की नीलाई का एक छोटा चौकोर टुकड़ा खड़ा हुआ है। वह दरवाज़ा है।

घर में कोई नहीं है।

सिर्फ़ दो साँसें हैं।

एक पिता की।

दूसरी पुत्री की।

वे एक अँधेरे कोने में बैठ जाते हैं और उनके घुटनों में वह बालिका है। उसका चेहरा पिता को दिखाई नहीं देता। फिर भी, वह पूरा का पूरा महसूस होता है। वे चुपचाप उसके गाल पर हाथ फेरते हैं। हाथ फेरते जाते हैं और सोचते हैं कि यह लड़की मेरे समान ही धैर्यवान है, सबकुछ समझती है, सबकुछ पहचानती है। बड़ी प्यारी लड़की है। उन्हें लगता है कि उनकी आँखें तर हो रही हैं।

एकाएक ख़याल आता है कि अगर घर में बड़ा आईना होता तो अच्छा होता; अपनी बड़ी आँसू-भरी सूरत की बदसूरती देख लेते। उन्हें उमररसीदा आदमियों का रोना अच्छा नहीं लगता।

सामने, अँधेरे में, रंग-बिरंगी पर धुँधली आकृतियाँ तैर जाती हैं। सुन्दर चेहरेवाली एक लड़की है, वह उनकी सरोज है। नारंगी साड़ी है, सुनहली किनारी है, सफ़ेद चम्पई ब्लाउज़ है। गले में हार है। हाथों में रंग-बिरंगी चूड़ियाँ—एक-एक दर्ज़न। पति के घर से वापस लौटी है। खुश है, दामाद मैकेनिकल इंजीनियर है। जिसकी ग़रीब सूरत है। और वह बाहर बरामदे में कुरसी पर बैठा है; क्या करे सूझता नहीं।

घर में उनकी स्त्री पूड़ी बना रही है; पकौड़ियाँ बन रही हैं। बहुत-बहुत सी चीज़ें हैं। भाग-दौड़ है। हल्ला-गुल्ला है। शोर-शराबा है। लोग आकर बैठ रहे हैं—आ रहे हैं, जा रहे हैं। पास-पड़ोस की लुगाइयाँ चौके में मदद कर रही हैं। और उनके दिल में...क्या करें, क्या न करें, सब कुछ कर डालें! क्या ही अच्छा होता कि उनमें यह ताक़त होती कि वे सबको प्रसन्न कर सकते और सारी दुनिया को खुश देख सकते!...कि इतने में सपना टूट जाता है।

बरामदे का दरवाज़ा बज उठता है। पैरों की आवाज़ से साफ़ ज़ाहिर है कि स्त्री, जो कहीं गई थी, लौट आई है।

अन्दर आकर देखती है। उसे अचम्भा होता है। ''यहाँ क्या कर रहे हो?''

उसकी आवाज़ गूँजती है, जैसे लोहे की साँकल बजती है, जैसे ईमान बजता है!

''सरोज कहाँ है?''

कोई आवाज़ नहीं। सरोज और उसके पिता स्तब्ध बैठे हैं।

पिता बोलते हैं मानो छाती के कफ़ को चीरती हुई घरघराती आवाज़ आ रही हो। कहते हैं, ''कहाँ गई थी? घर बड़ा सूना लग रहा था।''

स्त्री कोई जवाब न देकर वहाँ से चली जाती है। आँगन में पहुँचकर, ज़मीन में गड़ा हुआ एक पुराना पेड़ जो कट चुका है और जिसकी झिल्लियाँ बिखरी हैं, उस पर पैर रखकर खड़ी होती है। ज़मीन में उस कटे पेड़ में से ज़मीन की तहें छूते हुए, नए अंकुर निकले हैं। बाद में, उन पर से उतरकर, वह झिल्लियाँ बीनती है। पड़ोस से लाई हुई कुल्हाड़ी चलाकर, उन अधकटे ठूँठों से लकड़ी निकालने का ख़याल आता है। लेकिन काटने का जी नहीं होता। इसलिए झिल्लियाँ बीनकर, वह उनका एक ढेर बना

देती है और फिर आँगन की दीवाल की मुँडेर पर चढ़ जाती है, क्योंकि उस मुँडेर के एक ओर नीम की एक सूखी डाल निकल आई है।

उसे वह तोड़ती है। ऊँची मुँडेर पर चढ़कर नीम की सूखी डाल तोड़ लाने का जो साहस है, उस साहस से दीप्त होकर वह प्रफुल्ल हो जाती है। सारी लकड़ी ठंडे चूल्हे के पास लाती है, जमा कर देती है।

सरोज पिता की गोद से उठ आई है। वह देखती है कि चूल्हे में सुनहली ज्वाला निकल रही है! वह देखती है, और देखती रह जाती है। उसे उस ज्वाला का रंग अच्छा लगता है। वह चूल्हे के पास जाकर बैठ गई है। उसकी रीढ़ की हड्डी दुख रही है, पर चूल्हे में जलती हुई ज्वाला उसे अच्छी लग रही है।

सारा चौका सुहाना हो उठता है—भूरा-मटियाला, साफ़-सुथरा। भीत की पटिया पर रखी पीतल की एक भगोनी, छोटे-छोटे दो गिलास और दो कटोरियाँ, कैसी चमचमा रही हैं, कितनी सुन्दर! उन पर माँ का हाथ फिरा है। तभी तो...तभी तो...।

सुबह के पकाए भात में पानी डाला जाता है और नमक। चूल्हे पर चढ़ गया है भात। सुबह का बेसन भी है। उसमें पानी मिला दिया जाता है। उसे भी चूल्हे के दूसरे मुँह पर रख दिया गया है, सीझता रहेगा।

सरोज बोलती नहीं, माँ बोलती नहीं, पिता बोलते नहीं।

जब वह नन्ही बालिका भोजन कर चुकी तो उसकी जान में जान आई। बोरे पर बिछे, माँ के चिथड़े से बने, अपने मुलायम बिस्तर पर वह सो गई। उसे नींद आ गई। पिताजी के बिस्तर से सटा हुआ उसका बिस्तर है। वे उसे अपने पास नहीं लेते। रात को वह बिस्तर गीला करती है, इसीलिए।

वे तथाकथित बिस्तरों पर लेट गए हैं। दोनों को नींद नहीं। दोनों एक-दूसरे से कुछ कहना चाहते हैं; कहना अवश्यक है। किन्तु वे जानते हैं कि दोनों को मालूम है कि उन्हें एक-दूसरे से क्या कहना है। उस पूर्व-ज्ञान को वे कहना-सुनना नहीं चाहते। वह पूर्व-ज्ञान वेदनाकारक है, इसलिए उसे न कहना ही अच्छा। फिर भी, न कहने से काम नहीं बनता, क्योंकि कह-सुन लेने से अपने-अपने निवेदनों पर सील लग जाती है, व्यक्तिगत मुहर लग जाती है। वह व्यक्तिगत मुहर अभी लगी नहीं है। हर एक उत्तर हर एक ज्ञान है। फिर भी, बहुत कुछ अज्ञात छूट जाता है!

वे नहीं चाहते थे कि रात में नींद के पहले के ये कुछ क्षण खराब हो जाएँ मन:स्थिति विकृत हो, और दुर्दमनीय चिन्ता से ग्रस्त होकर वे रातभर जागते-कराहते रहें, नहीं ऐसा नहीं! चिन्ता सुबह उठकर करेंगे। रात है। यह रात अपनी है। कल की कल देखी जाएगी।

किन्तु इन ख़यालों से माथे का दुखना नहीं थमता, देह की थकन दूर नहीं होती, असन्तोष की आग, बेबसी का धुआँ दूर नहीं होता।

नहीं, उसका एक उपाय है। ज़बरदस्ती नींद लाने के लिए आप एक से सौ तक गिनते जाइए! इस तरह, जब आप कई बार गिनेंगे, दिमाग़ थक जाएगा और आप ही आप भीतर अँधेरा छा जाएगा। एक दूसरा तरीक़ा भी है। रेखागणित की एक समस्य ले लीजिए। मन-ही-मन चित्र तैयार कीजिए। उसके कोणों को नाम दीजिए और आगे बढ़ते जाइए। अन्त तक आने के पहले ही, नींद घेर लेगी। एक और भी मार्ग है, जिसे इस लेख का लेखक अकसर अपनाया करता है। मस्तिष्क की सारी नसें ढीली कर दीजिए। आँखें मूँदकर पलकें बिलकुल बन्द करके, सिर्फ़ अँधेरे को एकाग्र देखते रहिए। तरह-तरह की तसवीरें बनेंगी। पेड़दार रास्ते और उस पर चलती हुई भीड़, अथवा पहाड़ और नदियाँ जिनको पार करती हुई रेलगाड़ी...भक-भक...भक।

अँधेरा जड़ हो गया और छाती पर बैठ गया। नहीं, उसे हटाना पड़ेगा ही—सरोज के पिता सोच रहे हैं। और उनकी आँखें, बगल में पड़े हुए बिस्तर की ओर गईं।

वहाँ भी हलचल है। वहाँ भी बेचैनी है। लेकिन कैसी?

...लेकिन उन दोनों में न स्वीकार है, न अस्वीकार! सिर्फ़ एक सन्देह है, यह सन्देह साधार है कि इस निष्क्रियता में एक अलगाव है—एक भीतरी अलगाव है। अलगाव में विरोध है, विरोध में आलोचना है, आलोचना में करुणा है। आलोचना पूर्णत: स्वीकारणीय है, क्योंकि उसका संकेत कर्तव्य-कर्म की ओर है, जिसे इस पुरुष ने कभी पूरा नहीं किया। वह पूरा नहीं कर सकता।

कर्तव्य-कर्म को पूरा करना केवल उसके संकल्प द्वारा ही नहीं हो सकता। उसके लिए और भी कुछ चाहिए। फिर भी, वह पुरुष मन-ही-मन यह वचन देता है, यह प्रतिज्ञा करता है कि कल ज़रूर वह कुछ न कुछ करेगा, विजयी होकर लौटेगा।

पुरुष में भी आवेश नहीं है। वह भी ठंडा है, सिर्फ़ गरमी लाने की कोशिश कर रहा है।

वह उसकी बाँहों में थी। निश्चेष्ट शरीर! फिर भी, उसमें एक ऊष्मा है, जो मानो सौ नेत्रों से अपने पुरुष को देख रही हो, निर्णय प्रदान करने के लिए प्रमाण एकत्र कर रही हो। फिर भी निश्चेष्ट और सक्रिय!

पुरुष संवेदनाओं के जाल में खो गया। उसे स्त्री के होंठ गुलाब की सूखी पंखुड़ियों से लगे, जिनमें उसे सूरज की गरमी की याद आई। उसके कपोल मिट्टी से थे—भुसभुसी, नमकीन, शुष्क मृत्तिका! उसका हृदय एक अनजानी गूढ़ करुणा की सूचना से भर उठा।...हाँ, उसके पेट, उसकी त्वचा में तो घरेलू बास थीं। उसने उसे अपनी बाँहों में भर लिया और वह, मन ही मन, उस पूरी गरम चिलकती हुई पृथ्वी की याद करने लगा जिस पर वह बेसहारा मारा-मारा फिरता है। क्या यह पृथ्वी उतनी ही दु:खी रही है जितना कि वह स्वयं है!

एक ऊर्जा उठी और गिर गई। पुरुष निश्चेष्ट पड़ा रहा। पर मन जाग्रत था।

...दोनों स्त्री-पुरुष के जीवन पर विराम का पूर्ण चिह्न लग गया है, काठ हो गए हैं। बाढ़ आती है। किनारे पर पड़े हुए काठों को बहाकर ले जाती है। जल-विप्लव है। काठ कहते जाते हैं, फिर भी वे प्राणहीन काठ, आपस में गुँथे हुए बहे जा रहे हैं।

बादल-तूफ़ान के कारण, पेड़ तिरछे हो रहे हैं। पर वे गुँथे-बँधे बहे जा रहे हैं, बहे जा रहे हैं...और, हाँ, गुँथे-बँधे काठ खाली नहीं हैं। उन पर एक बालिका बैठी हुई है। हाँ, वह सरोज है। अपने नन्हे दो हाथ उसने दोनों काठों पर टेक दिए हैं, जिनके सहारे वह स्वयं चली जा रही है।

सरोज की उस बाल मूर्ति की रक्षा करनी ही होगी। उन दो निष्प्राण काठ लट्ठों का यही कर्तव्य है।

पुरुष इस स्वप्न को देखता ही रहता है। बारह का गजर होता है। रात और आगे बढ़ती है। सप्तर्षि जो अब तक एक कोने में थे, सामने आकर साफ़ दिखाई देते हैं।

(कल्पना, अप्रैल 1963 में प्रकाशित)

सतह से उठता आदमी

अजीब घर है जिसके पिछले छज्जे में बैठकर लगता है, चारों ओर सटे हुए मकानों की दीवारें, छतें, जीने, खिड़कियाँ सिर्फ़ ज्यामितिक आकृतियाँ बना रही हैं।

कन्हैया धूल से भरी टेबिल के पास कुरसी पर बैठा हुआ एक रद्दी काग़ज़ पर उन सटे हुए मकानों की ज्यामितिक आकृतियाँ बनाता जा रहा है।

खूब धूप खिली हुई है, जिससे वे मकान नहाए हुए-से हैं, और उनके कत्थई, सफ़ेद, राख-जैसे, काले साँवले रंग उभरकर निखर उठे हैं। कन्हैया को लगा कि हाँ, इन मकानों की आकृतियों में पलनेवाला आदमी अरूप चित्रकार होगा, नहीं तो क्या।

इतने में एक पीले, दुबले, लम्बे चेहरेवाली लड़की चाय ले आती है। चाय से भाप उठ रही है। ऐसे सुनहले समय ऐसी बढ़िया चाय!

वह प्रसन्न हो जाता है। लड़की का जम्पर फटा हुआ है, और फ्रॉक भी। लेकिन, कन्हैया को उससे कुछ महसूस नहीं होता। क्योंकि वह जानता है कि यद्यपि यह एक प्राइमरी टीचर का घर है, फिर भी उसका यह अपना मकान है, पास के गाँव में सड़क से लगकर उसके खेत हैं, और घर में छह महीने का गेहूँ चावल, दाल और गुड़ भरा हुआ है। हाँ, यह ज़रूर है कि ये लोग क़ीमती शहराती कपड़े नहीं पहनते, या कम पहनते हैं। लेकिन, उनका भोजन अच्छा और रुचिकर होता है।

उसका अपना ख़याल है कि कुछ रोज़ में वह मास्टर साहब के पास पाँच सौ रुपए उधार लेने का प्रस्ताव भी रखेगा। (क्योंकि आख़िर ये लोग ब्याज-बट्टा भी तो करते हैं)

चाय पीने के बाद कन्हैया ने अपनी क़ीमती पैंट पर टैरीलिन की बुश्शर्ट चढ़ाई, जल्दी-जल्दी कंघी की। तेज़ उतारवाले ज़ीने पर सँभलकर पैर जमाते हुए नीचे के आँगन में पहुँचा, जो बहुत गीला था, क्योंकि वहाँ बरतन मले जाते और वहीं नहाया जाता था। एक पुराने ढंग के ठिगने दरवाज़े को पार कर वह तंग गली में घुसा। यह गली मकानों की पीठों को देखती हुई बढ़ रही थी। वह किसी दूसरी गली से जाकर मिली—एक टूटी-फूटी सड़क से, जिसकी छाती पर की गिट्टी उखड़ रही थी।

कन्हैया खुश था। खूब धूप छाई थी। नौ का वक़्त था। वह लम्बे डग बढ़ाता हुआ आगे बढ़ने लगा।

लगभग चार फ़र्लांग पर, पूरब की ओर, उसे एक बँगलानुमा घर मिला। वह खड़ा हुआ और पुकारने लगा, "कृष्णस्वरूप साहब, कृष्णस्वरूप!"

बहुत पुकारने के बाद, पैंट पहने हुए बड़े पेटवाला एक आदमी दरवाज़े पर दिखाई दिया। उसके हाथ में फूलों का गुलदस्ता था। और पास में पन्द्रह साल की लड़की। दोनों कोई बातचीत करते हुए दरवाज़ा खोलने आए थे।

कन्हैया ने उन्हें नहीं पहचाना। उसने सड़क पर से ही कहना चाहा, मैं कृष्णस्वरूप साहब से मिलना चाहता हूँ। लेकिन, वह उस लड़की की ओर ही देखता रहा। वह लड़की ख़ूबसूरत नहीं थी। उसके लाल टमाटर जैसे गाल बुरे लगते थे। बाल उलझे हुए और अस्त-व्यस्त थे। पंजाबी ढंग की पोशाक किए हुए थी, लेकिन वह उसे सजती नहीं थी।

क्षण-भर लगा कि यह कृष्णस्वरूप का घर नहीं हो सकता, ये लोग कोई और हैं। कि इतने में एक जोरदार हँसी के साथ आवाज़ फूट पड़ी, "ओफ़्फो, तुम कब आए? भई, वाह!"

तब कन्हैया को लगा कि वह कृष्णस्वरूप ही है। वह मारे खुशी के आगे बढ़ा और दोनों दोस्त चमकती हुई आँखें एक-दूसरे पर गड़ा-गड़ाकर देखने लगे। और एक दूसरे के बग़ल में पहुँच गए।

कन्हैयालाल के चेहरे पर खुशी आई हुई थी। बढ़िया चाय और नाश्ता कर चुकने के बाद, उसका बदन हलका-सा हो गया था। उसे इस कमरे का वातावरण बहुत अच्छा मालूम हुआ। दीवारें नीली थीं, खिड़कियों पर नीले परदे लगे हुए थे। एक छोटे-से खुशनुमा स्टूल पर रेडियो रखा हुआ था और रेडियो पर भी परदा था। एक ओर नीले रंग का उषा फ़ैन रखा हुआ था। खिड़कियों और दरवाज़ों से, बावजूद परदों के, धूप आ रही थी। वह स्वयं गद्देदार बढ़िया कोच पर बैठा था और सामने एक छोटी टेबिल रखी हुई, जिस पर एक सुन्दर ऐशट्रे थी, और वह सिगरेट पीता हुआ वहाँ बैठा था।

कन्हैया जहाँ बैठा था वहाँ से ठीक सामने के दरवाज़े में से आँगन का एक हिस्सा दिखता था। हाँ, यह सही है कि दाएँ ओर के बाजू से जो आँगन का हिस्सा दीखता है, उसमें एक टूटी खाट पड़ी है, और एक पुरानी अलमारी भी है जिसकी लकड़ियाँ सड़कर झूल गई हैं। साथ ही, एक पुरानी सिगड़ी जंग लगी हुई पड़ी है। एक अजीब अस्त-व्यस्तता और टूटे-फूटेपन का भान वहाँ हो रहा है।

कन्हैया को लगता है कि पिछली ज़िन्दगी का वह हिस्सा है, उस पिछली ज़िन्दगी का, जब कृष्णस्वरूप बिलकुल ग़रीब था। वह अस्त-व्यस्त दृश्य उस पुरानी ग़रीबी और पिछड़ेपन का ही तो प्रतीक है! पुराने और सामने दीखनेवाले इस नए का योग कन्हैया को भला मालूम हुआ।

कृष्णस्वरूप काम से ज़रा बाहर चला गया था। कन्हैया उस नीले एकान्त में सपनों में खो गया। लगभग बीस साल पहले कृष्णस्वरूप की कैसी दुर्दशा थी! कन्हैया ने उसे एक बार पाँच रुपए उधार दिए थे, जिन्हें कृष्णस्वरूप ने कभी वापस नहीं किया। आज उसी कृष्णस्वरूप के घर में सोफ़ा-सेट है, ऊषा फ़ैन है, रेडियो है। भई वाह! उन दिनों कृष्णस्वरूप रोज़ गीता पढ़ता था। और, आत्म-नियत्रंण के अनेक उपाय किया करता था।

घर में उसके झगड़ा रहता था। बीवी उससे चिढ़ती थी। इससे अनबन, उससे बेबनाव, हरेक अपने दुख का क.रण दूसरे में ढूँढ़ता था। और, कृष्णस्वरूप कहता था कि हरेक का अपना व्यक्तिगत इतिहास है, और हरेक के व्यवहार का अपना-अपना औचित्य है। हर आदमी एक दूसरे की परिस्थिति है, एक-दूसरे का परिवेश है। हरेक आदमी फ़ासलों में खोया रहता है। कौन ग़लत है, कौन सही—इसका निर्णय नहीं हो सकता। यानी ऐसे निर्णय में बौद्धिक कल्पना की आवश्यकता होती है।

यह वही कृष्णस्वरूप है जो कहता था कि त्याग और आत्मदान ही जीने का एकमात्र उपाय है। क्यों? इसलिए कि 'पैर उतने ही पसारो, जितनी चादर है'—यह सिद्धान्त था उसका। सिद्धान्त अपनी जगह सही था। लेकिन इसके औचित्य के लिए वह फ़िलॉसफ़ी लाता था। वह कहा करता था, ''चाहिए, चाहिए, चाहिए' ने सभ्यता को विकृत कर डाला है, मनुष्य-सम्बन्ध विकृत कर दिए हैं। तृष्णा बुरी चीज़ है। हमारा जीवन कुरुक्षेत्र है। वह धर्मक्षेत्र है। हर एक को योद्धा होना चाहिए। आसक्ति बुरी चीज़ है।

लेकिन, कभी-कभी कृष्णस्वरूप अपने आध्यात्मिक उच्चता-भाव को छोड़कर नीचे आ जाता। वह कन्हैया से चुपचाप कहा करता कि उससे मनोनिग्रह नहीं हो पाता। होटल में चाय पीता है, और बीवी की आँख चुराकर, किसी कोने में छिपाकर रखे पैसे झटक लेता है। यह बुरी चीज़ है। लेकिन, वह क्या करे! केवल ज्ञान काम में नहीं आता। उन दिनों कृष्णस्वरूप कन्हैया को यह कहा करता :

जानामि धर्मं न च मे प्रवत्ति:
जानाम्यधर्मं न च मे निवृत्ति:।
केनापि देवेन हृदिस्थितेन
यथा नियुक्तोऽस्मि तथा करोस्मि।।

हाँ, उन दिनों कृष्णस्वरूप यह भी कहता था कि उसके स्वप्न में शंकराचार्य, महात्मा गाँधी और जवाहरलाल भी आते हैं। कृष्णस्वरूप सचमुच कन्हैया को प्रभावित करता था। लेकिन, किस ढंग से?

हाँ, यही तो बात है, उसको फ़िलॉसफ़ी की ज़रूरत थी, इसलिए कि उसका जीवन दुर्दशाग्रस्त था। अपने मन को मजबूत बनाने के लिए फ़िलॉसफ़ी के पलस्तर की ज़रूरत थी। ऐसी फ़िलॉसफ़ी कन्हैया को हमेशा अप्राकृतिक मालूम हुई।

क्यों मालूम हुई? इसलिए कि कृष्णस्वरूप बड़ा ही हिसाबी आदमी था। खाने का तेल, सेर-भर, अगर नियत समय के पहले खर्च हो जाए तो वह बड़ी कड़ाई से पेश

आता था। हर चीज़ घर में वह गिनकर और तौलकर रखता था। यहाँ तक कि अगर उसके किसी बालक ने घी ले लिया तो वह डाँट देता था। अचार की एक फाँक अगर किसी ने ज़्यादा ले ली, तो वह भड़कता था। अपने बच्चों का खाना उसकी आँखों में आ जाता था।

ऐसा था वह कृष्णस्वरूप! लेकिन, आज? वह खुशहाल तो है ही, खुशहाली से कुछ ज़्यादा है। उसकी चाल-ढाल बदल गई है। वह मोटा हो गया है। पेट निकल आया है। ढाई सौ रुपए का सूट पहनता है। सम्भवत: उसके पास इस तरह के कई सूट होंगे।

इनकम टैक्स की नौकरी सचमुच बड़ी अच्छी होती है। काश, कन्हैया भी उसी ऑफ़िस में काम करता!

इतने में कृष्णस्वरूप बाज़ार से बहुत-सी चीज़ें लाकर सीधे रसोईघर में घुस गया। वहाँ स्त्री से उसकी कुछ बक-झक सुनाई दी। वह वहाँ से फ़ौरन लौट पड़ा और ड्राइंगरूम में आकर कन्हैया से कहने लगा, "लीजिए, वह आपके सामने आती ही नहीं, उसे अभी भी शर्म मालूम होती है।"

"तुम क्यों आधुनिक बनाने पर तुले हुए हो।"—यह कहना चाहता था कन्हैया लेकिन, कहा नहीं। सिर्फ़ मुसकराकर रह गया।

इसके बाद कृष्णस्वरूप ने बड़े उत्साह और उत्कंठा से कन्हैया को अपने पूरे मकान में घुमाया। एक रसोईघर और आँगन छोड़कर वे सब कमरों में घूम आए। कृष्णस्वरूप उत्साह से सब बताता गया। कन्हैया भद्र सज्जन की भाँति तारीफ़ करता रहा। और अन्त में वे ड्राइंगरूम में चले आए। उससे लगे हुए एक कमरे में रेफ़्रीजरेटर था, और वार्डरोब था। ड्राइंगरूम में कोच पर बैठने ही जा रहा था कन्हैया, कि उसने कहा, "नहीं, नहीं, यह कमरा भी देख लो!"

शालीनतावश, कन्हैया उठा और उस छोटे कमरे में भी गया। वहाँ बिलकुल सफ़ेद रेफ़रीजरेटर भी रखा था। और उसके पास ही वार्डरोब खड़ा था। वार्डरोब सचमुच बहुत अच्छा था। कृष्णस्वरूप ने कहा कि उसने उसे सेकेंडहैंड ख़रीदा है सिर्फ़ डेढ़ सौ में, जब कि उसकी आज क़ीमत आठ-एक सौ रुपए है! यहाँ की रियासत की भूतपूर्व रानी ने जब अपने महल का फ़र्नीचर बेचा तब हमें किफ़ायत से बहुत-सी चीज़ें मिल गईं। उसके क़ाम भी तो बहुत-से किए थे। लेकिन उसके दीवान की कृपा से सस्ते में सब चीज़ें पा गए।

कृष्णस्वरूप ने वार्डरोब खोलकर बतलाया। सचमुच उसके अन्दर कई ऊनी और सादे—लेकिन सब क़ीमती, कोट और टाई और पैंट लटक रहे थे। लेकिन उसमें उसकी बीवी की कोई साड़ी न थी।

कन्हैया वार्डरोब के भीतर के कपड़े देखकर सचमुच प्रसन्न हो गया। एक ज़माना था जब कृष्णस्वरूप फटेहाल घूमता था। सर्दी में ठिठुरता था, सिर्फ़ जाँघिया पहने घर में घूमता था, और फटी सतरंजी ओढ़कर ठंड निकालता था। आज उसके पास पहनने

का इतना सामान देखकर कन्हैया को सचमुच खुशी हुई। कम-से-कम उसने अपने बच्चों का तो भाग्य बनाया।

उसके उत्साह को देखकर कन्हैया ने कहा, ''यार, एक रेडियोग्राम और ख़रीद लो। ज़रूरी है।''

कृष्णस्वरूप ने कहा, ''नहीं यार, पहले मैं एक कार ख़रीदूँगा। सरकार ने ऐसा कुछ झमेला लगा रखा है कि नई कार के लिए बड़ा इन्तज़ार करना पड़ता है!''

कन्हैया ने कृष्णस्वरूप की पीठ थपथपाई, और फिर वह ड्राइंगरूम में पहुँचा कि इतने में एक घटना हो गई।

एकदम बहुत क़ीमती और बढ़िया सूट पहने हुए एक भयानक आदमी ने ड्राइंगरूम में प्रवेश किया। उसकी सूरत देखते ही कृष्णस्वरूप को काठ मार गया। वह ज्यों-का-त्यों बुतनुमा खड़ा हो गया। उसकी आँखें फटी-सी रह गईं और होंठ कुछ बुदबुदाने-से लगे।

कन्हैया ने उस आदमी की शकल देखी और फिर वह कृष्णस्वरूप की हालत देखने लगा, किन्तु उसका अनुमान नहीं कर सका। उसने सोचा कृष्णस्वरूप का मूड बिगड़ गया है। बस, इतना ही।

लेकिन, ज्यों ही उस भयानक आदमी ने कन्हैया को देखा, वह उससे मारे खुशी के झूल गया, ''अरे वाह, कब आए, हमें मालूम ही नहीं था! यार, दुबले हो गए!'' कन्हैया को उसने बोलने ही नहीं दिया और खुशी का बेहद शोर करता चला गया। और फिर उसने कृष्णस्वरूप का हाथ पकड़ लिया और उसे भी ज़बरदस्ती कोच पर बैठा दिया। और फिर वह ख़ुद ही बात करता गया।

कन्हैया को इतना-भर लगा कि वह कृष्णस्वरूप का मज़ाक़ उड़ाता है। बीच-बीच में कुछ ऐसी फबती कस देता है कि कृष्णस्वरूप गुमसुम हो जाता है। और लगातार बात करता जाता है।

हाँ, उसकी बात में मज़ा आता है। भाषा पर उसका प्रचंड अधिकार है। और ऐसा लगता है, जैसे—दुनिया की हर चीज़ से उसका निजी सम्बन्ध हो। उसकी बात जायक़ेदार और मज़ेदार है। बात में उसकी उद्दंडता और तीखापन भी झलकता है। और एक बात साफ़ होती है कि उसके हृदय में कृष्णस्वरूप के प्रति असम्मान के भाव हैं। लेकिन मज़ा यह है कि उसके आगे कृष्णस्वरूप की तूती बन्द हो जाती है। वह हकलाने-सा लगता है। हाँ, एक बात साफ़ है, और वह यह कि वह कृष्णस्वरूप का गहरा दोस्त है, अगर ऐसा न होता तो कृष्णस्वरूप के अन्तर्मन की उसे इतनी ज़्यादा जानकारी न होती। उसके सामने कृष्णस्वरूप दब्बू बनकर बैठा है। वह लगातार बोलता जा रहा है, बोलता जा रहा है!

इतने में फिर चाय आई, नाश्ता आया।

कृष्णस्वरूप ने गला साफ़ कर सिर्फ़ इतना कहा, "लीजिए, साहब, इनकी भाभी ने (कृष्णस्वरूप की स्त्री ने) इन्हें देखते ही नाश्ता भिजवा दिया।"

"जी हाँ, और तुम होते तो मुझे घर से बाहर निकलवा देते, अबे साले!" और वह हँस पड़ा।

कृष्णस्वरूप ने अब हिम्मत करके, और साथ ही आगन्तुक की खुशामद करके उसके विरोधी रुख को कम करने के लिए कहा, "भाई साहब, आज मैं जो कुछ हूँ, सिर्फ़ इनके कारण हूँ, सिर्फ़ इनके कारण!"

आगन्तुक ने कृष्णस्वरूप द्वारा अपनी प्रशंसा को सम्भवत: अपने लिए अपमानजनक समझ, या क्या, ईश्वर जाने! वह भभक उठा। उसने तेज़ी से कहा, "क्या बात करते हो, तुम मेरी कब से तारीफ़ करने लगे!"

इस घुड़की को सुनने के बावजूद, कृष्णस्वरूप ने गम्भीर भाव से कहा, "नहीं, मैं तुम्हारी खुशामद नहीं कर रहा हूँ। यह एक वाक़या है। आज जो मैं इस हालत में पहुँचा हूँ, इसका कारण तुम हो।"

कन्हैया बारी-बारी से इन दोनों को देखता जा रहा था। उसे कुछ समझ में नहीं आ रहा था। एक बात साफ़ थी और वह यह कि इन दोनों के रिश्ते ग़ैरमामूली हैं। लेकिन क्या हैं, इसे समझना टेढ़ी खीर थी।

आगन्तुक सचमुच हतप्रभ था। शायद उसे भी यह बात नई मालूम हुई। वह घड़ी–भर चुप रहा और उसने गरदन नीची कर ली। और कहा, "लीजिए, चाय ठंडी हो रही है।"

एकाएक शान्ति छा गई। शोरगुल ख़त्म हो गया। कन्हैया सिर्फ़ चाय पी रहा था। उसका ध्यान सिर्फ़ पीने में था। कृष्णस्वरूप रामनारायण के बारे में–हाँ, उस भयानक आगुन्तक का नाम रामनारायण ही था–सोच रहा होगा। किन्तु आगन्तुक क्या सोच रहा था?

एकदम बैठक बरख़ास्त हो गई। आगुन्तक दरवाज़े के सामने नज़र आया। उसने बड़े अदब से कन्हैया को सलाम किया और कहा, "जी हाँ! फिर मुलाकात होगी। आपसे तो ज़रूर! शाम को मिलूँगा।"

और, तब कन्हैया ने देखा कि यद्यपि रामनारायण क़ीमती सूट पहने है, फिर भी वह मैला-कुचैला है, उस पर पान के दाग पड़े हैं। शायद, वह उसे पहनकर ही सोया होगा। कोट के नीचे कुरते का कॉलर फटा हुआ है और कोट के नीचे की जेब में एक काग़ज़ बाहर निकला जा रहा है।

सचमुच वह भयानक लगता था! चेहरे पर कम-से-कम दो महीने की घनी लम्बी दाढ़ी बढ़ी हुई थी। किसी बैरागी की दाढ़ी को भाँति ही वह थी। एक आँख इतनी लाल थी, मानो उसमें खून आकर जम गया हो। लेकिन आँखें बड़ी-बड़ी थीं। चेहरा बड़ा था, और माथा भी। लेकिन सिर पर बाल कम थे–जो थे, बिखरे हुए थे और काले

थे। और सिर के बीचोबीच साँवली चाँद थी। और उस चाँद के बीचोबीच, खजूर की भाँति लम्बा गोल, एक बड़ा मस्सा था, जो किसी छोटे-से स्तूप की भाँति दिखाई देता था। सारे चेहरे पर एक भयानक अनगढ़पन, एक विचित्र विद्रूपता थी। और ऐसा लगता था कि शायद कोई इसके साथ घूमना पसन्द न करता होगा, क्योंकि विस्मय और कौतूहल के अतिरिक्त एक विद्रूप जिज्ञासा का वह विषय बन जाता होगा। उस आदमी के बारे में कन्हैया की राय बहुत ख़राब हो गई, यद्यपि उसने उसे प्रकट नहीं होने दिया।

जब वह मकान के बाहर सड़क पर साइकिल से रफ़ूचक्कर हो गया, तब कहीं कृष्णस्वरूप ने आराम की साँस ली। उसके मुँह से निकल पड़ा, ''ही इज ए जीनियस, यस, जीनियस!''

कन्हैयालाल विस्मय से देखता रहा। वह कुछ नहीं बोला, चुप रहा, मन ही मन गुनता रहा।

ज्यों ही कन्हैया घर वापस आया, उसे ऐसा लगा जैसा वह किसी शून्य में आ पहुँचा है। उसे यहाँ नहीं आना चाहिए था। सभी कुछ दूर-दूर सा लगने लगा उसे। क्यों न वह सिविल लाइन्स तक हो आए। ज़रा तफ़रीह रहेगी।

लेकिन यह ख़याल उठते ही डूब गया। जो कमरा अब तक उसका इन्तज़ार कर रहा था, अब मानो उसका कोई मूल्य ही न रहा। फिर भी उसका मूल्य था, क्योंकि उसमें एक खाट थी, जिस पर वह बैठ सकता था, लेट सकता था। कन्हैया ने उसे देखा, उस पर बिखरी पड़ी किताबें देखीं। उन्हें ज़रा एक ओर करके वह टाँग पसारकर लेट गया। और रामनारायण के बारे में सोचने लगा, कृष्णस्वरूप के बारे में सोचने लगा। कल्पना तेज़ हो गई। उसे लगा कि रामनारायण में अजीब रहस्य है, एक अजीब भुतहापन है, बाबापन है। उसे देखकर श्मशान की याद आती है, श्मशान की राख नंगी देह पर मलनेवाले तांत्रिक योगियों की-सी झलक दिखाई देती है। लेकिन उसके सामने कृष्णस्वरूप क्यों इतना पीला पड़ जाता है, इतना थका-थका-सा, ऊबा-सा, हतबुद्धि-सा घबराया-सा, क्यों दिखाई देता है? इन दोनों के बीच कोई रहस्य है। कोई गुप्त षड्यंत्र है, जिसके ये दोनों साझीदार हैं। नहीं तो भला कृष्णस्वरूप क्यों कहता कि रामनारायण के कारण उसे बरक़्कत हुई है। सम्भव है, किसी अनुचित और ग़लत क़िस्म के मामले में दोनों हिस्सा लेते हों और पैसा कमाते हों। हिकमत कृष्णस्वरूप की हो, असली काम रामनारायण करता हो। ज़रूर इन दोनों के बीच में कोई ख़ास बात है।

यह सब वह सोच ही रहा था कि जीने पर भारी धप-धप की आवाज़ शुरू हुई। और वह देखता क्या है कि छोटे-से कमरे के उस भूरे दरवाज़े में ख़ुद कृष्णस्वरूप खड़ा है।

जीना चढ़ने के कारण कृष्णस्वरूप कुछ हाँफ-सा रहा था। कोट के बटन उलटे-सीधे लगे हुए थे। लगभग बदहवास था। दरवाज़े से ही उसने एक मनीबैग फेंककर कहा, ''इसे मेरे यहाँ भूल आए थे।''

मनीबैग खाट पर धप से गिर पड़ा। कन्हैया आश्चर्य से उसे देखता रहा। हाँ, सचमुच वह उसी का था, उसका नाम भी तो उस पर था। कन्हैया को खोई चीज़ वापस पाकर खुशी हुई। अपने भुलक्कड़पन पर उसे आश्चर्य हुआ।

"लेकिन, तुम फ़ोन कर देते, यहाँ तक आने की तकलीफ़ क्यों की!" उसने कहा।

"मैं नहीं जानता था कि तुम यहाँ तक पहुँच गए हो। सोचा, मनीबैग की तलाश में इधर-उधर घूम रहे होगे। इसलिए, सोचा कि मनीबैग दे आऊँ और एक चिट्ठी भी वहीं रख दूँ।" कहकर कृष्णस्वरूप धीरे-धीरे खिड़की के पास जाकर खड़ा हो गया।

कन्हैया ने कुरसी आगे सरकाकर कहा, "नहीं, नहीं, ऐसे बैठो।"

और अकस्मात् कन्हैया को लगा, कृष्णस्वरूप मनीबैग देने नहीं, किसी और काम से आया है। वह काम क्या है?

कृष्णस्वरूप खिड़की के पास खड़े-खड़े ही कहता गया, "साले ने सारा मज़ा किरकिरा कर दिया। मैं तो तुम पर अपना रोब जमा रहा था। लेकिन उसने आकर फुग्गे को फोड़ दिया। मेरे लिए एकदम ऐंटीक्लाइमेक्स कर डाला।"

कन्हैया क्या कहता, वह सहानुभूति से सुनने की चेष्टा कर रहा था। फिर भी उसने कहा, "तुम तो उसे जीनियस कहते थे।"

"बिलकुल ठीक कहता हूँ।"

मानो कि इसी का उदाहरण देने के लिए स्वयं कन्हैया ने अपनी ओर से कहा, "इसीलिए, शायद उसने मुझे एकदम पहचान लिया और लपककर गले मिला। मैं उसे नहीं पहचानता। भावना का नाट्य करनेवाले लोग मुझे पसन्द नहीं।"

कृष्णस्वरूप ने अत्यन्त गम्भीर और सार्थक वाणी से धीरे-धीरे कहा, "नहीं, वह तुम्हें अवश्य पहचानता होगा, और तुम्हारे बारे में उसके ख़याल होंगे। नहीं तो वह देखते ही गाली से बात करता!"

उस समय कन्हैया को लगा जैसे कृष्णस्वरूप आगे आनेवाली बात की भूमिका बाँध रहा है, कि मानो रामनारायण के सम्बन्ध में वह कोई रहस्य खोलने के लिए आतुर है, और उसका सम्बन्ध कृष्णस्वरूप के किसी मर्म से है। कन्हैया को लगा कि वह धीरे-धीरे कृष्णस्वरूप के जीवन में फिर से प्रवेश कर रहा है। बीस साल पहले एक बार कन्हैया उसके जीवन का एक अंग था। लेकिन तब परिस्थितिवश वह उसके बाहर निकल आया। और अब शायद फिर से उसे प्रवेश करना होगा।

और, धीरे-धीरे, क्रमशः, जो कहानी उसके मन में अपना विस्तार करने लगी वह न सिर्फ़ अजीब थी, वरन् मनुष्य की असंगतियों की संगति उसमें कुछ इस तरह थी कि दार्शनिक होना पड़ता था। कन्हैया के मन में एक के बाद एक नए-नए सवाल खड़े होने लगे। और वे सवाल भी इतने कुछ तीखे थे कि उनमें मन घुलता था। हाँ, कन्हैया का मन कहानी की शुरुआत से ही तसवीरें बनाने लगा।

कन्हैया ग़रीबी को, उसकी विद्रूपता को, और उसकी पशु-तुल्य नग्नता को जानता है। साथ ही उसके धर्म और दर्शन को भी जानता है। गाँधीवादी दर्शन ग़रीबों के लिए बड़े काम का है। वैराग्य भाव, अनासक्ति और कर्मयोग सचमुच एक लौह-कवच है, जिसको धारण करके मनुष्य आधा नंगापन और आधा भूखापन सह सकता है। सिर्फ़ सहने की ही बात नहीं, वह उसके आधार पर आत्मगौरव, आत्मनियंत्रण और आत्मदृढ़ता का वरदान पा सकता है। और, भयानक प्रसंगों और परिस्थितियों का निर्लिप्त भाव से सामना कर सकता है। मृत्यु उसके लिए केवल एक विशेष अनुभव है। ग़रीबी एक अनुभवात्मक जीवन है। कठोर से कठोर यथार्थ चारों तरफ़ से घेरे हुए है, एक विराट् नकार, एक विराट् शून्य-सा छाया हुआ है। लेकिन, इस शून्य के जबड़े में मांसाशी दाँत और रक्तपायी जीभ है! कन्हैया इसे जानता है!

और ठीक इसी आर्थिक और दार्शनिक स्थिति में कृष्णस्वरूप घूमता है। घर काटने को दौड़ता है, क्योंकि उसकी दीवार एक सवाल लेकर खड़ी हो जाती है, हर चेहरा एक प्रश्न उपस्थित करता है, और वह यह कि तुम मेरे लिए क्या कर रहे हो!

यह सवाल, जिसे घर की हर चीज़ और हर व्यक्ति उपस्थित करता है, कृष्णस्वरूप के हृदय में भी खटकता रहता है। इस प्रश्न का एकमात्र उत्तर है—पैसों की कमाई!

कृष्णस्वरूप को नौकरी के अलावा और कोई आसरा नहीं। यद्यपि वह बी.ए. है, तब भी उसे कुछ नहीं होता। सवा सौ रुपए में खाना-दाना भी नहीं चलता। वह हिसाब से काम करता है। लेकिन हिसाब पेट तो नहीं भर सकता और घर का हर आदमी उसे आँखों-आँखों ही से पूछता है—तुम मेरे लिए क्या कर रहे हो!

कृष्णस्वरूप निःसंज्ञ है, उसको रास्ता दिखानेवाला कोई नहीं। हाँ, समय काटने के लिए वह शाम को लायब्रेरी चला जाता है। अख़बार पढ़ता है। पत्र-पत्रिकाएँ पढ़ता है। और वहीं बैठकर किताबें भी पढ़ता है। लायब्रेरी के हॉल में भाषण भी होते हैं। शरद-व्याख्यानमाला चलती है। अन्य अवसरों पर भी विद्वानों के भाषण होते हैं।

कृष्णस्वरूप हॉल के पीछे की कुरसियों पर चुपचाप भाषण सुनता है। कभी नोट्स भी लेता है। और मन-ही-मन गुनता रहता है। उसमें इतना साहस नहीं है कि वह विद्वानों से दो सवाल पूछे। वे बड़े लोग वह छोटा आदमी है। फिर, उसके कपड़े भी अच्छे नहीं रहते, जिन्हें देखकर लोग समझते हैं कि वह कोई चपरासी या डाकिया या ऐसा ही कोई आदमी होगा। हाँ, कृष्णस्वरूप ख़ुद जानता है कि उसमें हीनताग्रन्थि है। लेकिन उसकी अवस्था सचमुच हीन है, यह एक प्रकट सत्य है। ऐसी ही उसकी अवस्था देखकर साधारण खाते-पीते लोग भी अपने को उससे ऊँचा समझते हैं। यही क्यों, अपमान भी कर जाते हैं। दुनिया में अपमान जैसा और कोई दुख नहीं होता। कृष्णस्वरूप पलटकर जवाब नहीं दे पाता, लेकिन अपमानकर्ता का शत्रु ज़रूर बन जाता है। उसे वह माफ़ नहीं कर सकता। इसीलिए, वह सबसे बचकर रहता है। दबना, कतराना और दूर खड़े होकर बात गाँठ से बाँध लेना, उसका मानसिक जीवन है।

उसकी इस मनोवृत्ति के कारण ही लायब्रेरी में उसके ख़ास दोस्त नहीं बन पाते। वहाँ या तो पेन्शनर बूढ़े आते हैं, या नवयुवक विद्यार्थी। और कोई नहीं। ऐसे निःसंग, उद्विग्न और चिन्तापूर्ण जीवन में, एक अजीबोग़रीब शख़्स सामने आता है। उसकी सूरत भयानक है। एक आँख लाल है, चेहरे पर दाढ़ी है, मानो बैरागी हो, गंजे सिर पर एक मोटा मस्सा है—मानो कोई छोटा स्तूप हो। वह एक अजीब ढंग का मटमैला तंग पाजामा पहनता है। कुरते के ऊपर एक फटा स्वेटर, कभी ऊनी तो कभी सूती। स्वेटर से वह कोट का काम लेता है।

हाँ, कृष्णस्वरूप को पहले-पहले उससे डर गया। उस डर का बयान नहीं हो सकता। अज्ञात अप्राकृतिक विचित्रता का वह भय था। कृष्णस्वरूप के कपड़े अत्यन्त साधारण और मैले रहते, लेकिन उनसे कोई विचित्रता नहीं झलकती। लेकिन, उस अजनबी की पोशाक भी उसे विचित्र बना देती थी। चेहरा तो भयानक और बदसूरत था ही।

बातचीत लायब्रेरी में हुई। उसे अजनबी ने ही शुरू किया। कैसे शुरू हुई, राम जाने। वह किसी किताब पर से शुरू हुई। और, वह अजनबी कृष्णस्वरूप को लायब्रेरी के नीचे के रेस्तराँ में ले गया। कृष्णस्वरूप वहाँ पहली बार पहुँचा था।

अजनबी धारा-प्रवाह अँगरेज़ी और हिन्दी बोलता था। सही-सही और ज़ोरदार लफ़्जों में वह बात करता था। ऐसा लगता था कि जो बातें वह कह रहा है, उन पर उसने बरसों मनन-चिन्तन किया है। वह एक दबंग और पुरज़ोर शख्सियत रखता था।

उसकी जेबों में कई नोट थे—पाँच के, दस के। वह ग़रीब नहीं था। सिर्फ़ उसका वेश विरक्तिजनक था। वह बेतहाशा पैसा ख़र्च करता था। पैदल नहीं, बल्कि रिक्शा में घूमता। अठन्नी उसके लिए दो पैसों के बराबर थी।

तंग हालत की तंग दीवारों के बीच घिरे हुए कृष्णस्वरूप को वह केवल भयानक ही नहीं मालूम हुआ। उस आदमी में मैदान का फैलाव था, अजीबोग़रीब भयानक बरगद की ऊँचाई और घनापन था। कृष्णस्वरूप के उद्विग्न, निःसंग एकान्त जीवन का शून्य उससे टूट गया।

वह उसे रात को मेट्रो सिनेमा में ले जाता। अँगरेज़ी फ़िल्में देखने जाते। दोनों रात को देर से लौटते। और विनोबा भावे के सर्वोदयवाद और एम.एन.राय के रैडिकल ह्यूमैनिज़्म से लेकर सार्त्र के एक्जिस्टैंशिलिज़्म तक की बातें होतीं। नई कविता और ऐब्स्ट्रैक्ट पेंटिंग की भी चर्चा होती। उस अजनबी ने, जिसका नाम रामनारायण था, कृष्णस्वरूप के सामने नई दुनिया ही खोल दी।

कृष्णस्वरूप के सारे ध्यान, कार्य और अनुराग का केन्द्र अब वह व्यक्ति हो गया। यह भी सही है कि रामनारायण ने समय-समय पर कृष्णस्वरूप को आर्थिक मदद भी की। दोनों एक-दूसरे के घनिष्ठ हो गए। उसकी संगत में रहकर कृष्णस्वरूप का दिल खुलने लगा, मन में विस्तार उत्पन्न हुआ।

लेकिन, बावजूद इसके, दोनों व्यक्ति एक–दूसरे की जीवन–परिधि के आसपास ही घूमते रहे। किसी ने एक–दूसरे के वैयक्तिक जीवन में प्रवेश करने का प्रयत्न नहीं किया।

किन्तु, क्या यह सम्भव था कि कृष्णस्वरूप सचमुच रामनारायण के जीवन से अनभिज्ञ रहता? वैसे उसे बहुत–सी उड़ती–उड़ती जानकारी थी। लेकिन, उससे मन तृप्त न होता। हाँ, यह सही कि ख़ाली वक़्त में कृष्णस्वरूप रामनारायण के व्यक्तित्व की एक रूपरेखा तैयार कर लेता।

सबसे पहली बात जो उसके ख़याल में आती वह यह कि रामनारायण को यह मालूम नहीं है कि उसे क्या चाहिए। हाँ, यह ज़रूर मालूम है कि उसे क्या नहीं चाहिए। परिणामत: वह हर बात में दोष निकालता। उसकी आलोचनात्मक दृष्टि में मार्मिकता और प्रखरता थी, उद्दंडता और निर्भयता थी। साथ ही, एक खारापन, एक बेसहारापन, एक मारा–मारापन, एक मरा–मरापन था। चक्करदार राहों पर गोल–गोल घूमते रहने–जैसी कोई मानसिक स्थिति वह थी। उसने न मालूम कितने ही दर्शनों और विचारधाराओं, व्यक्तियों और व्यक्तित्वों में दोष निकाले। उन दोषों को वह इतनी कड़वाहट के साथ कहता मानो उसकी कोई निजी हानि हुई हो। वह बात इस तरह करता मानो उन चीज़ों का उससे कोई आत्मीय रहस्यमय सम्बन्ध हो। निषेध, निषेध, निषेध! कृष्णस्वरूप को यह पहचानने में देर न लगी कि निषेध का उसका स्त्रोत बौद्धिक नहीं है, वही कहीं तो भी भीतर है।

वह सारे भद्र समाज से चिढ़ता। वह नगर के एक–एक बड़े आदमी से परिचित था। अनगिनत छोटे आदमियों से उसकी अच्छी पहचान थी। निर्भीक और उद्दंड होने के कारण बहुत–से अच्छे आदमी उसके पास खिंच जाते। उनमें से कई उसकी मार्मिक वाक्–धारा से प्रभावित थे। असल में, वह खूब अच्छी और सही–सही गालियाँ देना जानता था। और, कुछ लोग इस तरह के औघड़ आदमी के खुरदुरेपन को बेहद पसन्द करते।

भद्र समाज का वह बेशक दुश्मन हो गया था। वह उनके दम्भ और अहंकार के तरह–तरह के क़िस्से बताया करता और वह भी इस तरह के कि सचमुच श्रोता का मन दुख और अवसाद, ग्लानि और विरक्ति में डूब जाता। एक आभ्यन्तर तिक्त–आम्ल अनुभव से भर उठता। बड़े–बड़े अख़बारों के मालिक, महत्त्वाकांक्षी राजनैतिक नेता, मंत्री और उपमंत्री, डायरेक्टर और सेक्रेटरी, यहाँ तक कि साहित्यिक भी, उसकी कथाओं के पात्र रहते। उनका वह एकदम सही–सही विश्लेषण करता। इन लोगों के बारे में उसके पास इतनी जानकारी थी कि कुछ पूछो मत। व्याख्यान–सभाओं में वह स्वयं बोलने खड़ा हो जाता तो शहर के जितने बुद्धिमान पढ़ने–लिखनेवाले, लेकिन आवारा लोग थे, उनके हृदय का वह हार हो जाता था। वे खूब ताली पीटते। धीरे–धीरे उसकी सोहबत से, शहर में उसके जैसे और कई निकल आए। उनके सबके सम्मिलित प्रयत्नों से, एक के बाद एक कई साप्ताहिक पत्र धूम–धड़ाके से निकले। बड़े–बड़े लोगों पर, प्रमाण सहित, कीचड़ उछाला गया। सरकारी फ़ाइलों के अंश भी प्रमाणरूप छापे जाने लगे।

यद्यपि वह स्वयं भद्र-समाज का भयानक विरोधी था, वह ख़ुद गुंडा नहीं था। उसका व्यवसाय तो जी भरकर आलोचना करना था, सफ़ाईदार भाषा में। किन्तु, उसके आस-पास जो 'स्वतंत्रचेता' व्यक्ति इकट्ठे हो गए थे, उन्हें वह खूब प्रेरणा देता रहा। ये सब 'स्वतंत्रचेता' लोग अपने-अपने समाज, वर्ग और परिवार से कटे हुए लोग थे। उनमें से लगभग सभी जोशीले और पढ़ने-लिखनेवाले, और (साथ ही) कुचक्री थे।

कृष्णस्वरूप सरकारी नौकर था। उसमें बुद्धि थी लेकिन दम नहीं था, ऊधम नहीं था। और इन ऊधमियों के बीच में रहने से बिजली के मीठे-मीठे धक्के लगे। वह उनका आदर्शीकरण करने लगा, जबकि असल में, वे सारे-के-सारे बिकने के लिए तैयार बैठे थे। सिर्फ़ क़ीमत का सवाल था। कम क़ीमत में बिकने के लिए कोई राजी नहीं था। और, सबसे बड़ी चीज़ तो यह थी कि वे सब प्रतिभावान और साहसी नौजवान अख़बारनवीस थे।

फिर भी, कृष्णस्वरूप यह सोचने को तैयार नहीं था कि वह 'विद्रोह' केवल बुद्धि का या जीवन-नीति का विद्रोह है। क्योंकि अगर वैसा विद्रोह होता तो आलोचना के साथ-ही-साथ रचना—ये दोनों बातें चलतीं। सब अन्वेषी थे, सब खोजी थे। यानी, 'मन चाहे जिधर भटको और अन्वेषण का नाम दो' वाली नीति सबकी अपनी कार्यनीति थी। अद्वैतवाद का अध्ययन करते-करते कृष्णस्वरूप को इतना तो मालूम हो गया था कि अन्य दर्शनों की आलोचना करते-करते नए दर्शन की रचना होती है, नई जीवन-नीति की रचना होती है। लेकिन, व्यवहार तथा बुद्धि दोनों के क्षेत्र में, यहाँ केवल निषेध था। यानी, उन्हें क्या नहीं चाहिए—यह खूब मालूम था; लेकिन क्या चाहिए—इसकी कोई ख़ास रूपरेखा उनके पास न थी, क्योंकि उनमें से कोई वस्तुतः गम्भीर नहीं था।

कृष्णस्वरूप उन सब पर मंत्र-मुग्ध था; फिर भी, कभी-कभी उसकी बुद्धि और हृदय उनकी वाचालता और दुर्व्यवहार के प्रति विद्रोह कर उठते। फिर भी, स्वभावतः दब्बू होने से उनका विरोध करने का उसने कभी साहस नहीं किया। साहस करता भी तो पिट जाता।

लेकिन उसकी आस्था तो रामनारायण पर थी। वह रामनारायण की छाया बन गया था। वह रामनारायण के अन्तर्जीवन में प्रवेश करना चाहता था, उसके चारों कोने छू लेना चाहता था।

एक दिन रामनारायण कृष्णस्वरूप को अपने घर ले गया। उस मकान को देखकर कृष्णस्वरूप को विस्मित हो जाना पड़ा। वह आलीशान मकान था। वह कोठी थी जिसके अब पलस्तर गिर रहे थे। ठीक सड़क से लगे हुए उस मकान की सात मंज़िलें बड़ी दूर से दीखती थीं। दूर से वह मकान बहुत सुन्दर मालूम होता था, उसकी सबसे ऊँची छतों पर मेहराबदार मंडप थे और मन्दिर-नुमा शिखर थे।

लेकिन, सबसे आकर्षक वस्तु थी रामनारायण की माँ। वह यद्यपि बूढ़ी थी और चेहरे पर झुर्रियाँ पड़ी थीं, फिर भी उसका रंग एकदम चम्पई था। वह अब भी ख़ूबसूरत

थी। उसका नाक-नक्श मानो स्फटिक से गढ़ा हुआ था। उसको देखकर किसी को भी नम्र और शालीन हो जाना पड़ता। उस परिवार में अब केवल दो ही व्यक्ति थे—माता और पुत्र। और दो नौकर। दो भैंसें भी थीं, जो आँगन में बँधी हुई थीं।

रामनारायण के कमरे तक पहुँचने के लिए ज़ीना चढ़कर हॉल पार करके जाना पड़ता। हॉल सजा हुआ था। उसकी छत से अभी भी फ़ानूस लटक रहे थे। सबमें पुरानापन था। पुराने काँच लगे हुए थे, टेबिल लगी हुई थी, आदमक़द आईने दीवारों से सटे थे, छत और दीवारों से तनकर एक कोण बनाते हुए अजीबोग़रीब पुरखों की रंगीन तसवीरें लगी हुई थीं। और सब पर सूनेपन की साँस जमी हुई थी।

फिर भी एक बात साफ़ थी। हर चीज़ पुरानी होते हुए भी क़रीने से लगी थी। इसके विपरीत रामनारायण का कमरा था। वह अस्त-व्यस्त था। वहाँ भी टेबिल कुरसी, फ़ैन और एक फ़ोटो लगा हुआ था।

कृष्णस्वरूप ने पूछा, ''यह फ़ोटो किसका है?''

रामनारायण ने कहा, ''मेरा!''

''नहीं जी!'' कृष्णस्वरूप के मुँह से निकल गया।

रामनारायण ने कुछ नहीं कहा। सचमुच वह फ़ोटो ख़ूबसूरत जवान का था। वह उसी का था। अपने बीसवें साल में वह इतना ख़ूबसूरत था। फिर, क्या कारण है कि उसने अपना चेहरा इस तरह बिगाड़ लिया? आख़िर रामनारायण ने अपने को इतना विद्रूप क्यों बना लिया? कृष्णस्वरूप कुछ क्षण सोचता रहा।

माँ से भेंट हुई। माँ ने बड़ी आवभगत की। कृष्णस्वरूप अब रामनारायण के यहाँ माँ से मिलने के लिए जाने लगा। धीरे-धीरे उसे पता लगा कि माता और पुत्र में अगर वैर नहीं तो मनोमालिन्य अवश्य है।

कृष्णस्वरूप ने रामनारायण के सामने माँ की बातचीत करना चाही, दोहराना चाही। लेकिन रामनारायण ने कोई दिलचस्पी नहीं ली। जब भी बात निकलती वह उसे उड़ा देता। और उदास हो जाता।

ऐसा तो हो नहीं सकता कि कृष्णस्वरूप से दोनों के सम्बन्ध छिपे रहें। असलियत यह थी कि रामनारायण के पिता बड़े ही मस्त और फक्कड़ आदमी थे। ऊँच-नीच का उन्हें कोई ख़याल नहीं था। चपरासी के साथ गाँजे का दम लगाने बैठ जाते। हाथ में लुटिया और कान में जनेऊ लपेटे किसी भी पड़ोसी से घंटों गप लड़ाते रहते। वे कलाप्रेमी थे। संगीत और साहित्य के शौक़ीन। ख़ुद भी अच्छे गायक थे, भजन बनाते और शेर भी गढ़ लेते। नामी संगीतज्ञों, चालू शायरों की संगत में उठते-बैठते और उन्हीं के समान कुछ-कुछ सनकी भी थे। महफ़िलबाज़ थे। उनकी महफिल प्रसिद्ध थी। उसमें बनारस की रंडियाँ और लखनऊ के शायर भी हिस्सा लेते। अपनी इस धुन में उन्होंने बाप-दादों से चली आई हुई जायदाद का बड़ा हिस्सा ख़त्म कर दिया।

शायद, इसीलिए उनकी पत्नी से नहीं बनती थी। उनकी पत्नी एक शानदार और ख़ूबसूरत औरत थी जिसकी मुख्य अभिरुचि थी प्रबन्ध और व्यवस्था करना। यह साम्राज्ञी थी, जिसे अपनी जायदाद के काम-काज को ठीक ढंग से चलाने, उसे बढ़ाने का शौक़ था। वह हुकूमत करना जानती थी। उसके पति उसके सौन्दर्य पर मुग्ध एक बालक थे। बालक-स्वभाव के अनुसार ही, उसके पति महोदय जिद्दी और चंचल, कर्तव्य-कर्म के नितान्त अयोग्य और अव्यवस्थित थे, जबकि पत्नी स्वयं दृढ़-बुद्धि और लक्ष्य-परायण थी। इस प्रकार दोनों के स्वभाव-वैषम्य के कारण, पति-पत्नी में कई घटना-प्रधान दुखान्त नाटक हो जाते। नौजवानी में वे दुखान्त नाटक सुखान्त नाटक में भी बदल जाते। लेकिन, ज्यों-ज्यों उम्र बढ़ती गई, भावना कम होती गई और अहंकार की बाढ़ आती गई, त्यों-त्यों परस्पर आकर्षण के अभाव में एक-दूसरे के प्रति कठोरता उत्पन्न होती गई।

माता-पिता के इस झगड़े को कोमल मनवाले छोटे-से बालक रामनारायण ने खूब देखा है। उसने कभी पाया कि उसकी माँ शान से पलंग पर बैठी हुई है और उसके पिता पलंग के नीचे बैठ स्त्री की गोद में मुँह दुबकाए रो-से रहे हैं। कभी उसने देखा कि माँ कह रही है, "तुम्हें अपनी इज्जत का ख़याल नहीं है, घराने का ख़याल नहीं है, चपरासी के साथ गाँजा पीते हो, उस साले ओछे धोबी के घर जाकर शराब पीते हो। तुम्हें अपने घर में शायद कुछ भी नहीं मिलता—खाने को भी नहीं मिलता! इसीलिए कमीनों की सोहबत में रहते हो। उनके यहाँ जाकर खाते हो!"

और पिता ये बातें सुनकर मुसकराकर कह रहे हैं :

"जाति–पाँति पूछै नहिं कोई,
हरि को भजै सो हरि का होई।"

इस पर माँ कहती है, "अरे, तुम क्या हरिभजन करोगे! जाओ, उस रंडी के पास जाकर बैठो!"

और पिताजी ज़ोर से हँस पड़ते हैं और कहते हैं कि सचमुच उन्हें हरि से उतना प्रेम नहीं है जितना ख़ुद से है। और एक ग़ज़ल सुनाने लगते हैं। वह ग़ज़ल क्या थी, रामनारायण को याद नहीं है।

इस तरह की कुछ धुँधली-धुँधली तसवीरें रामनारायण को याद हैं। रामनारायण ने बहुत चाहा था कि ये तमाम बातें वह कृष्णस्वरूप को न बताए लेकिन जब कृष्णस्वरूप रामनारायण की माँ का लाड़ला बन गया, तब रामनारायण ने अपनी उभरती भावना को दबा-दबाकर रुकते-रुकते, उखड़ते-उखड़ते, ये बातें कृष्णस्वरूप से कहीं।

क़िस्सा मुख़्तसर यह है कि पिताजी जायदाद लुटाने लगे और मॉर्फिया का इन्जेकशन लेकर दिन गुज़ारने लगे। माताजी की इच्छा थी कि उन्हें रायबहादुरी का ख़िताब मिले, वे समाज में नाम कमाएँ, बड़े राष्ट्रीय नेता बन जाएँ। और हुआ यह कि वे एक दिन अपनी पत्नी से बुरी तरह झगड़कर एक दूरदराज़ शहर में चले गए, और वहीं एक दिन आकस्मिक कारणों से मृत्यु हो गई।

इधर, पिता की मृत्यु पर, माताजी खूब रोईं-धोईं, लेकिन रामनारायण को लगा कि उनके आँसू बनावटी हैं, दिखावे के हैं। उसने प्रण कर लिया कि वह अपनी माँ से कभी प्यार नहीं करेगा, कि पिता की मृत्यु का कारण स्वयं उसकी (रामनारायण की) माता है।

पिता की मृत्यु होने पर रामनारायण अकेला पड़ गया। इस डर से कि कहीं लड़का पिता की भाँति ही बिगड़ न जाए, माँ ने उस नौकर को छुड़वा दिया जो बालक रामनारायण का रक्षक और सेवक था। इस प्रकार रामनारायण और भी अकेला और अनाथ हो गया।

माता उसे कभी भी यथावत् मातृत्व प्रदान न कर सकीं। उसको ट्यूटर लगाए गए। राजकुमार कॉलेज में भरती किया गया। ज्यों-त्यों उसने कैम्ब्रिज किया। वहाँ के अत्यन्त अनुशासनबद्ध जीवन से तंग आकर वह भाग निकला। कुछेक साल बेकार रहा। फिर बी.ए. की तैयारी करने लगा। लेकिन उसे भी पास नहीं कर सका। शहर-भर घूमना, और किताबें पढ़ना, यही उसका मुख्य व्यवसाय था। माता ने उसका विवाह कर देना चाहा, वह भी उसने नहीं किया। तब तक वह एक ख़ूबसूरत नौजवान था।

लेकिन ज्यों ही वह शहर में घूमने लगा, माता ने जिन-जिन बातों का निषेध करके रखा था, उन-उन बातों को गिन-गिन कर उसने किया।

माता उसे भद्र परिवार के भद्र और सौजन्यपूर्ण पुत्र के रूप में देखना चाहती थी। ठीक इसके विपरीत उसने अपना वेश बना लिया। कपड़ों की उसने परवाह नहीं की— यह बताने के लिए कि वह भद्र परिवार का नहीं है। यह सब लगभग अनजाने ढंग से हुआ (किसी आभ्यन्तर ग्रन्थि ने एक विचित्र प्रकार के मानवतावाद का रूप धारण कर लिया था)। वह भयानक मैले-कुचैलेपन में आनन्द लेने लगा। भद्र परिवारों से उसने फ़ासले खड़े कर लिए। और इन फ़ासलों में उसकी गालियाँ गूँजने लगीं। वह 'कमीनों' के घर जाकर अब गाँजे और चरस का भी दम लगाता और कभी-कभी वहीं पड़ा रहता। उसने इस प्रकार उनसे खूब अच्छा सम्बन्ध बना लिया। धीरे-धीरे उसकी ज़िन्दगी ने एक ढर्रा अख्तियार कर लिया। यहाँ तक कि वह अब निचली जातियों की लड़कियों से सम्बन्ध भी रखने लगा। पैसों की उसके पास कमी नहीं थी। फलतः गाँजा, चरस और स्त्री-सम्बन्ध उसके लिए बहुत मामूली बातें थीं।

इसी बीच वह एक पूजनीय नेता के चक्कर में आ गया। उनका उस पर बहुत प्रभाव पड़ा। चुनावों के दौरान में वह उनका खूब काम करता। अगर वे कांग्रेस न छोड़ते तो वे मुख्यमंत्री होते। उन्हीं के सम्पर्क के कारण, वह बड़े-बड़े नेताओं और साहित्यिकों और सेठों के सम्पर्क में भी आया। निर्भीकता, वाणी की स्वच्छता, भाषा-प्रवाह आदि के फलस्वरूप वह नितान्त उपेक्षणीय नहीं रहा। उन पूजनीय नेता की मृत्यु के बाद (जिसका उसे बहुत धक्का लगा), अनेक पार्टियों के नेताओं ने उसे गूँथना शुरू किया, क्योंकि वही एक ऐसा था जो ग़रीबों की गन्दी बस्ती में महीनों और सालों छिपा रह

सकता था। लेकिन उसकी आलोचनात्मक दृष्टि, जो पहले श्रद्धावान थी, अब वह देखने लगी कि बुजुर्ग नेता एक के बाद एक स्वार्थबद्ध हो चुके हैं। उनमें कुलीनता का वही अभिमान, धन-सत्ता का वही गर्व, दीनहीन के प्रति वही उपेक्षा-भाव, और दम्भ तथा अहंकार के अतिरिक्त, शासन की वही तृष्णा है, जिसका साकार रूप उसे अपनी माँ में दिखाई पड़ता था।

माँ, माँ, माँ! जो भी उसने पुत्र से चाहा, ठीक उसके विपरीत उसके पुत्र ने किया—ठीक उसके विपरीत उसका पुत्र बना। लगातार नशे से और अव्यवस्थित, उत्तेजनापूर्ण और असंयत जीवन से उसका चेहरा बिगड़ गया, आकृति बिगड़ गई, और वह इस बिगाड़ को अच्छा समझने लगा। दाढ़ी बढ़ा ली, जैसे कोई बैरागी हो, शरीर दुर्बल हो गया। और यदि कोई व्यक्ति उसके इस विद्रूप व्यक्तित्व के विरुद्ध मज़ाक़ करता या आलोचना करता तो वह उसका शत्रु हो जाता। माँ ने चाहा कि वह बड़ा आदमी बने, अच्छे ढंग से रहे, समाज में प्रभाव और दवाब रखे, इंग्लैंड से डिग्री लेकर आए, जायदाद बनाए और बढ़ाए, लेकिन लड़का तो बाप से सवाया बनने ही की कोशिश करता रहा।

प्रश्न यह है कि पूँजीवाद के विरुद्ध, धन-सत्ता के विरुद्ध, उसकी अपनी माता के विरुद्ध, उसकी यह प्रतिक्रिया क्या सचमुच सिद्धान्त और आदर्श के अनुसार है? निषेध और निषेध करके वह क्या सचमुच शोषितों का उपकार कर रहा है?

इसी बीच क़िस्सा यों बढ़ता है कि कृष्णस्वरूप को उसकी माँ अच्छी लगती है। कृष्णस्वरूप ने उसे बुढ़ापे में देखा है, जबकि उसकी पुरानी शान और अहंमन्यता का थोड़ा-सा भी लेश नहीं है। उसके पुत्र ने उसे कठोर यातनाएँ दीं। वह माँ अपने पुत्र के रूप और जीवन-चर्या की शिकायत कृष्णस्वरूप से करने लगी, यह सोचकर कि सम्भव है कि कृष्णस्वरूप के प्रभाव से उसका लड़का पटरी पर चलने लगे। उसका दुखपूर्ण मातृ-हृदय कातर होकर कृष्णस्वरूप के सामने अपना रोना रोता। कृष्णस्वरूप को वह दुख सात्विक लगा। उसमें माता की स्वाभाविक चीत्कार और करुण पुकार थी। धीरे-धीरे कृष्णस्वरूप उसकी माता का दुलारा बन गया। और अब जो भी काम वह करना चाहती, करवाना चाहती, वह कृष्णस्वरूप से कहती। और कृष्णस्वरूप उसे सहर्ष करता, दौड़कर करता।

किन्तु यह भी सच है कि कृष्णस्वरूप निःस्वार्थ भाव से ऐसे काम न करता। उसके हृदय में एक लोभ था, लालच था। वह सोचता कि बड़े और धनी आदमियों के समाज में अगर उसका किसी से परिचय है तो उसी बूढ़ी औरत से। इसलिए वह परिचय उसके लिए अत्यन्त महत्त्वपूर्ण है।

कृष्णस्वरूप ग़रीब था। उसे आश्रय की आवश्यकता थी। संकटपूर्ण परिस्थिति हमेशा ही रहती थी। इसलिए उस बूढ़ी औरत को वह माता या देवी के समान मानने लगा। साथ ही, उस बूढ़ी माँ को एक ऐसे आदमी की ज़रूरत थी जो अपनी ज़िम्मेदारी

समझता हो, जो पैसे की वक़त करता हो, जिसे ज़िन्दगी बनाने का शौक हो। संक्षेप में, रामनारायण की माँ कृष्णस्वरूप को अपना मातृ-तुल्य प्रेम और साथ ही सम्मान प्रदान करने लगी। यहाँ उसकी पुरानी धार्मिक दृष्टि भी उसके काम आई। उसकी धार्मिक दृष्टि को देखकर, रामनारायण की माँ उसकी और भी इज्जत करने लगी। इसका नतीजा यह हुआ कि बहुत-सी बातों में रामनारायण की माँ कृष्णस्वरूप पर निर्भर रहने लगी। उसे लगता कि अगर कृष्णस्वरूप जैसा उसका बेटा होता तो कितना अच्छा होता! उसी की सहायता से कृष्णस्वरूप ने, नौकरी करते हुए भी लॉ कर लिया और बाद में एम.ए. भी कर डाला। और क्रमश: वह रामनारायण की माँ की बची-ख़ुची जायदाद भी सँभालने लगा, जायदाद सँभालने के दौरान में कई अफ़सरों से उसका साबिक़ा पड़ा। वैसे भी गम्भीर और कर्तव्य-परायण होने के कारण, उसका प्रभाव अच्छा पड़ता। माँ को तसल्ली हुई कि कृष्णस्वरूप के सहयोग से ही क्यों न सही, उसकी जायदाद बढ़ रही है।

हाँ, यह सही है कि इस जायदाद पर कृष्णस्वरूप की आँख नहीं थी। वह ईमानदारी से काम करके पैसा कमाना चाहता था। जायदाद अपनी आँखों से बढ़ती हुई देखकर रामनारायण की माँ बहुत प्रसन्न थी ही, उसने भी अब कृष्णस्वरूप के जीवन के लिए स्थाई प्रबन्ध करने का प्रयत्न किया।

रामनारायण की माँ, अपने पिता और पति दोनों के सम्बन्ध सूत्रों द्वारा नगर और प्रान्त के बड़े आदमियों से जुड़ी हुई थी। एक बार सक्रिय होने की ही तो बात थी। उसने कोई बात उठा नहीं रखी। आख़िर कृष्णस्वरूप को सेंट्रल गवर्नमेंट की नौकरी दिला ही दी। और वहाँ से बदलकर वह इनकम टैक्स विभाग का एक ऊँचा अधिकारी बन गया।

और, इस प्रकार क्रमश: कृष्णस्वरूप का सारा दारिद्र्य निकल गया। घर भर गया और कुछ पूँजी इकट्ठी हो गई। यहाँ तक कि बहुत-से ठेकेदार लोग अब उससे रुपया उधार लेकर नए काम हाथ में लेने लगे।

कृष्णस्वरूप सामने बैठा है। यह कहानी कहते हुए, बीच-बीच में वह भावना के उद्रेक के कारण हाँफता जाता है, रुक-रुककर कहता है। कन्हैया तन्मय होकर यह कहानी सुनता जाता है।

"अब मुझे बताओ, पूँजीवाद के विरुद्ध, धन-सत्ता के विरुद्ध, अपनी माता के विरुद्ध, रामनारायण की यह प्रतिक्रिया क्या सचमुच सिद्धान्त और आदर्श के अनुसार है? और, कन्हैया, अब तुम यह भी बताओ कि मैं जो पहले अनासक्ति, निष्काम कर्म और आत्म-वश रहने की बात करता था, अद्वैतवाद की बात करता था, तो क्या मेरी इस भौतिक, आर्थिक उन्नति में मेरा व्यक्तिश: अध: पतन नहीं हुआ है? इसका निर्णय तुम करो।

"जब-जब मैं रामनारायण को देखता हूँ, तब-तब मैं अपने आपको ओछा और नीचा पाता हूँ। लेकिन जब उसके बारे में सोचता हूँ तो लगता है कि वह मुझसे भी गया-बीता और निकम्मा है। फ़र्क़ यही है कि उसने अपने गए-बीतेपन और निकम्मेपन पर किसी विरोधशील दार्शनिक धारा का आवरण चढ़ा लिया है। इससे ज़्यादा मुझे उसमें तन्त नहीं दीखता। उसके सब अख़बारनवीस साथी अब या तो बड़े लीडर हो गए हैं और पैसे कमाने की भूमिगत मशीन में फँस गए हैं, या पैसे कमाने की खुली मशीन में मज़े में अड़े हुए हैं। उनमें से आज कई ऊँचे पदों पर हैं। तो बताओ, मेरे प्रश्न का उत्तर दो।"

कन्हैया इस सवाल का क्या जवाब दे! वह शून्य में देखता है। सुनहली किरणों से चमक रही खिड़की की सिल पर बैठी हुई चिड़िया को देखता है, जो दाने चुग रही है।

एकाएक कन्हैया पूछ बैठा, "लेकिन, यार, तुम्हारे यहाँ जब सुबह रामनारायण आया था तो क़ीमती सूट पहने हुए था। हाँ, वह गन्दा ज़रूर था। लेकिन सूट क्यों? उसे तो तुम्हारी कहानी के अनुसार फटे कपड़े पहनने चाहिए थे।"

कृष्णस्वरूप मार्मिक भाव से मुसकराया। उसने कहा, "अब क्या बताऊँ! मेरे यहाँ जान-बूझकर सूट पहनकर आता है। उसका मुझ पर यह आरोप है कि यदि वह दलिद्दर पोशाक में आएगा तो मैं उसे घर के बाहर निकाल दूँगा। मुझे जान-बूझकर चिढ़ाने के लिए वह वैसा कहता है और सूट पहनकर आता है।"

कन्हैया हँस पड़ा। उसके मुँह से अनायास निकल पड़ा, "स्साला बड़ा बदमाश है!"

"परवर्टेड जीनियस", कृष्णस्वरूप ने कुत्सा के भाव से कहा। फिर भी तुरन्त ही जोड़ दिया, "लेकिन, आज मैं जो कुछ हूँ, उसके कारण हूँ, इसीलिए आज भी मैं उससे दबता हूँ, और आगे चलकर न भी दबूँ तब भी दबने का नाट्य करूँगा।" और यह कहकर कृष्णस्वरूप हँस पड़ा।

फिर उठते हुए बोला, "तुमने मेरे सवाल का जवाब नहीं दिया।"

कन्हैया ने एक उसाँस छोड़ी और कहा, "मुझे सोचना पड़ेगा। मेरे ख़याल से तुम दोनों एक ही सिक्के के दो पहलू हो। ख़ैर, जो भी हो, आज रामनारायण ने तुम्हें चिढ़ाने के लिए सूट पहना है, कल वह तुम्हें नीचा दिखाने के लिए अपनी जायदाद ख़ुद सँभालेगा। और तब चक्र पूरा घूम जाएगा। अगले दस साल के बाद मुझे रिपोर्ट देना। समझे!"

कृष्णस्वरूप को विदा करने जब कन्हैया नीचे पहुँचा तब न मालूम क्यों उसने गटर में थूक दिया। क्यों? पता नहीं।

(सम्भावित रचनाकाल 1963-64)

विपात्र

[1]

लम्बे-लम्बे पत्तोंवाली घनी-घनी बड़ी इलायची की झाड़ी के पास जब हम खड़े हो गए तो पीछे से हँसी का ठहाका सुनाई दिया। हमने परवाह नहीं की, यद्यपि उस हँसी में एक हलका उपहास भी था। हम बड़ी इलायची के सफ़ेद पीले, कुछ लम्बे पंखुरियोंवाले फूलों को मुग्ध होकर देखते रहे। मैंने एक पँखुरी तोड़ी और मुँह में डाल ली। उसमें बड़ी इलायची का स्वाद था। मैं खुश हो गया। बड़ी इलायची की झाड़ी की पाँत में हींग की घनी हरी-भरी झाड़ी भी थी और उसके आगे, उसी पाँत में पारिजात खिल रहा था। मेरा साथी बड़ी ही गम्भीरता से प्रत्येक पेड़ के बॉटेनिकल नाम समझाता जा रहा था। लेकिन मेरा दिमाग़ अपनी मस्ती में कहीं और भटक रहा था।

सभी तरफ़ हरियाला अँधेरा और हरियाला, उजाला छाया हुआ था और बीच-बीच में सुनहली चादरें बिछी हुई थीं। अजीब लहरें मेरे मन में दौड़ रही थीं।

मैं अपने साथी को पीछे छोड़ते हुए, एक क्यारी पार कर, कटहल के बड़े पेड़ की छाया के नीचे आ गया और मुग्ध भाव से उसके उभरे रेशेवाले पत्तों पर हाथ फेरने लगा।

उधर, कुछ लोग, सीधे-सीधे ऊँचे-उठे बूढ़े छरहरे बादाम के पेड़ के नीचे गिरे हुए कच्चे बादामों को हाथ से उठा-उठाकर टटोलते जा रहे थे। मैंने उनकी ओर देखा और मुँह फेर लिया। जेब में से दियासलाई निकालकर बीड़ी सुलगाई और उनके बारे में सोचने ही वाला था कि इतने में दूर से एक मोटे सज्जन आते दिखाई दिए। उनके हाथ में फूलों के कई गुच्छे थे। वे विलायती फूल थे, अलग डिजाइनों के, अलग रूप-रंग के, जो गुज़राती स्त्रियों की सादा किन्तु साफ़-सफ़ेद साड़ियों की किनारियों की याद दिलाते थे।

जाने क्यों मुझे लगा कि वे फूल उनके हाथों में शोभा नहीं देते, क्योंकि वे हाथ उन फूलों के योग्य नहीं हैं। मैंने अपनी परीक्षा करनी चाही। आख़िर मैं उनके बारे में ऐसा क्यों

सोचता हूँ? एक ख़याल तैर आया कि वे सज्जन किसी दूसरे की, किसी दूसरे, अपने 'बड़े' की हूबहू नक़ल कर रहे हैं; उन्होंने अपने जाने-अनजाने किसी बड़े आदमी के रास्ते पर चलना मंजूर किया है। उनके हाथ में फूल इसलिए नहीं कि उन्हें वे प्यारे हैं, बल्कि इसलिए कि उनका 'आराध्य व्यक्ति' बाग़वानी का शौक़ीन है और दूर अहाते के पास कहीं वह ख़ुद भी फूलों को डंठलों-सहित चुन रहा है।

वे सज्जन मेरे पास आ जाते हैं। मुझे फूलों का एक गुच्छा देते हैं, कहते हैं, ''कितना ख़ूबसूरत है!''

मैं उनके चेहरे की तरफ़ देखता रह जाता हूँ। तानपूरे पर गानेवाले किसी शास्त्रीय नौजवान संगीतकार की मुझे याद आ जाती है। हाँ, वैसा ही उसका रियाज़ है। लेकिन, काहे का? 'आराध्य' की उपासना का!

अपने ख़याल पर मैं मुसकरा उठता हूँ, और उनके कन्धे पर हाथ रखकर कहता हूँ, ''यार, इन फूलों में मज़ा नहीं आता। एक कप चाय पिलाओ।''

चाय की बात सुनकर वे ठठाकर हँस पड़ते हैं। बहुत सरगरमी से, और प्यार भरकर, अपने सफ़ेद झक कुरते में से एक रुपए का नोट निकालकर मुझे दे देते हैं, ''जाइए, सिंग साहब के साथ पी आइए!''

मैं खुशी से उछल पड़ता हूँ। वे आगे बढ़ जाते हैं। मैं पीछे से चिल्लाकर कहता हूँ, ''राव साहब की जय हो!''

मैं सोचता था, मेरी आवाज़ बग़ीचे में दूर-दूर तक जाएगी। लेकिन लोग अपने में डूबे हुए थे। सिर्फ़ सिंह साहब हींग की झाड़ी से एक पत्ता मुझे लाकर दे रहा था।

मैंन कहा, ''सिंग साहब, तुम्हारा हेमिंग्वे मर गया।''

जगत सिंह स्तब्ध हो गया। वह कुछ नहीं कह सका। उसने सिर्फ़ इतना ही पूछा, ''कहाँ पढ़ा? कब मरा?''

मैंने उसे हेमिंग्वे की मृत्यु की पूरी परिस्थिति समझाई। समझाते-समझाते मुझे भी दु:ख होने लगा। मैंने कहा, ''जान-बूझकर उसने किया ऐसा।''

जगत सिंह ने, जिसे हम सिंग साहब कहते थे, पूछा, ''बन्दूक़ उसने ख़ुद अपने-आप पर चला ली?''

मैंने कहा, ''नहीं, वह चल गई और फट पड़ी। मृत्यु आकस्मिक हुई।''

जगत सिंह ने कहा, ''अजीब बात है!''

मैं आगे चलने लगा। मेरे मुँह से बात झरने लगी! ''हेमिंग्वे कई दिनों से चुप और उदास था। सम्भव है अपनी 'आत्महत्या' के बारे में सोचता रहा हो, यद्यपि उसकी मृत्यु हुई आकस्मिक कारणों से ही।''

मेरे सामने एक लेखक-कलाकार की संवेदनाओं के, उसके जीवन के, स्वकल्पित चित्र तैरते जा रहे थे। इतने में मैंने देखा कि बग़ीचे के अहाते के पश्चिमी छोर पर खड़े

हुए टूटे फ़व्वारे के पासवाली क्यारी के पास से राव साहब गुज़र रहे हैं। उनकी श्वेत धोती शरद् के आतप में झलमला रही है...कि इतने में वहाँ से घबराई हुई लेकिन संयमित आवाज़ आती है, ''साँप-साँप!''

मैं और जगत सिंह ठिठक जाते हैं। मुझे लगता है कि जैसे अपशकुन हुआ हो। सब लोग एक उत्तेजना में उधर निकल पड़ते हैं। आम में पेड़ों के जमघट में खड़े एक बूढ़े युक्लिप्टस के पेड़ की ओट, हाथ-भर का मोटा साँप लहराता हुआ भागा जा रहा था।

मैं स्तब्ध-मुग्ध रह गया। क्या मस्त, लहराती हुई चाल थी! बिलकुल काला, लेकिन साँवली-पीली डिज़ाइनों वाला! नौजवान माली हाथ में डंडा लेकर खड़ा था। उस पर वार नहीं कर रहा था। सबने कहा, ''मारो, मारो।'' लेकिन वह अड़ा रहा।

''मैं नहीं मारूँगा साहब। यह यहाँ का देवता है। रखवाली करता है।''

इतने में हमारे बीच खड़े हुए एक नौजवान ने उसके हाथ से डंडा छीन लिया। लेकिन तब तक साँप झाड़ियों में ग़ायब हो चुका था।

एक विफलता और प्रतिक्रियाहीनता का भाव हम सबमें छा गया। साँप के क़िस्से चलने लगे। वह करेट था या कोबरा! वह पनियल था या अजगर! हमारे यहाँ का जुओलॉजिस्ट ज़्यादा नहीं जानता था। लेकिन हमारे डायरेक्टर साहब लगातार बताते जा रहे थे। आश्चर्य की बात है कि साँप सरदी के मौसम में निकला, ज़्यादातर वे बरसात और गरमी के मौसम में निकलते हैं। मैं और जगत सिंह उस भीड़ से हट गए और क्यारियों के बीच बनी हुई पगडंडियों पर चलने लगे। मैंने जगत सिंह से कहा, ''लोग बातों में लगे हैं। जल्दी निकल चलो। नहीं तो वे जाने नहीं देंगे।''

हमको मालूम नहीं था कि हमारे पीछे ज़रा दूरी पर राव साहब चल रहे हैं। उन्होंने वहीं से कहा, ''हाँ...हाँ, जल्दी निकल जाओ। नहीं तो, लोग अटका देंगे।'' वे हँस पड़े। उनकी हँसी में भी हमने हलके-से व्यंग्य की गूँज सुनी।

अब वे हमारे बराबर-बराबर आए और कहने लगे, ''साँप के बारे में तो सब लोग बात कर रहे हैं। कोई मुझे नहीं पूछता कि आख़िर मैंने उसे कैसे देखा, वह कैसे निकला, कैसे भागा।'' यह कहकर वे अपने पर ही हँसने लगे।

मैंने कहा, ''शायद माली ने उसे पहले-पहल देखा था। क्या यह सच है कि नाग यहाँ की रखवाली करता है?''

''कहते हैं कि इस बग़ीचे में कहीं धन गड़ा हुआ है और आज के मालिक के परदादे की आत्मा नाग बनकर उस धन की रखवाली करने यहाँ घूमा करती है। इसलिए, माली ने उसे मारा नहीं।''

जगत ने कहा, ''अजीब अन्धविश्वास है!''

इस बीच हम गुलाब की फूलों-लदी बेल से छाए हुए कुंजद्वार से निकलकर लुकाट के पेड़ के पास आ गए। उधर, अमरक का घना पेड़ खड़ा हुआ था। बग़ीचा सचमुच महक रहा था। फूलों से लदा था। बहार में आया था। एक आम के नीचे डायरेक्टर साहब के आस-पास बहुत से लोग खड़े हुए थे, जिनके सिर पर आम की डालियाँ छाया कर रही थीं। सब ओर रोमैंटिक वातावरण छाया हुआ था।

मैंने अपने-आपसे कहा, 'क्या फूल-पेड़ महक रहे हैं! बग़ीचा लहक उठा है।'...

"कुत्ते मारकर डाले हैं पेड़ों की जड़ों में।" यह राव साहब थे।

मैं विस्मित हो उठा। जगत स्तब्ध हो गया।

मेरे मुँह से सिर्फ़ इतना फूटा, "ऐसा!"

लेकिन जगत ने कहा, "नाग को छोड़ देते हो और कुत्तों को मार डालते हो!"

राव साहब ने हँसते हुए कहा, "कुत्ते जनता हैं। नाग तो देवता हैं, अधिकारी हैं!"

कहकर राव साहब ने मुझे देखा। लेकिन, मेरा मुँह पीला पड़ चुका था। असल में उस आशय के वे मेरे शब्द थे, जिसका प्रयोग किसी दिन मैंने किया था। उसका सन्दर्भ जगत नहीं समझ सका।

मैं तेज़ी से क़दम बढ़ाकर फ़ाटक की ओर जाने लगा। मैंने जगत से कहा, "एक बार मुझे बॉस पर गुस्सा आ गया था। शायद तुम भी तो थे उस वक़्त! जब दरबार बरख़ास्त हुआ तब बॉस की आलोचना करते हुए मैंने कहा कि ये लोग जनता को कुत्ता समझते हैं! राव साहब मेरे उसी वाक्य की ओर इशारा कर रहे थे।"

जगत मेरे दुःख को समझ नहीं सका। लेकिन मेरे रुख़ को और बॉस के रुख़ को, बहुत-से मामलों में जैसा कि दिखाई दिया करता था, खूब समझता था। उसने सिर्फ़ यही कहा, "राव साहब से बचकर रहना, कहीं तुम्हें गड्ढे में न गिरा दें।"

[2]

जगत के मन में राव साहब के सम्बन्ध में जो गुत्थी थी उसे मैं खूब समझता था। दोनों आदमी दुनिया के दो सिरों पर खड़े होकर एक-दूसरे को टोकते नज़र आ रहे थे। दोनों एक-दूसरे को अगर बुरा नहीं तो सिरफिरा ज़रूर समझते थे। अगर मन-ही-मन दी जानेवाली गालियों की छानबीन की जाए तो पता चलेगा कि राव साहब जगत को आधा पागल या दिमाग़ी फ़ितूर रखनेवाला ख़ब्ती ज़रूर समझते थे। इसके एवज़ में जगत राव साहब को कुंजी रट-रटकर एम.ए. पास करनेवाला कोई गँवार मिडिलची मानता था। राव साहब जगत के हेंमिंग्वे, फ़ॉकनर और फ़र्राटेदार अँगरेज़ी को अच्छी नज़रों से नहीं देखते थे और उधर जगत राव साहब की गम्भीरता, अनुशासनप्रियता, श्रम करने की अपूर्व शक्ति और धैर्य के सामने पराजित हो गया था। राव साहब जब देखते कि विभिन्न नगरों से हर माह आनेवाले पुस्तकों के बंडल उठाते वक़्त जगत का

चेहरा बाग़-बाग़ हो रहा है, तो वे ख़ुद अपने ऑफ़िस की टेबिल से उठकर दो गिलौरियाँ मुँह में डालते हुए इस तरह मुसकरा उठते मानो उन्होंने किसी बेवकूफ़ को कृपापूर्वक क्षमा कर दिया है। तब वे व्यंग्य-स्मित द्वारा अपने हृदय का समाधान कर लिया करते। और जब 'स्पैन' या 'न्यूज़वीक' के अंक जगत के नाम से आते तो वे केवल इस अप्रिय तथ्य को अपने लिए मूल्यहीन समझ, उन्हें अपने टेबिल की दूसरी ओर फेंक देते। यह नहीं कि उन्हें अमरीका से किसी भी प्रकार की कोई दुश्मनी थी, वरन् यह कि वे इस बात को मानने के लिए तैयार नहीं थे कि नैस्फ़ील्ड ग्रामर और मेयर ऑफ कैस्टर ब्रिज से आगे भी कोई और चीज़ हो सकती है।

ज्ञान, उनके लेखे, अगर मोक्ष का साधन नहीं है, मुक्ति का सोपान नहीं है, तो निस्सन्देह वह किसी भौतिक लक्ष्य की पूर्ति का ही एक साधन होना चाहिए—उसी प्रकार जैसे लकड़ी से कुत्ते को मार भगाया जा सकता है, या सँड़सी से जलती सिगड़ी पर से तवा नीचे उतारा जा सकता है, या कन्सेशन का रेल-टिकिट ख़रीदकर कश्मीर जाया जा सकता है। संक्षेप में, जो व्यक्ति ज्ञान की उपलब्धि का सौभाग्य प्राप्त करके भी यदि अपने जीवन में असफल रहा आया, अर्थात् कीर्ति, प्रतिष्ठा और ऊँचा पद न प्राप्त कर सका तो उस व्यक्ति को सिरफिरा या दिमाग़ी फ़ितूरवाला नहीं तो और क्या कहा जाएगा! अधिक-से-अधिक वह तिरस्करणीय, और कम-से-कम वह दयनीय है—उपेक्षणीय भले ही न हो।

राव साहब इस वक़्त जिस सीढ़ी पर हैं उसकी अगली सीढ़ी का नक़्शा बराबर ध्यान में रखते थे। उस अगली सीढ़ी पर चढ़ने की तरक़ीबें भी जानते थे और अपना मुँह हमेशा उसी तरफ़ रखते। वे सिर्फ़ मौजूदा ज़रूरत के लायक पढ़ लिया करते। सामाजिक वार्तालाप में पिछड़ जाने के भय पर विजय प्राप्त करने के लिए वे दो-चार अख़बार भी रोज़ देख लिया करते। प्रायः चुप रहते और खूब मेहनत करते। महाकाव्य के धीरोदात्त नायक की भाँति ही धर्म, बुद्धि, कर्तव्यपरायणता और दयाशीलता की सुशिल्पित मूर्ति थे। लेकिन, काम पड़ने पर, अवसर के अनुसार पवित्र नियमों से इधर-उधर हटकर भी अपना मतलब साध ही लेते।

इसीलिए, उनके लेखे जगत मूर्ख था। वह खूब पढ़ता। अकेले अँधेरे में पड़ा रहता। बाहर कम निकलता। बाहर की दुनिया में वह अजनबी महसूस करता। मानसिक रूप से वह कैलिफ़ोर्निया या हॉर्वर्ड यूनिवर्सिटियों के इलाक़ों में घूमता। अमरीकी साहित्य में वह सचमुच रम चुका था, उसी तरह जैसे शक्कर में गुलाब की पंखुरियाँ, जिनसे गुलकंद बनता है। यह कोई ग़लत बात नहीं थी। कार्ल सैंडबर्ग इत्यादि प्रसिद्ध लेखकों के साहित्य ने उसे जीवन-स्वप्न प्रदान किए थे। वह एक भावुक स्वप्नशील व्यक्ति की भाँति उन बातों के अनुसार आचरण और जीवन बनाता जाता था। किन्तु वह यह भूल जाता था कि उन बातों ने जो साहित्य में प्रकट हुईं, उनके 'कर्ताओं' को कुछ नहीं दिया।

जिसने दिया, वह थी 'उनकी रचना' न कि उस रचना का सत्य...रचना का यथार्थ! जगत विद्वान् था लेकिन लेखक नहीं था। सिर्फ़ सच्चाई आदमी को कुछ नहीं दे पाती, सच्चाई को सामने लाने के लिए भी ज़ोर और ताक़त की ज़रूरत होती है। ऐसी सच्चाई जो आदमी में ज़ोर पैदा नहीं कर पाती, वह सिर्फ़ जानकारी बनकर रह जाती है। जगत को सच्चाई सिर्फ़ सपना दे जाती थी, और लेखक न होने के कारण तथा कार्यकर्ता न होने के कारण, या क्रियाशक्ति न होने के कारण, वह उन सपनों में डूबकर निस्संग, अन्तर्मुख जीवन व्यतीत करता था। कम-से-कम आज तो जगत की यही हालत थी। यह हो सकता है कि चन्द रोज़ बाद वह सुधर जाए, जिसकी सम्भावना पर किसी के लिए भी सन्देह की गुंजाइश नहीं।

उसके इस एकान्तप्रिय जीवन से हमारे यहाँ कोई खुश नहीं था। लोग समझते कि वह बन रहा है, कि अपने को दूसरों से बड़ा समझने की उसकी आदत है, कि हम सब देहाती हैं और वह ख़ास हॉर्वर्ड या ऑक्सफ़ोर्ड से डॉक्टरेट लेकर यहाँ चला आया है। पहले-पहल लोग उसकी स्वच्छ, अस्खलित अँगरेज़ी भाषा-प्रवाह से दबते और घबराते। कुछ लोग, जैसे राव साहब, अब भी आतंकित रहते। किन्तु बाक़ी के लोग, जो ख़ुद डिग्रीवाले थे, उसकी अँगरेज़ी के कारण उसे या तो तावबाज, या देश-काल स्थिति को ध्यान में न रखकर बात करनेवाला बेवकूफ़ समझते। अगर वह सचमुच अमरीका से ऊँची डिग्री लेकर लौट आता तो, सम्भव है, लोग उसके रोब में रहते; लेकिन वह तो जा ही नहीं पा रहा था। उसके सामने अमरीका जाने की थाली भी परसी गई थी; लेकिन अपने माता-पिता (जो धनी तो थे किन्तु थे बहुत अव्यावहारिक) के कहने से और (उसका दुर्भाग्यपूर्ण 'विवाह-संस्कार' भी हो चुका था) अन्य कई झमेलों के आड़े आने से वह नहीं जा सका था। वह ग़रीब नहीं था। ऑक्सफ़ोर्ड या हॉर्वर्ड ख़ुद अपने पैसों से जा सकता था। वह वहाँ जाने और 'बस जाने' की इच्छा करता था; किन्तु उस इच्छा की पूर्ति के पूर्व घर के झमेलों से निपटने की कला उसके पास नहीं थी, असल में वह बच्चा था। ज़िन्दगी का उसके पास तजुर्बा नहीं था। दुर्भाग्य की बात यह थी कि रूढ़िवादी घराने में विवाहित होने के झमेलों की एक लम्बी दास्तान ने उसकी ज़िन्दगी का रस निचोड़ लिया था। इस प्रकार अपनी नौजवानी में ही उसके चेहरे पर असफलता की राख और विरक्ति की धूल का लेप लग गया था। किन्तु इसके विपरीत वह मानसिक लीला में डूबा रहता।...वह सैनफ्रांसिस्को के किसी कॉलेज में वाल्ट ह्विटमैन पर भाषण कर रहा है। सारे हॉल में श्रोताओं के झुंड-ही-झुंड दिखाई देते हैं।...उनमें एक संवेदनशील लड़की भी...जो किसी दूसरी या तीसरी बेंच पर बैठी है। वह उसकी ओर खिंच रही है।...भाषण समाप्त। परिचय। वैचारिक आदान-प्रदान, फिर 'ब्ल्यू मून रेस्तराँ'। दोनों एक-दूसरे की सूरत देखना चाहते हैं, आँखें चुराकर वहाँ वह भारत के सम्बन्ध में पूछती है। वह झेंपते हुए, और बाद में खुलकर, अपना ज्ञान पहले प्रदर्शित और फिर समर्पित करता है।...दोनों का प्रेम हो जाता है, वे विवाहित होते हैं। दोनों

अध्यापक हैं...अथवा इनमें से एक कोई पत्रकार है! वे सरल स्वच्छन्द उत्साहपूर्ण जीवन व्यतीत करते हैं...फिर वह अपनी 'उस स्त्री' को भारत लाता है—उसका नाम रख लीजिए इरीना! इरीना और वह, ताज़ी-ताज़ी हवा खाते हुए दिल्ली जाते हैं। वहाँ से ट्रेन पकड़कर अपने घर-नगर।...अहाता, दरवाज़ा, घर, कमरा—साँवला सूनापन! दो आकृतियाँ—माता-पिता! दोनों आगन्तुक आँसू बरसाते हुए उनके पैर छूते हैं...स्वप्न टूट जाता है और जगत के मन में अचानक सवाल पैदा होता है—क्या इरीना भी उसके माता-पिता के पैर छुएगी?

राव साहब इन सब बातों को नहीं जानते हैं। अगर जगत अपनी विशाल ज्ञानराशि के द्वारा कोई ठोस बड़ी चीज़ हासिल करता है, जिनसे चारों ओर सम्मान और ऊँची स्थिति तथा धन प्राप्त होता, तो वे नि:सन्देह उसकी सफलता पर श्रद्धांजलि चढ़ाते और पीठ-पीछे बुराई करते। लेकिन ज़िन्दगी में ऊँची सीढ़ी प्राप्त न करने के कारण, और उससे जुड़े हुए दूसरे कारणों से, मनुष्य को जो एक दुर्दशाग्रस्त स्थिति प्राप्त होती है वह उसकी कमज़ोर नस है। सभ्यता और शील के कारण अपने व्यक्तित्व के झूठे प्रतिबिम्ब गिराते हुए जो लोग उसकी दुर्दशाग्रस्त स्थिति से सहानुभूति प्रदर्शित तो करते हैं किन्तु सही-सही मूल्यांकन न करते हुए, हेय या नीचा समझते हैं—ऐसे वे लोग, अपनी इस अवहेलना के भाव को हज़ार यत्न करने पर भी नहीं छिपा सकते, उसके प्रति जिसके माथे पर असफलता की धूल लगी हुई है।

मेरे व्यक्तिगत इतिहास का यह एक सबसे विचित्र रहस्य है कि मुझे अपने जीवन में ऐसे ही लोग प्राप्त हुए, जो किसी-न-किसी प्रकार से आहत थे। इन आहतों को पहचानने में मुझे भी तकलीफ़ होती। आहतों का भी अपना एक अहंकार होता है जिसे मैं खूब पहचानता था और अहंकार बहुत आप्लावित और दृढ़ होता है। वह उस आवेग-उच्छल कबन्ध के समान है जो सिर कट जाने के बाद रणक्षेत्र में खून के फ़व्वारे छोड़ते हुए लड़ता रहता है। उसमें मात्र आवेग की ही गति होती है, लेकिन 'सिर' न होने के सबब वह शून्य में ही चारों ओर तलवार भाँजता रहता है और अन्तत:...! क्या जगत वैसा ही है? मेरा ख़याल है, वह ऐसा हो भी सकता है; वह ऐसा नहीं भी हो सकता है।

दूसरी ओर, राव साहब किसी विश्व-विख्यात, विश्व-पूजित स्तूप के चपटे तल पर, हाँ, किसी प्राचीन गौरव-स्तूप पर, कोई चाय-पार्टी जमा रहे थे, अभिमान सहित शालीनतापूर्वक, नम्रता और गौरव के साथ, लोगों का अभिवादन करते हुए, एक-एक टुकड़ा और सैंडविच खाने का अनुरोध कर रहे थे। उनके गदबदे और पृथुल शरीर के श्यामल मुखमंडल पर प्राचीन गौरव की सम्मानपूर्ण आभा के साथ ही, स्वयं के प्रति गहरा सन्तोष व्यक्त हो रहा था।

मैं इन दोनों को इसी रूप में अपनी आँखों के सामने पाता हूँ। जगत नि:सन्देह बेवकूफ़ था, लेकिन वह इसलिए बेवकूफ़ नहीं था कि उसके पास यूरोपीय साहित्य का ज्ञान था। यह सच है कि न हम, न हमारा शहर, न हमारा प्रान्त, उसके ज्ञान का

उपयोग कर पाता था, न उसका मूल्य समझता था। लेकिन, इसमें जगत का स्वयं का दोष नहीं था। यदि वह ऐसा ज्ञान रखता है और उस ज्ञान में रमा रहता है, जिसका हम मूल्य नहीं समझते या जिसे प्राप्त करने की हममें इच्छा नहीं है, तो हमारे लेखे वह ज्ञान, जो निरर्थक है, उससे निर्मित और विकसित व्यक्तित्व को हम आदर प्रदान न भी करें, उपेक्षा ही हमसे बन पाए, लेकिन उस पर दया तो न दिखावें। सच बात तो यह है कि उनके अर्थात् हम नागरिकों के लेखे, जगत की भारी भूल यह थी कि वह उनके समान नहीं था, उनके ढाँचे में जमता नहीं था, और ऐसे 'निरर्थक ज्ञान' में व्यर्थ ही डूबा रहता था जिससे फ़िजूल ही वक़्त बरबाद होता है, ऊँचा ओहदा नहीं मिल पाता और, उनके लेखे, ज़िन्दगी अकारथ होकर बरबाद हो जाती है!

जगत बेवकूफ़ इसलिए था कि वह 'कैरियर' नहीं बना सकता था (थाली में परसे लड्डू को उठाने की भाँति, भले ही वह ऑक्सफ़ोर्ड या हार्वर्ड से डिग्री ले आए), लेकिन उसके बारे में सोचा अवश्य करता था। उसमें सामाजिक क्षेत्र में घुसने और पैठने की शक्ति बिलकुल नहीं थी। उसे विभिन्न प्रकार के, विभिन्न स्वभाव और विभिन्न व्यक्तिगत इतिहास रखनेवाले लोगों का अनुभव नहीं था। वह अभी बच्चा था। उसकी उम्र तेईस-चौबीस साल की थी। उसके दिल और तजुर्बे की खाल अभी मजबूत नहीं थी। वह अब तक, 'मनुष्यता' पर सहज विश्वास कर जाता और उसे मालूम भी नहीं हो पाता कि आख़िर लोग उस पर क्यों हँस रहे हैं।

जगत में बड़ी-बड़ी ख़ामियाँ थीं जिनमें से एक यह भी थी कि उसके अन्तःकरण में, सादा लेकिन नफ़ीस और क़ीमती पोशाक पहननेवाले उन गम्भीर मुद्राओं के प्रोफ़ेसरों और अध्यापकों के प्रति रोब का आकर्षण था, जिनकी कॉलर में उच्चतर ज्ञान के हीरे-मोती टँके हुए थे, जो यूनिवर्सिटी और कॉलेजों की बड़ी बिल्डिंगों के कॉरिडोरों और कमरों में घूमते रहते हैं।...यह बिलकुल सही है कि हमारे यहाँ धन ही वह सुविधा उत्पन्न करता है, जिसके आधार पर लोग ऊँचा ज्ञान प्राप्त करते हैं और बड़ी सफ़ाई के साथ 'ऊँची बातचीत' करते हैं। लेकिन ज्ञान के आलोक को धन के आलोक में मिला करके, और फिर ज्ञान की उद्दीप्त मनोमूर्ति खड़ी करके, देखने में अपनी बौनी परिस्थितियों और उन परिस्थितियों में घूमनेवाले लोगों से अजीब फ़ासले पैदा हो जाते हैं।

जगत अपने बचपन में ईसाई कॉनवेंट स्कूलों में पढ़ा था। इसीलिए उसकी अँगरेज़ी बड़ी सरल और स्वाभाविक हो गई थी। उसने ईसाइयत के उत्तमोत्तम नैतिक गुणों को आत्मसात् करना चाहा था और और साथ ही उन्हें अपनी निज की भारतीय संस्कृति से मिला लिया था। 'सर्मन ऑफ़ द माउंट' से लेकर 'पृथ्वी सूक्त' तक में वह रस लेता था।

जगत बेवकूफ़ इसलिए भी था कि अमरीकी जनता की महान् उपलब्धियों को अमरीकी सरकार और उसकी विशेष नीति से मिलाकर देखता था। परिणामतः, जब डलेस कोई ग़लती करता, या आइज़नहॉवर कुछ गड़बड़ कर जाता तो उसे अपार दुःख

होता। उसके पास कोई राजनीतिक दृष्टिकोण नहीं था और उस अभाव के रिक्त स्थान पर अमरीका और यूरोप तथा भारत के भयानक दक्षिणपंथी राजनीतिज्ञ उसके हृदय में आसन जमाए बैठे थे। यहाँ तक कि बम्बई में अमरीका के भारतीय दोस्तों ने जितना काम किया वह काम आधे दिल से किया होगा। वह साम्यवाद से और रूस-चीन से भयानक दुश्मनी रखता था और वह इस सम्भावना से भी डरता रहता था कि कहीं ऐसा न हो कि अमरीका से पहले रूस चाँद पर पहुँच जाए!

हमारे बॉस जगत के इस राजनीतिक रुख़ से बहुत खुश थे। लेकिन, वे जनता से डरते थे। क्योंकि अमरीकापरस्ती, जनता में, न केवल लोकप्रिय नहीं थी, वरन् सामने का पानवाला और उसके आस-पासवाले गन्दे और बौने होटल में बैठे हुए मैले-कुचैले लोग भी अमरीका को गाली देते थे। अमरीका पर किसी का विश्वास नहीं था।

इस भावना को जगत भी जानता था। इसलिए उड़ते-उड़ते ही वह मुझसे राजनीतिक बातचीत करता। और उस बातचीत के दौरान, भारतीय अख़बारों में प्रकाशित समाचारों का एक ढाँचा बनाते हुए लेकिन कोई आलोचना न करते हुए, मैं उसकी बात का खंडन कर देता था—किसी विरोधी तथ्य पर उसका ध्यान खींच लाता। यही कारण थे कि क्रमशः उसकी ज्ञान-ग्राही बुद्धि मेरी अवहेलना न कर सकी, और मेरी ओर खिंचती चली गई। इसका श्रेय मैं अवश्य लूँगा कि मैंने उसे किसी भी देश के शासक और जनता—इन दो के बीच की एकता और मित्रता पहचानने की युक्तियाँ बताईं। इसमें एक निश्चित ख़तरा भी था कि मैं और वह आपस में टकरा जाते।

व्यक्तित्वों की टकराहट बहुत बुरी होती है; जहर पचने से फैलता है, कीचड़ उछालने से। उछालनेवाले के और झेलनेवाले के दोनों के चेहरे बदसूरत हो जाते हैं। मैं हमेशा दो प्रकार के परस्पर-विरोधों में भेद करता आया हूँ। एक वे जो सही हैं—जहाँ वे तेज़ होते रहने चाहिए; और एक वे जो ग़लत हैं—जहाँ वे होने ही नहीं चाहिए। जैसे राजनीति में वैसे ही मानव-सम्बन्धों के क्षेत्र में भी, हमें सही विरोधों को, उनके सही-सही अनुपात में, सही-सही जगह, और सही-सही ढंग से, ज़रूर बनाए रखना चाहिए—यहाँ तक कि तेज़ करना चाहिए। वहाँ झुकने की ज़रूरत नहीं है। लेकिन, कुछ ऐसे परस्पर विरोध होते हैं जो हमारी नासमझी, कम-समझी अथवा क्षुद्र अहंमूलक स्वार्थ से उत्पन्न होते हैं। मानव-सम्बन्ध उलझ इसीलिए जाते हैं कि हम ग़लत जगह झगड़ा कर लेते हैं और ग़लत जगह झुक जाते हैं।

अगर कोई दूसरा शहर होता तो शायद जगत की और मेरी, यदि परिचय होता तो भी, पट नहीं सकती थी; जम नहीं सकती थी। लेकिन, परिस्थिति दोनों को एक साथ ले आई। मैं लोगों में उठता-बैठता। उनसे फ़िज़ूल टकराने की कोशिश न करता और सारे समाज में रहकर भी एक अत्यन्त तीव्र निस्संगता और अजनबी महसूस करता। लगभग दो वर्षों के क्रमशः बढ़ते हुए प्रारम्भिक परिचय के अनन्तर मैंने जगत की आपेक्षिक निकटता प्राप्त की। और ज्यों ही हमने एक-दूसरे से सामीप्य अनुभव किया

और हम साथ रहने लगे, लोगों की नज़रों में भी आ गए और अखरने लगे, इस तरह कि मानो हममें से कोई-न-कोई व्यक्ति आपत्तिजनक हो और दूसरे को अपनी सोहबत से बिगाड़ रहा हो।

एक बात साफ़ है कि हमें उस महफ़िल में मज़ा नहीं आता था, जिसमें विविध प्रकार के भोजनीय पदार्थों से लेकर कैंसर और ल्यूकीमिया तक, तथा भूतों से लेकर कम्यूनिस्टों तक की चर्चाएँ होतीं। ये महफ़िलें, जो शाम के पाँच बजे से लेकर रात के बारह-एक तक चलती रहतीं, उस अभाव का परिणाम थीं जिसे अकेलापन कहते हैं। हम जो यहाँ बीस थे, वे, चाहे परिवार में ही क्यों न रहें, अपने को अकेला, किसी शाखा से कटा हुआ और अधूरा महसूस करते थे और अपने अकेलेपन की वेदना से भागने के लिए, वक़्त काटने की एक तरक़ीब के तौर पर, सामूहिक भोजन, सामूहिक पार्टी, गपबाजी, महफ़िलबाजी का आसरा लिया करते। लोग भले ही उसका मज़ा लिया करें, मैं ऐसी बेढंगी, बे-जोड़ और बे-मेल सोसाइटी में फँसकर बड़ी घुटन महसूस करता। वही हाल जगत का भी था। फ़र्क़ यही था कि मुझे इस तरह अकेलेपन से भागने और वक़्त काटने की इच्छा नहीं रहती थी, न जगत को ही रहती थी। इसलिए, हम लोग 'अनसोशल' कहलाते। क्लब की ज़िन्दगी अगर सामाजिकता का लक्षण है तो मैं ऐसी सामाजिकता से बाज आया।

लोगों को ताज्जुब होता कि आख़िर हम अपना वक़्त कैसे काटते हैं। और, जब उन्होंने यह देखा कि ब्रिज, साँपों और भूतों की चर्चा, एक-दूसरे की टाँग खींचने की होड़ और राजनीतिक गप की बजाय हम घूमने के लिए निकल जाते हैं, और कभी हेमिंग्वे या डिकेन्स अथवा एड्ना विंसेन्ट मिले की चर्चा करते हैं, तो उन्होंने अपनी नाराज़गी ज़ाहिर की। एक बार जब हम तरह-तरह की चर्चाओं में विलीन रात को आठ बजे घर लौटने की बजाय साढ़े नौ बजे के क़रीब लौटे तो एक ने कहा, ''क्यों भई! जानते नहीं, भले आदमी रात में नहीं घूमा करते।''

और, हम ताज़्जुब करने लगे कि आख़िर ये ऊँची डिग्रियोंवाले लोग जिन्होंने बड़ी उपाधियाँ प्राप्त की हैं, इतने जड़ और मूर्ख क्यों हैं।

[3]

दुबले ऊँचे इकहरे बादाम के पेड़ के नीचे अपने साथियों को झुका हुआ देखकर मैं समझ गया कि उनकी आँखें हरे-कच्चे बादामों को खोज रही हैं, जो या तो आसपास की क्यारियों की काली मिट्टी में जम गए, या क्यारियों के बीचोबीच जानेवाली खुशनुमा पगडंडी पर गिर पड़े हैं। बादाम के पेड़ के आगे पूरब-दक्षिण की तरफ़ ऊँची भूरी-भूरी दीवारें दिखाई दे रही हैं। उसकी इस तरफ़ और बादाम के पेड़ की उस तरफ़ मटर और टमाटर की हरियाली फैली हुई है और मैंने देखा कि कुछ लोग वहाँ भी पहुँच

गए हैं। उधर बग़ीचे के दक्षिण की तरफ़ जो मुँडेर है उसके नीचे लाल कन्हेर की झाड़ियों के आगे दूर तक तालाब लहरा रहा है, जिसकी मटमैली नीली लहरें, सूरज की किरनों को वापस फेंक रही हैं, और इस तरह चाँदी और काँच के चमचमाते टुकड़ों की धारधार चमक पैदा कर रही हैं। तालाब के उस पार आम के दरख्तों के नीचे कोई साइकिल पर तेज़ चला जा रहा है। एक मन हुआ कि आख़िर हम अपने साथियों के पास बादाम के पेड़ के नीचे क्यों न पहुँच जाएँ और कुछ मटर जेब में भर लें। लेकिन फिर सोचा कि फिर वे लोग हमारा पिंड नहीं छोड़ेंगे। यह ख़याल मेरे और जगतसिंह के मन में एक साथ आया। मैंने उससे कहा, ''चलो, जल्दी चलो, नहीं तो अटक जाएँगे।''

यह बात हमारे मुँह से निकली ही थी कि पीछे से एक चोर-आवाज़ आई, ''ऐसी भी क्या बात है, हम भी तो चल रहे हैं!''

तबीयत तो हुई, पीछे घूमकर न देखें, लेकिन हम जानते थे कि मोटे तल्लों के बूट हमारा पीछा नहीं छोड़ेंगे। बोगनविला के फूलों से लदे हुए मेहराबवाले बग़ीचे के फ़ाटक तक पहुँचते ही उसने हमें पकड़ लिया और जगत की पीठ पर धाप पड़ गई। एक गोरा सुनहरा चेहरा हमें चिढ़ाता हुआ बोल उठा, ''बॉस तुम्हें बुला रहे हैं!''

शायद नवागन्तुक ने मेरी आँखों में क्रोध और घृणा की चिनगारी देखी होगी। तभी उसने एक साँस में कह डाला, ''मैं कुछ नहीं कह रहा हूँ। मैं तो तुम्हें चाय पिलाना चाहता हूँ।''

हम लोग चुपचाप बाहर निकल गए। और पता नहीं क्यों हममें एक चुप्पी, एक फ़ासला और साथ-ही-साथ अपने-अपने अकेलेपन का घेराव बढ़ता गया। मशीन के पहियों की भाँति हमारे पैर दाहिनी ओर मुड़ गए जहाँ से रास्ता तालाब के किनारे-किनारे आम के दरख्तों के नीचे से चला जा रहा था।

ज्यों ही हम बीस गज आगे बढ़े होंगे, हमारे सुनहले चेहरेवाले साथी ने कहा, ''यार, नीचे उतर के चलें।''

अचानक टोके जाने से झुँझलाकर मैं स्तब्ध-सा रुका। मैंने जगत की ओर देखा। वह कटी डाल-सा निजत्वहीन और शिथिल दिख रहा था। मैंने सुनहरे चेहरेवाले साथी से पूछा, 'क्यों?'' फिर कहा, ''चलो!'' हम नीचे रास्ते को उतरे। उसने कहा, ''यह नया रास्ता है!''

जिस रास्ते पर अब तक हम चल रहे थे वह तालाब के बाँध पर बना हुआ था। बाँध के बहुत नीचे एक छोटा-सा नाला बह रहा था, और इधर-उधर घने-घने पेड़ तितर-बितर दिखाई दे रहे थे। हम अपने को सँभालते हुए नीचे उतर गए और नाला फाँदकर उस ओर जा पहुँचे, जहाँ से एक पगडंडी शहर की ओर जा रही थी। फाँद करके मैं नाले की ओर क्षण-भर देखता रहा। वहाँ छोटी-मोटी मछलियाँ आनन्दपूर्वक क्रीड़ा कर रही थीं। ऐसा लगता था कि उनकी क्रीड़ा को घंटों तक देखा जा सकता है।

पगडंडी पर दो ही क़दम आगे बढ़ा हूँगा कि सामने लाखों और करोड़ों लाल-लाल दियोंवाला गुलमोहर का महान वृक्ष मेरे सामने हो लिया। उसके तल में अध-सूखे, मुरझाए और सँवलाए फूल बिखरे हुए थे। और दो-चार फटी चड्डियोंवाले मैले-कुचैले लड़के वहाँ न मालूम क्या-क्या बीन-बटोर रहे थे।

मैंने शहर का यह हिस्सा देखा ही नहीं था। बाईं ओर अस्पताल की पीली दीवार चली गई थी, जिसके ख़तम होते ही छोटे-छोट मक़ान, छोटे-छोटे घर—मिट्टी के घर—चले गए थे। निस्सन्देह, अस्पताल के पिछवाड़े की यह गली थी। दाहिनी ओर खुला मैदान था। जिसमें इमली और नीम के पेड़ों के अलावा छोटे-छोटे खेत थे। एक खेत के बाद दूसरा खेत। ये तरकारियों के खेत थे। छोटी-छोटी मेंड़ें बनी हुई थीं। उन खेतों पर खूब मेहनत की गई थी। ऐसा लगता था कि ये खेत नहीं वरन् कल्पनाशील चित्रकार द्वारा निकाले गए मानव-श्रम के हरे-भरे—चित्र हों। सबकुछ चित्रात्मक था। वे छोटे-छोटे खेत। वे इमली के दरख्त जिनके नीचे गाएँ चर रही थीं। और वे नीम के पेड़ जिनके तले की एक चट्टान पर कोई बेघर, बे-मकान आवारा अपनी मैली-कुचैली गठड़ी खोल रहा था। उसने हमारी तरफ़ देखा, हमने उसकी तरफ़। उसका चेहरा साँवला, अंडाकार था। उस पर भोलेपन से भरी हुई एक अजीब मुर्दनी छाई हुई थी। उसने मेरी कल्पना को उकसा दिया। वह कौन था? किसी ग़रीब का लड़का जो घर से भाग गया था और जो शहर में काम न मिलने से थका-हारा यहाँ बैठा था? अब खेत ख़तम हो गए। एक नई सड़क की पुलिया दूर से दिखाई देने लगी। बाईं तरफ़ के घर गाँव के ग़रीबों के थे। बाहर खाटों पर पेड़ों की छाया में माँएँ लेटी हुई थीं। कुछ लड़के ऊधम मचा रहे थे। लेकिन मेरी आँखें एक जगह जाकर ठिठक गईं। एक मैली-कुचैली खाट पर एक बूढ़े की ज़िन्दा ठटरी पड़ी हुई थी और उस ठटरी के दुबले चेहरे की आँखों में एक ज्योति थी। ऐसी ज्योति जो ममतापूर्वक एक और ठटरी को देख रही थी। वह दो साल के शिशु की ठटरी थी, जिसके सारे बदन पर सलवटें पड़ी हुई थीं और उसके सलवट-भरे बाल-मुख पर वेदना की चीख़ निःशब्द होकर जड़ हो उठी थी। वह बूढ़ी ठटरी अपने हड़ियल हाथों से शिशु-ठटरी को खिला रही थी। प्यार करती-सी दिखाई दे रही थी। और वह शिशु इस अजनबी दुनिया को अपनी त्रस्त आँखों से देख रहा था। इस शिशु का चेहरा बिलकुल मैला था; यद्यपि मूलतः उसकी त्वचा गोरी रही होगी।

मेरे अवचेतन में से, अपने अनजाने में ही, एक ज़बरदस्त हाय निकली—ऐसी कि सुनहरे चेहरेवाला साथी मुझे थोड़े विस्मय से देखने लगा। उसने कहा, ''क्या हुआ?''

मैंने कहा, ''कुछ नहीं।''

फिर मैं अपने ख़यालों में डूब गया। इतने में गली को पार करती हुई एक गटर दिखाई दी जो ठीक बीच में आकर फैलकर फूल गई थी। उसमें का कालापन भयानक था। उसके काले कीचड़ में एक मुर्गी फँस गई थी और पंख फड़फड़ाकर निकालने की कोशिश कर रही थी।

सुनहरे चेहरेवाले ने मुझसे कहा, "अगर बॉस ने देखा कि हम इस गली में से जा रहे हैं तो समझ जाइए कि मौत आ गई।"

मैंने कहा, "क्यों?"

लेकिन यह कहते-कहते मेरी भवें तन गईं, शरीर में एक उत्तेजना समाने लगी, शायद मेरी आँखों में भी तेज़ी आ गई होगी।

सुनहरे चेहरे ने फिर कहा, "बॉस के अनुसार न सिर्फ़ यहाँ कमीन लोग रहते हैं, वरन् ऐसे घर भी हैं जहाँ..."

मैं समझ गया। उसका मतलब था कि यहाँ व्यभिचार होता है।

मैंने कहा, "खुलकर कहो! क्या तुम यह कहना चाहते हो कि यह वेश्याओं का मुहल्ला है?"

मेरे इस कथन से सुनहरे चेहरेवाले को एक धक्का लगा! उसने कहा, "कौन कहता है!"

मैंने उलटकर पूछा, "तो फिर क्या?"

उसने जवाब दिया,"यहाँ 'खुला व्यभिचार' होता है।"

"होगा! हमसे क्या?"

"हमसे क्यों नहीं! हम इस विशाल सांस्कृतिक केन्द्र के सदस्य हैं और अगर हम इस गन्दी और कुप्रसिद्ध गली में पाए गए तो हमारा और हमारे केन्द्र का नाम बदनाम होगा।"

"तुम्हारी और तुम्हारे बॉस की ऐसी-तैसी!" यह कहकर मैं चुप हो गया। मैं आगे कहता गया, "तुम्हारे बॉस का चाल-चलन भी तो प्रसिद्ध है।"

सुनहरे चेहरेवाला नवयुवक बड़ी षड्यंत्र-भरी मुसकान प्रकट करने लगा। जगत ने उसकी पीठ पर धाप जड़ दी और वह बोल उठा, "क्यों मार रहे हो, भाई!"

बात असल में यह थी कि हमारे बॉस, जो इस सांस्कृतिक केन्द्र के सर्वेसर्वा हैं, बड़ी फ़िक्र के साथ हम लोगों की देखभाल करते हैं। हमें खूब सहायता देते हैं। इस केन्द्र के वे प्रमुख हैं। एवज़ में उससे एक पैसा नहीं लेते। न केवल इस केन्द्र को, वरन् उसके कर्मचारियों को भी, यथाशक्ति सहायता देते रहते हैं। वे हम सबसे प्रेम रखते हैं। चाहते हैं कि हम अच्छे ढंग से रहें और यहाँ के सर्वोच्च वर्ग में गिने जाएँ। इसलिए वे हमारी चाल-ढाल, कपड़े-लत्ते, यहाँ तक कि हमारी गतिविधि पर भी नज़र रखते हैं। शहर में उनके बारे में यह कहा जाता है कि वे अपने पुराने पापों को धो रहे हैं।

वे पाप क्या हैं? हम लोग नहीं जानते। क़िस्सा मुख़्तसर यह है कि वे यहाँ की सूती मिल के असिस्टेंट मैनेजर थे। यह सूती मिल एक प्रसिद्ध अँगरेज़ कम्पनी की थी। इन अँगरेज़ों में से बहुतेरों के अपने परिवार न थे। वे अँगरेज़ अफ़सर नीची जाति की स्थानीय औरतों से प्रेम करते। नौकरानियों के रूप में वे उनके घर में रहतीं। मज़ा यह

है कि (जैसा कि मुझे कई लोगों ने कहा) वे नौकरानियाँ जो उनके यहाँ पहुँच जातीं इस बात का अभिमान रखती थीं कि वे 'बड़ों' के 'घर' में हैं। स्वाधीनता के बाद यह मिल जब हिन्दुस्तानियों को बेच दी गई तो कई अँगेरज़ों ने अपनी प्यारी नौकरानियों के लिए बड़े-बड़े घर-मकान बना दिए और उनकी एक जायदाद खड़ी कर दी।

यह क़िस्सा है। मनुष्य का चरित्र उसकी संगत से पहचाना जाता है। सम्भव है, हमारे बॉस की भी इसी तरह की प्रेमिकाएँ रही हों। कौन नहीं जानता कि इस प्रदेश के एक डिप्टी मिनिस्टर जिनका नाम मैं यहाँ लेना नहीं चाहता—की एक रखैल यहाँ आलीशान मकान में रहती है जिसे शहर के बाहर के एक मुहल्ले में बनाया गया है। शहर में किसी से भी पूछ लीजिए, उसके मकान का अता-पता आपको मिल जाएगा।

बॉस के विरुद्ध तिरस्कार के कई कारण थे जिनमें एक यह भी था कि वे स्थानीय नरेश के एटर्नी रहे। वहाँ खूब आना-जाना रहा। और उसी की (वह अब मर गया है) सहायता से उन्होंने परिश्रम करके यह विद्या-केन्द्र खोला। वे एक बड़ी-सी ज़मीन के मालिक हैं और कई छोटे-मोटे धन्धों में उनका पैसा लगा हुआ है। लेकिन, चूँकि वे एक प्रसिद्ध विलायती मिल के असिस्टेंट मैनेजर रहे आए, इसलिए उन्होंने यहाँ के बहुत—से सेठ-साहूकारों पर उपकार किया। वे उपकार करने की शक्ति रखते थे। लोगों पर अहसान करके उन्हें अपनी कठपुतली बनाने में बड़ा मज़ा आता था। या यह कहिए कि लोगों को उनकी कठपुतली बनने में मज़ा आता था। बात दोनों ओर से थी। महत्त्व की बात यह है कि वे क़ायदे के पाबन्द थे। और कानून के अनुसार काम करने में हिचकिचाते नहीं थे। यूनियनों में संगठित मज़दूर-वर्ग उनसे कभी खुश नहीं रह सकता था, क्योंकि वह अँगेरेजों के वफ़ादार नौकर थे। और इसीलिए उनकी चलती भी थी। स्वाधीनता के बाद भी कुछ दिनों तक वे मिल के असिस्टेंट मैनेजर रहे। लेकिन नए मारवाड़ी मालिक से उनकी नहीं पटी। उन्होंने नौकरी छोड़ दी। उधर भूतपूर्व मुख्यमंत्री (जो अब मर गए हैं) से उनकी खूब पटती थी। इसलिए अधिकारी-वर्ग पर भी उनका अच्छा ख़ासा असर था। संक्षेप में, वे इस शहर के बहुत प्रभावशाली और शक्तिशाली लोगों में से थे और पूरे सामाजिक सन्दर्भ को देखते हुए, उनके सम्बन्ध में बहुत-से लोगों की धारणाएँ बुरी होना स्वाभाविक ही थीं।

यह एक तथ्य है। फिर भी दूसरा तथ्य है कि 'विद्या-केन्द्र' खोलने के साथ-ही-साथ उनका स्वभाव बदलने लगा।

पहले वे बहुत तेज़ मिज़ाज के, ज़िद्दी लेकिन न्यायप्रिय, (प्रचलित 'न्याय' के सीमित अर्थ में) हालाँकि अपनी करके छोड़नेवाले लोगों में से थे। उनकी स्त्री बहुत जल्दी मर गई थी। इसलिए दो बच्चों के पिता होते हुए भी वे अकेले थे। अब जबसे उन्होंने यह विद्या-केन्द्र खोला, उनमें एक अजीब नरमी आ गई। उनकी संवेदनशीलता इतनी बढ़ी थी कि वे जो पहले आदमी को सूँघकर उसकी पहचान बता देते थे—अब केवल उसकी मुखमुद्रा को देखकर और उसके चेहरे की शिकन देखकर उसके दिल

को ताड़ जाते, स्वभाव जान जाते। वे बहुत ज़्यादा अकेले थे और उनके सामने यह समस्या बनी रहती थी कि वक़्त कैसे काटें। इसलिए वे विद्या-केन्द्र के कर्मचारियों में बैठकर अपना समय व्यतीत करते थे।

बस, इसी बिन्दु पर छुपे हुए संघर्ष की वह पृष्ठभूमि थी जिसके बिना यह क़िस्सा समझ में नहीं आ सकता। यह उनकी संवेदनशील मनुष्यता थी जिससे प्रेरित होकर वे अपने साथियों की सहायता के लिए दौड़ पड़ते और अपने नुक़सान की परवाह नहीं करते थे। वे राजा आदमी थे। वे प्रेम करते थे। और प्रेम की तानाशाही भी उनमें थी, जो शासक-वर्ग की तानाशाही मनोवृत्ति से घुल-मिलकर इतनी एकप्राण हो गई थी कि यह कहना कठिन था कि वह शासक-वर्ग की तानाशाही है या प्रेम का अधिनायकत्व! उनके हाथ से जितनी अधिक सेवा और सहायता होती जाती, उनकी मनोवैज्ञानिक रचना में परिवर्तन होता जाता, प्रेमभाव बढ़ता जाता, और प्रेम की तानाशाही बढ़ती जाती। उनका भोलापन भी बढ़ता जाता। उनकी खुशामद कर, उन्हें विश्वास में लेकर धोखा देना बड़ा ही सरल था, यद्यपि ऐसी कोई वारदात अभी तक हुई नहीं। लेकिन सबको यह बात साफ़ नज़र आ रही थी। लिहाज़ा, कुछ लोग इसी में जुटे रहते। इतना अच्छा था कि वे इस रहस्य को खूब अच्छी तरह समझते थे, क्योंकि अपने जीवनकाल में उन्हें ऐसों का खूब तजुर्बा मिल चुका था।

और, जैसा कि होता है, वे प्रेम के अधिकार का प्रयोग करते, बहुत निःस्वार्थ भाव से। लेकिन यही गड़बड़ भी थी; क्योंकि अब उन्हें अपने प्रेम के अधिकार से दूसरों का जीवन-निर्माण करने में मज़ा आने लगा था। और लोग इस बात के लिए तैयार नहीं थे कि उनके ढाँचे में अपनी ज़िन्दगी फ़िट करें। उनका ख़याल था कि खूब अच्छी ज़िन्दगी बनाई जाए, पैसा हो, ठाठ हो, समाज पर असर हो, और हो सके तो अपने हाथों कोई अच्छा काम भी हो जाए। उनके इस ख़याल से हमारे यहाँ लगभग सभी एकमत थे। लेकिन जीवन के विभिन्न विषयों पर लोगों के अलग-अलग आचार-विचार थे। एक तरह से देखा जाए तो वे अपनी ख़ुद की ज़िन्दगी से रिटायर हो चुके थे। ज़िन्दगी में ठाठ का मतलब क्या? घर, ज़मीन, जायदाद, ऐश और महफ़िल या दरबार में मसालेदार गपबाजी! सब लोग तो वैसा करने से रहे, क्योंकि उन्हें उतनी तनख्वाह ही नहीं मिलती थी। सिर्फ़ महफ़िल में बैठकर मसालेदार गपबाजी ही बच रही थी। सो, लोग करते ही थे। और घर, ज़मीन, जायदाद का मोह, उन्नति का मोह सबको था बशर्ते कि वह पूरा हो। और, फिर भी आदमी की पसन्दगी-नापसन्दगी, रहन-सहन आदि के तरीक़े अलग-अलग होते हैं। किसी दूसरे आदमी के ढाँचे में वे फ़िट नहीं किए जा सकते। अपनी-अपनी उन्नति की कल्पना भी अलग-अलग होती है।

जो हो, एक ओर उनके अहसान और दूसरी ओर उनके प्रेम से दबकर हम लोग उन्हें अपना 'साथ' प्रदान करते, जिससे कि वे अपना वक़्त काट सकें। अपना साथ उन्हें

प्रदान करना एक तरह से अनिवार्य कर्तव्य हो गया था। दूसरे, वे भी आज चाय के बहाने, कल पार्टी के बहाने, परसों आउटिंग के बहाने, उसके अगले दिन सिनेमा-फ़िल्म के प्रदर्शन के बहाने, सब लोगों को बुलाकर अपना दरबार लगा ही लिया करते। धीरे-धीरे लोगों को उनके दरबार में जाने की आदत पड़ गई। जो कर्मचारी उनके दरबार में न बैठता वह अपने को असुरक्षित अनुभव करता; जिन कर्मचारियों को कार्यवश वहाँ जाने को नहीं मिलता, उनके मन में एक गुत्थी पैदा हो जाती कि कहीं ऐसा न हो कि उसकी अनुपस्थिति में कुछ-का-कुछ हो जाए।

इस तरह लोगों में एक अजीब दो-रुखी पैदा हो गई थी। एक ओर वे दरबार को छोड़कर जाने में हिचकिचाते, तो दूसरी ओर वे चाहते थे कि दरबार न हो तो उन्हें घूमने-फिरने की स्वतंत्रता रहे। दोनों बातें एक साथ नहीं हो सकती थीं। इस प्रकार कभी-कभी वे अपने ही पर झुँझला उठते, कभी नपुंसक क्रोध से भर जाते। लेकिन वे प्रकट रूप से यह न कहते कि हमें दरबार अच्छा नहीं लगता। उधर, लगभग रोज़ लंच, डिनर, पार्टी, फिल्म-शो आदि-आदि हुआ करते, और चूँकि सभी लोग निमंत्रित होते, ऐसा निमंत्रण अस्वीकार करना भी मुश्किल होता। ये लंच या डिनर कभी एक व्यक्ति देता ता कभी दूसरा व्यक्ति, कभी (अधिकांशतः वे ही) बॉस। हफ्ते में, कम-से-कम चार-पाँच बार इसी तरह खाना-पीना होता। यदि कोई हाज़िर न हो तो निमंत्रण देनेवाला ख़ुद बुरा मानता। मतलब यह कि कुल मिलाकर यह हालत थी कि कोई भी जान-बूझकर दरबार में जाना टाल नहीं सकता, भले ही वह इस लम्बे वक़्त से तंग आकर बाद में पीठ-पीछे चिड़चिड़ाए या कुछ करे।

मज़ा यह कि हर आदमी किसी-न-किसी तरह से बॉस में अपने समान कोई-न-कोई गुण देख लेता, और भले ही वह उसे कहे या न कहे, इस बात पर ख़ुद फ़िदा हो जाता था। और हर एक को लगता कि बॉस उस पर व्यक्तिगत रूप से प्रसन्न हैं। शायद इस धारणा को बॉस ख़ुद अपने कर्मचारियों में बढ़ाते थे। वे अहसान, प्रेम और संग द्वारा दूसरों की गतिविधियों पर शासन कर अपना प्रभुत्व लोभ पूरा करते थे—ऐसी मेरी अपनी कल्पना है।

दूसरी तरफ़ उस दरबार का एक सदस्य दूसरे सदस्य से सिर्फ़ ऊपरी तौर पर मिलता था, क्योंकि हम सब लोग बेढंगे, बेजोड़ और बेमेल आदमी थे। ज़िन्दगी कैसी जी जाए, सब लोगों के अलग-अलग ख़याल थे। सब एक-दूसरे से अलग थे और हर एक में ऐसा गहरा अकेलापन था जिसे काटने के लिए मसालेदार गपबाजी के अलावा कोई दूसरा रास्ता नहीं दिखाई दे रहा था। महफ़िलबाज़ी के बावजूद उनके अकेलेपन की गहराइयाँ बड़ी ही अँधेरी और निजी थीं। इस माहौल में लोग यदि एक-दूसरे की सहायता भी करते तो भी काटने के लिए दौड़ते। एक-दूसरे की टाँग खींचना एक मामूली बात थी। एक अजीब क़ैद थी जिसमें प्रत्येक व्यक्ति अपने-आपको विफल अनुभव कर रहा था।

और फिर भी किसी में यह साहस नहीं था कि इस उलझी हुई गुत्थी को तोड़े। क्योंकि यह सम्भव था कि यदि कोई उसे तोड़ने की कोशिश करे तो दूसरा आदमी उसके विरुद्ध और अपने हित में नाजायज़ फ़ायदा उठा लेता और लोग अपना-अपना हित उसी प्रकार देखते जैसे चींटी गुड़ को।

इस 'विद्या-केन्द्र' में किसी को भी विद्यानुराग नहीं था। यहाँ तक कि पढ़ाने का जो काम है उससे सम्बन्धित बातों को छोड़कर, जो व्यक्ति इधर-उधर किताबें टटोलता या अपने विषय में ही 'रस' लेने लगता, उस विषय में प्राय: रसमग्न होकर बातचीत करता, तो लोग बुरा मान जाते। समझते कि वह पढ़ाकू हो रहा है। हमारे यहाँ से जो लोग पी-एच.डी. या डी.एस-सी. होने गए वे अपने आँकड़े समझाकर गए थे। वे सिर्फ़ पी-एच.डी. चाहते थे जिससे कि वे अगली सीढ़ी पर चढ़ सकें। यही क्यों, हमारे यहाँ का जो सब-डिविजनल ऑफ़िसर था वह ख़ुद डी.एस-सी. था जबकि वह पढ़ा-पढ़ाया सब कुछ भूल चुका था। इस प्रकार 'चाहे जैसे व्यक्तिगत उन्नति प्राप्त करना' एक प्राकृतिक नियम का उच्च और अनिवार्य पद प्राप्त कर चुका था। इन तथ्यों को मैं ज़रा भी बढ़ा-चढ़ाकर नहीं कह रहा हूँ। विज्ञानवालों को यह मालूम नहीं था कि हाल ही में कौन-कौन महत्त्वपूर्ण आविष्कार हो रहे हैं, और हिन्दीवालों को यह ज्ञात नहीं था कि आजकल इस क्षेत्र में क्या चल रहा है! और जो मालूम भी था वह केवल सुना-सुनाया था, अस्पष्ट था, धुँधला और उलझा हुआ था। और इस बीच हमारे यहाँ के एक तरह-तरह के 'गैस-पेपर्स' निकालकर एक प्रकाशक से आठ-एक सौ रुपए कमा भी लिए थे।

वैसे हम सब नौजवान थे, कई उपाधियों से विभूषित थे, अपने विषय के आचार्य माने जाते। एक तरह से हम भोले थे, सरल हृदय भी। हम किसी के दु:ख से पिघल भी सकते थे, सहायता भी करते थे। लेकिन हममें सामाजिक चेतना नहीं थी, क्योंकि असल में हम सब लोग हरामख़ोर थे। और मज़ा यह है कि वैसे व्यक्तिश: हम बुरे भी नहीं थे। भलेमानस थे, अच्छे आदमी कहलाते थे। अच्छा आदमी वह होता है, जिसकी बुराई ढँकी रह जाती है—चाहे आप ही आप, चाहे किए-कराए से। हम ऐसे ही भले मानस थे।

[4]

हमने उस गली के बीच में से गटर पार की ही थी कि एक साँवली औरत दिखाई दी जिसका नाक-नक्श संगमूसा की चट्टान में से काटा गया दिखाई देता था। वह इतनी मजबूत थी, उसका स्नायु-संस्थान इतना दृढ़ था कि लगता उसका चेहरा भी, जिसकी रेखाकृति सरल और निर्दोष थी, उसी शक्ति और दृढ़ता का परिचायक है। कोई भी कह देता कि उसके श्यामल मुखमंडल पर एक गौरवपूर्ण अभिमान, एक मज़बूत गुस्सा और एक थमी हुई रफ़्तार है! मुझ पर उसके सौन्दर्य का (यदि वह सौन्दर्य कहा जाए तो)

एक हलका-सा आघात हुआ। और मुझे गोर्की की कहानियों के पात्र याद आने लगे। गुलमोहर के पेड़ के नीचे जाने क्या बीनते हुए फटे-हाल लड़के, पेड़ के नीचे पत्थर पर बैठा हुआ आवारा चेहरा, और अब यह स्त्री-मूर्ति जो मानो संगमूसा की चट्टान काट करके बनाई गई हो।

सुनहरे चेहरेवाले ने कहा, "यह धोबिन है, मेहनत से उसका शरीर बना हुआ है।"

मेरे मुँह से निकल गया, "चंडीदास की प्रेमिका।"

जगत ने मुझे सुधारा, "शिः, चंडीदास की प्रेमिका के चेहरे पर इतने कठोर भाव नहीं हो सकते।"

तो तुरन्त ही अपने-आपको सुधारकर कहा, "चंडीदास की प्रेमिका की बहन तो हो ही सकती है। नहीं-नहीं। वह तो गोर्की की कोई पात्रा है।"

सुनहरे चेहरेवाला समाजशास्त्री और राजनीतिशास्त्री था। उसने कहा, "यह मिक्स्ड ब्लड (वर्ण-संकर) है, मेस्टिजो (दक्षिण अमरीका के वर्ण-संकर के समान) है।" और मुझे देखकर वह हँस पड़ा।

मैं उसका भाव समझ गया। इस शहर की समाजशास्त्रीय लोकप्रक्रिया की ओर इसका इशारा था। यहाँ के, इस क्षेत्र के, इस प्रदेश के मूल देशवासियों ने शायद ही कभी राज्य किया हो। साधारण जनता मूलतः किसान थी। वह निचली जातियों से बनी थी। राजस्थान के और पश्चिम उत्तर प्रदेश के, आन्ध्र के और महाराष्ट्र के, लोगों ने आकर, यहाँ ज़मीन-जायदाद बनाई। यहाँ का मध्यवर्ग इन्हीं लोगों से बना। और पुराने ज़माने से इन लोगों ने ज़मीन-जायदाद बढ़ाते हुए, यहाँ की निम्नवर्गीय स्त्रियों को अपने घर में रखा। और उससे जो वर्ण-संकर सन्तानें पैदा हुईं वे भी अन्ततः उसी निचली जनता में मिल गईं। निस्सन्देह इस जनता में भीतर-ही-भीतर उच्चवर्गीय हिन्दुओं के प्रति असन्तोष और विरोध का भाव पैदा होता गया और राजनीति के अभाव में उसने पुराने ज़माने में ही सामुदायिक रूप ग्रहण कर लिया। नतीज़ा यह हुआ कि निचली जातियों में, सुदूर अतीत में ही, सतनामियों और कबीरपंथियों का ज़ोर और प्रभाव बढ़ा; और आधुनिक काल में ईसाई मिशनरियों का। और अब तो बहुतेरे नव-बौद्ध भी हो गए। फिर भी उस निचली जनता में जो सनातनधर्मी बचे रहे, उन्होंने संस्कृतीकरण करते हुए जनेऊ पहनना शुरू कर दिया और अपने बच्चों को आधुनिक प्रकार की शिक्षा-दीक्षा दिलाने का प्रयत्न करने लगे।

उनकी दुनिया ही अलग थी। वह एक अलग ही राष्ट्र था। वह श्यामल जनसमुदाय अपने ढंग से सोचता था। और उनके मुहल्लों-मुहल्लों में, और गाँव-गाँव में, उनके अपने-अपने लीडर हो रहे थे, जो सामने दिखाई नहीं देते थे। राजनीति में उनको दिलचस्पी नहीं थी। लेकिन राजनीतिक पार्टियाँ वोटों के लिए उन्हीं मुखियों के पास जाती थीं और जीतने के बाद फिर उस श्यामल जन-समुदाय को बड़े ठाठ से भूल जाया करती थीं।

सुनहरे चेहरेवाला हमारा साथी बड़ा मज़ेदार आदमी था। वह था मारवाड़ी का बच्चा, जिसके कई मकान बीकानेर में थे, लेकिन उसका घर इसी शहर से बहत्तर मील दूर एक गाँव में था। वह बड़ा ही फक्कड़ था। उसे एक जगह चैन नहीं पड़ता था। वह अपने आचार-विचार में, समाज के छोटे और समाज के बड़ों में भेद नहीं करता था। उसकी निरीक्षण-शक्ति अद्‌भुत थी। वह इस प्रदेश की जनता से घुला-मिला था और यहाँ की लोक-भाषा में ही उनसे बातचीत करता। यह उसके लिए कठिन भी नहीं था क्योंकि बाहर से आया हुआ यहाँ का सारा मध्यवर्ग निचली जाति से व्यवहार करते समय उसी लोक-भाषा का प्रयोग करता। बहुत-से मध्यवर्गीय परिवारों की वह मातृभाषा भी हो गई थी। सुनहरे चेहरेवाला हमारा साथी इस जनता को खूब अच्छी तरह जानता था। उनके गन्दे और धुएँदार होटलों में चाय पीते उसे मज़ा आता। वह बहुत ही अपनेपन से उनसे पेश आता।

अब मुझे समझ में आया कि वह मुझे कहाँ ले जा रहा है। वह हमें इसी प्रकार के एक होटल में ले जा रहा था।

सुनहरे चेहरेवाले ने मुझसे कहा, "अब आप हेमिंग्वे भूल जाइए। मैं आपको इस गन्दी जगह में बहुत ही अच्छी चाय पिलाने ले जा रहा हूँ।"

अब सड़क आ गई थी। होटल सड़क पर ही था। पानवालों की भी तीन दुकानें वहाँ थीं।

हम ज्यों ही होटल में घुसे, जगत ने अपनी फ़र्राटेदार अंग्रेज़ी में कहा, "अगर बॉस ने देख लिया तो वह तुरन्त ही हमें इन्स्टीट्यूशन से निकाल बाहर करेगा। मैं तो मिस्टर भनावत को आगे कर दूँगा। कहूँगा कि यह मुझे वहाँ ले गया था, मैं तो भोला-भाला आदमी हूँ, मैं क्या जानूँ कि वह मुझे किसी 'डिसरेप्यूटेबिल जगह' पर ले जा रहा है..." यह कहकर जगत ज़ोर से हँस पड़ा।

सुनहरे चेहरेवाले ने उसकी ओर आँखें गड़ाते हुए और गन्दी गाली देते हुए कहा, "जबान बन्द करो। 'डिसरेप्यूटेबिल' तुम हो। साले, तुम्हारा ये 'डिसरेप्यूटेबिल' है, और...और तुम्हारा बॉस...डिसरेप्यूटेबिल है और तुम्हारी जेब 'डिसरेप्यूटेबिल' है।"

जगत ने इन गालियों को प्यार के फूलों की बरसात के रूप में ग्रहण करके सुनहरे चेहरेवाले की पीठ थपथपाते हुए कहा, "मेरे उपन्यास का नया अध्याय तुम्हारे चरित्र से और इस होटल से शुरू होगा, मिस्टर भनावत!"

[5]

मिस्टर भनावत एक अजीब शख्सियत रखता था। बॉस ने सबसे ज़्यादा अहसान उसी पर किए थे और आज इस 'गन्दे होटल' की 'अच्छी चाय' पीते हुए वह बॉस की कठोर निन्दा कर रहा था। मुझे कुछ ख़ास अच्छा नहीं लगा। मज़ेदार बात है कि मैं ख़ुद उनकी

आलोचना कर जाता था। तब मुझे बुरा नहीं लगता था। लेकिन उसके मुँह से उनकी बुराई सुन मुझे आश्चर्य और दुःख हुआ। मैंने गम्भीर होकर चाय की चुस्की लेते हुए उससे पूछा, ''क्यों यार, तुम्हारा कानून क्या कहता है? जो व्यक्ति तुम्हारी सहायता करता है उसकी आलोचना की जाए या नहीं?''

मिस्टर भनावत को मेरे वाक्य की नोंक गड़ गई। उन्होंने भजिए का कौर मुँह में डालते हुए कहा, ''देखो भाई! अपना बाप भी अच्छाइयों के साथ बहुत-सी बुराइयों का मालिक है। हम बाप की बुराइयों की, यानी बाप की, आलोचना अवश्य करेंगे। आख़िर क्यों न करें? लेकिन इसका मतलब यह नहीं है कि हम बाप से प्यार नहीं करते। उसके लिए दौड़ जाएँगे। लेकिन उसकी बहुत-सी बातों को देखकर आग-बबूला भी हो जाएँगे, भले ही शाइस्तगी के नाते हम कुछ कहें नहीं।''

मैं मुसकरा उठा। मिस्टर भनावत के पिता, जो एक दुकान पर मुनीम थे, लड़के के हाथ में तराजू पकड़वाना चाहते थे। उन्होंने अपने बेटे को तिजारत के सब 'गुर' बता दिए थे। लेकिन लड़के ने बगावत कर दी। अपने पैरों पर खड़े होकर राजनीतिशास्त्र में एम.ए. किया और लोअर-डिवीजन क्लर्क हो गया। और इस समय वह यहाँ हमारा साथी अध्यापक है।

उसकी बात समझ में आने लायक़ थी। लेकिन उत्सुकतावश मैंने उससे पूछा, ''मान लीजिए कि बॉस को पता चल जाए कि तुम उस गली में बैठे-बैठे उन्हें गाली दे रहे थे?''

उसने मुझसे कहा, ''कोई मेरा दुश्मन ही वैसा करेगा।''

मैंने कहा, ''लेकिन, तुम उस व्यक्ति की आलोचना करना बुरा नहीं समझते जिसने तुम पर बहुत-सारे उपकार किए हों?''

उसने साफ़-साफ़ कहा, ''बिलकुल नहीं। आख़िर, तुम्हीं बतलाओ, मिस्टर जगत! किसी दूसरे में जो बुराइयाँ हमें महसूस होती रहती हैं, और काँटे-सी खटकती हैं, उनकी आलोचना क्यों न की जाए?''

जवाब मैंने दिया, ''मनुष्यता यह कहती है कि उपकार का बदला अपकार से न दिया जाए।''

भनावत ने ज़िद करके कहा, ''लेकिन आलोचना यदि ग़लत हो तो अपकार है। उसे उपकार का ही एक रूप क्यों न समझा जाए?''

मैंने बात और आगे बढ़ाई, ''लेकिन बॉस तो वैसा नहीं समझता, दुनिया तो वैसा नहीं समझती, लोग तो वैसा नहीं समझते!''

भनावत ने अब जिद पकड़ ली। उसने कहा, ''देखो भाई, यह साफ़-साफ़ बात है। यह हमारे-तुम्हारे बीच की बात है। जानते हो न कि हमारे बॉस साहब कौन हैं? इस शहर के नामी-गिरामी शैतान हैं। उनके ज़माने में मज़दूरों पर कितनी बार लाठी-चार्ज नहीं हुआ या गोलियाँ नहीं चलाई गईं! रियासत के ज़माने में अंग्रेज़ पोलिटिकल एजेंट

के कहने से कितने ही कांग्रेसी जेल में सड़ा दिए गए और मार डाले गए। यह सब पुराना क़िस्सा है। लेकिन इस क़िस्से का एक प्रमुख पात्र कौन है—किसके ज़रिए यह सब किया जाता रहा है? हमारे बॉस के ज़रिए!

...आज भी देखो न बग़ीचे में से आँवले तोड़कर ले जानेवाले लड़कों को उस शख़्स ने जिसे दो क़दम चलने में भी तक़लीफ़ होती है, कितना नहीं पीटा! और हमारे दरबार के लोग ताकते रह गए। रिश्वत देना, रिश्वत लेना तो बुराई है न! उसका प्रयोग करते हुए कितने काम नहीं किए-कराए जाते! लेकिन चोरी, और वह भी खाने-पीने की चीज़ों की, ज़मीन-जायदाद की, उसके लेखे जघन्य अपराध हैं। सामने के तालाब में फटेहाल लड़के मछली चुराने आते हैं। उन्हें किस तरह ठोंका-पीटा जाता है! क्यों? इसलिए कि वे फटेहाल हैं, एकदम ग़रीब हैं और उसके लेखे जो फटेहाल हैं, उनके लड़के चोर और आवारा हो ही जाते हैं। यह एक मनोवैज्ञानिक ग्रन्थि है, उसे उसके दिमाग़ का ऑपरेशन करके भी नहीं निकाल सकते।

"यही देखो न! मैं चाय पीने यहाँ कभी-कभी आता हूँ। मैं यहाँ इसलिए आता हूँ कि मुझे 'यहाँ की चाय' बहुत पसन्द है। लेकिन यहाँ इस गन्दे होटल में जो सब लोग आ-जा रहे हैं, ये उसके लेखे सब कमीन हैं। और कमीन लोग गुंडे होते ही हैं—यह सब उसकी मान्यताएँ हैं। इसलिए उसने अवन्तीलाल का मेरे साथ यहाँ आना बन्द करवा दिया। और अब वह तुम्हारे भी पीछे पड़ा है। उसके विद्या-केन्द्र का व्यक्ति यहाँ आकर चाय पिए! राम-राम! यह तो उस विद्या-केन्द्र की बदनामी है। लेकिन, जानते हो, मैंने इस होटल का क्या नाम रखा है? 'काफ़े-द-मज़दूर'। क्या बुरा नाम है यह? मैं मारवाड़ी का बच्चा हूँ और इन्हीं लोगों से ब्याजबट्टा करके, उनकी ज़मीन कुर्क कराके, हमने अपने घर भरे हैं—मैं साफ़-साफ़ कहता हूँ कि इस बुरे काम में हमारा भी हाथ है। हम शैतान के बच्चे हैं। और अब इस समय मैं शैतान का नौकर हूँ। शैतान इसीलिए दूसरे पर मेहरबानी करता है कि वह शैतानी ढाँचे में फ़िट हो। मैं इस ढाँचे में फ़िट होने से इनकार कर देता हूँ।"

मैंने उसके लम्बे व्याख्यान पर एक गहरी उसाँस लेते हुए कहा, "लेकिन जब तुम बॉस के सामने हो जाते हो तब तो अपने को तुच्छ समझते हुए उसे महान् मानकर काम करते हो।"

भनावत ने निर्लज्ज होकर जवाब दिया, "बिला शक! मुझे वैसा करना ही चाहिए।"

मैं अवाक् हो उठा, "भई, कैसे, क्यों, किस तरह?"

वह क्षण-भर चुप रहा। फिर उसने कहा, "कहा जाता है कि हममें 'व्यक्ति स्वातंत्र्य' है। लेकिन यह मान्यता झूठ है। हमें ख़रीदने और बेचने की, ख़रीदे जाने की और बेचे जाने की आज़ादी है। हमने अपना व्यक्ति-स्वातंत्र्य बेच दिया है, एक हद तक तो इसलिए..."

जगत झल्ला गया। उसने कहा,"मैं इस बात से इनकार करता हूँ कि हमने अपनी स्वतंत्रता बेच दी है।"

भनावत अजीब-सा हँसा। मुझे किसी अघोरपंथी साधु की याद आ गई। उसने कहा,"तुम क्या समझते हो और क्या नहीं समझते–इसका सवाल नहीं है। सवाल यह है कि क्या उस मजलिस में अपने दिमाग़ में उठनेवाले या पहले से उठे हुए ख़यालों को ज्यों-का-त्यों ज़ाहिर करने की आज़ादी है?"

यह कहकर भनावत जगत की तरफ़ आँख गड़ाकर देखने लगा। तो मैंने इस बात का जवाब दिया, "आख़िर किसी ने आपको अपने मन की बात कहने से रोका तो नहीं है!"

भनावत ने चाय पीने की समाप्ति का कार्यक्रम पान खाने से शुरू किया। पान खाते-खाते वह कहने लगा, "तो तुम क्या यह सोचते हो कि अपने मन की बातें साफ़-साफ़ कहने से आपकी नौकरी टिक पाएगी? अजी, दो दिन में लात मारकर निकाल दिए जाएँगे। जनाब, यह मेरी चौदहवीं नौकरी है। ज़्यादा ख़तरा अब मैं नहीं उठा सकता। सच कहता हूँ, इसलिए बदमाश कहा जाता हूँ। मैं अब तक व्यक्ति, स्थिति और परिस्थिति को न देखकर बातें करता था। मैं बदमाश था। अब मैं सोच-समझकर, अपने को भीतर छिपाकर, 'मौक़ा' देख करके बात करता हूँ, इसलिए लोग मुझे 'अच्छा' समझते हैं। सवाल लिखित कानून का नहीं है। लिखित नियम तो यह है कि व्यक्ति स्वतंत्र है। किन्तु वास्तविकता यह है कि व्यक्ति को ख़रीदने और बेचने की, ख़रीदे जाने और बेचे जाने की, दूसरों की स्वतंत्रता को ख़रीदने की या अपनी स्वतंत्रता को बेचने की, आज़ादी की मज़बूरी है। लिखित नियम और बात है, वास्तविकता दूसरी बात। खाने के दाँत दूसरे होते हैं दिखाने के दाँत दूसरे। पूरे यथार्थ को मिलाकर देखिए। मैं तो मारवाड़ी का बच्चा हूँ। आप कवि लोग हैं। सच्ची आज़ादी उन्हें है, जिनके पास पैसा है। वे पैसों के बल पर दूसरों की स्वतंत्रता ख़रीद सकते हैं...मैं ख़ुद ख़रीदता था।"

मिस्टर भनावत के वक्तव्य से हमारा समाधान नहीं हुआ। अगर मैं वही बात कहता तो दूसरे ढंग से कहता। ढंग बहुत ही महत्त्वपूर्ण होता है। सच है कि हम श्रम बेचकर पैसा कमाते हैं। लेकिन श्रम के साथ-ही-साथ हम न केवल श्रम के घंटों में, वरन् उसके बाहर भी, अपना-अपना संघर्ष-स्वातंत्र्य, विचार-स्वातंत्र्य और लिखित अभिव्यक्ति-स्वातंत्र्य भी बेच देते हैं। और यदि हम अपने इस स्वातंत्र्य का प्रयोग करने लगते हैं तो पेट पर लात मार दी जाती है। यह यथार्थ है। इस यथार्थ के नियमों को ध्यान में रखकर ही पेट पाला जा सकता है, अपना और बाल-बच्चों का।

तो क्या, भनावत सचमुच ठीक कहता है? क्या मेरी अपनी उन्नति के लिए, समाज में मेरी बढ़ती के लिए, मुझे भी उसी तरह अपनी पूँछ हिलानी पड़ेगी? वास्तविकता यह है कि अलग-अलग लोग, अलग-अलग ढंग से पूँछ हिलाते हैं। मेरा भी पूँछ हिलाने का अपना तरीक़ा है। मैं पहले अपने पंजे मालिक की गोद में रख दूँगा, और फिर दाँत निकालकर मालिक के मुँह की तरफ़ देखते हुए पूँछ हिलाऊँगा। दूसरे कुत्ते,

दरवाज़े में खड़े होकर पूँछ हिलाते हैं। कुछ कुत्ते पास आने की लगन बताते हुए बीच-बीच में भौंकते हैं, गुर्राते हैं, और पूँछ हिलाते रहते हैं। मतलब यह कि स्थिति-भेद और स्वभाव-भेद के अनुसार पूँछ हिलाने की अलग-अलग शैलियाँ हैं। तो मैं यह नहीं कह सकता कि मैं पूँछ नहीं हिलाता। लेकिन, यह ज़रूर है कि अपने को उनके सामने तुच्छ देखता हूँ। होना तो यह चाहिए कि साफ़-साफ़ कहूँ। लेकिन, सवाल यह है कि झगड़ा कौन मोल ले, हमें क्या मतलब, हमसे क्या काम है!

लेकिन भनावत? भनावत बदमाश है। वह यह धोखा खड़ा करना चाहता है कि वह उनका है। लेकिन मैं ऐसा नहीं कर सकता।

और, फिर भी भनावत ने जो बातें कहीं उनमें बहुत कुछ सार दिखाई दिया।

हम ज्यों ही पान खाकर रास्ते पर चलने लगे, मैंने भनावत से कहा, ''मिस्टर, हम ज़रा घूमते आएँगे, तुम इधर से निकल जाओ।''

उसने जवाब दिया, ''क्यों, इंटरनेशनल बातें करनी हैं! खैर, जाओ। लेकिन वो लोग मुझे क्या कहेंगे! ख़ैर, जाओ, मैं कह दूँगा कि वे इंटरनेशनल बातें करने निकल गए हैं।''

भनावत डग बढ़ाता हुआ निकल गया और मैं वहीं दो-चार क़दम इधर-उधर हुआ। मैंने कहा, ''तुम्हारे घर चलें?'' जगत स्तब्ध खड़ा रहा। कोई जवाब नहीं दिया। मैं ताड़ गया कि वह दरबार में जल्दी-से-जल्दी हाज़िर होना चाहता है, जिससे कि वह फ़िज़ूल की बातचीत का विषय न बने।

[6]

भनावत जब आगे के चौराहे पर पहुँच गया होगा तब हम बिजली के चार-खम्भे के पीछे धीरे-धीरे पैर बढ़ा रहे थे। मैं बहुत उदास हो गया था, दिल भारी हो उठा था, लगता था कि पैर आगे नहीं उठ रहे हैं, अगर वहीं कहीं कोई बैठने की जगह होती तो मैं अवश्य बैठ जाता। एक ग़मगीन सूना दिल में घिर रहा था, दिमाग़ में अँधेरे के पंख भन्ना रहे थे; भयानक व्यर्थता का भाव रह-रहकर मँडरा आता था और अपनी असमर्थता का भान घुटनों में दर्द और दिल में कचोट पैदा करता था। मुझे ग़ालिब के शेर याद आए—

'कोई उम्मीद बर नहीं आती,
कोई सूरत नज़र नहीं आती।
मौत का एक दिन मुअय्यन है,
नींद क्यों रात-भर नहीं आती।'

अपने बचपन और नौजवानी में ऐसे ही किन्हीं क्षणों में, मुझे मृत्यु के अँधेरे में चिरकाल के लिए समा जाने की इच्छा होती थी। लेकिन अब मैं इस प्रकार के

कल्पना-विलास की सुविधा नहीं उठा पाता। मुझे इन जलते रेगिस्तानों पर पैर रखते हुए ही चलना है।

...लेकिन मुझे अब आगे चलना दूभर हो गया। सामने अँधेरे में एक सिन्धी की चाय की दुकान पड़ती थी। उसके भीतर के कमरे में एकान्त था। उस एकान्त के लिए मैं तड़प उठा। एकान्त मेरा रक्षक है। वह मुझे त्राण देता है और बहते हुए खून को अपने फावे से पोंछ देता है। जगत मेरी इच्छा समझ गया। अँधेरे भरे एकान्त कमरे में जिसके ऊपर एक रोशनदान से धुँधला प्रकाश आ रहा था, हम दोनों जाकर धप् से बैठ गए। और लगभग दस मिनट तक चुपचाप बैठे रहे। पानी पिया और उसके बाद एक-एक कप चाय।

मैंने जगत से कहा, ''हम कितने अकेले हैं! जीवन में कहीं कोई 'मीनिंग,' कोई अर्थ चाहते हैं, और वह भी मिल नहीं पाता।''

जगत ने अंग्रेज़ी में कहा, ''यह इसलिए है कि हममें संकल्पशक्ति नहीं है। अगर हम इन्हें दुतकार दें तो ये हमारा क्या कर लेंगे?''

मैं पल-भर चुप रहा। फिर कहा, ''दुतकारना आसान है। मेरी भी यह पन्द्रहवीं नौकरी है। लेकिन पेट पालना बहुत मुश्किल है। मेरे घर में सारे दुर्भाग्य मौजूद हैं—लम्बे-लम्बे रोग, भारी क़र्ज, कलह और मानसिक अशान्ति बीसियों साल से घर किए बैठे हैं। उन्होंने मुझे भी चुना है। बाल-बच्चों को सड़क पर फेंककर भले ही मैं कुछ कर जाऊँ, लेकिन मैं इतना कठोर नहीं हो पाता, शायद कोई भी नहीं हो सकता।'' मैंने जगत से कहा, ''हमें अपने वर्ग में रहने का मोह है, निचले वर्ग में जाने से डर लगता है। लेकिन क्रमशः हमारी स्थिति गिरते-गिरते उन जैसी ही होती जाती है।...तो वहाँ सहर्ष ही क्यों न पहुँच जाएँ। लेकिन वहाँ भी मुक्ति नहीं है, क्योंकि उस स्थान पर उत्पीड़न घोरतर है।...

''और फ़ासले? कितने फ़ासले हैं, हमारे और तुम्हारे बीच में, तुम्हारे और भनावत के बीच में, भनावत के और किसी के बीच में। ये दिल मिलने नहीं देते।''

और ठीक इसी क्षण में जगत न मालूम किस स्फूर्ति से चल-विचल हो गया। वह बीच में कूद पड़ा। उसने मेरे आत्म-निवेदन में हस्तक्षेप किया और कहने लगा, ''अमरीकी लेखकों ने भी इसी तरह की परिस्थितियों का सामना किया है। यह कोई नई परिस्थिति नहीं है।''

मैं सिर्फ़ हँस दिया, यद्यपि जगत की बात में सत्य था।

और फिर हम मशीन की भाँति वहाँ से उठ खड़े हुए। कोई निश्चय—अस्पष्ट और अधूरा—मेरे दिमाग़ में चल-विचल होने लगा।

मैंने मुँह लटकाकर रास्ते में जगत से कहा, ''आदमी-आदमी के बीच के फ़ासले दूर कैसे होंगे?''

जगत ने एक गहरी साँस ली। उसने कहा, ''उनको बातचीत से दूर नहीं किया जा सकता, क्योंकि वहाँ तरह-तरह के भेदों के दलदल हैं।''

तब मैंने मानो ज़ोर से चीख़कर कहा, "हाँ, हमें इस दलदल को सुखाना होगा। लेकिन उसके लिए तो किसी ज्वालामुखी की ही आग चाहिए।"

बातचीत और भी थकाए डाल रही थी। एक अबूझ और बेपहचान दर्द भर रहा था। लगता था, हम किसी अँधेरी सुरंग में भटकते-भटकते अब यहाँ पहुँचकर एक दीवार का सामना कर रहे हैं, जिसके आगे रास्ता नहीं है।

[7]

ज्यों ही हम बग़ीचे में वापस पहुँचे, दूर से दिखलाई दिया, दरबार लगा हुआ है। एक गहरी झेंप हमारे चेहरे पर छाने का प्रयत्न करने लगी। केन्द्र में हमारे बॉस बैठे हुए थे।

बॉस ठिगने क़द और चौरस-चिकनी पीठ के व्यक्ति थे, जिनके गोल चेहरे पर तिकोनापन था। एक छोटी संवेदनशील नाक थी और छोटी-सी ठुड्डी। आँखें बड़ी-बड़ी और गोल थीं। एक क्षण-भर में वे क्रोध में उत्तेजित हो सकते और दूसरे ही क्षण ठंडे होकर मुसकराकर कोई मज़ेदार क़िस्सा सुना सकते थे। उन्हें देखकर मेरे हृदय में अनायास प्यार उमड़ता। उनके व्यक्तित्व में एक चमत्कार अवश्य था। वैसे वह बहुत बुलन्द आदमी थे और किसी के आगे झुकना उनसे न हो पाता, यद्यपि किसी भावावेश में आकर वे नम्र-हृदय भी हो सकते थे। इस समय उनके चेहरे पर एक मुसकराता प्रेम-भाव और आँखों में आर्द्र तल्लीन दृष्टि थी, जो यह बताती थी कि उनमें सुकुमार कल्पना-चित्र उत्तेजित होकर नए-नए कोमल भाव तरंगित करते रहते हैं।

उनके पास श्री भनावत बैठे हुए थे। ऐसा लगता था कि उन्होंने अपना बोलना अभी ही बन्द किया है और उनके मस्तिष्क में अब भी वाक्य-चित्र उभरते जा रहे हैं। जब ऐसा होता है तब वे साधारणतः अपनी एक जाँघ पर दूसरा पैर रखकर धड़ को आगे करके किसी उत्तेजित किन्तु गम्भीर भाव-प्रवण मुद्रा में सामने झुके हुए दिखाई देते हैं। इस समय भी उनकी मुद्रा इसी प्रकार की है।

उनके पास अपने को अस्तित्वहीन बनाकर, निःशेष बनाकर, एक नामहीन छाया बैठी हुई है, जो इतनी पीली है कि ऐसा लगता है, मरघट में से, चिता पर से अभी उठकर चली आई है। ये सज्जन गणितशास्त्री हैं। उनकी बग़ल में एक महोदय बैठे हुए हैं, जिनकी बैल की-सी मोटी गरदन पर एक नीला रूमाल लिपटा हुआ है। ये महोदय ठिगने और चौड़े तो हैं ही, उनके चेहरे जड़ी हुई आँखें बहुत बारीक हैं और एक आँख तो है भी नहीं। उनके माथे की ढाल ऊपर से नीचे की ओर जा रही है। माथा एकदम छोटा, तंग है; उसकी चौड़ाई तीन अंगुल से शायद ही बड़ी हो। सिर लगभग चपटा है और पीछे की तरफ़ एकदम समाप्त होता है, जिससे यह लगता है कि गरदन ही सिर पर चढ़ गई है। चेहरा खूब भरा हुआ, गोल और छोटा है। नाक, छोटी, तीखी और संवेदनशील है और होंठ छोटे-छोटे हैं। कुल मिलाकर लोग उनकी तरफ़ एकदम

आकर्षित होते हैं, किन्तु उन पर उस व्यक्तित्व का प्रभाव बुरा पड़ता है। इस समय, उनके मुँह में चॉकलेट की गोलियाँ भरी हुई हैं—जेब में तो वे उन्हें हमेशा रखते ही हैं। उनके पास कुरसी पर एकदम दुर्बलकाय ऊँची लड़की बैठी हुई है जिसके लम्बे चेहरे पर चश्मा चढ़ा हुआ है। सारा चेहरा लम्बी सलवटों में बाँटा जा सकता है। और वह ऐसा बिगड़ा हुआ-सा लगता है मानो उन्होंने कोई निहायत कड़वी दवा अभी-अभी खाई हो और उसकी डकार ऊपर आ रही हो और आ न पाती हो। वे रसायन शास्त्री हैं।

उनकी बग़ल में एक भीमकाय व्यक्ति बैठे हुए हैं जिनकी पीठ कम-से-कम ढाई फ़ीट ऊँची होगी और खूब चौड़ी। वे जब हँसते हैं तो ऐसा लगता है कि प्रतिध्वनि की लहरों से कहीं दरख़्त ही न टूट पड़े। उनका चेहरा ऐसा भूरा-सफ़ेद है जैसे बैल का पुट्ठा हो; वह ऊपर से गोल, मांसल और नीचे से एकदम तिकोना और पुष्ट है। वे भी चश्मा पहने हुए हैं और ऐसा लगता है जैसे वे हर चीज़ को घूरकर देख रहे हों। वे भूरी नेहरू-जैकेट पहने हुए हैं और इस समय हाथ में रखे अपने डंडे को हिला-डुला रहे हैं। वे संस्कृत के विद्यावारिधि हैं। उन्होंने भारतीय संस्कृति पर एक शोध-ग्रन्थ भी लिखा है। वे यहाँ काफ़ी प्रतिष्ठित माने जाते हैं। सिर्फ़ मिस्टर भनावत उन्हें छेड़ते रहते हैं।

उनकी बग़ल में कुरसी पर दो दुबले-पतले सज्जन सिमटे-सिमटे बैठे हैं, मानो उन्हें यह नज़ारा भयभीत कर रहा हो। दोनों सूट-बूट से लैस हैं और लगता है कि उनमें से हर एक का सूट कम-से-कम ढाई-सौ रुपयों का तो होगा। उनमें से एक की नेकटाई लाल और दूसरे की नीली है और वे सिर्फ़ इस डर में हैं कि कहीं उनके सम्बन्ध में चर्चा न छिड़ जाए।

उनकी बग़ल में बड़ी ही गौरव-भावना और शालीनता के साथ कंजी आँखोंवाला एक गोरा नवयुवक बैठा हुआ है जिसके बारे में यह कहा जाता था कि कॉलेज के ज़माने में उस पर कई लड़कियाँ मरती थीं। वह इस समय सादी पोशाक में अपने प्रभावशाली व्यक्तित्व में खोया हुआ है, मुसकरा रहा है। वे दर्शनशास्त्री हैं। उनके पास कुरसी के एक हिस्से पर झुककर और तिरछे होकर राव साहब बैठे हुए हैं, जिनके मुख-मंडल पर श्रम की थकान के साथ-ही-साथ सन्तोष की स्निग्धता भी विराजमान है। उनके बाजू में चार-पाँच कुरसियाँ ख़ाली पड़ी हैं।

इस सब मंडली पर मौलसिरी के ऊँचे-पूरे, भरे-पूरे वृक्षों का सघन छाया-प्रकाश गिर रहा है।

हमने बॉस को नमस्कार किया और चुपचाप अपनी कुरसियों पर जाकर बैठ गए। तीन-चार मिनट में हमने नए वातावरण में अपने-आपको जमा लिया, और अपेक्षा के भाव से चारों ओर देखने लग गए। किन्तु वातावरण पूर्ण प्रशान्त था। और मुझे समझ में नहीं आया कि ऐसा क्यों है?

इतने में राव साहब के पास बैठे हुए चमकदार दर्शनशास्त्री ने कहा, ''सा'ब, पारा-साइकोलॉजी में यही पढ़ाया जाता है!'

मैं समझ गया कि कोई बात पहले हो चुकी है। मैं इसलिए चुप रहा कि संस्कृत के विद्यावारिधि महोदय अपनी गड़गड़ाती आवाज़ में पारा-साइकोलॉजी का पुराना उदाहरण बताने लगे जो उन्हें किसी जगह पढ़ने को मिला था। असल में वह पिशाच-बोध का उदाहरण था। लोगों ने उनकी कहानी का अच्छा-ख़ासा रस लिया, साथ ही उनके व्यक्तित्व का भी। पता नहीं कैसे उनकी कहानी के सिलसिले में ही अपराधों की चर्चा चल पड़ी, जो एक बम्बइया अँगरेज़ी साप्ताहिक में निकला करती थी। अपराधों पर होती हुई वह धारा महाराजा तुकोजीराव होलकर तक गई और वहाँ से बहती हुई वेश्याओं तक आई। फिर संस्कृत के विद्यावारिधि ने गणिका और वेश्या का भेद बताया और फिर उन शहरों पर चर्चा चल पड़ी जहाँ वेश्याओं के प्रसिद्ध मुहल्ले हैं। फिर उन शहरों की अन्य विशेषताओं पर दृष्टि जाते ही यूनिवर्सिटियों के प्रशासन पर चर्चा चल पड़ी और फिर विद्यार्थियों की अनुशासनहीनता की घाटी में बहती हुई वह राजनीतिज्ञों पर गई और वहाँ से बम्बई चुनाव तक आ गई। कृष्ण मेनन के चेहरे पर भी चर्चा चली और वहाँ से वह अन्तर्राष्ट्रीय राजनीति का किनारा छूती हुई राजनीतिज्ञों द्वारा दी जानेवाली पार्टियों तक पहुँची। और उन पार्टियों से बहती हुई वह शराब के क़िस्सों तक आई और फिर वहाँ से अँगरेज़ों के खान-पान से होती हुई वह महाराष्ट्रीय 'वरण' और 'पूरण पोली' तक पहुँची। और फिर एक विस्फोट की भाँति मोटी गरदनवाले अर्थशास्त्री से प्रश्न पूछा गया, (पूछनेवाले स्वयं बॉस थे) "बताओ तुम कितने रसगुल्ले खा सकते हो?"

मिस्टर रामभोज ने कहा, "यही, लगभग दो सेर!"

बॉस ने कहा, "तीन सेर खाओगे?"

रामभोज ने कहा, "नहीं, इतना नहीं खा सकते।"

"अच्छा, तुम्हें पाँच रुपए दूँगा, अगर तुम इतना खा जाओ तो।"

"नहीं सा'ब, इतनी कम क़ीमत में इतनी तक़लीफ़ नहीं उठाई जा सकती।"

"अच्छा, दस रुपए दूँगा।"

मोटी गरदनवाले महोदय एकदम उठ खड़े हुए और कहने लगे, "एकदम तैयार हूँ, इतनी मिठाई तो बचपन में खा जाता था।" और ठहाका मारकर हँसने लगे।

मिस्टर रामभोज के लिए तीन सेर, हम सब लोगों के लिए दो सेर, मिठाई का ऑर्डर दिया गया।

यद्यपि लोग उकताए हुए थे (क्योंकि इसी तरह की बातें ज़रा उलट-फेर के साथ रोज़ चलती थीं), मिठाई की प्रतीक्षा में बैठे रहे और उठ पड़ने के ज़बरदस्त मोह को दबा गए।

कि इतने में...

दूर से, एक चमकदार आदमी और उसके साथ दो-तीन आदमी और आते दिखाई दिए। वे अभी बोगनविला से लदे फ़ाटक के पास ही थे। चमकदार आदमी, काला महीन ऊनी पैंट और सफ़ेद बुश-कोट पहने हुए ऊँचा गोरा-चिट्टा व्यक्ति था।

उसका चेहरा लम्बा था, जिस पर कुलीन आभिजात्य की आभा फैली हुई थी, जो उसकी आत्म-विश्वासपूर्ण चाल-ढाल, मज़ाक़-भरी मुसकराहट और उँगलियों में फँसी सिगरेट की राख झिड़कने की तरक़ीबों से प्रकट हो रही थी। काले फ्रेम के चश्मे के ऊपर, दो-चार रेखाओंवाले माथे के नीचे घनी-घनी भौंहे थीं और कान के ऊपर दो-चार लम्बे बाल ऊँचे उठे थे। वह इस तरह चल रहा था जैसे यहाँ का सारा इलाक़ा उसी का है। वह लम्बी आसान डगें बढ़ाता हुआ चला आ रहा था।

उसके पीछे एक छोटे क़द का गोरे रंग का पचास-साला आदमी चल रहा था, जिसके आगे के दाँत टूटे हुए थे। उसका छोटा लम्बा चेहरा पान की पीक से भरा था। वह खद्दर की पोशाक में लैस यहाँ का कांग्रेसी एम.एल.ए. था। उसकी चाल-ढाल ऐसी थी कि लोगों को यह भय था कि कहीं फिर से यहाँ का चुनाव न हो।

उसके पीछे एक लम्बा, काला पहाड़ी क़द का आदमी चल रहा था जिसका हर अंग सुडौल, मजबूत और भरा-पूरा था। उसके चेहरे पर चिकने पत्थर की कठोर स्निग्धता थी। साथ ही उसका मुख-मंडल चमचमा रहा था। यद्यपि वह मुँह पर तेल नहीं लगाता था, लेकिन चेहरा तेलिया दिखता था। वह पैंट और बुश-कोट पहने हुए था। उसकी पोशाक गन्दी थी। वह ईसाई मोटर-ड्राइवर था। नए आगन्तुकों को देखकर हममें से कुछ लोग बेचैन होने लगे, कुछ अपनी सीट छोड़कर बेचैन होना चाहने लगे। नीले रूमालवाली मोटी गरदन ने इधर-उधर ताकना शुरू किया। मैं सबसे पहले उठकर मीटिंग भंग करने की पहलक़दमी करते हुए एक पेड़ की छाया में चहलक़दमी करने लगा। धीरे-धीरे इधर-उधर देखकर किसी-न-किसी गुन्ताड़े या बहाने से लोगों ने उठना शुरू किया।

मेरे पास जगत, भनावत और राव साहब आकर खड़े हो गए। राव साहब की चाँदी की डिबिया खुल गई। पान की लूट मची। हर आदमी ने दो-दो गिलौरियाँ मुँह में जमाईं—यहाँ तक कि जगत ने भी। डिब्बा ख़ाली होते देख हम सब प्रसन्न होकर हँसने लगे।

मुझे राव साहब का लाड़ आ गया। मैंने उन्हें एकाएक छाती से चिपका लिया और उनके सामने उनका दिया एक रुपया वापस करते हुए कहा, "भनावत ने चाय पिला दी थी। मेरे पास भी चिल्लर थी। यह लीजिए, आपका एक रुपया वापस।"

"रखो न भई, रखो न भई! अभी तो बहुत ज़रूरत पड़ेगी।"

मिस्टर भनावत ने उद्दंडतापूर्वक उसे छीनना चाहा और कहा, "समझते नहीं होंगे! अभी तो भोजन भी नहीं हुआ है। इस समय साढ़े-बारह बजे हैं। महफ़िल चलेगी रात के कम-से-कम दस बजे तक। रुपया तो अपने को लगेगा ही—घूमने-घामने के लिए।"

राव साहब पान चबाते हुए प्रेम-पूर्वक भनावत के चिबिल्लेपन को देख रहे थे। उसकी नोक उन्हें कई बार गड़ चुकी थी। लेकिन वे अब उसका आनन्द भी लेते थे।

असल चीज़ यह है कि मिस्टर भनावत लोगों के ऐब देखने में बहुत होशियार थे। अगर ये सिर्फ़ ऐबों को देखते रहते तब भी कोई बात नहीं थी; वे उन कमज़ोरियों को

अपने क्रीड़ा-व्यवहार का विषय बनाते। यह बड़ी ख़तरनाक बात थी। ऐसे लोग दुश्मन पैदा कर लेते हैं। और अगर यहाँ उनके कई शत्रु नहीं हुए तो इसका कारण यही था कि यहाँ के लोग अत्यन्त सदाशय थे और किसी की चार बातें सह लेना जानते थे।

भनावत ने बताया, "यह जो बॉस के पास बैठे हुए सुनहरे और ऊँचे-पूरे व्यक्ति हैं, जो बुश-कोट पहने हुए हैं और बड़ी अदा-ओ-अन्दाज़ के साथ सिगरेट पी रहे हैं, वे यहाँ के एक रईस हैं। अपने शहर के पास की ज़मींदार (विधवा स्त्री है वह) के दीवान के वे लड़के हैं। उनकी अपनी कोई कमाई नहीं, उनकी अपनी कोई मेहनत नहीं है। उन्होंने सिर्फ़ विधवा ज़मींदारिन के साथ मेहनत की है (हम सब लोग हँसते हैं) उसी का शुभ परिणाम वे भोग रहे हैं। शहर में पूछ लीजिए, उनके अपने घरवालों से पूछ लीजिए, वे सब वही कहानी बताएँगे, क्यों राव साहब?"

राव साहब को काटो तो खून नहीं। वे स्तब्ध हो उठे। और कुछ नहीं बोले। भनावत आगे कहता गया, "यहाँ के कई रईसों को बिगाड़ने और धूल में मिला देने का कार्यक्रम उन्होंने सफल करके दिखाया। कई रईस उनकी सोहबत में प्रसिद्ध शराबी और रंडीबाज होकर चौपट हो गए। अब वो अपने बॉस के साथ बिज़नेस करना चाह रहे हैं। हर तीसरे साल कार बदलते हैं और हर दूसरे साल प्रेमिका!"

राव साहब ने खँखारने की, गला साफ़ करने की चेष्टा की। नाक में से स्वर का एक विस्फोट किया और कहा, "अपने बॉस उनके चक्कर में नहीं आ सकते।"

भनावत ने कहा, "लेकिन, बिज़नेस तो कर ही रहे हैं।"

राव साहब बोले, "वो बॉस के सामने टिक नहीं सकते।...बिज़नेस बिज़नेस है!"

मुझे इस बातचीत से वितृष्णा हो उठी। मुझे बिज़नेस नहीं दीखता था, वरन् मानव-समुदाय दीखते थे जो विशेष-विशेष स्वार्थों और हितों की दिशा में कार्यशील थे। मुझे मानव-समुदायों में के ख़ास व्यक्ति और उनके व्यक्तित्व, उनके परस्पर-सम्बन्ध और उनकी जीवन-प्रणाली दीखती थी। मन में उत्पन्न वितृष्णाजनक जीवन-चित्रों से मुक्ति पाने के लिए मैं वहाँ से हट गया और दूर फ़व्वारे की तरफ़ देखने लगा, जिसके कुंड में सिर्फ़ गली मिट्टी और सड़ा हुआ पानी था, जिसकी भीतर गई सीढ़ियों पर हाँफते हुए मेढक अपनी भद्दी, खुली-खुली, चमकीली बटननुमा आँखों से दुनिया को देख रहे थे। मैंने कई बार कहा था कि इस फ़व्वारे को चालू कर दिया जाए और उसकी टोंटी सुधार दी जाए और कुंड साफ़ किया जाए। लेकिन किसी ने मेरी बात न सुनी।

फ़व्वारे के कुंड से हटकर बॉस की खुशनुमा मेहराब पर चढ़ी गुलाब की बेल के नीच गुज़रता हुआ मैं बूढ़े युक्लिप्ट्स के उस पेड़ की ओर जाने लगा जिसका तना, सिर्फ़ तना, आम के दरख्तों से ऊपर निकल आया था, और जिसकी शाखाएँ आकाशोन्मुख होती हुई फैल गई थीं। वहीं हरी चम्पा (मदनमस्त) के छोटे पेड़ थे, जिनकी घनी टहनियाँ प्रसन्न और शान्त दिखाई दे रही थीं। इस आशा से कि मैं उसका एकाध फूल तोड़ सकूँगा, वहाँ पहुँचा ही था कि उस पेड़ के पीछे से टेरिलिन की पैंट

पहने हुए गठियल, ठिगने, कंजी आँखवाले दर्शनशास्त्री का चमकीला चेहरा सामने आया, जिस पर उदासी और उकताहट की मटमैली आभा फैली हुई थी। मुझे देखकर अपने शरीर को ढील दे वे एक पैर पर ज़ोर देकर खड़े हो गए और चिन्ताशील आँखों से मुझे देखने लगे।

मैंने उनसे हाथ मिलाया और उस हाथ मिलाने में ही मुझे मालूम हो गया कि, पल-भर के लिए ही क्यों न सही, दिल मिल गया है। मैं क्षण-भर के लिए उन उदास शिथिल कंजी आँखों के कत्थई सितारे देखने लगा कि इतने में उसने अँगरेज़ी में कहा, ''मान लीजिए कि यहाँ एक हत्या हो गई है...''

चौंकते हुए मैंने जवाब दिया, ''कितना बुरा विचार है!''

उसने कह डाला, ''लेकिन कितना मौज़ूँ है। हम तो सा'ब ख़यालों की मौज़ूनियत देखते हैं।''

मैं मुसकरा उठा। किसी की हत्या हो या न हो, हमारी तो हो रही थी। यह साफ़ था। और मुझे देवकीनन्दन खत्री के उस तिलिस्म की याद आई जिसमें से बाहर निकलना असम्भव था, लेकिन जिसके भीतर के प्रांगणों में बग़ीचे भी थे, तहख़ाने भी थे और जिसमें कई नवयुवतियाँ और किशोरियाँ गिरफ़्तार रहती थीं। वे घूम-फिर सकती थीं, तिलिस्मी पेड़ों के फल खा सकती थीं, लेकिन अपनी हद के बाहर नहीं निकल सकती थीं। ये हदें वे दीवारें थीं जो पहले से ही बनी हुई थीं और जिनको तोड़ पाना लगभग असम्भव था, अथवा जिन्हें तोड़ने के लिए अपरिसीम साहस, कष्ट सहन करने की अपार शक्ति, और धैर्य तथा वीरता के अतिरिक्त विशेष कार्य-कौशल और गहरे चातुर्य की ज़रूरत थी। मेरी आँखों में उस गहरे अँधेरे तिलिस्म के तहख़ानों और कोठरियों के बाहर के मैदानों में घूमती हुई लाल-पीली और नीली साड़ियाँ अब भी दीख रही हैं, उनके मुरझाए गोरे कपोल और ढीली बँधी वेणियों की लहराती लटें भी दीख रही हैं, और मन-ही-मन मैं कल्पना कर रहा हूँ कि क्या यहाँ फैले हुए बहुत-से लोगों की आत्माएँ इसी प्रकार की तो नहीं हो गई हैं।...लेकिन प्रश्न तो यह है कि यह तिलिस्म कैसे तोड़ा जाए!

मुझे अपने में खोया जान दर्शनशास्त्री ने पूछा, ''कहाँ गुम हो गए हो? लो, यह फूल लो!''

मदनमस्त का फूल सचमुच खूब महक रहा था। उसकी मीठी-मीठी महक दिल की राख पर फैल तो गई लेकिन ज़हरीली हो गई और उस ज़हर को मैं धीरे-धीरे सूँघता रहा।

दर्शनशास्त्री मेरे सम्मुख उपस्थित हो गया और मेरा हाथ पकड़ बग़ीचे की उस मुँडेर की ओर जाने लगा जहाँ हमारे मकानों के पिछवाड़े में लगे हुए केले के लम्बे-लम्बे चमकदार पत्तोंवाले झाड़ झूम रहे थे। उसने मुझे अपने विश्वास में लेते हुए कहा, ''सुनो, मैं जल्दी ही यहाँ से चला जाऊँगा!''

"सचमुच?"

"हाँ।"

मैं एकदम चुप रह गया। अपने अकेलेपन का दु:ख मुझे गड़ उठा। मुझे अभी से उस स्थिति की याद आने लगी, जब वह चला जाएगा और मैं निस्संग रह जाऊँगा। (यद्यपि मैं उसके साथ के बावजूद अकेला था!)

मैंने दर्शनशास्त्री मिस्टर मिश्रा से कहा, "तुम जवान हो, तुम्हें तो ज़िन्दगी में ज़रूर साहस करना चाहिए और नई तलाश में जाना चाहिए। लेकिन...मैं? मैं कहाँ जाऊँगा! मेरे सात बच्चे हैं और माता-पिता की भी ज़िम्मेदारियाँ हैं। रोग, क़र्ज़ और तरह-तरह की उलझनें मुझ पर हैं!" और मैं उसाँस लेकर चुप हो गया।

दर्शनशास्त्री कुछ नहीं बोला। वह मेरे घर की हालत जानता था। और मेरे सामने अब यह सवाल था कि मैं कहीं अगले संघर्षों में ही टूट तो नहीं जाऊँगा! क्योंकि अब मेरा शरीर भी साथ नहीं देता। तो क्या मैं अब यहीं बैठा रहूँ?

और मेरे सामने, आज के यथार्थ के काले भयानक अँधेरे चित्र आने लगे, मुझे वह आदमी याद आने लगा, जो परदेश में सालों से बीमार रहा, लेकिन अपने स्नेहियों से सिर्फ़ अपनी लाश उठवाने के लिए, अन्तिम क्षण में उनके स्पर्श के लिए, तरसता हुआ देश आ गया। और फिर उसी कुट्ठर में रहने लगा, जहाँ वह पहले रहता था, और अपने कुट्ठर-वास के दो दिन बाद ही उसकी मृत्यु हो गई। मैं आज से दस साल पहले अपने दफ़्तर जाते वक़्त उस रास्ते से गुज़रता जिस पर उस मिट्टी के अँधेरे कुट्ठर का दरवाज़ा खुलता था, और मेरी आँखें उस व्यक्ति की ओर आकर्षित हो चुकी थीं, क्योंकि वह एकदम पीला पड़ गया था और पाँव पसारे हुए हाथ के बल चलता था। कहीं ऐसी दशा मेरी भी न हो! हाय!

...कि इतने में किसी पेड़ से टूटा एक पत्ता मेरे शरीर पर आ गिरा। मैंने अनजाने ही उसे उठा लिया और उसके घने-हरे रंग में टहलती हुई नसों को देखने लगा। उसमें जवानी थी। नया रक्त था। मुझे उस पत्ते को चूमने की और अपने गालों पर उसे लगा लेने की तबीयत हुई गोकि मैंने संकोचवश वैसा किया नहीं।

इतने में जगत पीछे से दौड़ता हुआ आया और उसने हाँफते हुए समाचार दिया, "रूस ने एक और आदमी आसमान में छोड़ दिया! टिटोव! वह अब तक अठारह बार प्रदक्षिणा कर चुका है!"

दर्शनशास्त्री मिस्टर मिश्रा और जगत की होड़ लगा करती थी। मिश्रा ने पूछा, "तो तुम्हें तो बहुत बुरा लगा होगा, जगत। साला रूस क्यों आसमान में पहुँच रहा है! उसे तो नष्ट होना चाहिए था!"

मिश्रा ने जगत पर भद्दा अटैक किया था। मैं क्या कर सकता था? जगत चुप रहा। मिश्रा कहता गया, "लुमुम्बा की कविता जगत ने नहीं पढ़ी, पढ़ नहीं सका, उसके दोस्तों के विरुद्ध जाती थी। लोग कम्युनिस्टों को गालियाँ देते हैं कि वे रूस-चीन की

ओर देखते हैं। लेकिन ये साले न सिर्फ़ ब्रिटेन-अमरीका की तरफ़ देखते हैं, उनके बैंकों में अपने रुपए रखते हैं। क्यों बे साले, तू ऑक्सफ़ोर्ड या हॉर्वर्ड जा रहा था न? तेरे पास इतना फ़ॉरेन एक्सचेंज कहाँ से आया? तेरा अन्तर्राष्ट्रीय पूँजीवाद (एक भद्दी गाली) साला, यहाँ से लेकर तो अमरीका तक एक ज़ंजीर में बाँधे हुए हैं, पैसों की ज़ंजीर में।''

बेचारा जगत! भूला-भटका जगत! ओफ! गुस्से से लाल हो उठा। उसे महसूस हुआ कि उस पर झूठा आरोप लगाया जा रहा है। वह तो अमरीकी 'साहित्य' का प्रेमी है।

अकस्मात् जगत ने मिश्रा पर बुरी तरह अटैक कर दिया था। पीछे से उसकी मोटी कमर पकड़कर उसके सन्तुलन को बिगाड़ते हुए उसे नीचे गिरा दिया, कि इतने में मिश्रा ने उसे अपने आलिंगन में जकड़ लिया, इतनी ज़ोर से उसे कसा, और इतनी ज़ोर से हँस पड़ा कि जगत हक्का-बक्का रह गया!

मिश्रा ने कहा, ''हमारे-तुम्हारे बीच कोई झगड़ा नहीं है, जगत! तुम्हारा-हमारा प्राकृतिक सह-अस्तित्व है क्योंकि हम दोनों एबी लॉर्ड्स हैं!''

एबी लॉर्ड! मेरे दिमाग़ में एक बिजली कौंध उठी! एक अर्थ मुझ पर वज्र सा गिर पड़ा!

एबी लॉर्ड! शिखंडी सन्त जिसने अपनी जननेन्द्रिय को चाकू से काट दिया था! सन्त बने रहने के लिए!*

और मैंने एकाएक अपनी दिल की धड़कन सुनी कि निर्बल होकर सन्त और...बनने के बजाय सबल होकर सृजन-शक्ति को तेज़, और तेज़ करूँगा, भले ही लोग मुझे बदनाम करें,...मगर मुझे इसे तेज़ रखना ही पड़ेगा।

> [आगे का अंश यद्यपि 'विपात्र' के उपन्यास रूप में सम्मिलित था, पर ऐसा जान पड़ता है कि यह इस लम्बी कथा का एक अलग प्रारूप है। इसके अन्त में चरित्रों के नाम में भी कुछ परिवर्तन मिलता है और उनकी मानसिकता में भी। इसलिए इसे मिलाकर 'विपात्र' को एक लघु उपन्यास मानने की बजाय उसी कथा का एक अन्य रूप मानना अधिक समीचीन लगता है।—सं.]

दिमाग़ चलता है, दिल में हलचल होती रहती है, लेकिन उसके मुताबिक़ 'हलचल' नहीं कर पाता, काम नहीं कर पाता! वे जो गतियाँ अन्दर-अन्दर होती हैं, बाहर प्रतिफलित नहीं हो पातीं। धरड़-खरड़, खरड़-धरड़ मशीन चलती है, चलती रहती है, उसमें स्याही लगी है लेकिन काग़ज़ नहीं है; इसलिए कुछ नहीं छपता। पुस्तक नहीं, पर्चा नहीं, अख़बार नहीं। पर, पूरी मशीन रफ़्तार के साथ धरड़-धरड़ खरड़-खरड़ चलती रहती है, सूने अँधेरे-अकेले में। ओ, फ़ोरमैन,...यदि चाय पीने नहीं गए हो तो स्विच ऑफ़ करो जिससे कि मशीन बन्द हो जाए। मशीन बन्द करो, मशीन बन्द करो,

---

* यहाँ तक का अंश 'विपात्र' कहानी के रूप में ज्ञानोदय 1965 में और फिर 'काठ का सपना' संग्रह प्रकाशित हुआ था। उपन्यास के रूप में प्रकाशित होने पर इस अंश के प्रभावी समापन के लिए अगली तीन पंक्तियाँ और जोड़ी गईं।—सं.।

ओ फ़ोरमैन! बिजली का ईंधन बरबाद हो रहा है। ज़िन्दगी की बिजली फ़िज़ूल ख़र्च हो रही है। एक अजीब भयानक काला-काला साँड़ पल-क्षण की हरी-हरी घास चरता जा रहा है। ख़याली धुन्ध में जीते रहने की आदत बन गई है। बेकार छिछला भीतरीपन...और थोथा बाहरीपन। और लोग सोचते हैं कि मैं गम्भीर हूँ।

यह सिर्फ़ एक पहलू है। तार टूटता है, हाथों में टुकड़े रह जाते हैं। दो टुकड़ों के बीच अन्तराल हो जाता है, दूरी होती है, सूना होता है। सूनापन अजीब होता है। बदनसीब होता है। कोई नहीं पूछता है उसे! पर उसमें ख़यालों के रेशे उड़ते रहते हैं। उड़ते-तिरते जुड़ जाते हैं। एक चीज़ बन जाती है। मनोहर, जरीदार, सुन्दर वस्त्र। सूनापन ज़रूरी है, लेकिन कभी-कभी, हाँ कभी-कभी। तो मैं ऐसी सुन्दर बुनावट कर सकूँ ऐसी सुन्दर...! बशर्ते कि सूनापन दुनिया को ताज़ीम दे तो दुनिया भी मेरे सूनेपन को सुरक्षा दे, प्यार और सम्मान दे। बशर्ते कि...बशर्ते कि...लेकिन शर्त पूरी नहीं होती।

मुझे बहुत काम करने हैं। मुझे बहुत-बहुत चिट्ठियाँ लिखनी हैं, दूर-दूर के पतों-ठिकानों पर—कलकत्ता और बम्बई, दिल्ली और इलाहाबाद, उज्जैन और गौहाटी। अपने दोस्तों से बहुत-सी बातें पूछनी हैं।

ओ इलाहाबाद के दोस्त, तुमने रात को बहुत अच्छा इरादा किया था और भले-भले सपने देखे थे! लेकिन, सुबह होते ही क्या हुआ? बिस्तर पर से उठते ही तुम इतने बदल क्यों गए? सबको मालूम है कि बहुत ईमानदार, सज्जन और प्रतिभाशाली हो। तो फिर इतने निष्क्रिय क्यों हो और जो प्रतिभा-हीन नज़र आते हैं, वे इतने सक्रिय क्यों? तुम काम क्यों नहीं कर पाते? जवाब साफ़ है। तुम ख़याली धुन्ध में खोए रहते हो।

ओ दिल्लीवासी मित्र, तुम इतने उखड़े-उखड़े क्यों नज़र आते हो? तुम्हारे भीतरी चेहरे पर शनिश्चरी छाया क्यों? तुम गाँव से आए, शहर में बसे। वहाँ बसकर, ख़ासा क़ीमती सूट पहनने लगे। गाँव के तुम्हारे जो साथी थे, वे अब गँवार महसूस हुए। तुम जितना ऊपर चढ़ते हो, अपने सगों से दूर क्यों हटते जाते हो? हर अगली सीढ़ी की ऊँचाई पर खड़े होकर तुम निचली सीढ़ी को हीन क्यों समझने लगते हो?

ओ गौहाटीवाले मित्र, तुम कितना अच्छा सोचते हो! तुम्हारी जबान कितनी अच्छी है! लेकिन तुम ख़ुदरी या सदाबहार के पौधे की भाँति उगते और बढ़ते क्यों नहीं? फूलदार और फलदार क्यों नहीं हो पाते? उधर, तुमसे सैकड़ों मील दूर मैं अपनी खिड़की में से उन रास्तों को देखता रहता हूँ जो तुम तक निकल गए हैं! दरमियानी दूरियाँ बहुत-सी हैं, लेकिन उनको मापने और लाँघने के रास्ते भी कई-कितने हैं। साफ़ बात यह है कि जिस तरह एक लालटेन उजाला फैलाती है उसी तरह आज के सचेतन व्यक्ति—सजग तुम और सजग मैं—दरमियानी फ़ासले तैयार करते हैं। क्या यह सच नहीं है? सिर्फ़ चिट्ठियाँ लिखने से क्या होगा? सिर्फ़ टेलीफ़ोन पर बात करने से

ज़िन्दगी की दूरियाँ नहीं मिटतीं। क्या इसका तजुर्बा तुम्हें नहीं है? क्या ये फ़ासले तुम्हें नहीं अखरते? बराबर...वे अखरते होंगे! बेशक...वे खटकते होंगे! लेकिन ऐसी न मालूम कितनी खटकनें और अखरनें दिमाग़ी तल-घर के अटाले में डालकर रखते हैं।

सवाल ज़िन्दगी में होनेवाली ग़लतियों का नहीं है...सवाल उन फ़ासलों का है—जिन्हें बीचोबीच रखकर ग़लती नहीं सुधारी जा सकती। ऐसा क्यों? इसलिए कि हर एक को घमंड है कि उसके अपने पास कुछ है जो मूल्यवान् है। और अगर किसी ने उसे छू लिया तो शायद है कि वह छिन जाए या घट जाए या बिगड़ जाए।

और, इसमें सन्देह नहीं कि हर एक के पास कुछ-न-कुछ महत्त्वपूर्ण और मूल्यवान् अवश्य है। अवश्य है अर्थात् वह उसके वश में नहीं है, उसके वश के बाहर है, उसके वश के बावजूद है। हर एक मिट्टी में सोने के कण चमक रहे हैं। यहाँ तक कि दुर्लभ धातुएँ भी! किसी पत्थर में लोहा और मैगनीज़, फ़ॉस्फ़ॉर और बॉक्साइट, एक-से-एक बहुमूल्य और उपयोगी द्रव्य। प्रतिभा से कोई ख़ाली नहीं। क्या इसीलिए सब एक-दूसरे से दूर-दूर हैं? ये दूरियाँ अक्षांश और देशान्तर दोनों बनाती हैं। हम अपनी ऊँचाई पर खड़े होकर नीचेवालों से फ़ासला रखते हैं, और समतल मैदान पर खड़े होकर अपने-जैसे दूसरे लोगों से। तो, इसलिए हम एक-दूसरे से परिचित होकर भी अपरिचित रह जाते हैं। परिचय ऊपरी है, सतही और छिछला है। अपरिचय में घनत्व है, वह गहरा है, साथ-ही-साथ कठोर और कड़ा भी।

हर आदमी चाहता है कि दूसरा उसे पहचाने, उसके भीतर पहुँचे, और उसकी आत्मा में जो मूल्यवान तत्त्व हैं उन्हें मान्यता प्रदान करे। लेकिन हर एक को घमंड है कि उसका आत्म-वैभव अद्वितीय है। और चूँकि वह अद्वितीय है इसलिए वह निर्मल और प्रदीप्त है। परिणाम यह होता है कि कोई किसी के भीतर पहुँच नहीं पाता, उसके अन्दर के फ़ॉस्फ़ॉर और बॉक्साइट को शुद्ध करने का साहस फिर कौन करे? कौन फ़िज़ूल लड़ाई-झगड़ा मोल ले? यह एक मानी हुई बात है कि कोई भी व्यक्ति चाहे जितना भी आत्मालोचन कर सकने का सामर्थ्य रखता हो, वह अपने स्व द्वारा 'निज' का परिष्कार और विकास नहीं कर सकता। मुक्ति अकेले में अकेले की नहीं हो सकती। मुक्ति अकेले में अकेले को नहीं मिलती।

ऊष्म सम्पर्कहीनता के कारण जब हृदय के वैभव का मानवीय उपयोग नहीं हो पाता तो मूल्यवान स्वप्न तितर-बितर हो जाते हैं। वेदना कराहकर माथा ठोंक लेती है। महत्त्वपूर्ण भाव और मार्मिक विचार टूट-टाट जाते हैं। सृजनशील संकल्प शक्ति जाती रहती है। किसी प्राचीन ज्वलन्त-गृह के प्रस्तर-खंडों की भाँति व्यक्ति अपने शून्य पथ पर

चलता रहता है! दरमियानी फ़ासले उसे उन तमाम गरम चीज़ों से बचा देते हैं, जो छाती में किरनों का फैलाव पैदा करती हैं और दिल में एक गहरी हलचल उभारती हैं। परिणाम यह होता है कि मनुष्य की सृजनशील संकल्प-शक्ति के चिथड़े-चिथड़े हो जाते हैं। आदमी तक़लीफ़ों से नहीं डरता, वरन् वह बासीपन से, अपने बंजरपन से, हारकर ख़ुद को थका-हारा महसूस करता है। कॉफी-हाउस में चार घंटे गप लगाने के बाद कभी-कभी मनुष्य को जो भयानक विरक्ति होती है, उसको ध्यान में रखने से मेरी बात समझ में आएगी।

दरमियानी फ़ासले ग़लत हैं—चाहे वे अक्षांशवाले हों, चाहे देशान्तरवाले। लेकिन अक्षांशवाले फ़ासले सबसे ख़तरनाक हैं, क्योंकि इस प्रकार की दूरी ऊँच-नीच की भावना से बनती है। ऊँची निसैनी की सर्वोच्च सीढ़ी पर चढ़ा हुआ व्यक्ति जब उसी निसैनी की निचली सीढ़ी पर खड़े हुए व्यक्ति को अपने से नीचा और हीन समझने लगता है, तब निसैनी पर ही हाथापाई होने की नौबत आ जाती है। यदि ऐसी हाथापाई हुई तो दोनों को चोट लगती है। इससे तो यह अच्छा है कि ऊँच-नीच पैदा करनेवाली ख़तरनाक निसैनी टूट जाए!

वैसे मैं यह मानने के लिए तैयार हूँ कि आज का प्रत्येक संवेदनशील व्यक्ति प्रेम का भूखा है। प्रेम की यह भूख बढ़ती जा रही है। ज्यों-ज्यों मनुष्य की परिस्थिति बिगड़ती जाएगी, वह सहानुभूति के एक-एक कण के लिए तरसेगा। किन्तु साथ ही प्रेम प्रदान करने की उसकी शक्ति भी कम होती जाएगी। एक ओर मात्र अस्तित्व रक्षा के संघर्ष के कारण हारे-थके लोग अपने आप में बँधते चले जाएँगे तो दूसरी ओर धन-सम्पन्न व्यक्ति अपनी सम्पन्नता की दीवारों से घिरकर अधिकाधिक अहंबद्ध होते जाएँगे।

वासना और वेदना दोनों में एक विचित्रता है। वेदना की अधिकता, कष्टों तथा संकटों की बारम्बारता, मनुष्य को आत्मबद्ध बना देती है। इस प्रकार आत्मबद्ध कि सारी दुनिया उसे पराई मालूम होती है, अपरम्पार दूरियाँ फैल जाती हैं। एक ओर अपनी निस्सहायता की भावना से आत्म-विश्वास का लोप होता है, तो दूसरी ओर अन्य जन पर विश्वास करने की क्षमता भी कम होती जाती है। वेदना बुरी होती है। वह व्यक्ति को व्यक्ति-बद्ध कर देती है। कहा जाता है, वेदना सबको एक कर देती है। लेकिन, यह ग़लत है। वेदना से प्रताड़ित और दमनग्रस्त आतंकित व्यक्ति की गतियाँ शिथिल हो जाया करती हैं। इसलिए विद्रोहियों का दमन किया जाता है। यही कारण है कि हज़ारों सालों से ग़रीब जनता ग़रीब हो रही है। वेदना स्वयं कर्म का उत्साह उत्पन्न नहीं कर सकती। मुझे अस्पताल का अनुभव है। हर बीमार अपनी कराहों से घिरा रहता है। एक बीमार की दूसरे बीमार से कोई सहानुभूति लक्षित नहीं होती, और यदि होती भी है तो

यह कहा जाएगा कि उसकी वेदना ने उसकी आत्मा को नहीं कुचला है। बाहरी दुनिया आदमी को तक़लीफ़ देती है। तक़लीफ़ और कष्ट से वेदना उत्पन्न होती है। वेदना आत्मा को कुचल देती है। मनुष्य अपने को हीन, अक्षम अनुभव करने लगता है। किन्तु जिनकी वेदना आत्मा (को) कुचल नहीं पाती, उनमें तेज़स्विता रहती है। वे लोग भी दुनिया में कुछ कर सकते हैं। वेदना आदमी को ढीला करती है। तेज़स्विता उन्हें कस देती है।

वासना का विचित्र हाल है। लोग अपनी-अपनी वासनाओं की डींग मारते भी देखे गए हैं, (वेदनावाले भी अपनी-अपनी वेदनाओं की शेख़ी बघारते हैं) वेदना की भाँति ही वासना और उसकी अधिकता मनुष्य को घनघोर रूप से आत्मबद्ध बना देती है, वासनाशील व्यक्ति अपने रंगीन सपनों की दुनिया में रहता है। वह निजबद्ध और आत्मग्रस्त हो जाता है। अपनी उस अहंबद्धता का वह आदर्शीकरण भी करता है। मेरा ऐसा ख़याल है कि बहुत-से कवियों की अपनी निस्संगता उनके वासनासंकुल अहं का परिणाम है। वेदना की, कष्टों और संकटों की बारम्बारता निचली श्रेणियों में पाई जाती है, क्योंकि वे अधिक अरक्षित हैं। वासना की संकुलता ऊपरली श्रेणियों में भी पाई जाती है, क्योंकि उन्हें मनोमय लीला करने की फ़ुरसत अधिक होती है।

व्यक्तिबद्ध वेदना और व्यक्तिबद्ध वासना—साहित्य के अनेक उद्‌गम स्रोतों में से स्वयं दो हैं। मज़ेदार बात यह है कि इन दो स्रोतों ने साहित्य में जो उपमाएँ और प्रतीक प्रदान किए हैं, उनमें भावों का औदार्य न सही तो भावों की तीव्रता बहुत अधिक होती है। काव्य-कला द्वारा ऐसे कलाकार अपनी व्यक्तिबद्ध वेदना या व्यक्तिबद्ध वासना का उदात्तीकरण और आदर्शीकरण भले ही कर लें, उनके व्यक्ति चरित्र की मूल-ग्रन्थि तो बनी ही रहती है। दूसरे शब्दों में, कला तथा साहित्य में प्रकट जो सौन्दर्य है वह इस बात का विश्वसनीय प्रमाण नहीं हो सकता कि उस सौन्दर्य के सृजनकर्ता का वास्तविक निज चरित्र उदार, उदात्त और उच्च है। असल में हमारे वाक्-सिद्ध-साहित्यिक अपने-आपको बहुत 'प्रकट' करते हैं, इस तरह अपने-आपको खूब छिपाते हैं। हमारा आत्मप्रकटीकरण बहुत कुछ अंशों में वस्त्र-परिधान है, वास्तविक आत्मोद्‌घाटन नहीं। हमारी उच्चानुभूति के तथाकथित क्षण सुन्दर क्षौम वस्त्रों द्वारा आत्म-प्रच्छादन हैं। यही कारण है कि आए हुए आदमी से हाथ मिलाने के लिए अपने सफ़ेद बिस्तर पर से ज़रा उठकर हाथ बढ़ाने की कभी-कभी तबीयत तो होती है, लेकिन ताक़त और हिम्मत हमेशा साथ नहीं देती। लेटी हुई देह हाथ मिलाने के लिए कभी-कभी अपना धड़ कुछ ही ऊपर उठाती है कि इतने में धड़-से नीचे गिर पड़ती है। बढ़ा हुआ हाथ ढीला होकर ढुलक जाता है।

कि इतने में एक छाया मुसकराती हुई मेरे सामने आ जाती है। स्याह-नीली पैंट और सफ़ेद बुश-कोट! अब मैं इसका क्या करूँ? दरमियानी दूरी के उस किनारे वह खड़ी है! और मुसकरा रही है! मुसकराते-मुसकराते अँगरेज़ी में वह कहती है, ''मुझे दुःख है कि मैंने दखल दिया। आप तो लिख रहे थे!'' मैं शून्यता की परतों को फाड़कर, दूरियों को चीरने का प्रयत्न करते हुए, उसके सामने हो जाता हूँ। उसका अभिवादन करता हूँ। शायद मेरे पीले उतरे चेहरे को देखकर वह छाया संकुचित होती है, शायद जाना चाहती है। उसके हाथ में एक किताब है जिसके चमकीले कवर पर लिखा है—से नो टु डेथ (मौत के इनकार करो)। मुझे यह नाम अच्छा लगता है, बहुत अच्छा।

मैं उसकी सूरत-शकल को देखता हूँ। वह मुझे आँखें गड़ाकर देखती है। और मैं उसके देखने को देखता हूँ। मुझे उस बच्चे की याद आ जाती है, जिसका माथा बड़ा और कन्धा आगे आया हुआ है और जो एक सूने बँगले के पोर्च में खड़ा हुआ देखता है कि उसके सामने बन्द कमरों की बन्द खिड़कियों के फूटे तावदान में से गुज़रकर उसकी नोंकदार गिल्ली कहीं भीतर चली गई है, और चूँकि वह अन्दर के किसी अँधेरे कोने में चली गई है इसलिए वह अब, मिलने की नहीं। वह क्षति और शून्यता का अनुभव करता है। उसे भय प्रतीत होता है। उसके हाथ में डंडा है—बिना गिल्ली का, प्रतिक्रियाहीन! वह भाग खड़ा होता है, लेकिन उसके पैर तेज़ी से उठ नहीं पाते। उस बँगले में से कोई अदृश्य शक्ति निकलकर उसे पीछे की ओर खींचती है। इस कारण वह और भी घबरा जाता है। मुझे देखकर मेरे सामने शायद जगत को भी ऐसा ही कुछ मालूम हुआ होगा।

जगत के आकार को देखते ही मैंने मकड़ी के जाले हटाकर फेंकना चाहे। अपने चारों ओर बने हुए वल्मीक में से मैं ऊपर उभर उठा। अपने को मैंने इस प्रकार चैतन्यमय बनाने का प्रयत्न किया जैसे कोई अपने कपड़ों पर से धूल झटककर स्वच्छ होने का प्रयत्न करे। उसने मुझे ख़ुद के पंजों से छुटकारा दिलाने का प्रयत्न किया। मैं हँस पड़ा। घर में आवाज़ लगाकर चाय बनाने की आज्ञा दी। सचमुच मैं दूसरे ही स्तर पर दूसरे ही देश-काल में चला गया। और जगत को देखकर मुसकराने लगा।

जगत जैसी संस्कृत बोलता है उससे और ज़्यादा धाराप्रवाह अँगरेज़ी। वह 'सर्वज्ञ' है। उसकी जनरल नॉलेज बड़ी व्यापक है; और वह अमरीका, फ्रांस, और इटली में चलनेवाली अत्याधुनिक धाराओं का विशेषज्ञ है। वह एकान्तप्रिय है। घंटों कमरे में बैठा रहता है। कई दिनों तक निकलता नहीं। भारत की विभिन्न देशी-विदेशी लायब्रेरियों से उसके पास उत्तमोत्तम ग्रन्थ आते हैं। वह भारत की सर्वोच्च 'इंगलिश टीचर्स एसोसिएशन' का सदस्य भी है। हाल ही मसूरी में हुए अमरीकियों के सेमिनार में वह

गया भी था। अगर वह ऑक्सफ़ोर्ड या हार्वर्ड नहीं गया है, तो इसके पीछे कोई व्यक्तिगत बात है। मुझे उससे यह फ़ायदा होता है कि मैं उन भाव-धाराओं के सम्पर्क में आता हूँ, जो इस समय भारत की सर्वोच्च शिक्षित श्रेणी में चल रही हैं। साथ ही मुझे मान्य विचारकों और पंडितों की पुस्तकें भी मिल जाती हैं।

पता नहीं क्यों, वह मुझ-जैसे छोट आदमी सें सम्पर्क बनाए रखता है। उसमें और मुझमें ज़मीन-आसमान का फ़र्क़ है। मैं एक पिटा हुआ शख़्स हूँ, वह ऊँचे घोड़े पर सवार उत्साही नवयुवक है। मेरी आधी ज़िन्दगी ख़त्म हो चुकी है, उसके सामने अभी पूरी ज़िन्दगी पड़ी है। मैं एक ग़रीब आदमी हूँ, पैसे-पैसे के लिए तरसता हूँ। उसकी स्थिति सिर्फ़ अच्छी ही नहीं है, वह लम्बी यात्राएँ (हो सके तो) हवाई जहाज से करता है। उसकी सारी शिक्षा-दीक्षा कॉन्वेंट स्कूल जैसे विद्यालयों में हुई है। मैं म्युनिसिपल प्रायमरी स्कूल-जैसी 'राष्ट्रीय' संस्थाओं से 'आगे बढ़ा' हूँ। उसका राजनीतिक दृष्टिकोण अलग है, मेरा अलग। इस क्षेत्र में हम एक-दूसरे के विरोधी हैं। हम खुलकर टकराते हैं। सम्भवत: इसीलिए हम एक-दूसरे की दृष्टि को अधिक विशद बना देते हैं। यह सच है कि हम एक-दूसरे को चाहते हैं, साफ़गोई बरतते हैं; और उन झूठे तर्कों और युक्तियों से सावधान रहते हैं जो ठंडी लड़ाई ने ईज़ाद की है। यह कहना मुश्किल है कि मैं उसे कहाँ तक समझ सका हूँ या वह मुझे कहाँ तक जान सका है।

फिर भी हम दोनों की जोड़ी अन्यों की ईर्ष्या का विषय हो गई है। हम सबकी नज़र में आ गए हैं। लोग यह कहते पाए गए हैं कि मैं जगत के कैरियर को नष्ट कर रहा हूँ। उनके इस ख़याल की क्या बुनियाद है, यह मैं धीरे-धीरे ही समझ सका। लेकिन मैं विश्वास दिलाता हूँ कि जगत बेवकूफ़ नहीं है, और वह अपना 'कैरियर' पूरा करके रहेगा। बल्कि यह तो मैं ख़ुद भी चाहूँगा। मतलब यह कि हमने किसी न किसी अंश में एक-दूसरे पर विजय प्राप्त की है—दरमियानी फ़ासलों के बावजूद!

ऐसा क्यों हो सका?

इसका एक कारण वे मूल में संवेदनाएँ हैं, जिनसे जीवन-मूल्य बनते हैं। उसने ये अपने जीवन-मूल्य उस अमरीकी साहित्य द्वारा प्राप्त किए हैं, जिससे जन-साधारण के चेहरे उभरे हैं। फ़ॉकनर जैसे अत्यन्त दुरूह और दुर्गम उपन्यासकार की मूल पीड़ा और उसकी परिस्थिति ने उसे क्या-क्या नहीं दिया! जैक लंडन और मार्क ट्वेन, स्टीफ़ेन क्रेन और हेमिंग्वे की व्याख्या करनेवाला यह द्रविड़ पंडित जगत नवयुवक होते हुए भी कच्चा नहीं है। उसकी सहानुभूतियाँ व्यापक और विस्तृत हैं। उन साहित्यकारों ने जिन मानवीय, जनतंत्रात्मक जीवन-मूल्यों को प्रधानता दी, उनमें भीग उठनेवाला व्यक्ति यदि सहज-प्रवृत्ति से मेरे साथ रहने का प्रयत्न करे तो इसमें मुझे आश्चर्य नहीं होता। ज़िन्दगी अजीब है। विभिन्न वायु-मंडलों और दिक्-कालों में से आए हुए लोग भी

एक ठंडे घने पीपल की छाया के नीचे विश्राम करते हुए गले मिलें तो इसमें मुझे प्रकृति का विशेष उद्देश्य ही दिखाई देता है।

मेरे मकान के तीनों ओर पानी है, तीन बड़े-बड़े तालाबों का। मैं एक तथाकथित क़िले के पुराने सिंहद्वार पर रहता हूँ। सिंहद्वार के बाएँ-दाएँ और ऊपर बड़े-बड़े कमरे बने हुए हैं। इन कमरों में लम्बी-लम्बी ऊँची मेहराबदार खिड़कियाँ हैं—एक नहीं अनेक। सबसे बड़े कमरे में छह खिड़कियाँ हैं। आरपार का विस्तृत पारदर्शी सूना प्रकाश, हरियाली-भरा सूनापन, मेरे कमरे में लहराता है। जगत बेंत की आराम-कुरसी पर बैठा हुआ है और मैं उसके सामने अपने लचकीले टेबिल के पास टिन की कुरसी पर जमा हुआ हूँ। मेरे पास एकमात्र बेंत की कुरसी है, वह मेरे कमरे का आभूषण है, यह मैं आपसे छिपाना नहीं चाहता।

हवा के झकोरे मेरे कमरे में चौकड़ियाँ भर रहे हैं। जगत उसकी खिलवाड़ से कुछ बेचैनी महसूस कर रहा है। तालाबों की लहरें कमरे की भीतों से छपाछप टकरा रही हैं। अपने आठ साल के बच्चे की फ़िक्र हो रही है, जिसे दमे के रोग ने पछाड़ रखा है। उसकी खाँसी की आवाज़ सुनकर मैं उसे स्वेटर पहनने का आदेश देता हूँ और अब तक चुप बैठे हुए जगत की ओर ध्यान से देखता हूँ।

जगत खिड़की के बाहर देख रहा है। और मैं उसकी तरफ़ देख रहा हूँ। मैं उसे छेड़ने के लिए कहता हूँ, "तो आज तुम्हें फुरसत मिल गई?"

मेरे सवाल का जवाब देने की बजाय वह अँगरेज़ी में कहने लगा कि जहाँ जाइए, वहाँ एक-न-एक सवाल पैदा हो ही जाता है। उसके चेहरे से लगता था कि वह परेशान और उकताया हुआ है। उसका मुँह खट्टा था।

उसने कहा, "आगे से तो हम लोग घूमने जा ही नहीं सकते!"

मैंने जवाब दिया, "क्यों, क्या दरबार लगा हुआ है?"

उसने कहा, "मैं तो तंग आ गया। कल वो कह रहे थे कि तुम साढ़े-नौ बजे रात को कहाँ 'लोफिंग' कर रहे थे! मतलब यह कि कहीं हम घूमने न जाएँ। बस, उनके पास बैठे रहा करें। और बातचीत भी क्या! मछलियाँ कितनी तरह की होती हैं! अंग्रेज़ों के लंच में कौन-सी चीज़ें होती हैं। मैंने ऐसे कई लोग देखे जो खाने के शौक़ीन हैं। लेकिन खाने की चीज़ों के ज़िक्र के शौक़ीन तो मैंने कहीं नहीं देखे।"

मैंने मुँह बनाकर कहा, "लेकिन बैठना तो पड़ता ही है। बॉस है न! वह भी ऐसा कि जो खाना खाने के लिए बुलाए और घंटों बैठाए। रोज़ पार्टी!"

उसने कहा, "अजी, हद हो गई! एक तो बहस की एक-न-एक चीज़ वो ख़ुद छेड़ते हैं, और उनकी बात न मानने पर बिगड़ पड़ते हैं। ख़ुद तो बच्चे हो जाते हैं और बुज़ुर्गी का अधिकार चाहते हैं!"

यह कहकर जगत ने बहुत उदास होकर अपना मुँह लटका लिया। मैं उसके चेहरे की तरफ़ देखता रहा। क्रमशः मेरी तरफ़ भी एक तेज़ाब-आग लपकने लगी थी। एक भाव है—जिसका नाम है नपुंसक क्रोध! इस भाव का अनुभव हर उस आदमी को होता है (यह लगभग अनिवार्य नियम है) जिसने अपने जीवन की रक्षा के लिए अपनी स्वतंत्रता बेच खाई है। जिस समाज में जननेन्द्रिय भी बेची जाती है, वहाँ व्यक्तिगत स्वतंत्रता बेचनेवालों की संख्या असीम है। उतनी बड़ी संख्या है आत्मा को रेहन रखनेवालों की। एक बार हमारे बॉस ने हममें से हरेक को खाने के लिए तीन-तीन आम दिए। मैंने अपने पड़ोस के एक दरबारी से कहा कि एक आम का एक घंटा। बैठो बेटा! अब तीन-तीन घंटे इस बूढ़े के साथ! मज़ा यह है कि हम सब लोग बराबर उतनी ही देर क्या, बल्कि उससे ज़्यादा बैठे। शाम को छह बजे से जो गोष्ठी शुरू हुई तो रात के ग्यारह बज गए।

हमारे बॉस के अनुसार यह हाई क्लास सोसाइटी है। और हम उस सोसाइटी के अंग हैं। वे कहते हैं कि हमें सोशल होना चाहिए।

बाज़ आए हम ऐसी सोसायटी से, और किसी भी सोसायटी से। मुझे मालूम है कि बहुत से गप्पी, बहुत से सभा-जीत, बहुत से बैठक-बाज और महफिल-बाज लोग फालतू की बातचीत को सौन्दर्य-कला का रूप देते हुए घंटों बैठ सकते हैं, और फिर भी अपने साथ बैठने-उठनेवालों के प्रति उनके हृदय में कोई विशेष या साधारण प्रेम-सम्बन्ध भी नहीं होता। वे अपनी 'सम्मिलन-वासना' को सामाजिकता समझते हैं। मैं ऐसे मिलन-प्रेमियों का उतना ही विरोधी हूँ जितना स्टालिन ट्रॉट्स्की का!

फिर भी मैं बॉस के प्रति बेईमानी नहीं करना चाहता। वे एक उच्चाशय व्यक्ति हैं। उन्होंने हमें बहुत मदद दी है। वे हमें अपना समझते हैं। हम भी उन्हें अपना समझते हैं। आत्मीयता दोनों ओर से है; इसलिए जब आग लगती है तो दोनों ओर लगती है, दोनों ओर से लगती है।

उनका हमारे प्रति निःस्वार्थ प्रेम-भाव है, कृपा-भाव है। किन्तु प्रेम के भीतर एक जो अधिकार-प्रियता रहती है, वह भी उनमें है। जीवन-भर वे शासक और अनुशासक रहे हैं। उनकी स्वाभाविक अधिकारप्रियता में यह स्नेहाधिकार भी आकर मिल जाता है, और हमें दोनों बरदाश्त करने पड़ते हैं। हमारे वे श्रद्धेय, जीवन में एकाकी हैं, निस्संग हैं। वे अपने अकेलेपन से घबराते हैं, ऊबते हैं, हर पल साथ चाहते हैं, संग चाहते हैं, वे वृद्धापकाल के समीप हैं; और अपने कर्मचारियों और अधिकारियों के सामीप्य द्वारा अपनी शून्यता और एकाकीपन को दूर करते हैं। तसवीर का यह एक पहलू है। दूसरा पहलू यह है कि अधीन कर्मचारी और सहायक-गण नवयुवक हैं और वे एक बुज़ुर्ग के साथ घंटों तक नहीं बैठ सकते। वे घूमना चाहते हैं, फिरना चाहते हैं, स्वतंत्रतापूर्वक, ख़ासकर शाम को, रात को। बुज़ुर्ग के पास आख़िर आज़ादी बरती भी तो नहीं जा सकती, न उनकी बात में मज़ा आता है।

दोनों में दो ज़मानों का फ़र्क़ है; फिर दोनों के बीच बड़े फ़ासले हैं। फिर भी दरबार लगता है, जिससे भूत-पिशाचों से लेकर कम्युनिस्टों तक, और साँप-बिच्छू से लेकर केन्द्रीय मंत्रिमंडल तक तथा ल्यूकीमिया और कॉरोनरी थ्रॉम्बॉसिस से सत्यनारायण की कथा तक—सब विषयों पर सही-ग़लत बातचीत होती है, मज़ाक़ होता है और झगड़े भी होते हैं। किन्तु अब ये सारे विषय और कांड इतनी बार हो चुके हैं कि ख़ास कहने-सुनने को किसी के पास कुछ भी नहीं रह गया है। फिर भी दरबार लगता ही है। और अगर उसमें न जाया जाए तो आदमी नज़र में आ जाता है। नज़र से गिर जाता है। और अब तो यह हालत हो गई कि सिर्फ़ डिनर, लंच और टी-पार्टी के भरोसे ही यह दरबार जैसे-तैसे चल रहा है।

आजकल एक मज़ाक़ चल पड़ा है। दरबारी लोग कहते हैं कि हमारे बॉस हमारे 'ख़ाविंद ' हैं और हम सब उनकी नौजवान रखैलें हैं। हाँ, इसमें सीनियर जूनियर रखैलें भी हैं। और इन रखैलों में स्वभावतः ईर्ष्या-द्वेष भी। लेकिन उनमें से किसी में यह ताव नहीं है कि पूरी हालत मालिक को समझा दें! फिर भी भीतर-भीतर आग सुलग रही है। इस संघर्ष ने कई सवाल पैदा कर दिए हैं। उन सवालों में से कई और सवाल शाखाओं की भाँति फूट निकले हैं। आजकल दरबारियों में एक-दूसरे का छिद्रान्वेषण खूब चल रहा है।

जगत ने एक अजीब बात कही, "एक ओर तो हम सब अकेले हैं और चाहते हैं कि एक-दूसरे का गहरा साथ हो। लेकिन यह हो नहीं पाता, यह नहीं हो सकता।"

मैंने गोली दागकर कहा, "होना भी नहीं चाहिए!"

जगत ने कोई आश्चर्य व्यक्त नहीं किया। वह सिर्फ़ अपनी उँगलियाँ तोड़ता रहा। फिर मैंने ही बात आगे बढ़ाई, "वैसे हर आदमी भला है! बुरा कौन है! —कोई नहीं! और जो बुरे हैं वे इसलिए हैं कि उन्हें मालूम है कि खोटा सिक्का अच्छा चलता है। वे बुरे नहीं। चतुर हैं वे, सिर्फ़ चुतर! ये सब पढ़े-लिखे हैं। कोई एम.ए. तो कोई डॉक्टर! लेकिन ये किस मर्ज़ की दवा हैं!

"वे आते हैं, खूब अच्छी बातें करते हैं, अच्छा आतिथ्य-सत्कार करते हैं। उनकी सबसे बड़ी इच्छा क्या है? वे सबकी दृष्टि में ऊँचे और अच्छे बने रहें और उनके प्रभाव का विस्तार हो। इसीलिए ये सब लोग बड़े आदमियों के चक्कर में हैं, दूर-दूर के लोगों से पत्र-व्यवहार करते हैं, उनके काम आते हैं। अगर ये देश का अध्ययन भी करते हैं, तो इसीलिए कि इस बहाने ही कुछ पैसा और प्रभाव हाथ आ जाए। ये लम्बी-चौड़ी बातें करते हैं; लेकिन अपनी बात निभा नहीं सकते। हम-सरीखे छोटे आदमी के प्रति-जनसाधारण के प्रति, उनकी दृष्टि ओछी और छिछली है। ये विचारों में रहते हैं। लेकिन वे हवा के रुख़ को देखकर ही विचार और भाव रखेंगे। हवा के रुख को देखकर ही ये बात बनाएँगे, बात बदल देंगे..."

मैं कहता गया, ''बाक़ी के जो ये पढ़े-लिखे लोग हैं, वे इस फ़िक्र में हैं कि शार्कस्किन की पैंट और खद्दर की धोती कहीं ख़राब तो नहीं हो गई है। शिक्षित संस्कृत लोग इस विशेष जीवन-प्रणाली के उपासक हैं। वह विशेष जीवन-प्रणाली ही उनके लिए सब कुछ है। वे अपनी उस उच्चतर जीवन-प्रणाली की रक्षा के लिए ही संघर्ष करते हैं। वही उनका आदर्श है। इसीलिए एक डी.एस-सी. (डॉक्टर ऑफ़ साइंस) हमारे यहाँ एस.डी.ओ. (सब-डिवीजनल ऑफ़िसर) है। कई फ़र्स्ट क्लास एम.ए. आजकल कलेक्टर हैं, आई.ए.एस. हैं। यह नहीं कि उन्हें विज्ञान के प्रति एकनिष्ठ अभिरुचि थी, इसीलिए वे डी.एस-सी., फ़र्स्ट क्लास एम.ए. हुए हैं; या उन्हें देश के कार्य-संचालन के प्रति विशेष अनुराग है, इसीलिए वे आई.ए.एस. हुए हैं। न,न,न। इसीलिए बिलकुल नहीं! वे डी.एस-सी. या आई.ए.एस. इसलिए हुए हैं कि उन्हें पैसा और प्रभाव मिले, पद और प्रतिष्ठा प्राप्त हो, ख़ूबसूरत ज़िन्दगी जीने को मिले! मैं यह नहीं कहता कि उनमें ऐसे लोग नहीं जिनमें भलमनसाहत है। उनमें बहुत-सी अशान्त आत्माएँ भी हैं! लेकिन कुल मिलाकर क्या है? कुछ नहीं! उनसे हमारे जो दरमियानी फ़ासले बने हुए हैं, वे बने रहेंगे। हम उनके बीच अकेले हैं, अकेले रहेंगे!

''हाँ, यह सही है कि ऐसे पढ़े-लिखे लोग भी हैं जिन्हें देश की दशा को देखकर अपना कहीं ठिकाना लगता-सा मालूम नहीं होता। वे निराश इसलिए हैं कि वे किंकर्तव्यमूढ़ हैं। वे क्लर्क हैं, वे छोटे अफ़सर, छोटे दुकानदार हैं। वे कॉलेज के लेक्चरर हैं। वे अपनी जीवन-प्रणाली की रक्षा के लिए चाहे जो करते हैं, कोई रिश्वत खाता है तो कोई कुंजियाँ लिखता है, तो कोई पैसे लेकर फ़ेल को पास करता है! उनके लेखे, बेवकूफ़ वह है जिसकी कुछ नहीं चलती, जो अपने पेट को काटकर, बाल-बच्चों को तरसा-तरसाकर जीवन-यापन करता है। ऐसे ये लोग हैं! ये शिक्षित हैं, संस्कृत हैं! अपनी बर्बरता को ढाँकने के लिए रवीन्द्र की जयन्तियाँ मनाते हैं, अपने पशुत्व को छिपाने के लिए सुन्दर भावों से जंगली आत्मा को ढँकते हैं, पैसा और नाम दोनों कमाते हैं। हवा के रुख़ को देखकर बात करते हैं, सभा को देखकर टोपी बदलते हैं। और अमरीका जाते हैं, लेकिन अपने ही शहर की गन्दी बस्तियों के घरों में झाँककर नहीं देखते!

''उनमें से बहुतेरे बुद्धिमान हैं, बहुतेरे ज्ञान-सम्पन्न भी हैं, कलाकार हैं और पंडित भी! लेकिन बड़ी-बड़ी किताबें लिखते हुए बंजर हैं, इसलिए कि उनकी आत्मा ऐसी जननेन्द्रिय के समान है जिसकी तिजारत होती है। आजकल का सेठ साफ़-साफ़ कहता है कि पैसों से मैं इन्हें ख़रीद लूँगा। वह जानता है कि इनसे चाहे जो करवाया जा सकता है। उधर ये ख़ुद ख़रीदे जाने का इन्तज़ार कर रहे हैं। कोई आए और उनकी बोली लगाए। इनसे हमारे दरमियानी फ़ासले बने रहेंगे, और बने रहने चाहिए, उन्हें बनाए रखना चाहिए। दुनिया के किसी अँधेरे अकेले कोने में मर जाना बुरा नहीं है!''

जगत स्तब्ध था। शायद वह अपनी ख़ुद की कोई परेशानी लेकर आया था। शायद वह यह सोचता था कि वह अपनी कुछ जी की बातें कहकर दिल को हलका करेगा।

लेकिन उसे मौक़ा नहीं मिला। मेरे दिल में उसाँस अभी बाक़ी थी, भाप अभी बाक़ी थी। वह निकलना चाहती थी। मैंने उससे कहा, "ज़्यादा-से-ज़्यादा ये लोग कौन-सी अच्छाई करते हैं? भलाई का कौन-सा रूप उन्हें मुआफ़िक़ होता है? वह है अपनों की, या जिन पर उनकी कृपादृष्टि है उनकी, हर तरह से परवरिश करना, उनके लिए दया और करुणा से भीग उठना। मैं ख़ुद उनकी दया और करुणा, कृपा और सहानुभूति का उपयोग करके ज़िन्दगी चलाता हूँ। इसकी मुझे क़ीमत भी देनी पड़ती है। मैंने सिर्फ़ एक काम अच्छा किया है। बड़े आदमियों के ज़्यादा बड़े चक्कर में न पड़कर मैंने आम तौर से छोटे आदमियों का अहसान लिया है। वे छोटे आदमी यह नहीं कहते कि तुम अपनी आत्मा मुझे बेच दो।..."

"...ये लोग तो एक ओर व्यक्ति-स्वतंत्रता का नारा लगाते हैं, लेकिन स्वतंत्रता को ख़रीदने और बेचने की व्यवस्था को बरकरार रखते हैं। अजी, सरकार ही नहीं, आजकल का सेठ भी स्क्रीनिंग करता है! देखा नहीं तुमने उस कलकतिए सेठ को? जिस समाज में व्यक्तिगत स्वतंत्रता ख़रीदी और बेची जा सकती है, उस समाज में ख़रीदने और बेचने की स्वतंत्रता है, व्यक्तिगत स्वतंत्रता नहीं। इसलिए पश्चिमी देश उन देशों को भी स्वतंत्र (फ्री) कहते हैं जहाँ पूरी सैनिक तानाशाही है। वे ऐसा क्यों कहते हैं? वे इसलिए ऐसा कहते हैं कि उन देशों में ख़रीदने और ख़रीदे जाने, बेचने और बेचे जाने की, यानी कि मुनाफ़ा कमाने की, व्यापार की निजी पूँजी से आदमी को ग़ुलाम बनाने की, स्वतंत्रता है। वही बुनियादी उसूल हमारे यहाँ भी एक अनिवार्य प्राकृतिक नियम की भाँति चला हुआ है।"

जगत मेरी तरफ़ देखता रहा। वह परेशान था कि मुझे क्या हो गया है! जी हाँ, मैंने कुछ नहीं कमाया, सिर्फ़ अकेलापन कमाया। मैं क्या करता! कौन मेरी बात सुने!

मैं क्या करता हूँ? ज़्यादा-से-ज़्यादा ढीमरों (कहारों), महारों और कुनबियों के मुहल्ले में चाय पीता हूँ। जी हाँ, मैंने वहाँ के दृश्य देखे हैं लेकिन साफ़ बात है कि मैं ख़ुद महार, कुनबी, ढीमर, मुसलमान या ईसाई नहीं हो सकता...जी हाँ, मेरे हमदर्दों ने मुझे हज़ार बार कहा कि यह छोटा शहर है, तुम यहाँ के बड़े आदमी हो, वहाँ जाकर चाय वग़ैरह न पिया करो। लेकिन मुझे वहाँ आराम मिलता है। कॉफ़ी-हाउसों में यूँ ही मेरे दिमाग़ में तनाव पैदा हो जाता है, बेहद तनाव पैदा है, और मुझे टी.एस. ईलियट की कुछ पंक्तियाँ याद आती हैं—

We are the Hollow men
We are the stuffed men
(हम पोले-पोचे आदमी हैं, हम भुसभरे लोग हैं)
We measure our life with coffee spoons
(हम कॉफ़ी के चम्मचों से अपनी ज़िन्दगी मापते हैं)

और भी तरह-तरह के बुरे-बुरे ख़यालात मेरे दिमाग़ में आते हैं। उनसे छुटकारा मुझे मिलता है, ढीमरों (कहारों) के होटलों में जाकर ही। यह बात सही है कि अब मैंने वहाँ पहुँचने के लिए गलियाँ ढूँढ़ निकाली हैं, जिससे कि मैं उन आँखों से बच सकूँ जो मेरी निन्दा करती हैं। सस्ते कपड़े का सूट निकालकर फेंक देता हूँ और उन गलियों को रवाना हो जाता हूँ।

लेकिन मैं होटल में जाता ही क्यों हूँ? जवाब शायद आपको पसन्द नहीं आएगा, विश्वसनीय नहीं होगा। लेकिन यह सच है कि वहाँ जाकर आबोहवा बदल जाती है। अपनी ख़ुद की उस आबोहवा से छुटकारा मिलता है, जिससे हम तंग आए होते हैं। वह छुटकारे की और कभी-कभी पुनर्विचार की और स्वप्नालुता की जगह होती है। जिस आदमी के पैर के नीचे लगभग हमेशा सड़क होती है, उस आदमी से ज़रा पूछ-ताछ कीजिए और आपको सही हालत मालूम हो जाएँगे।

लेकिन, यह भी सही है कि हर एक को हर जगह प्रिय नहीं होती। पीले उतरे हुए चेहरोंवाले उत्तेजना-प्रिय सौन्दर्यवादियों के स्थान मुझे अच्छे नहीं लगते! अपनी व्यक्तिगत प्रतिक्रिया के कारण मुझे ऐसे कई स्थान भ्रष्ट मालूम होते थे। वहाँ लम्बी जीभवाले राजनीतिक कार्यकर्तागण, उच्छृंखल क़ीमती सूटवाला विद्यार्थी समुदाय, तरह-तरह के उद्‍देश्यों वाले सर्वज्ञ पत्रकार, वकील और फ़ैशनेबल स्त्रियाँ और उनके पुरुष साथी आते हैं। तब उनके साथ सफ़ेदपोश गुप्तचर और कुछ एरिस्टोक्रैटिक जुआरी और व्यापारी भी आते हैं। ये सब बला हैं। इन सबके जमघट से मेरी नहीं बन सकती। मैं तो विचारों में खोया हुआ चला चलता हूँ, और ऐसे ही निम्नवर्गीय चायघरों में जाकर बैठ जाता हूँ। और मुझे गहरा छुटकारा हासिल होता है।

ईंट, पत्थर, राख, धुआँ और गोबर, इन सबके अलग-अलग और तरह-तरह के रंगों को मिलाकर ही इन निम्नवर्गीय चायघरों का चित्र प्रस्तुत किया जा सकता है। मैं इन सबका आदर्शीकरण नहीं करना चाहता। फिर भी मैं यह कहूँगा कि वहाँ मुझे काफ़ी दोस्ती हासिल हुई। दिल खुले और मुझे लगा कि मैं जो यहाँ विद्या का पति हूँ (एम.ए.) और पढ़ाता हूँ, उनके लिए आदरणीय हूँ। इन छोटे-छोटों से—चाहे वे निम्न मध्यवर्ग के ही क्यों न हों—मुझे बहुत बार सहायता भी प्राप्त हुई।

लेकिन साथ ही मैं यह भी कहूँगा कि इन स्थानों में से कुछ अवश्य दुराचार के अड्डे हैं। और यह जानकर आपको आश्चर्य होगा कि उच्चवर्गीय शिक्षित जनों में से कई लोग जीने पर से नीचे उतरते हुए पैंट के बटन लगाते हुए यहाँ भी नज़र आए हैं।

इतना अच्छा है कि इन चाय-घरों में से सब ऐसे नहीं हैं, और जो हैं, वे बे-बोले सबको मालूम हैं (शुरू में मुझे मालूम नहीं था)। और यह जो दुराचार हैं उसकी ज़िम्मेदारी एक ओर ग़रीबी की वेदना और (दूसरी ओर) धन की अहंग्रस्त वासना के युग्मीकरण की स्थिति पर है।

जगत को ग़ौर से देखने की फ़ुरसत मुझे अब मिली। मैंने देखा कि उसका चेहरा भावहीन, वर्णहीन दिखाई दे रहा है। वह एकदम कुरसी पर से उठकर कमरे के बीचोबीच खड़ा हो गया। ज़रा ऊपर देखने लगा और फिर मेरी ओर आँखें फिराईं। मैं कुछ कहने ही जा रहा था कि उसने मेरी ओर क़दम बढ़ाए, ऐसा लगा कि जैसे मुझे वह मारने जा रहा है, लेकिन वह मेरे बिलकुल क़रीब आकर पासवाली कुरसी पर धप् से बैठ गया। तब मुझे ख़याल आया कि वह मेरी बातों से परेशान हो गया है। मैंने चिन्तित होकर पूछा, "ओह, तुम मेरी बातों से ऊब गए हो!"

उसने अंग्रेज़ी में कहा, "नहीं, नहीं!"

इतने में अचानक ही कुरसी पर बैठे-बैठे पैर हिलाना शुरू किया। और कुछ क्षण के बाद वह गति भी बन्द कर दी। और पत्थर की बुत जैसी आकृति बना ली।

चुप्पी का छोटा-सा हायफ़न एक लम्बी लकीर बनता गया। कमरे के सन्नाटे में अपने-अपने छुपे ख़यालों की आवाज़ें गूँजने लगीं।

मैंने सन्नाटा तोड़ने के लिए कहा, "तुम्हें मेरी बातों पर विश्वास नहीं होता होगा।"

उसने अंग्रेज़ी में कहा, "नहीं, नहीं!" और तब मुझे मालूम हुआ कि उसके बोलने में फ़र्क़ आ गया है। वह इस तरह आवाज़ निकाल रहा है जैसे उसके गले में कुछ अटक गया हो।

और तब अकस्मात् एक अनजाना तूफ़ान ऊँचा उठता, नीचे गिरता हुआ ज़मीन-आसमान मिलाते हुए बहने लगा।

जगत ने धाराप्रवाह अंग्रेज़ी में कहना शुरू किया, "तुम समझते हो कि यह समस्या तुम्हीं ने देखी है, तुम्हीं ने अनुभव की है। लेकिन यह ग़लत है। हिन्दुस्तान ही नहीं, पश्चिम के सच्चे और ईमानदार लोगों ने भी इसका अनुभव किया। न मालूम कितने साहित्यकारों और कलाकारों ने। लेकिन उन्होंने इस समस्या का चित्रण भी किया। यह कहना ग़लत है कि हर पढ़ा-लिखा आदमी, और सभी पढ़े-लिखे आदमी वैसे ही होते हैं, जैसा तुम कहते हो। यह एकदम ग़लत है। मुझे आश्चर्य है कि तुम ऐसा आख़िर कह ही कैसे सकते हो। हरेक पढ़े-लिखे आदमी के बारे में तुम वैसा नहीं कह सकते। तुम्हारी यह राय केवल तीव्र भावना से पैदा हुई है। मैं हज़ारों ऐसे आदमी बता सकता हूँ जो सच्चाई न सिर्फ़ पसन्द करते हैं, प्रत्युत उसकी लौ में रहते हैं। मैं चेतना की तीव्रता और चेतना के स्तर में अन्तर करता हूँ। उनकी चेतना का स्तर भले ही विकसित न हो, किन्तु जहाँ तक बुराई से ख़ुद के बचाव का सवाल है, वे तुमसे ज़्यादा अच्छे मिलेंगे। जी हाँ, एक तरह से वे भी अकेले हैं। हर आदमी अपने आन्तरिक जीवन में, एक क्षण में संग-रहित है—चाहे वह क्षण लम्बा ही क्यों न हो—और दूसरे क्षण संग-सहित है। प्रश्न यह है कि वह संगहीनता कहाँ तक फलीभूत होती है और संग-सहित तत्त्व कहाँ तक फलीभूत होता है? यह प्रश्न जितना आन्तरिक है, उतना ही बाह्य! तुम

उस आदमी की बात कर रहे हो जो कर्मशक्ति से शून्य है, साथ ही जो अत्यधिक भावुक है। कर्म मनुष्य को उसकी परिस्थिति से तथा अन्य मनुष्यों से सिर्फ़ जोड़ता ही नहीं है, वह उन्हें मोड़ता भी है। सारे पढ़े-लिखे आदमी कर्मशून्य और निस्संग हैं, यह कहना ग़लत है। साथ ही यह भी कहना ग़लत है कि उनके जीवन-मूल्य ठीक-ठिकाने के नहीं हैं। यह मैं मानने के लिए कतई तैयार नहीं हूँ। दूसरे, यह कहना भी निस्सार है कि तुम्हें अपना वर्ग पसन्द नहीं, इसलिए तुम निचले तबके में जाना चाहते हो–जैसा कि तुमने संकेत दिया (स्पष्ट शब्दों में तुमने यह नहीं कहा यह ठीक है)। क्योंकि चाहिए तो यह कि तुम अपनी श्रेणी को नीचे की श्रेणी के साथ लाओ और उस स्थिति के लिए उसे तैयार कराओ, यह तुमसे नहीं होता, क्योंकि तुम अपनी श्रेणी को ही नहीं समझते। न तुम निचली श्रेणी को ही समझते हो, न इस तरह उसे समझोगे। मैं दुहराना चाहता हूँ कि चाहिए तो यह कि तुम अपनी श्रेणी को सामान्य जनता के उद्धार-लक्ष्यों और उद्‌देश्यों के समीप लाओ! लेकिन वह तुमसे नहीं होता। जिस तरह तुम इस समस्या को हल करना चाहते हो, वह उसके हल करने का तरीक़ा नहीं है। उससे सिर्फ़ तुम अपने लोगों से सामंजस्य और भी बिगाड़ लोगे। तुम्हारा जीवन और विच्छृंखल हो जाएगा, जब तक कि तुम अपने उद्‌देश्य तक पहुँचने का मार्ग न पा सको। वहाँ तक जाने के लिए अपने वर्ग का बायकाट करने की ज़रूरत नहीं है–कम-से-कम अभी नहीं है। वह निम्न-मध्यवर्ग है। उनमें से कुछ लोग थोड़े ऊपर पहुँच गए हैं। तो भी वह ग़रीब वर्ग है, भले ही वह तुम्हारे अनुसार 'भद्रता' से 'ग्रस्त' हो। यह सही कि तुम उसका बायकाट कर ऊपरली श्रेणी में नहीं घुसना चाहते, वरन् निचली श्रेणी की ओर उन्मुख हो। लेकिन केवल इतना काफ़ी नहीं है। और भी बहुत-सी चीज़ें, ज़रूरी हैं। हज़ारों पीढ़ियों से जो पुण्य एकत्र हुआ है, हमारे समाज में (पाप भी इकट्ठा हुआ है), उसका कुछ-न-कुछ प्रभाव पढ़े-लिखों पर भी मिलेगा। वे उस मानवीय सहानुभूति से इतने रिक्त नहीं हैं, जितना तुम समझते हो। हाँ, यह सम्भव है कि ऊपर-ऊपर से वैसा दिखता हो, मानो वे बिलकुल रिक्त हों। लेकिन ज़रा टटोलकर भीतर घुसकर देखो तो तुम्हें पता चलेगा कि इस मझोली श्रेणी में सामाजिक न्याय की भावना पहले ही कम या अधिक मात्रा में वर्तमान है। इसलिए जो मिलता है उसे प्राप्त करो, जो नहीं मिलता उसको उगाने के बीज बोओ। हाँ, यह सही है कि वहाँ बंजर ज़मीन भी मिलेगी। तो क्या हुआ! उतने को छोड़ दो या तोड़ दो। दिन में भी आसमान में तारे होते हैं। उनके प्रकाश की किरणें हमें दिखती नहीं। लेकिन पृथ्वी पर गिरती ज़रूर हैं, भले ही दिन का उजाला हो। इसी तरह अनगिनत मनुष्यों की अनगिनत अच्छाइयाँ भले ही हमसे ओझल रहें, हमें न दिखें, लेकिन वे किसी-न-किसी रूप में हम तक पहुँचती ज़रूर हैं, नहीं तो यह दुनिया न चलती। सृजन-प्रक्रिया स्वयं में एक शक्ति, सृजनशील शक्ति है–वह प्रसारशील भी है...हाँ, यह सही है कि वह भौतिक स्थिति के आधार पर टिकी है–अकाल में भूखी औरतें बच्चों को बेचती देखी गई हैं, और पेट के लिए स्त्रियाँ शरीर

को बेचती हैं, और आदमी अपनी अक़्ल को और मेहनत को बेचता है। तो उसी शक्ति का यह तक़ाज़ा है कि मनुष्य सामाजिक न्याय के लिए आगे आए; मैदान में आकर कर्मसूत्र सँभाले। सिर्फ़ दरमियानी फ़ासलों को देखक़र उनसे घबराए नहीं, वरन् उन खाइयों को फाँदने के रास्ते और पुल तैयार करे। यह कार्य केवल कर्मशील व्यक्ति ही कर सकता है। केवल भावुक स्वप्नालु व्यक्ति नहीं। तुम कर्मशून्य हो, इसलिए निस्संग हो। यह भूलो नहीं। हाँ, यहाँ कर्म का अर्थ जीविका-निर्वाह का कर्म नहीं है, वरन् वह कर्म है, जहाँ (स्वार्थ) नहीं होता।''

जगत ने मेरी ओर देखा। उसकी आँखों में एक चिन्तापूर्ण उद्विग्नता थी। यह स्वाभाविक था, क्योंकि उसने मुझ पर व्यक्तिगत आक्षेप कर दिया था। वह मुझे कहता था कि मैं अपनी श्रेणी से ही किनारा करता हूँ, इसलिए मैं उसे समझ नहीं पाता। लेकिन क्या उसका यह कहना एक आरोप के रूप में उचित था? मेरा अभी तक यह ख़याल है कि निम्न-मध्यवर्ग या, उससे कुछ ऊपर के उच्च-मध्यवर्ग को अपने से फ़ुरसत नहीं। उसकी शिक्षा और संस्कृति केवल ऊँचे ढंग की जीवन-निर्वाह—प्रणाली के उद्देश्य की पूर्ति के निमित्त है। उदर से लेकर शिक्षण तक की पूर्तिवाला जो मात्र ऐन्द्रियिक जीवन है, उस पर एक अच्छी-ख़ासी बौद्धिक कलई है। बेपढ़े-लिखे वर्ग के पास यह मुलम्मा नहीं है। पढ़े-लिखे वर्ग ने उसे संस्कृति का लक्षण बना लिया है। उनकी आदर्शपूर्ण राजनीति कमाई का एक ज़रिया है, व्यक्ति की अपनी आत्मा को सहलाने का एक तरीक़ा है—संस्कृति और संस्कृति की बातचीत। मतलब यह कि जगत की युक्तियाँ मुझे निराधार लगीं। मेरा जी भड़भड़ा रहा था। मैंने उससे कहा, ''आख़िर तुम आदमी से चाहते क्या हो।''

जगत कहने लगा, '' अलग-अलग लोग अलग-अलग अपेक्षाएँ रखेंगे।''

मैंने बात काटकर जवाब देना चाहा, ''पढ़े-लिखे आदमियों से स्वयं तुम्हारी क्या अपेक्षाएँ हैं?''

जगत ने उत्तर दिया, ''यही कि वे अपनी विद्या-बुद्धि द्वारा संस्कृति, समाज और मानवता के विकास में अपनी-अपनी प्रतिभा के अनुसार, किन्तु पूर्ण हृदय से, योग देंगे!''

मैंने कहा, ''तुम अपनी इस अपेक्षा-सम्बन्धी मान्यता पर टिके रहोगे ना?''

जगत ने स्वीकृति की सूचना देते हुए सिर हिला दिया। मैंने कहा, ''इसके लिए उन्हें, एक ओर, जन-सामान्य के सुख-दुःख और स्थिति-परिस्थति की ओर देखना होगा, और दूसरी ओर, अपने व्यक्तिगत हित को सामान्य हित के अनुरूप बनाना होगा न? क्या वे ऐसा करते हैं? क्या उनमें इतनी सहानुभूति—क्षमता, इतनी सामाजिक-न्याय-भावना, इतनी जिज्ञासा और बुद्धि है? इतना विवेक है?''

जगत ने कहा, ''नहीं। और इसके कारण क्या हैं? तुम जानते हो? मौजूदा समाज में प्रभुत्व है धन का, व्यक्तिगत लोभ का, अपने हित के लिए पैसा कमाने का—

व्यक्तिगत लोभ-प्राप्ति ही प्रधान उद्देश्य। इसलिए एक कर्मचारी ज़्यादा-से-ज़्यादा पैसा लेना चाहेगा, कम-से-कम काम करेगा। उसी प्रकार उसका मालिक ज़्यादा-से-ज़्यादा काम लेना चाहेगा और कम-से-कम पैसा देगा। आजकल के पढ़े-लिखे एम.ए. पास निम्न-मध्यवर्गियों का भरण-पोषण भी मुश्किल से हो रहा है। इसलिए अपनी सारी सद्बद्धि और प्रतिभा को दर-किनार कर वह मेहनत करता है, और पैसे के बारे में सोचता रहता है। इसमें उसका क्या दोष है?''

मैंने जवाब दिया, ''दोष का प्रश्न नहीं है। सवाल है कि वे अपने से उठकर और अपने से परे कुछ सोचने और कहने के लिए तैयार नहीं हैं। उन्होंने गुडलिविंग, 'अच्छी ज़िन्दगी बसर करना' एक आदर्श बना लिया है। माना कि इसमें भी उनका दोष नहीं है। लेकिन इसका नतीज़ा यह होता है कि वे एक जड़ सत्ता के रूप में सामने आते हैं। साथ ही सोचने-विचारने की ताक़त का इस्तेमाल न करते रहने से वे उन ख़यालात का शिकार होते हैं, जो इस मझोले दर्जे के लोगों में फैलाए जाते हैं। विचारों के प्रचार (के लिए) आर्थिक और संगठनात्मक साधन और शक्ति उनके पास नहीं हैं। इतनी दिलचस्पी भी नहीं है। लिहाज़ा, एक ओर, 'खाओ, पिओ, मौज करो' का सिद्धान्त जाने-अनजाने 'मारो-खाओ, हाथ मत आओ' के सिद्धान्त में बदल जाता है। परिणामत: मंच पर खड़े होकर भले ही ये लोग रवीन्द्र और गाँधी जयन्तियाँ मना लें या श्रोता के सामने सिर हिलाते रहें, किन्तु ये लोग सिर्फ़ 'अच्छी ज़िन्दगी बसर करना' वाले सिद्धान्त को मानकर चलते हैं।''

जगत ने कहा, ''मैं उनके सम्बन्ध में इतना निराश नहीं हूँ।'' मैंने खेदपूर्वक केवल अपना सिर हिला दिया। और फिर कहा, ''खैर, ऐसे लोगों से मेरी नहीं पट सकती। समाज के सर्वोच्च स्तर पर ऐसी शक्तियाँ मौजूद हैं, जो मनुष्य को, एक ओर, पशु बनाना चाहती हैं, दूसरी ओर, उसकी विचारशक्ति को भ्रष्ट और फिर नष्ट करना चाहती हैं; और केवल उसे ऐन्द्रियिक उत्तेजना प्रदान करना चाहती हैं।''

अब जगत ने अपना आख़िरी दाँव निकाला और फेंका, ''लेकिन, तुम अगर यह सोचते हो कि गन्दे होटलों में चाय पीकर बड़ा जन-सम्पर्क स्थापित कर रहे हो तो यह एकदम बेबुनियाद बात है। यह सिर्फ़ तुम्हारा पलायन है, या ज़्यादा-से-ज़्यादा एक प्रकार का एनार्किक रोमेंटिसिज़्म है! इससे ज़्यादा कुछ नहीं।''

मैंने एक गहरी साँस खींची। जी धँस गया। और फिर उसे दिल की बात बताई, ''मैं जब छोटा था, मेरी माँ मुझे गन्दे बच्चों में खेलने पर डाँटती थीं। जानते हो क्यों? इसलिए कि मैं एक बड़े अफ़सर का बेटा था। इसलिए कि मैं उन अति-सामान्यों से बहुत ऊँचे स्तर के परिवार का था। हाँ, यह सही है कि मैंने मूवमेंट में काम किया और फिर हट गया। लेकिन जब काम किया, पूरी भावना से किया। वह भावना अब भी है। आख़िर निचला आदमी हिक़ारत से क्यों देखा जाता है? काहे का सोशल-स्टेटस? क्या तुम्हारे कबीर ने यह पढ़ाया था? या तुकाराम ने यह पढ़ाया था? या चंडीदास ने? जी हाँ,

मैं कोई काम करता हूँ, पूरे दिल से करता हूँ। नहीं तो नहीं करता। मेरी माँ ख़ुद ग़रीब घर से आई थीं; और ग़रीब घर तथा उसकी पिछड़ी संस्कृति हमारे पिता के घर में उपहास और निन्दा का विषय बनती थी। लेकिन वही जब अच्छे खाते-पीते परिवार की गृह-लक्ष्मी बनीं, धीरे-धीरे अपनी ज़मीन को तिरस्कार से देखने लगीं। क्यों? उसी तरह हमारे ये बॉस और उनका क्या रुख़ है? माना कि वे तुम्हारे और हमारे प्रति दयालु हैं, हमारी वे फ़िक्र करते हैं! लेकिन क्या अच्छाई का सबूत यह है, क्या अच्छाई की कसौटी यह है, कि आदमी हमसे अच्छा व्यवहार करे, हमें सहायता करे, हमारे प्रति अनुराग रखे? हम कहते हैं, फलाँ आदमी अच्छा है। सिर्फ़ इसलिए कि उसका हमारे प्रति अच्छा व्यवहार है! क्या उसकी अच्छाई का यह अन्तिम और निर्णायक प्रमाण माना जा सकता है? मेरे ख़याल से जो व्यक्ति सत्यपरायण और न्यायभावना से प्रेरित है, साथ ही जिसका व्यक्तिगत हित जन-सामान्य के हित के ऊपर नहीं, उसके नीचे रहता है, और जिसके हृदय में हमारी ग़रीब जनता के लिए एक नदी लहराती है, वही मेरे ख़याल से अच्छा आदमी है; उसी में सच्चा सौजन्य है! 'जनता' शब्द से घबराओ मत। आजकल यह शब्द 'असांस्कृतिक' हो रहा है, क्योंकि आजकल साहित्य के क्षेत्र में जनता का अर्थ 'भीड़' लिया जा रहा है। जी हाँ, पहले जन-सामान्य को ग़रीब रखो, फिर उसे भीड़ कहो, उससे घृणा करो और ख़ुद इलाहाबादी प्रोफ़ेसर बनकर साल्वादोर द मादारिआगा की पंगत में बैठ जाओ! संक्षेप में, उत्पीड़ित जनता से घृणा करो। और जो इस प्रवृत्ति का विरोध करे उसे कम्युनिस्ट कहो, पेट पर लात मार दो, साले को भूखों मारकर मरवा डालो! तुम्हारा-हमारा यह बॉस क्या करता है? इस शिक्षा और संस्कृति के केन्द्र में तुम और हम हैं। हम उससे उपकृत हैं। हम उसके अहसानों के बोझ से दबे हुए हैं। हम उसे अच्छा आदमी कहते हैं। और वह एक अर्थ में अच्छा है भी। लेकिन इस केन्द्र की भूमि में पैर रखनेवाले—सदर बाज़ार से निकलकर इस केन्द्र में से गुज़रनेवाले—ग़रीब आदमियों के प्रति उसके दुर्व्यवहार को भी तुम देखो! उसके लेखे, जो आदमी फटे-चिथड़े पहने है, वह या तो चोर और गुंडा है या चोर और गुंडे का सगा भाई है। मानो कि जैसे अच्छे-अच्छे नामी-गिरामी लोग इनकम टैक्स की चोरी नहीं करते, रिश्वतख़ोरी नहीं करते, व्यभिचार नहीं करते, षड्यंत्र नहीं करते—ये लोग जो धनी (हैं) और शिक्षा-संस्कृति की लीपा-पोती से सफ़ेद हो गए हैं! अगर ऐसे नामीगिरामी उसके अहाते में आएँ, तो वह दोनों हाथ बाँधे खड़ा रहेगा; ज़ाहिर करेगा कि उनसे मिलकर उसे खुशी हुई है। लेकिन जब फटी चड्डीवाले इधर से गुज़रेंगे तो वह ऐसे गहरे सन्देह से, शक की नज़र से देखेगा! कइयों को उसने पीटा है! क्यों? इसलिए कि कुछ फटीचर बच्चों ने उसके बग़ीचे के चार आम खा लिए! और जब कॉलेज की लड़कियाँ फूल तोड़ लेती हैं और फल खा लेती हैं, तब? तब वह उनके पीछे-पीछे घूमता है!

"और वह है कौन? यहाँ की कई कम्पनियों का साझेदार है, उसके पास अपनी ज़मीन है। और माना कि वह इस केन्द्र का अवैतनिक अधिकारी और संचालक है! यह

भा ाना कि अपने वृद्धापकाल में वह सचमुच उदार-हृदय, उदार-चरित्र उदारमना होने का प्रयत्न कर रहा है। बहुत बड़ी चीज़ है यह। इसलिए वह हमारा वन्दनीय भी है। उसके जैसे ही, सब ऐसा नहीं करते। वह व्यक्तिगत रूप से निस्पृह है। और अब भी उसके व्यक्तित्व में कहीं-न-कहीं अन्तरात्मा निवास करती है। इसलिए जीवन के कुछ क्षणों में वह महान् हो उठता है। लेकिन वह महान् किसके लिए है? हमारे लिए है, जिनके प्रति वह कृपाशील है, जिनके प्रति उसके हृदय में संवेदना है। लेकिन, निचली, फटीचर जनता के प्रति—चाहे वह शहर की हो या गाँव की हो, उसके हृदय में क्या भाव है? इसे तुम ख़ुद जानते हो! उसके लेखे उनका स्थान सबसे नीचे है, सबसे नीचे रहना चाहिए, और अगर वे उभरे तो उन्हें कुचल देना चाहिए। वह कार्य-कुशल है, नियमानुशासी प्रशासक है, नियमों के अनुसार काम करता है, लेकिन अपनों के लिए उन्हीं को भंग कर देता है। मेरे लिए उसने नियम भंग किए। मैं भी उसी के अपराधों और दोषों का साझेदार हूँ। और सबसे बड़ी बात यह है कि जनतंत्रात्मकता का बहाना भी नहीं करता। और इसलिए साफ़ उभरकर दमन-नीति को अंगीकार करता है। इसलिए हम उससे डरते हैं। क्या यह ठीक नहीं है?

"और वह मुझसे कहता है कि इस सांस्कृतिक केन्द्र की प्रतिष्ठा की रक्षा के लिए हम और तुम उन गन्दे होटलों में न जाएँ, जहाँ ढीमर और महार, कुनबी और चमार, मज़दूर चाय पीने आते हैं। वह क्यों ऐसा कहता है कि उसके लेखे चमकदार सोसायटी में उठना-बैठना सभ्यता, शिक्षा और संस्कृति का, समाज के सर्वोच्च शिखर का प्रधान लक्षण है? मिस्टर जगत, इसीलिए मैं जान-बूझकर होटलों में जाता हूँ और तुम भी मेरे साथ वहीं जाते हो और तुम्हें भी मालूम है कि मैं वहाँ क्यों जाता हूँ।

"इस मध्यवर्ग में जीवित रहते मेरे बाल सफ़ेद होने जा रहे हैं और मैं उसकी जन-घृणा को पहचानता हूँ, खूब अच्छी तरह से। ज़िन्दगी में एक जगह नहीं, हज़ारों जगह मुझे ऐसे तजुर्बे मिले हैं—चाहे वह एम.बी.बी.एस. डॉक्टर हो, कॉलेज का प्रोफ़ेसर हो या हेडमास्टर हो। चाहे व्यापारी हो। मैं इन्हें खूब पहचानता हूँ!

"और ये तर्क, ये युक्तियाँ, यह लॉजिक-फिलॉसफ़ी—साफ़ दिखनेवाले तथ्यों को, ज़िन्दगी को, जान-बूझकर तोड़-मरोड़कर पेश करने के तरीक़े हैं! तुम किसे सिखाते हो, जगत?"

मैं बात करते-करते थक गया था। मस्तिष्क में एक उत्तेजना फैल गई थी। धीरे-धीरे मैं शान्त हुआ, स्तब्ध हो गया। और फिर शर्मिन्दा हो गया। मैं जगत को क्यों डाँट रहा हूँ? जगत मेरे क्रोध का विषय थोड़े ही है!

जगत शान्त बैठा रहा—निर्विकार। जो मेरा अनुभव था, वह उसका भी था। लेकिन उसने कम धक्के खाए थे, वह बड़े बाप का बेटा था; उसकी स्त्री एम.ए. पास नवयुवती थी।

इतने में मैं देखता हूँ कि मेरे एक चिरंजीव मेरे सामने आ गए हैं और कह रहे हैं कि उन्हें अपनी गोदी में बैठा लूँ। पता नहीं, उसका भविष्य क्या होगा। पता नहीं वह आज का लाड़ला और मैला बच्चा कल ईमानदार निकले या हरामख़ोर हो; बड़े आदमियों के सामने दुम हिलाए और छोटों को डाँट पिलाए! पता नहीं...!

और उसी समय मशीन की भाँति मैं जगत से कहता हूँ, ''इसीलिए मुझे निस्संगता मिली है। जो मेरे अपने हैं, जिनके लिए व्यक्तिशः मेरे हृदय में स्थान है, वे मेरे विचारों के विरोधी, मेरे आन्तरिक जीवन से बहुत दूर हैं। और जो व्यक्तिशः मेरे नहीं हैं, नहीं हो सकते, उनकी ओर—उनके इर्द-गिर्द मेरे विचार, मेरी आत्मा मँडराती है। वे मुझे स्नेहदान नहीं कर सकते—क्योंकि मैं उनके जीवन-जगत् का अंग हूँ, उनसे प्राप्त हुए प्रेम और आदर से मैं हमेशा बचते रहने की कोशिश करता हूँ। लेकिन क्या करूँ, जब मैं बीस बरस का था, नौजवान था, मैंने शादी कर ली। आज सात बच्चों का बाप हूँ। उनकी परवरिश करना भी मुश्किल है। अपने बुढ़ापे में यह नौकरी मिली है। अब यहाँ से कहाँ जाऊँ? हर चीज़ मेरे लिए लायबिलिटी है—परिवार, परिस्थिति और विचार, सभी—कोई मेरी उन्नति में योग नहीं देती। लेकिन मुझे इसकी चिन्ता है। अँधेर में रहकर अँधेरे में मर जाना ठीक समझता हूँ, लेकिन फटीचरों से घृणा करना नहीं चाहता। चाहता हूँ कि मेरे हाथ से कोई अच्छा-सा काम हो जाए तो भर पाऊँ। और ये दरमियायनी फ़ासले और निस्संगता तो रहेगी ही। लेकिन इसका भी दूसरा एक पहलू है जिसे तुम जानते हो!''

अब एक लम्बी चुप्पी छा गई। चुप्पी की एक दीवार हम दोनों के बीच में आकर खड़ी हो गई। हम दोनों एक-दूसरे के दिमाग़ पर बोझ थे। और एक लम्बी चुप्पी के बाद, लगभग दो फ़र्लांग दूरी तय करने पर, विषय बदलने के लिए जगत ने एक अमरीकी कवयित्री एड्ना विन्सेंट मिले की चर्चा आरम्भ कर दी। असल में बात यह थी कि मेरे पास अमरीकी कविताओं का एक संकलन है, जिसकी भूमिका में मिले की कड़ी आलोचना की गई है, किन्तु पुस्तक में उसको स्थान नहीं दिया गया। इस बीच मैंने डॉरॉथी रॉमसन नामक एक अमरीकी लेखिका की पुस्तक पढ़ी, जिसमें मिले पर एक बहुत ही सुन्दर लेख था। मुझे आश्चर्य हुआ कि आख़िर मेरे पास की पुस्तक में मिले की कविताएँ क्यों नहीं हैं! इस पर जगत ने मिले के सम्बन्ध में और भी कुछ पढ़ा। और वह बहुत पुरानी छूटी हुई बातचीत को आगे बढ़ाने का प्रयत्न करने लगा।

लेकिन मेरी आँखें बाहर फैली हुई थीं। तालाबों और रास्तों, खुले हुए मैदानी फैलावों से बने हुए ये दृश्य और उनमें तरह-तरह से अँगड़ाई लेते हुए या खड़े हुए वृक्ष व्यक्तित्व भारतीय प्रकृति के नम्र, अवनत, शालीन, और आत्मीय रूप का परिचय दे रहे थे। इनकी दरमियानी दूरियाँ, न मालूम होती थीं वरन् लीलाभूमि या विचरण-क्षेत्र-सी लगती थीं (क्या मनुष्य के बीच जो फ़ासले हैं वे किसी लीला-भूमि के, अर्थात्

किसी परस्पर सम्बन्ध को क्रियावान करते हुए पाटे नहीं जा सकते? क्या मनुष्यता हमेशा ही भेद-ग्रस्त और विषमता-ग्रस्त रहेगी?)

इतने में हम देखते हैं कि बाईं ओर के तालाब के पास एक घना-घना हाथ उठाए हुए पेड़ के छायादार तल में एक प्रेमी-युगल बैठा हुआ है। हमें दूर से सफ़ेद साड़ी की एक लाल किनारी दीख रही है और मैले सफ़ेद कुरते की पीठ दिखाई दे रही है। उनका मुँह तालाब की तरफ़ है, लेकिन वे ऐसा एक कोण साधकर बैठे हुए हैं जिससे कि उनके क़रीब गुज़रता हुआ रास्ता भी उन्हें दिखाई दे सके। अब हम आधी दूर आ चुके हैं, हमें लड़की की पीठ पर लहराते बालों का एक गुच्छा दिखाई दे रहा है। यह साफ़ झलकता है कि वह केश-गुच्छ जान-बूझकर ढीला रखा गया है, जिससे कि एक उच्छृंखल चंचलता का आभास हो। उधर, उसके पास, ज़रा ज़मीन छोड़कर बैठे हुए नवयवुक की पीठ मजबूत मालूम नहीं होती। लगता है कि वह दुबला है। अब हमारा रास्ता उन दोनों के पास से गुज़रा और देखते ही हम उन्हें तुरन्त पहचान गए। लेकिन उनके आनन्द-लोक में विघ्न उपस्थित न करने के उद्देश्य से दूसरी दिशा की ओर मुँह किए आगे बढ़ने लगे।

उस समय शाम घिर चुकी थी। साँवला नीलापन सब ओर फैल रहा था। फिर भी अभी प्रकाश काफ़ी था। हम दोनों आगे बढ़ते ही जा रहे थे कि हमें देखकर वह प्रेमी-युगल उठ खड़ा हुआ।

अब वे दोनों हमारे सामने आ गए। युवक के कपड़े साधारण हैं। लड़की उसके पीछे ज़रा दूरी पर खड़ी हुई है।

युवक ने मुझे नमस्कार किया। वह कहीं किसी हाईस्कूल में टीचर है। चेहरे पर ग़रीबी की हीनता पूरी विराजमान है। अस्वास्थ्य और दारिद्र्य की मलिनता की पार्श्व-भूमि में उसकी मुसकराहट चमक उठती थी। उस मुसकराहट में एक ताज़गी थी, जीवन का उत्साह था। उसकी आँखों में हमारे प्रति श्रद्धा और स्नेह के भाव थे। उसने हमें बहुत बड़ा आदमी समझ रखा था, और सम्भवतः वह यह सोचता था कि हम लोग सचमुच बड़े प्रतिभाशाली और श्रेष्ठ हैं।

उसकी इस भाव-मुद्रा को देख मुझमें भी परिवर्तन होता गया। मुझे लगा कि मेरे चेहरे की सलवटें तन रही हैं और स्नायु अधिकाधिक कसते जा रहे हैं। मुझे महसूस हुआ कि मैं बड़ा आदमी बन रहा हूँ। मेरा सिर आसमान से टकराने लगा। मेरी बातचीत का तौर, मेरा तर्जे-अमल, सब-कुछ बदलने लगा। ऐसा मुझे महसूस हुआ।

उधर जगत के चेहरे पर कठोर भाव-हीनता और अलगाव दिखाई देने लगा। किन्तु उसकी मुख-मुद्रा मुझे भली मालूम नहीं हुई। स्वयं के महत्त्व की अनुभूति स्निग्धता ला सकती है; किन्तु, अन्यों के महत्त्व की भावना बहुत-से दर्शकों को अनुकूल प्रतीत नहीं होती।

किन्तु वह युवक तो दोनों को सम्मान दे रहा था, अपने से बहुत ऊँचे स्थान पर वह हमें बैठा चुका था, इसलिए मैं विशेष प्रसन्न था। अब दोनों के बीचोबीच एक हरी

चिक का परदा पड़ गया। ऐसा परदा जो अफ़सरों के दरवाज़ों पर पड़ा होता है। किन्तु जब मैंने यह देखा कि वह जगत की ओर विशेष उन्मुख है तो मेरा चेहरा फीका ज़रूर पड़ गया था। उस समय मेरी बुझती हुई मनःस्थिति की रक्षा उस लड़की ने की। वह आगे आई। उसने मुझे नमस्कार, किया और पूछा कि मेरी किताब छप गई है या नहीं। यह तो सही है कि उसमें नवयौवनोचित आकर्षण था। किन्तु वह सुन्दर नहीं थी। उसके चेहरे पर गम्भीर रमणीयता थी। किन्तु मेरी किताब के सम्बन्ध में उसकी जिज्ञासा मुझे अच्छी नहीं लगी। प्रतीत हुआ कि वह अनाधिकार चेष्टा है। स्त्री द्वारा इस प्रकार की अनाधिकार चेष्टा मुझे अच्छी नहीं लगती। ज्यों ही उसने किताब की बात छेड़ी तो मैं इधर-उधर देखने लगा। इसलिए कि मैं उसे अयोग्य और अपात्र समझता था। मेरा अपना ख़याल है कि स्त्रियाँ आम तौर से निर्बुद्धि होती हैं, किन्तु बुद्धिहीन नहीं। सिर्फ़ यह भेद है कि उनकी बुद्धि किसी दूसरे स्तर पर दूसरे ढंग से चलती है। विशुद्ध जिज्ञासा और किसी अमूर्त और अरूप के लिए जूझ पड़ने का साहस उनमें नहीं होता। यह मेरी धारणा है।

केवल नारी-सम्मान की भावना से प्रेरित होकर मैंने कहा कि मेरी पुस्तक सम्भवतः छह महीने में निकल जाएगी। मेरा उत्तर पाते ही उसने मुझे सूचित किया कि प्रसाद जी का उसने विशेष अध्ययन किया है।

उधर जगत सूक्ष्म भाव के गहरे तैश में थे। वे ज़ोर-ज़ोर से उस युवक को समझाते जा रहे थे। मुझे लगा कि उनकी बात में रंग आ रहा है। और यह देखकर कि उन्हें समय और लगेगा, लड़की अपनी उकताहट हटाने के लिए मुझसे बात करते हुए अपना समय काट रही है।

इस शंका के उदय होते ही मैं हतबुद्धि हो गया। मैं उसके मनोरंजन का विषय क्यों बनूँ! ज्यों ही उन दोनों की बातचीत ख़तम हुई, जगत मेरे पास चले आए। मेरी और उस स्त्री की बातचीत थोड़ी देर और आगे बढ़ी, टूटती-जुड़ती रही। नमस्कार आदि को बीच में लाकर हम एक-दूसरे से विदा हुए।

लेकिन मैं ढीला पड़ गया। एक मनोहर अस्तित्व का लोप हो गया। उस लड़की ने मेरे मन में कुछ ऐसी तसवीरें तैरा दी थीं, जो मेरे मन के लोक में न मालूम कहाँ छिपी थीं। किसी गली के ठंडे अँधियारे पर चाँदनी बिखर रही है। वहीं कहीं एक घर और उसका अहाता मुझे दिख रहा है। अहाते के अन्दर बेलें हैं। बेलों के उलझाव में कहीं एक दरवाज़ा झाँक रहा है। एक लड़का दरवाज़े के बाहर खड़ा है और एक लड़की चौखट के ऊपर खड़ी है। लड़का एक किताब आगे बढ़ा रहा है। लड़की उस किताब को छुए हुए लड़के से (शायद उस लेखक के बारे में) कुछ पूछती है। लड़का बीच-बीच में कुछ जोड़ता जाता है।

सब ओर सघन आत्मीय नीला एकान्त फैला हुआ है। और उसके अँधेरे-नीले नील में फूटे-टूटे आँगन में खिली हुई रातरानी महक रही है और मैं उस अहाते में जो

पीली धुन्ध-भरी खिड़की है उसमें से मैं...सड़क पर हूँ...झाँककर देखना चाहता हूँ कि बात क्या है!

यह दृश्य मेरे अन्तःकरण में संस्कारशील ग़रीबी की सारी वेदना, कष्ट, ममता, भावावेश, आलिंगन-चुम्बन, निस्सहायता और कठोर निर्मम आत्म-नियंत्रण के मानव-चित्रों के साथ जुड़ा हुआ है। दिल फाड़ देनेवाले रोमांस, पल-पल पर, क़दम-क़दम पर नैतिक प्रश्नों के सींग उठानेवाली जीवन परिस्थितियाँ, मानव अस्तित्व की रक्षा के लिए सब कुछ न्यौछावर कर डालनेवाले संघर्ष—और बेतहाशा आँसू, भद्दे लगनेवाले आँसू और उन्हें थामकर रखनेवाली ज़बरदस्त डाँट। दिल के भीतर बैठा हुआ एक चाबुकबाज हेडमास्टर जो उच्छृंखल प्रवृत्तियों को मुर्गा बनाकर खड़ा कर देता है, तरह-तरह की और एक-दूसरे को काटने-लपेटनेवाली उलझनें—इन सबसे मिलकर उस निम्न-मध्यवर्ग का जीवन बना है, जिसमें अतीत की भावना और आगमी की चिन्ता और दुश्चिन्ता, चेतना और संस्कार—दोनों सम्मिलित हैं। अन्तर के केन्द्र में सिमटा हुआ जितना वैविध्य मुझे इस श्रेणी में दिखाई देता है, उतना और कहीं नहीं। मैं प्रत्यक्षतः इसी वर्ग का पुत्र हूँ, यद्यपि अब उससे अलग हो गया-सा दिखाई दे रहा हूँ। (जगत सम्पन्न कुल का होते हुए भी, माँ की तरफ़ से उस पर ग़रीबी का संस्कार है।)

किन्तु इसके बावजूद जब वे दोनों सामने खड़े थे, हमारे और उनके बीच एक गहरा परदा पड़ा हुआ था, वही परदा जो एक अफ़सर के दरवाज़े पर पड़ा रहता है। मैं इस तथ्य को जानता था, और जगत उसे महसूस करता था।

पता नहीं क्यों, जगत ने फर्राटेदार अंग्रेज़ी में एड्ना विन्सेंट मिले पर बात करनी शुरू की। उस कवयित्री का प्रारम्भिक जीवन-संघर्ष, सामान्य मानव और जन-साधारण के प्रति उसकी प्रेम-भावना, एक लिरिकल पोएट के रूप में मिलनेवाली आकस्मिक ख्याति, दो इतावली पत्रकारों के जनतंत्रवादी मतों के समर्थन में स्वयं की जेल-यात्रा, फासिज़्म के विरोध में साहित्य-निर्माण (यह कहते हुए कि कोई बात नहीं यदि मैं पहले-जैसा कोई सुन्दर साहित्य निर्माण नहीं कर सकी, लेकिन जिस ध्येय के प्रति मैं निष्ठावान् हूँ उसका प्रचार तो कर सकी, सच तो कह सकी। जगत कहता है कि रद्दी साहित्य लिखने की हिम्मत भी एक हिम्मत होती है—क्योंकि उसके पीछे भी एक महान् प्रेरणा हाती है।), अपने संरक्षक पति की मृत्यु के उपरान्त, मिले द्वारा सारे दुःख को समेटते हुए पुनः साहित्य निर्माण और तदनन्तर मृत्यु! जगत कहता है कि उसके साहित्य के सर्वोच्च उत्कर्ष के दो शिखर थे। एक तो प्रारम्भिक—जबकि वह महान् लिरिक कलाकार के रूप में लोकप्रिय हो गई और एक मृत्यु के पूर्व की दीप्ति! जिसमें उसने यदि अपना सर्वश्रेष्ठ नहीं तो अत्यन्त श्रेष्ठ साहित्य प्रदान किया।

जगत ने उसके जीवन तथा कृतित्व की कहानी इतने अच्छे ढंग से कही कि मुझे अँधेरे घर दिखाई दिए, जिनमें दिए टिमटिमा रहे हैं, कोई छोटा बच्चा रो रहा है, और

बड़े बच्चे आँगन में धूम मचा रहे हैं। निस्सन्देह मिले मूलतः एक प्रेम कवयित्री थी। स्त्रीजनोचित, स्त्री-सुलभ उसका काव्य था, और उसमें प्राप्त प्रतिमाएँ सामान्य जन-जीवन से आकर अत्यन्त हृदयस्पर्शी हो उठी थीं। उसने जीवन भर मृत्यु से संघर्ष किया। वह निराशावादी नहीं थी।

उसी झोंक में जगत कोनरेड आइकेन पर बात करता गया। उसकी 'द नेमलेस वंस' नामक कविता उसे कंठस्थ थी। उसका अन्तिम चरण तो मानो हम सभी को लपेट रहा था। जी हाँ, यह वही जीवन है जो आज चेतना-सम्पन्न संस्कारशील जन-साधारण जी रहे हैं।

जगत के लिए काव्य-सौन्दर्य केवल एस्थेटिक महत्त्व ही नहीं रखता था, वरन् जीवन-निष्कर्ष पूर्ण महत्त्व भी रखता था, जिसके अनुसार वृत्तियाँ बनाई जा सकें और आचरण किया जा सके। उसके सामने अमरीकी कार्यों की केवल कृतियाँ ही नहीं थीं, वरन् उनका जीवन भी था।

लेकिन इसके बावजूद, कुछ ही मिनिट पहले जब वे युवक-युवती मिले तो हमारे-उनके बीच का भेद-दरमियानी फ़ासला उभरकर फैल गया। इस तरह के फ़ासले (जो मनुष्य-मनुष्य के बीच खाई पैदा कर देते हैं और उसे बढ़ा देते हैं) हमें अच्छे नहीं लगे। भारतीय अभिजात वर्ग का एक सदस्य होते हुए भी जगत का भाग्य अच्छा नहीं है, भले ही वह अपने बल-बूते, ऑक्सफ़ोर्ड या हार्वर्ड हो आए और डॉक्टरेट ले ले। क्योंकि वह ज़मीन का भूखा है, जहाँ किसी जाति या देश के सर्वोत्तम फल-फूल खिलते हैं, उसे सबसे पहले वह ज़मीन चाहिए। एड्ना मिले और कोनेरेड आइकेन जैसे अनगिनत कवियों के अनुभवी हृदयों को जीवन-मूल्यों का सौन्दर्य है, उन्हीं को लेकर वह आगे बढ़ना चाहता है। (कहना न होगा कि उनके काव्य में जन-जीवन की अनगिनत अनुभव दग्ध प्रतिमाएँ हैं।)

आख़िर मैंने जगत से पूछा, "वह युवक तुमसे क्या बात कर रहा था?"

उसने कहा, "वह शॉ के ड्रामा आर्म्स एंड द मैन के बारे में पूछ रहा था। वह बहुत बुद्धिमान मालूम होता है, यद्यपि वह अंग्रेज़ी में बहुत कमज़ोर है।" मैंने उससे कहा कि "तू रोज़ दो सफ़े अंग्रेज़ी के लिखकर लाया कर।" जगत कहता गया, "मैं तो ख़ुद एक प्रायमरी स्कूल खोलनेवाला हूँ, जिसमें नाक बहते बच्चे और फटीचर बच्चे आया करेंगे।"

लेकिन मैं किसी दूसरी ही धुन में था। उनके अन्तिम वाक्य को न सुनते हुए मैंने कहा, "हाँ, आजकल तालीम की भूख बहुत बढ़ गई है। बीस हज़ार आबादीवाले क़स्बों में आर्ट्स एंड साइंस कॉलेज खुल रहे हैं और आगे भी खुलते जाएँगे। ग़रीब से ग़रीब भी अपने बच्चे को ऊँची तालीम दिलाना चाहता है। एक बहुत बड़ा वर्ग आगे चलकर शिक्षित होकर जब सामने आएगा तब उसका बहुत प्रभाव होगा।"

जगत मेरी तरफ़ देखने लगा, मुसकरा उठा। वह मेरी भावना समझ गया। शायद आज की स्थिति से घनघोर प्रतिक्रिया करके कोई महान् साहित्यिक जन्म ले! भारत में हर दसवें साल ज़माना बदलता है! तब कितना बदल जाएगा!

लेकिन जब मैं घर पहुँचा तब बात उलटी हो उठी। दरमियानी फ़ासले फिर फैल गए। मनुष्यों के बीच रहते हुए भी मैं अकेला हो उठा। दरमियानी फ़ासलों में जो तसवीरें तैर रही थीं, उनसे मन का सन्तोष कब तक करूँ! हाँ, यह सही है कि बाहर से जब तक संवेदनाएँ या प्रेरणाएँ प्राप्त नहीं होतीं तब तक ज़िन्दगी में जान नहीं आती। सम्पूर्णतः आत्म-निर्भर व्यक्ति सम्पूर्ण शून्य होता है। आध्यात्मिक साधना का ध्येय भले ही सम्पूर्ण शून्य की प्राप्ति हो, कला का ध्येय तो यह नहीं है, न उसका यह स्वभाव ही। अन्तर और बाह्य की परस्पर क्रिया से जनित जो भी जीवन है, वह कला का इष्ट है। इसके बिना वह शून्य है। मैं शून्यता की साधना से इनकार करता हूँ।

शायद इसी शून्य से भागने के लिए मेरे बॉस ने अपना दरबार लगा रखा है, जिनकी आलोचना मैंने की। लेकिन वे शून्य से भागने की तरक़ीब नहीं जानते। आई वांट टु बी इन दि थिक ऑफ़ थिंग्स, ऐज मिले ट्राइड टु बी; यस, टु बी इन दि थिक ऑफ़ थिंग्स।

(सम्भावित रचनाकाल 1963-64)